Ein Erfolgsautor steht unter schrecklichem Verdacht: Zeile für Zeile eine tödliche Geschichte!

Eine Studentin bekommt per Post rätselhafte Botschaften zugeschickt – auf Menschenhaut geschrieben. Die Polizei verdächtigt den früheren Bestsellerautor Christoph Jahn: In dessen Roman schneidet ein Serienkiller jungen Frauen die Haut vom Körper, um darauf den Anfang seines Romans, der von allen Verlagen abgelehnt worden ist, auf schreckliche Weise neu zu schreiben.

Doch Jahn schiebt die Schuld auf einen geisteskranken Fan, der bereits vor Jahren Verbrechen aus seinen Romanen ›nachgestellt‹ haben soll, aber nie gefasst wurde. Die grausige Geschichte scheint sich zu wiederholen …

Arno Strobel, 1962 in Saarlouis geboren, studierte Informationstechnologie und arbeitet heute bei einer großen deutschen Bank in Luxemburg. Mit dem Schreiben begann er im Alter von fast vierzig Jahren. ›Das Skript‹ ist sein dritter Psychothriller nach ›Der Trakt‹ und ›Das Wesen‹. Arno Strobel lebt mit seiner Familie in der Nähe von Trier.

Weitere Informationen, auch zu E-Book-Ausgaben, finden Sie bei www.fischerverlage.de

ARNO STROBEL

DAS SKRIPT

Psychothriller

Fischer Taschenbuch Verlag

4. Auflage: Februar 2012

Originalausgabe
Veröffentlicht im Fischer Taschenbuch Verlag,
einem Unternehmen der S. Fischer Verlag GmbH,
Frankfurt am Main, Februar 2012

Satz: pagina GmbH, Tübingen
Druck und Bindung: CPI – Clausen & Bosse, Leck
Printed in Germany
ISBN 978-3-596-19103-1

Für Laura, Christine und Alexander

Prolog

Sie war nackt, und sie fror erbärmlich.

Ihr Körper versuchte in vibrierenden Schüben die Kälte abzuschütteln, die sich wie ein Film auf ihre Haut gelegt hatte. Ihr Atem prallte von der Wand dicht vor ihr ab und schlug ihr, angereichert mit Partikeln aus Moder und Fäulnis, zurück ins Gesicht. In kurzen Abständen drangen wimmernde Laute aus ihrem Mund. Sie hatte Angst. In einer Intensität, die ihr Verstand kaum zu bewältigen vermochte.

Um sie herum war es vollkommen dunkel, und in der absoluten Schwärze hatte es einige Zeit gedauert, bis sie sich über die Position ihres Körpers im Klaren war. Mittlerweile hatte sie begriffen, dass sie aufrecht an einer Wand stand. Wenn sie den Kopf ein kleines Stück senkte, um den schmerzenden Nacken zu entlasten, berührte ihre Stirn den kalten Stein. Ihre Arme waren mit Seilen um die Handgelenke wie ein V straff nach oben gebunden, von der Hüfte abwärts wurde sie durch etwas, das in Höhe der Taille über ihren Rücken verlief, fest gegen die Wand gepresst. Jede kleinste Bewegung schmerzte. Ihre Oberschenkel und Waden brannten. Die dünne Schlinge, die eng um ihren Hals lag, musste aus Draht sein. Sie zog sich sofort zu, wenn sie den Oberkörper auch nur minimal bewegte.

Ihre Gedanken formten das gleiche Wort wie schon hundertmal zuvor in den letzten Stunden: *Mama.* Sie konnte sich an keinen Tag, an keine einzige Stunde erinnern, in der sie sich so sehr nach der Geborgenheit ihrer Mutter gesehnt hatte wie in diesem Moment. Nicht einmal in ihrer Kindheit.

Als hinter ihr eine Tür geöffnet wurde, als die Schwärze des Raumes von flackerndem, gelblichem Licht durchbrochen wurde und sie die Anwesenheit eines menschlichen Wesens spürte, schrie sie auf.

Schritte kamen langsam näher. Schnaubend ausgestoßener Atem strich über ihren Nacken. Lange, viel zu lange.

»Bitte …«, flehte sie. »Bitte, tun Sie mir nicht weh. Ich … ich mache alles, was Sie möchten. Ich …« Ihre Stimme wurde von Tränen erstickt. »Bitte …«

Sie bekam keine Antwort, aber das Schnauben entfernte sich ein wenig. Dann waren rechts von ihr kratzende Geräusche zu hören, und die Schlinge um ihren Hals zog sich weiter zu. Als ihr Rücken sich schmerzhaft durchbog, stieß sie einen gurgelnden Laut aus. Nun konnte sie sich keinen Zentimeter mehr bewegen, ohne sich selbst zu strangulieren. »Bitte …« Sie stöhnte, sie weinte, sie verlor vor Angst beinahe den Verstand.

Etwas Dünnes, Kaltes strich über ihr Schulterblatt. Langsam, von links nach rechts und wieder zurück. Sie hielt die Luft an, wurde beherrscht vom dröhnenden Schlag ihres Herzens.

Dann explodierte der Schmerz.

1

23. April

Mit einer dampfenden Tasse Kaffee in der Hand betrat Nina ihren kleinen Balkon und blinzelte gegen die Morgensonne, die sich schon zu drei viertel über den First des gegenüberliegenden Hauses geschoben hatte. Nach den langen Wintermonaten genoss sie das Gefühl der ersten zaghaften Wärme auf ihrer Haut so sehr, dass sie einen Seufzer ausstieß. Welch ein perfekter Start für diesen Tag. In einer Dreiviertelstunde würde Kerstin sie zu einer Shoppingtour in der Europa-Passage abholen. Am späten Nachmittag dann würde sie zu Dirk fahren und ihm bei den Vorbereitungen zu seiner Geburtstagsfeier helfen. 25 war er drei Tage zuvor geworden, fast genau zwei Jahre älter als sie selbst.

Nina nippte am Kaffee und überlegte, ob sie Dirk am Samstag schon um Viertel vor neun anrufen und ihm einen guten Morgen wünschen konnte. An den Tagen, an denen er nicht zur Uni musste, konnte er ohne Probleme bis mittags im Bett liegen bleiben. Manchmal, wenn sie bei ihm übernachtete, zog er sie auf die Matratze zurück, wenn sie aufstehen wollte. Sie schmunzelte. Ein paar Vorlesungen hatte sie schon verpasst.

Nina beschloss, dass der Tag viel zu schön war, um ihn halb zu verschlafen, und ging hinein. Der Telefonhörer lag auf dem weißen Ikea-Couchtisch. Sie wählte Dirks Nummer und legte sich mit schräg angezogenen Beinen auf die Zweiercouch, wo sie geduldig dem monotonen Tuten lauschte. Dabei stellte sie sich vor, wie Dirk sich das Kissen auf die Ohren presste, um weiterschlafen zu können. Umso überraschter war sie, als er sich mit einem sehr ausgeschlafen klingenden »Dirk Schäfer« meldete. »Guten Morgen«, sagte sie lächelnd, »du klingst ja richtig fit für diese Uhrzeit. Ich sollte dich wohl öfter abends alleine einschlafen lassen.«

»Auf keinen Fall. Ich bin nur so früh aufgestanden, weil ich eh die ganze Nacht nicht schlafen konnte.«

»Wegen der Party heute?«

»Wegen Einsamkeit, du innig geliebtes Wesen.«

Sie grinste. »Komm, du bist doch ganz froh, wenn du ab und zu im Bett fernsehen und Chips futtern kannst, gib's zu.«

»Niemals. Aber sag mal, wolltest du nicht heute mit deiner seltsamen Freundin Kerstin Hamburgs Schuhgeschäfte leer kaufen?« Dirk und Kerstin mochten sich nicht sehr. Er fand sie schnippisch, sie hielt ihn für einen Angeber, der mit dem Geld seines Vaters protzte, was er wiederum als Neid auslegte. Nina hing immer dazwischen und hatte sich angewöhnt, auf die beiderseitigen Kommentare nicht mehr einzugehen, vor allem, weil sie wusste, dass diese Dinge nur vorgeschoben waren. Der wahre Grund für die gegenseitige Antipathie war die kurze Beziehung, die die beiden etwa zwei Jahre zuvor gehabt hatten und die nach einigen Wochen mit großem Geschrei beendet gewesen war.

»Doch, sie holt mi…« Die Türklingel unterbrach sie. Es gab nur einen, der um diese Uhrzeit bei ihr klingelte. »Wart mal kurz – bestimmt der Briefträger.« Nina schwang die Beine von der Couch und ging zur Tür, doch statt des fast immer freundlich lächelnden Dietmar Fuchs stand ein junger Mann in braunem Hemd und brauner Cargohose vor ihr und hielt ihr mit teilnahmsloser Miene ein Päckchen entgegen. Auf seiner Hemdtasche war das Logo von UPS aufgenäht. Dass Nina barfuß in ihrem blau-weiß gestreiften Nachthemd vor ihm stand, schien ihn nicht sonderlich zu überraschen.

»Morgen. Eine Sendung für Sie«, sagte er, ohne dass sich sein Gesichtsausdruck dabei veränderte. Nina legte das Telefon neben sich auf den Boden und nahm ihm das Päckchen aus der Hand. Es hatte etwa die Maße einer Buchsendung und war dick mit braunem Paketband umwickelt. Der Absender auf einem Aufkleber in der linken oberen Ecke war allerdings ein privater:

Peter Dorscher
Selburgring 17
22111 Hamburg

Weder der Name noch die Adresse sagten ihr etwas. Sie klemmte sich das Päckchen zwischen die Knie, nahm den Plastikstift, der seitlich an dem Gerät baumelte, das der UPS-Mann ihr nun entgegenhielt, und krakelte ihre Unterschrift, so gut es ging, auf das Display.

Auf dem Weg zum Wohnzimmer hatte sie den Hörer wieder am Ohr. »So, da bin ich wieder.« Sie legte das Päckchen auf dem Couchtisch ab und ging zur Balkontür. »War der Paketdienst, ist wahrscheinlich ein Buch, das ich online erstei…«

»Du sollst deine Zeit nicht mit Lesen vertrödeln, sondern mit mir verbringen«, fiel Dirk ihr nörgelnd ins Wort.

»Alles zu seiner Zeit, Süßer, du kommst bestimmt nicht

zu kurz. Jetzt mache ich mich jedenfalls mal fertig, sonst stehe ich immer noch im Nachthemd hier, wenn Kerstin gleich klingelt.«

»Soll das etwa heißen, du hast dem Kerl gerade im Nachthemd die Tür geöffnet? Hast du denn überhaupt kein Schamgefühl, Weib?«

»Du Spinner«, antwortete sie lachend. »Ich leg jetzt auf. Tschüss bis nachher.«

»Na gut, bis später, aber dass mir das nicht noch mal vorkommt, sonst muss ich darauf bestehen, dass du bei mir einziehst, damit ich jeden deiner Schritte kontrollieren kann.« Nina schüttelte den Kopf und beendete das Gespräch.

Es war ein Scherz, aber Dirk hatte sie wenige Wochen zuvor schon einmal gefragt, ob sie sich vorstellen könne, zu ihm zu ziehen. Platz genug war vorhanden, sein Vater hatte ihm zum Studienbeginn eine geräumige und bestimmt sündhaft teure Maisonette-Wohnung in der Hochallee in Harvestehude gekauft, unweit des Universitätsklinikums Hamburg-Eppendorf, wo Dirk Medizin studierte. Schäfer senior war Inhaber einer Firma, die Kunststoffteile für die Automobilindustrie herstellte, und das Thema Geld schien in Dirks Familie eine eher untergeordnete Rolle zu spielen.

Sie liebte ihn, und im Grunde wünschte sie sich nichts mehr, als mit ihm zusammenzuleben, aber nach gerade mal einem halben Jahr war es ihr einfach noch zu früh, ihre eigene Wohnung und damit auch die Rückzugsmöglichkeit für alle Fälle aufzugeben. Vielleicht, dachte sie, wenn er in ein paar Monaten noch mal fragt …

Nina ging ins Bad, drückte einen Klecks Zahnpasta auf den runden Kopf der elektrischen Zahnbürste und betrachtete sich im Spiegel, während die kleinen, rotierenden Borsten in ihrem Mund ihre Arbeit taten. Die hellblonden Haare fielen ihr noch etwas zerzaust bis auf den Rücken. In Verbindung mit ihren blauen Augen und dem Schimmer aus Sommersprossen, der Nase und Wangen überzog, verleiteten sie immer wieder den einen oder anderen ihrer Kommilitonen dazu, sie zu unterschätzen. Meist passierte das aber nur einmal. Sie beugte sich ein wenig nach vorne, rieb über ihre Nase, die sich den ganzen Winter über permanent geschält hatte, und dachte dabei an Dirk, der diese Stelle so gerne küsste.

Sie schaltete die Zahnbürste ab, spülte sich den Mund aus und ging zurück ins Wohnzimmer. Das Päckchen lag neben der Kaffeetasse auf dem Tisch. Sie nahm beides und ging damit in die Küche, wo sie die Tasse auf der Spüle abstellte und dann ein Messer aus der Schublade holte, mit dem sie das in mehreren Lagen aufgeklebte Paketband durchschnitt. Als sie den oberen Teil des Päckchens aufklappte, fiel ihr Blick auf etwas, das in braunes Packpapier eingewickelt war. Es hätte ein Taschenbuch sein können, doch dafür war es zu leicht. Hastig wickelte sie das Papier ab. Eine Art Leinwand kam zum Vorschein, auf einen Keilrahmen gespannt, wie sie ihn von ungerahmten Gemälden kannte. Doch statt eines gemalten Motivs standen dort nur einige wenige Wörter in handgeschriebenen Druckbuchstaben:

DER LESER

Kriminalroman

von

Anonymus

Nina verstand nicht, was das bedeuten sollte. Sie drückte das Packpapier in den aufgeklappten Karton auf der Arbeitsplatte und ließ den Blick über das eigenartige Material wandern, das eine ungewöhnlich blasse Farbe und eine unregelmäßige Struktur hatte. Eine Tierhaut? Vielleicht von einem Schwein? Etwas Wertvolles, womöglich Altägyptisches? Nein, oder? Am oberen rechten Rand war ein dunkler, zur Mitte hin erhabener, ovaler Punkt von vielleicht einem Zentimeter Durchmesser. Sie hielt den Rahmen etwas schräg und hob ihn ein Stück höher, um diesen Punkt genauer betrachten zu können. Dabei bemerkte sie, dass von der Rückseite einige Fetzen herabhingen. Als sie den Keilrahmen umdrehte und neben den Klammern, mit denen die Schreibfläche auf den Rahmen getackert worden war, die ausgefransten Ränder mit dunkelroten, kleinen Klümpchen sah, begann ihr zu dämmern, worum es sich handelte. Schemenhaft noch, und in der Überzeugung, dass sie sich irrte, sich irren *musste.* Und doch schon klar genug, um wie das noch entfernte, dumpfe Grollen eines schweren Gewitters eine Woge des Entsetzens in ihr zu erzeugen.

Mit spitzen Fingern drehte Nina den Rahmen wieder um, und als sie den dunklen Punkt nun genauer betrachtete, wurde aus der Ahnung im Bruchteil einer Sekunde Gewissheit. Mit einem Schrei warf sie das Ding auf die Arbeitsplatte und schlug sich die zitternden Hände vor den Mund.

Dieser dunkle Punkt konnte ein etwas in die Länge gezogener Pigmentfleck sein. Bei dem Material, das jemand als Titelseite eines Romans benutzt hatte, und an dessen Rändern noch kleine Fleischstückchen hingen, handelte es sich offenbar tatsächlich um Haut. Und sie stammte nicht von einem Tier.

2

»Guten Tag. Frau Nina Hartmann?«

»Ja.«

»Sie haben uns angerufen wegen eines Päckchens, das Sie bekommen haben. Ein …« – der Uniformierte warf einen Blick auf einen Zettel, schaute stirnrunzelnd zu seinem Kollegen –, »… ein Rahmen, der mit einem seltsamen Material bespannt ist … vielleicht Haut. Und auf dem irgendein Text steht?«

Nina nickte, und sie kam sich plötzlich albern vor. Jetzt, da diese beiden Polizisten vor ihr standen, erschien ihr die ganze Situation vollkommen verrückt, geradezu irreal. Sie hatte sich wahrscheinlich zu viele dieser blutrünstigen Thriller zusammen mit Dirk angeschaut. Eine Botschaft auf Menschenhaut? Mitten in Hamburg, verschickt an eine Studentin? Hatte sie den Verstand verloren? Warum hatte sie nur auf Dirk gehört, sich von ihm drängen lassen, die Polizei zu alarmieren? Was, wenn sich das Ganze als dummer Scherz herausstellte? Vielleicht sogar von Dirk selbst? Aber nein, er hatte zwar manchmal die verrücktesten Einfälle, doch so weit würde er nicht gehen. Hoffte sie zumindest.

»Können wir das bitte mal sehen, Frau Hartmann?«

»Ja, bitte, kommen Sie rein.«

Nina wandte sich ab, und die Männer folgten ihr in ihre kleine, helle Küche, wo der seltsame Rahmen noch immer auf der Arbeitsplatte neben dem Herd lag. Sie hatte ihn so hingeworfen, dass die Schrift auf dem Kopf stand.

Der ältere der beiden Polizisten neigte den Kopf zur Seite, um die Wörter lesen zu können, zog dann einen Kugelschreiber aus der Jackentasche, schob die Spitze vorsichtig unter den Rahmen und hob ihn damit ein Stück an.

»Haben Sie das Ding angefasst?«

»Ja, natürlich, ich hab es doch ausgepackt.«

»Klar, aber ich meine, Sie haben es doch hoffentlich nicht *überall* angefasst? Dabei könnten Sie alle Spuren verwischt haben. Wenn welche da sind.«

»Nein, als ich … als ich gesehen habe, was es ist, habe ich es da hingelegt und nicht mehr angefasst. Wenn das wirklich … Gott …«

Nachdem der Beamte in gebückter Haltung die Unterseite betrachtet hatte, richtete er sich wieder auf und drehte den Rahmen so weit, dass er die Schrift lesen konnte. »Offenbar tatsächlich so was wie eine Geschichte. Also der Anfang von einem Roman oder so. Verrückt … Sieht komisch aus von unten. Schau's dir mal an«, sagte er zu seinem Kollegen, und an Nina gewandt: »Wie war dieses Ding eingepackt? Damit?« Er zeigte auf das Paket mit dem zusammengedrückten Papier darin, und Nina nickte.

»Peter Dorscher? Kennen Sie jemanden, der so heißt?«

»Nein.«

»Hm …« Er warf einen erneuten Blick auf den Deckel. »Selburgring, nie gehört. Kennen Sie vielleicht diese Straße?« Wieder verneinte Nina.

Der andere Beamte war mit der Begutachtung des Rahmens fertig. »Soll ich eine Tüte holen?«

»Ja, die Biologen können sich das mal ansehen.«

»Was denken Sie, was das sein könnte?«, fragte Nina vorsichtig. »Ich meine, dieses Material.«

»Ich weiß es nicht, Frau Hartmann, aber Sie haben

recht, merkwürdig sieht das schon aus. Vor allem auf der Rückseite, an den Rändern. Scheint noch ziemlich … frisch zu sein. Vielleicht Schweinehaut. Und Sie haben keine Vorstellung, wer Ihnen das geschickt haben könnte?«

»Nein.«

»Haben Sie vielleicht jemanden im Bekanntenkreis, der Krimis schreibt oder so?«

»Nicht, dass ich wüsste. Und selbst wenn – warum sollte jemand mir so was schicken? Auf einen Rahmen gespannt? Ich meine …«

»Wir erleben die verrücktesten Dinge. Vielleicht eine Werbemaßnahme? Guerilla-Marketing oder wie das heißt. Mal was ganz Ausgefallenes: Krimi auf Schweineleder oder so.«

Sein Kollege kam zurück, in der Hand eine große Papiertüte und mehrere Gummihandschuhe. Er legte die Tüte auf der Arbeitsplatte ab, streifte sich die Handschuhe über, packte den Rahmen am äußeren Rand vorsichtig mit Daumen und Zeigefinger an, während sein Kollege die Tüte aufhielt. Nina sah ihnen verwundert dabei zu. »Ich dachte immer, diese Tüten müssen aus Plastik sein?«

»Das sind Märchen aus dem Vorabendprogramm.« Der Polizist bugsierte den Rahmen vorsichtig in die Öffnung. »In einer Plastiktüte, und dann noch luftdicht verschlossen, da würden Fingerabdrücke schlecht werden.«

»Wann werden Sie wissen, was es ist?«

»Heute ist Samstag. Da wird in den Laboren normalerweise nicht gearbeitet. Wir geben das jetzt auf dem Präsidium beim Kriminaldauerdienst ab, die werden dann entscheiden, ob sie die Bereitschaft der Biologen anrufen oder ob das Ding bis Montag liegen bleibt. Sie werden informiert, sobald wir was wissen. Aber ich gehe mal davon aus, dass sich das Ganze als harmlos herausstellen wird, das ist meistens so.«

3

Stephan Erdmann fand Andrea Matthiessen in den Strahlen der tiefstehenden Aprilsonne vor einem Beet kniend, als er ihren kleinen Garten betrat. Sie stützte sich mit der linken Hand auf einem sandigen Stück zwischen zwei Sträuchern auf dem Boden ab, hatte sich weit vornübergebeugt und zupfte mit der behandschuhten Rechten welke Blätter ab. Erdmann war durch den Vorgarten gegangen, nachdem sich auf sein Klingeln hin nichts geregt hatte. Sie hatte ihn noch nicht bemerkt, als er unmittelbar hinter ihr stehen blieb und sagte: »Welch ein außergewöhnlicher Anblick.«

Matthiessen zuckte zusammen und wäre fast vornüber in die Sträucher gekippt, konnte sich aber im letzten Moment noch mit der freien Hand abfangen. Wütend sah sie zu ihm hoch. »Herr Erdmann! Was soll das? Sind Sie verrückt geworden, sich an mich heranzuschleichen?«

»Die Frau Hauptkommissarin auf allen vieren …« Er streckte ihr die Hand entgegen. »Darf ich Ihnen helfen?«

Matthiessen ignorierte seine Hand. Mit einem Schwung, der eher zu einer Mittzwanzigerin als zu einer Frau Anfang vierzig gepasst hätte, richtete sie sich auf und blitzte ihren neuen Partner kampfeslustig an. »Falls Sie sich für witzig halten – Sie sind es nicht. Was wollen Sie hier, und was fällt Ihnen überhaupt ein, in mein Privatleben einzudringen?«

Erdmann sah ihr dabei zu, wie sie das Haargummi löste, sich einige dunkle Strähnen aus dem Gesicht strich und die langen Haare wieder zu einem Pferdeschwanz band, bevor er antwortete.

»Der PvD hat versucht, Sie zu erreichen, und weil Sie nicht ans Telefon gegangen sind, hat er mich angerufen. Ich habe ihm gesagt, überhaupt kein Problem, *ich* bin selbstverständlich immer dienstbereit.« Er machte eine kurze Pause, in der er den fassungslosen Ausdruck auf ihrem Gesicht genoss. »Ihr Wagen steht vor der Tür, und als Sie nicht aufgemacht haben, dachte ich, ich schau mal im Garten nach. Und siehe da, ich finde Sie auf Knien.«

Auf Matthiessens Stirn zeigten sich deutliche Falten, und für einen kurzen Moment sah es so aus, als wolle sie auf ihn losgehen, doch dann stockte sie und fasste sich mit einer hastigen Bewegung hinten an den Gürtel ihrer Jeans, wo in einer kleinen Ledertasche ihr Mobiltelefon steckte. Sie zog es heraus und drückte nach einem Blick auf das Display ein paarmal auf eine Taste, ehe sie es mit einem resignierten Seufzer sinken ließ. Ihrem Gesicht war das schlechte Gewissen deutlich anzusehen. »Leer.«

Er hatte Matthiessen zwar schon öfter gesehen und hier und da auch schon mal flüchtig gegrüßt, aber erst seit drei Tagen arbeitete Erdmann mit ihr in der Besonderen Aufbauorganisation Heike, kurz BAO Heike, zusammen, die nach dem Verschwinden von Heike Kleenkamp gebildet worden war. Die 21-jährige Tochter des Herausgebers der *Hamburger Allgemeinen Tageszeitung* war am Dienstagabend nach einem Kneipenbesuch nicht nach Hause gekommen. Am Mittwochvormittag hatte Dieter Kleenkamp seinen Freund, den Hamburger Polizeipräsidenten, angerufen, der vorsorglich den Leiter des LKA 4, Kriminalrat Jan Eckes, davon in Kenntnis setzte, auch wenn man zu einem so frühen Zeitpunkt noch keinen direkten Handlungsbedarf sah, solange es keine Hinweise auf eine Straftat gab. In den allermeisten Fällen tauchten gerade junge Menschen im Alter zwischen 15 und 25 nach einem Tag wieder gutgelaunt auf, nachdem sie bei Freunden übernachtet oder eine lange Party gefeiert hatten, und wunderten sich über die Panik, die in ihrem Umfeld ausgebrochen war. In diesem Fall gab es jedoch eine Freundin, die Heike auf dem Nachhauseweg begleitet und sich erst ein paar hundert Meter vor dem Haus der Familie Kleenkamp von ihr verabschiedet hatte. Sie hatte Heikes Vater erzählt, seine Tochter sei sehr müde gewesen und habe gleich ins Bett gewollt. Dass es sich bei der verschwundenen jungen Frau um die Tochter des Herausgebers der zweitgrößten Hamburger Tageszeitung und persönlichen Freundes von Polizeipräsident Reimann handelte, gab der ganzen Sache eine zusätzliche Brisanz. Als am frühen Mittwochnachmittag dann eine Frau, die nur zweihundert Meter entfernt in der gleichen Straße wohnte, an der Haustür der Kleenkamp'schen Stadtvilla geklingelt und der Haushaltshilfe Heikes Tasche samt Portemonnaie, Führerschein und Personalausweis entgegengehalten hatte, die sie in der Hecke vor ihrem Haus gefunden hatte, wurde nur wenige Stunden später die BAO Heike unter der Leitung des Ersten Kriminalhauptkommissars Georg Stohrmann gegründet, der neben sechs weiteren Beamten auch Hauptkommissarin Andrea Matthiessen als Stohrmanns Stellvertreterin und er, Stephan Erdmann, angehörten.

Das war nun drei Tage her, lange genug, ihn zu der Überzeugung kommen zu lassen, dass Andrea Matthiessen die wohl pedantischste Polizistin war, die ihm je begegnet war. Sie war humorlos, trank offenbar niemals Alkohol, und wenn sie ihre Nase nicht in Dienstvorschriften steckte oder ihren männlichen Kollegen sagte, wie sie sich zu benehmen hatten, rannte sie im Wald herum oder aß irgendwelches gesundes Zeug. Sie ging ihm auf die Nerven, zumal sie ranghöher war als er und ihn das deutlich spüren ließ.

Dass der Polizeiführer vom Dienst sie nicht erreichen konnte, weil die perfekte Frau Hauptkommissarin vergessen hatte, ihr Handy aufzuladen, gefiel ihm beinahe.

»Das ist mir ja noch nie passiert. Peinlich. Worum geht's? Heike Kleenkamp?«

»Ja. Wir sollen reinkommen. Stohrmann ist auch schon da. Der PvD sagte, es ist was Merkwürdiges aufgetaucht, offenbar ein Hinweis. Mehr weiß ich auch nicht.«

»Ich bin in zwei Minuten fertig, ich ziehe mir nur schnell was anderes an.« Sie ließ ihn stehen und verschwand durch die Terrassentür im Haus.

Erdmann versuchte, von seinem Platz aus einen Blick durch das große Fenster ins Innere zu erhaschen. Er hätte zu gerne gesehen, wie diese Frau wohnte, aber die Sonne spiegelte sich in der Scheibe, so dass er nichts erkennen konnte. Außerdem stand er auch zu weit vom Fenster entfernt. Wahrscheinlich war ihr Wohnzimmer im Biedermeier-Stil eingerichtet, passen würde es zu ihr. Er sah sich in dem kleinen, noch winterlich, aber gepflegt aussehenden Garten um, ließ den Blick über die Rückseite des weißen Einfamilienhauses wandern und setzte sich dann in Bewegung, auf die Terrasse mit der großen Scheibe zu. Vielleicht konnte er ja doch einen Blick – Er konnte nicht, denn noch bevor er den Rand der beigen Terrassenplatten erreicht hatte, stand Matthiessen schon wieder in der Tür. Sie trug nun eine schwarze Jeans und einen engen beigefarbenen Pullover mit V-Ausschnitt. Über dem Arm hatte sie eine braune Lederjacke hängen. Erdmann stellte widerwillig fest, dass diese Sachen ihre sportliche Figur betonten und sie ganz passabel aussah.

»Sie stehen ja immer noch hier rum«, sagte sie und schüttelte den Kopf, als könne sie es nicht glauben. »Denken Sie, ich lasse die Terrassentür offen stehen? Gehen Sie nach vorne, ich komme zur Haustür raus.« Und während sie sich schon umdrehte, fügte sie hinzu: »Ab und zu ist es auch für einen Oberkommissar erlaubt, mitzudenken.«

Erdmann fühlte Ärger in sich aufsteigen, und er fragte sich, ob das wirklich nur an Matthiessens Bemerkung lag. Er verließ den Garten wieder über den schmalen Weg neben dem Haus und kam gleichzeitig mit ihr vorne an. Sie ging zielstrebig auf den silbernen Golf aus dem Fahrzeugpool des LKA zu, den sie fuhr, seit Erdmann mit ihr zusammenarbeitete. »Kommen Sie, wir nehmen meinen.« Mit dem Kopf deutete sie zum Straßenrand, wo Erdmanns schwarzer Passat stand. »Den können Sie da stehen lassen, ich setze Sie später wieder hier ab.«

Erdmann steuerte auf die Beifahrerseite des Golf zu, doch bevor er den Wagen erreicht hatte, war Matthiessen schon dort eingestiegen. *Von wegen, ich setze sie später wieder hier ab – die Frau Hauptkommissarin lässt sich in ihrem Wagen von mir chauffieren*, dachte er und ignorierte dabei die Tatsache, dass es durchaus üblich war, dass der Dienstrangniedrigere fuhr. Während er den Fahrersitz in die richtige Position brachte, stellte er sachlich fest, dass er sich über Matthiessen geradezu ärgern *wollte.*

»Ein Wort noch zu unserer Zusammenarbeit, Herr Erdmann«, sagte sie mit ruhiger Stimme, als er von ihrer Einfahrt auf die Straße abbog.

Ah, jetzt kommt's! Er warf einen schnellen Blick zu ihr

hinüber, wobei er versuchte, ein unschuldiges Grinsen aufzusetzen.

»Mir ist klar, dass Sie mich nicht sonderlich mögen, und ich kann Ihnen versichern, dass mir das herzlich egal ist. Ich habe mich nicht darum gerissen, in diese BAO zu kommen, aber man hat an höherer Stelle so entschieden, auch, dass wir zusammenarbeiten, und zwar an einer Sache, bei der es im schlimmsten Fall um ein Menschenleben geht. Dabei ist kein Platz für Machtspielchen oder so was. Vielleicht denken Sie ja, es genügt, in teuren Markenklamotten herumzulaufen, um wie ein Chef auszusehen. Dem ist nicht so.« Wie zur Unterstreichung ließ sie ihren Blick über seine Designerjeans, das hellgraue Markenpoloshirt und das teure, anthrazitfarbene Sakko wandern, das er trug. »Ich habe die größere Erfahrung und den höheren Dienstrang, und ich wäre Ihnen sehr dankbar, wenn Sie das ein für alle Mal akzeptieren könnten und sich Ihre spitzen Bemerkungen und kleinen Gesten zumindest in meiner Gegenwart sparen würden. Fassen Sie das als ernstgemeinte Bitte auf. Dieses Mal noch.«

Erdmann musste an einer Kreuzung anhalten und sah wieder zu seiner Kollegin. Einem Impuls folgend wollte er ihr sagen, was er von ihr und ihrer Erfahrung hielt und wo sie sich ihre Dienstvorschriften und ihr rechthaberisches Getue hinstecken konnte. Und dass die Tatsache, dass er Wert auf sein Äußeres legte und nicht in Billigklamotten herumlief, rein überhaupt nichts mit seiner Qualifikation als Kriminalbeamter zu tun hatte. Aber er machte sich im gleichen Moment bewusst, dass sie ihm ziemliche Schwierigkeiten machen konnte, ob ihm das nun gefiel oder nicht, und dass bis auf die Sache mit seiner Kleidung das, was sie gesagt hatte, zudem stimmte. Sie arbeiteten zusammen, und es kam nicht darauf an, dass sie sich besonders mochten, sondern dass sie die junge Frau finden und – sollte sie tatsächlich entführt worden sein – hoffentlich vor Schlimmerem bewahren konnten. Auch wenn er nicht verstand, warum man ihm Matthiessen vor die Nase gesetzt hatte, war er doch mit 38 nur vier Jahre jünger und hatte selbst Erfahrung genug, um diesen Fa…

»Also, Herr Erdmann, wie sieht es aus?«, unterbrach sie seine Gedanken und sah ihn offen an.

Er legte den Kopf ein wenig schräg und schürzte die Lippen, so, als hätte sie einen Vorschlag gemacht, über den er erst nachdenken musste. Schließlich nickte er. »Gut, konzentrieren wir uns auf den Fall.« Nachdem er sich vergewissert hatte, dass die Straße frei war, fuhr er los. Er fühlte sich ganz gut.

Recht gegeben hatte er ihr nicht.

I

Tage zuvor

Als sie zu sich kam, stand ihr Rücken in Flammen. Als hätte sie mit dem Öffnen der Augen einen wahnsinnigen Mechanismus in Gang gesetzt, trug ihr Puls augenblicklich die unerträglichen Schmerzen von der Stelle unterhalb ihrer linken Schulter in bizarrem Rhythmus über ihren Rücken und jagte den Schmerz von dort mit unglaublicher Brutalität durch ihren gesamten Körper.

Sie lag auf dem Bauch, auf einer schmalen Unterlage, so schmal, dass die Arme links und rechts herabhingen. Irgendwo unter ihr waren sie gefesselt. Auch die Beine konnte sie kaum bewegen, etwas um ihre Fußgelenke hielt sie fest.

Sie wusste nicht, seit wann sie so dalag, sie hatte auch keine Vorstellung davon, wie oft sich ihr Bewusstsein in die gnädige Schwärze zurückgezogen hatte, um dann wiederzukehren in diese Welt aus Schmerz und Kälte. Und wahnsinnig machender Angst.

Zeit war zu einem bedeutungslosen Begriff geworden. Sie wollte schreien, nein, sie *musste* schreien, doch aus ihrem Mund rieselte nur ein Krächzen wie ein welkes Blatt, das zwischen ihren aufgeplatzten Lippen zerbröselt war. Erneut wurde sie überrannt von dieser Panik, die so grauenvoll war, dass sie keinem gesunden Verstand entsprungen sein konnte. Ihre Kehle schnürte sich zu, das Atmen fiel ihr immer schwerer, wurde fast unmöglich … Ächzend riss sie den Kopf nach oben, so weit es ging, ihr ganzer Körper bäumte sich zuckend auf in einer Mischung aus panischer Gier nach Sauerstoff und einer Explosion der Schmerzen. Bis eine Stimme aus einem letzten, geschützten Bereich ihres Bewusstseins ihr sagte, dass sie sich beruhigen musste, weil es die Angst war, die ihr die Luft abdrückte. Sie verharrte, spürte, dass ihr das Atmen wieder etwas leichter fiel, und ließ dann den Kopf sinken, langsam, weil die Bewegung höllisch weh tat.

Als ihre Wange wieder auf dem harten Untergrund lag, starrte sie leise wimmernd in die Dunkelheit. Sie war nicht mehr fähig, in Worten zu denken, und so produzierte ihr Verstand Bilder ihrer Mutter. Ihrer Mama. Aus dem Wimmern wurde Weinen, vor Verzweiflung, vor Schmerz.

Das knarzende Geräusch der Tür ließ sie augenblicklich verstummen. Sie erstarrte, den Blick auf die brüchige Backsteinwand neben sich gerichtet, die von dem schwachen Lichtschein aus der Dunkelheit geschält wurde und ihr gesamtes Gesichtsfeld einnahm. Sie lauschte panisch, suchte hinter sich, in den Bereich ihres Gefängnisses hinein, den sie nicht sehen konnte, nach dem Geräusch von Schritten, und hörte nur den schneller werdenden Rhythmus ihres eigenen Atems. Sie hielt die Luft an und spürte ihren Herzschlag von innen gegen das Trommelfell hämmern. Sie klammerte sich an die irrwitzige Hoffnung, dass dieses Monster nur nach ihr sehen wollte. Ihr nicht mehr weh tun wollte. Keine Schmerzen mehr, nur keine neuen Schmerzen mehr. Wo war ihre Mutter hin? Gerade war sie doch noch da gewesen, sie –

Das Schnaufen. Da war es wieder, über ihr.

4

Für die Fahrt zum Präsidium am Bruno-Georges-Platz brauchten sie knappe zwanzig Minuten, die sie größtenteils schweigend zurücklegten. Erdmann stellte den Wagen auf dem Parkplatz neben dem Haupteingang ab, bog den Rückspiegel so, dass er sich darin sehen konnte, kontrollierte mit schnellem Blick die kurzen schwarzen Haare und bleckte die Zähne. Er hasste es, auch nur den kleinsten Krümel zwischen den Zähnen hängen zu haben, und kontrollierte das mehrmals täglich. Dann stieg er aus und gab Matthiessen den Schlüssel, schließlich hatte sie für den Golf unterschrieben.

Stohrmann saß mit dem Polizeiführer vom Dienst, Hauptkommissar Dietmar Thevis, an dem großen Tisch im Einsatzraum der BAO Heike, als sie hereinkamen. Die beiden Männer sahen von mehreren Fotos auf, die sie zwischen sich auf dem Tisch ausgebreitet hatten. Neben dem schlanken, durchtrainierten Thevis wirkte der Leiter der BAO eher wie ein behäbiger Verwaltungsbeamter: Georg Stohrmann war nicht dick, etwas füllig vielleicht – Erdmann schätzte ihn auf 90 bis 95 Kilo bei einer Größe von 1,85 Meter –, aber alles an ihm schien schlaff und untrainiert zu sein. Verstärkt wurde dieser Eindruck noch durch seine blasse Haut und den dunklen Haarkranz, der die kreisrunde Glatze eingrenzte. Er sah älter aus als 48, und seine Bewegungen waren genauso behäbig, wie es sein Erscheinungsbild vermuten ließ. Einzig seine hellgrauen Augen wollten nicht zu seiner sonstigen Erscheinung passen.

Sie wirkten hochkonzentriert, schienen alles und jeden zu fixieren und im gleichen Atemzug zu analysieren. Erdmann beschlich jedes Mal ein unangenehmes Gefühl, wenn Stohrmann ihn ansah. Es war, als könne er in seinen Kopf blicken oder würde es zumindest versuchen.

»Guten Tag«, begrüßte KHK Stohrmann sie und sah Matthiessen an. »Was war los? Warum konnte der PvD Sie nicht erreichen?«

»Der Akku meines Handys war leer, tut mir leid.« Man konnte deutlich sehen, wie peinlich es ihr war.

Stohrmann nickte. »Der Akku, verstehe. Das ist natürlich ungünstig, wenn man als stellvertretende Leiterin einer BAO an einem frischen Fall arbeitet und nicht zu Hause ist. Und noch ungünstiger ist es, wenn man die Verantwortung für den kompletten Außendienst der BAO trägt, weil der Leiter sich um die Organisation und den Innendienst kümmert und damit weiß Gott genug zu tun hat.«

»Aber ich war zu Hause, den ganzen Tag.«

»Ich habe auch versucht, Sie übers Festnetz zu erreichen, Frau Matthiessen«, schaltete der PvD, Hauptkommissar Thevis, sich ein.

»Ich war ab dem frühen Nachmittag im Garten, da habe ich das Telefon wohl nicht gehört.«

»Na ja, letztendlich hat ja Oberkommissar Erdmann dafür gesorgt, dass Sie jetzt hier sind.« Bevor Matthiessen noch etwas entgegnen konnte, deutete Stohrmann auf die Stühle gegenüber. »Setzen Sie sich bitte, sieht so aus, als käme Bewegung in den Fall.« Stohrmann schob die Fotos über den Tisch zu ihnen herüber. »Schauen Sie sich das hier mal an.«

Erdmann zog eines der Fotos zu sich heran und beugte sich ein Stück nach vorne, weil die Deckenlampe sich so auf der glänzenden Oberfläche spiegelte, dass er nichts erkennen konnte. *Kriminalroman? Anonymus?* Er verstand nicht, was das mit Heike Kleenkamps Verschwinden zu tun haben sollte. Er sah zu Andrea Matthiessen. Das Foto, das sie vor sich liegen hatte, zeigte die Rückseite eines Rahmens. Die Ränder des aufgespannten Materials waren mit Tackerklammern auf dem Holz befestigt und sahen seltsam aus. *Unappetitlich* war das Wort, das ihm zuerst dazu einfiel.

»Wenn Sie sich fragen, was das mit der Kleenkamp-Tochter zu tun hat«, sagte Stohrmann, »dann schauen Sie sich mal die Nahaufnahme der rechten oberen Ecke an.«

Matthiessen zog die besagte Aufnahme zwischen den restlichen heraus und legte sie so, dass auch Erdmann sie sehen konnte. Der machte aus *unappetitlich* ein *ekelhaft*, als er die dunklen Bröckchen sah, die an einigen Stellen am Rand des Materials hingen, bei dem es sich ziemlich sicher um eine noch recht frische Tierhaut handeln musste. »Ist das ein Stempel? Oder eine Tätowierung?«, fragte Matthiessen neben ihm, was seinen Blick auf eine Stelle des Fotos lenkte, an der etwas Rotes auf dem umgeschlagenen und festgetackerten Rand zu sehen war. Es sah tatsächlich aus wie ein kleiner Teil einer Tätowierung, jedoch ohne dass Erdmann hätte erkennen können, was es darstellen sollte.

»Ich denke schon«, bestätigte Stohrmann und wartete einen Moment. »Und?«

Erdmann sah Matthiessen dabei zu, wie sie sich das Foto dicht vor die Augen hielt. »O Gott … das könnte … eine Rose?«

Stohrmann nickte. »Wir halten es für möglich. Der Kollege Thevis hat den Biologen aus der Bereitschaft alarmiert. Der hat das Ding schon im Labor auf dem Tisch. Außerdem haben wir einen Schriftexperten drangesetzt.«

Erst bei der Erwähnung der Rose erinnerte Erdmann sich an die Beschreibung, die Dieter Kleenkamp von seiner Tochter abgegeben hatte. Eine Tätowierung, auf dem linken Schulterblatt. Eine rote Rose. »Mist.« Er starrte auf die Fotografie, die seine Kollegin vor sich auf dem Tisch abgelegt hatte. »Wie groß ist dieses Ding?«

»Etwa sechzehn Zentimeter lang und zwölf breit.« Thevis deutete die Ausmaße mit den Händen an. »Stark gedehnt und, soweit ich das beurteilen kann, auch irgendwie chemisch behandelt, vielleicht konserviert.«

»Und wo kommt das her?«

Matthiessen hatte Thevis angesprochen, aber KHK Stohrmann antwortete: »Es wurde per UPS-Paket verschickt, an eine Studentin. Nina irgendwas, Geschwister-Scholl-Straße, Eppendorf. Fahren Sie hin und reden Sie mit ihr. Versuchen Sie rauszufinden, warum gerade sie dieses Paket bekommen hat. Irgendeine Verbindung muss es ja geben. Es stand ein Absender auf dem Paket, aber der ist erfunden, in Hamburg gibt's weder den Namen noch die Straße.« Er schob eine Klarsichthülle über den Tisch zu ihnen herüber, in der einige Blätter steckten. »Hier, der Bericht der Kollegen, die das Ding bei ihr abgeholt haben.« Matthiessen zog die Hülle ganz zu sich heran und warf einen flüchtigen Blick darauf. »Gibt es sonst noch was? Einen Brief? Eine Forderung?«

»Wenn es eine Forderung geben würde, hätte ich Ihnen das sicher schon gesagt, oder, Frau Matthiessen?«

»Ja, das hätten Sie wohl.« Sie stand auf, Erdmann griff sich die Klarsichthülle. »Können wir los?«

Als sie auf den Golf zugingen, hielt Matthiessen ihrem

Kollegen den Schlüssel hin. »Ich möchte mir während der Fahrt den Bericht ansehen.« Erdmann nahm den Schlüssel an sich und reichte ihr dafür die Klarsichthülle.

Sie nannte ihm die Adresse, zog ihr Handy aus der Gürteltasche und hängte es an das lange Ladekabel, das im Zigarettenanzünder steckte. Erdmann warf immer wieder einen schnellen Blick zur Seite, während er den Wagen durch den dichten Verkehr manövrierte. Er sah, wie Matthiessen eine Nummer eintippte, die sie von einem der Blätter auf ihren Oberschenkeln ablas. Nach einer Weile sagte sie: »Niemand da«, gab eine andere Nummer ein und hielt sich das Gerät wieder ans Ohr. Diesmal hatte sie mehr Glück, denn nur Sekunden später sagte sie: »Guten Tag, Frau Hartmann, Hauptkommissarin Andrea Matthiessen hier, ich rufe Sie an wegen dieses Pakets, das Sie heute Morgen bekommen haben … Ja, genau … Ich bin – Nein, ich bin mit einem Kollegen auf dem Weg zu Ihnen, wir würden uns gerne mit Ihnen unterhalten.« Kurze Pause, dann: »Ah, verstehe, ich habe eben schon versucht, Sie über Festnetz zu erreichen … Eine Feier? Hm … dürfen wir Sie trotzdem kurz stören? Es wird bestimmt nicht lange dauern, aber es ist sehr wichtig … Wo, Hochallee? Ja … in Harvestehude, gut. Und der Name Ihres – Schäfer? Dirk Schäfer, in Ordnung. Wir sind etwa in einer Viertelstunde da. Bis gleich.« Matthiessen ließ das Telefon sinken. »Sie ist bei ihrem Freund. Wir müssen in die Hochallee.«

»Ja, ich hab's mitbekommen. Steht in dem Bericht eigentlich was davon, ob sie eine Idee hat, warum dieses Paket ausgerechnet an sie geschickt wurde?«

»Das kann ich Ihnen sagen, wenn ich den Bericht gelesen habe. Ich könnte jetzt damit anfangen, während Sie uns nach Harvestehude fahren.«

Klugscheißerische Zicke, dachte er und hätte eine passende Bemerkung für sie parat gehabt, die er sich aber verkniff. Stattdessen starrte er angestrengt auf den Verkehr vor sich. Kein Wunder, dass KHK Stohrmann sie nicht mochte. Wenn sie sich ihm gegenüber ähnlich benahm … Warum aber hatte er sie dann in die BAO geholt und sie sogar zu seiner Stellvertreterin gemacht? Das war doch völlig unlogisch. »Darf ich Ihnen mal eine Frage stellen?« Sein Blick war noch immer starr nach vorne gerichtet, und er hätte sich im gleichen Moment auf die Zunge beißen können, weil er ahnte, wie sie darauf reagieren würde.

»Ich lese, Herr Erdmann«, sagte sie auch prompt, ohne dabei von dem Blatt aufzusehen, das sie in Händen hielt. Nur Sekunden später aber atmete sie geräuschvoll aus und sah ihn an. »Also los, fragen Sie.«

»Es geht um Stohrmann. Kennen Sie ihn schon länger?«

Sie zögerte, kurz nur, aber Erdmann bemerkte es. »Warum möchten Sie das wissen?« Ein schneller Blick zeigte ihm, dass sie die Brauen hochgezogen hatte, so dass sich auf ihrer Stirn Falten bildeten.

»Warum antworten Sie mit einer Gegenfrage?«

Wieder zögerte sie, dieses Mal jedoch deutlich länger. »Ja, wir kennen uns schon einige Zeit, etwa zehn Jahre. Es interessiert mich aber trotzdem, warum Sie das wissen wollen.«

Erdmann zuckte mit den Schultern. »Ach, nur so, immerhin ist er der Leiter der BAO. Wie ist er so?«

»Wie er so ist? Herr Erdmann, ich werde mit Ihnen sicher nicht über einen Vorgesetzten reden. Und nun würde ich gerne den Bericht weiterlesen, wenn Sie erlauben.«

II

Zuvor

»Bitte«, flüsterte sie und erschrak darüber, »können Sie bitte … bitte tun Sie mir nicht mehr weh. Ich –« Sie musste anfallartig weinen, ihr Körper krampfte sich zusammen, sie schrie auf. Sie verstummte.

Das Schnaufen. Es war jetzt wieder ganz nah an ihrem Ohr. Ein Flüstern, so leise, dass sie es kaum verstand, so grauenvoll, dass sie erstarrte: »Kapitel eins.«

5

Sie saßen Nina Hartmann an einem runden Esstisch gegenüber.

Um sie herum herrschte ein heilloses Durcheinander. Überall in dem großen, modern eingerichteten Wohnzimmer waren Teppiche zusammengerollt und Möbel zusammengeschoben worden. Auf einem Tisch an der Längswand stand eine Armee von Gläsern, daneben leere Schüsseln in verschiedenen Größen. Die Vorbereitungen für die Party waren augenscheinlich in vollem Gange.

Rechts und links von Nina Hartmann hatten Dirk Schäfer, dem die sicher sündhaft teure Wohnung gehörte, und dessen Freund Christian Zender Platz genommen und blickten ihnen erwartungsvoll entgegen. Nina Hartmann hatte die beiden vorgestellt, als Matthiessen und er angekommen waren. Schäfer wirkte mit seinen bis über die Ohren reichenden hellblonden Haaren und der markanten Kinnpartie auf Erdmann wie ein Sunnyboy aus Kalifornien. Er war über eins achtzig groß und schlank. Christian Zender war das genaue Gegenteil. Ein gutes Stück kleiner und hager, das längliche Gesicht dominiert von einer randlosen, eckigen Brille mit extrem dicken Gläsern. Wie zwei kleine Glasbausteine, die durch einen Draht in der Mitte verbunden waren, ließen sie seine Augen übernatürlich groß wirken, was ihm ein latent irres Aussehen verlieh.

Die beiden jungen Männer hatten Bierflaschen vor sich stehen, und Erdmann hatte das Gefühl, dass es nicht die ersten an diesem Nachmittag waren. Ninas Freund hatte ihnen etwas angeboten, aber sowohl Matthiessen als auch er hatten dankend abgelehnt.

Erdmann betrachtete die Studentin, die nervös auf ihrem Stuhl hin und her rutschte und sich immer wieder Haarsträhnen aus dem Gesicht strich. Sie war eine attraktive junge Frau, wie er fand, mit einem nicht puppenhaft hübschen, aber doch interessanten Gesicht. Er war gespannt, wie Matthiessen vorgehen würde, und überlegte sich, dass er mit den jungen Leuten wahrscheinlich erst ein wenig locker plaudern würde, um Nina Hartmann die Nervosität und vielleicht auch die Angst zu nehmen, plötzlich in etwas hineingezogen zu werden.

»Frau Hartmann, Sie wissen, es geht um das Päckchen, das Sie heute Morgen bekommen haben.« Matthiessen wirkte ruhig und sachlich, fast schon kühl, so, wie er es auch von ihr erwartet hatte. »Wir müssen als Erstes versuchen herauszufinden, warum dieses Päckchen ausgerechnet an Sie gegangen ist.« Sie tippte mit dem Zeigefinger auf den Bericht, den sie mitgebracht und vor sich auf den Tisch gelegt hatte. »In dem Bericht der Kollegen von heute Morgen steht, Sie haben keine Idee, wer Ihnen das geschickt haben könnte?«

»Haben Sie schon geklärt, um was es sich bei diesem … Ding überhaupt handelt?«, fragte Schäfer, bevor seine Freundin antworten konnte. »Haben Sie vielleicht Fotos dabei? Ich würde dieses Ding gern mal sehen.«

»Das *Ding* ist im Moment bei den Biologen im Labor«, sagte Erdmann knapp. »Fotos haben wir keine hier.« Er wandte sich demonstrativ wieder Nina Hartmann zu. »Kennen Sie eine Frau namens Heike Kleenkamp?«

Sie schüttelte den Kopf. »Nein, tut mir leid. Wer ist das?«

Erdmann sah Matthiessen an, die zu einer Erklärung ansetzte. »Heike Kleenkamp ist wahrscheinlich am Dienstagabend entführt worden. Sie ist die Tochter …«

»… von Dieter Kleenkamp«, fiel Zender ihr ins Wort. »Mister Tageszeitung himself, der Typ ist steinreich. Also, wenn *ich* jemanden entführen wollte, würde ich mir auch die kleine Kleenkamp aussuchen. Reich und ziemlich lecker. *Pecunia non olet – Geld stinkt nicht.*« Beifallheischend grinste er Schäfer an, der aber keine Reaktion zeigte, wofür seine Freundin ihm einen dankbaren Blick schenkte.

»Die *Kleine* ist 21 Jahre alt.« Matthiessens Stimme ließ keinen Zweifel daran aufkommen, was sie von Zenders Erklärungen hielt. »Wenn sie entführt wurde, ist ihr Leben in Gefahr, und sie steht im Moment wahrscheinlich Todesängste aus. Ich bezweifle, dass sie Verständnis für Ihre Art von Humor hätte. Ich jedenfalls habe es nicht. Was mich aber interessieren würde: Woher kennen Sie Heike Kleenkamp?«

»Ich? Ach, ich kenne sie eigentlich gar nicht, ich hab sie mal auf der einen oder anderen Party gesehen und mitbekommen, wer sie ist. Ich glaube, sie hat gerade mit dem Studium angefangen, BWL oder so. Ich habe in der HAT gelesen, dass sie vermisst wird.«

»Und Sie, Herr Schäfer, kennen *Sie* Heike Kleenkamp?«, wandte sie sich an Ninas Freund.

»Nein«, antwortete er ohne Zögern. »Ich hab schon mal von ihr gehört, aber ich kenne sie nicht.«

»Ich kenne Sie auch nicht, da bin ich sicher«, sagte Nina Hartmann und zog damit Matthiessens Aufmerksamkeit wieder auf sich. »Ich studiere deutsche Sprache und Literatur und schreibe hier und da schon mal einen Artikel als freie Mitarbeiterin für die HAT. Nach dem Studium möchte ich dort ein Volontariat beginnen. Ich weiß zwar, dass der Verleger Kleenkamp heißt, aber dass er eine Tochter hat, wusste ich nicht. Ich verstehe auch nicht … was hat ihr Verschwinden mit dem Päckchen zu tun, das ich heute Morgen erhalten habe?«

»Tut mir leid, aber wir können zum jetzigen Zeitpunkt noch nicht viel sagen. Wie mein Kollege schon erwähnte, befindet sich der Rahmen gerade im Labor. Wir müssen die Ergebnisse abwarten. Im Moment ziehen wir einfach alle Möglichkeiten in Betracht, auch, dass dieses Päckchen etwas mit dem Verschwinden der jungen Frau zu tun haben könnte. Aber wenn Sie Artikel für die Hamburger Aktuelle Tageszeitung schreiben, gibt es immerhin schon mal einen Berührungspunkt, auch wenn Sie der Meinung sind, Heike Kleenkamp nicht zu kennen.«

»Aber warum?« Es war wieder Ninas Freund, der die Frage gestellt hatte.

»Warum was?« Erdmann gingen die Zwischenfragen der beiden jungen Männer langsam auf die Nerven.

»Warum denken Sie, dass das Päckchen etwas mit dem Verschwinden zu tun haben könnte? Und warum ist dieses Ding im Labor? Wonach genau suchen Sie?«

»Fingerabdrücke zum Beispiel.«

»Fingerabdrücke? Bei den Biologen? Ich bin kein Kriminalist, aber ich dachte, Biologen beschäftigen sich eher mit Analysen? DNA und so was?«

»Da dachten Sie richtig. Wir lassen auch das Material analysieren, auf das dieser Romananfang geschrieben wurde.«

Dirk Schäfer stieß ein kurzes Lachen aus. »Ach ja, Nina glaubt ja tatsächlich, es könne sich um …«

»Dirk, bitte …« Nina sah ihren Freund fast flehend

an, woraufhin er entschuldigend die Schultern hob und verstummte.

»Gab es neben diesem Päckchen etwas Außergewöhnliches in den letzten Tagen?«, wandte Matthiessen sich wieder an Nina. »Haben Sie jemanden kennengelernt, oder gab es vielleicht ungewöhnliche Anrufe?«

»Ungewöhnliche Anrufe? Was meinen Sie?«

»Die Frau Hauptkommissarin möchte wissen, ob der böse Mann dich angerufen hat, Nini«, meldete sich Zender wieder zu Wort. Mit einer übertriebenen Geste legte er die Handflächen auf die Wangen und riss die Augen auf. Nun sah er tatsächlich wie ein Irrer aus. »Der … Hautkrimischreiberverbrecher.«

Erdmann warf Matthiessen einen Blick zu und sah, dass sie über die Einlage Zenders ebenso irritiert war wie er. Er hoffte für den jungen Mann, dass sein seltsames Auftreten das Ergebnis des nachmittäglichen Bierkonsums war.

»Entschuldigen Sie«, sagte Zender, »aber ich finde es einfach nicht fair, dass Sie unserer Nini hier Fragen stellen, ohne ihr zu sagen, worum es überhaupt geht. Immerhin scheint es ja Gründe dafür zu geben, dass Sie denken, sie wäre vielleicht in diese Entführungsgeschichte verwickelt.«

»Wir haben Frau Hartmann gesagt, was wir sagen können, Herr Zender.« Matthiessens Stimme klang nun deutlich schärfer. »Wenn Sie sich allerdings weiterhin einmischen, werden wir unsere Unterhaltung mit ihr alleine im Präsidium fortsetzen.«

»Schon gut.« Er winkte ab und schüttelte in einer theatralischen Geste den Kopf. Im nächsten Moment überlegte er es sich jedoch offenbar anders, denn er beugte sich mit wichtiger Miene nach vorne und stützte die Unterarme auf der Tischplatte ab. »*Manus manum lavat.* Eine Hand wäscht die andere. Was halten Sie zur Abwechslung mal davon?« Er sah von Matthiessen zu Erdmann, dann zu Nina, die offensichtlich nicht wusste, was er meinte. Erdmann fragte sich, was dieser Schnösel da aufführte und vor allem, was er damit bezweckte. »Wenn Sie von Nini was wissen möchten, ist es ihr gutes Recht zu erfahren, worum es sich handelt. Sie müssen …«

»Chris«, unterbrach Nina Hartmann ihn nun selbst. Offenbar war ihr sein Auftritt peinlich. »Nun hör schon auf, ich kann für mich selbst sprechen.«

»Ich weiß, aber lass mich das noch zu Ende bringen.« Wieder wandte er sich an Matthiessen. »Es muss doch etwas geben, das einen Zusammenhang zwischen der Entführung von Heike Kleenkamp und diesem Ding, das Nini bekommen hat, vermuten lässt. Sie haben ja sicher nicht heute Morgen diesen Rahmen gesehen und gedacht: *Hey, der hat bestimmt was mit der Kleenkamp-Entführung zu tun*, oder?«

Erdmann spürte, wie sein Ärger langsam wuchs. »Was wir gedacht und getan haben, tut nichts zur Sache, Herr Zender. Die Entführung geht Sie nichts an, und die Fragen, die wir Frau Hartmann stellen möchten – wenn wir mal dazu kämen, ihr Fragen zu stellen –, gehen Sie ebenfalls nichts an. Wir befragen sie als Zeugin, daher hat sie …«

» … kein Aussageverweigerungsrecht, weil sie keine Verdächtige ist, ich weiß, ich bin angehender Jurist. Aber vielleicht greift ja das Auskunftsverweigerungsrecht nach Paragraph 55 der Strafprozessordnung, weil Nini sich durch ihre Aussage der Gefahr der Strafverfolgung aussetzen würde. *Das* kann sie allerdings nicht wissen, weil sie ja nicht weiß, worum es eigentlich geht. Außerdem haben

Sie es versäumt, Nini über ihr Auskunftsverweigerungsrecht zu belehren. *Contra legem.*«

Erdmann verdrehte die Augen. Ein angehender Jurist, das hatte ihm gerade noch gefehlt. Doch dann fiel ihm Heike Kleenkamps Tätowierung wieder ein, die Rose, und was es bedeuten würde, wenn sich tatsächlich herausstellen sollte, dass … »Diese junge Frau ist seit fast vier Tagen verschwunden, und vielleicht kann Frau Hartmann uns den entscheidenden Hinweis geben, der darüber entscheidet, ob Heike Kleenkamp stirbt oder am Leben bleibt, Herr Zender.«

Das Dauergrinsen verschwand aus Zenders Gesicht, und Erdmann sah ihm deutlich an, dass er sich nicht mehr so sicher fühlte wie noch eine Minute zuvor. »Ich möchte ja nur, dass Sie Nini sagen, in was sie da reingezogen wird.« Seine Stimme hatte den fordernden Ton verloren, und er war bedeutend ruhiger geworden. »Was ist denn mit diesem Rahmen? Nini sagte, das sah ganz seltsam aus, wie … Haut.«

Bevor Erdmann etwas erwidern konnte, antwortete Matthiessen: »Schweinehaut womöglich, wir wissen es noch nicht.« Sie sah Zender dabei fest in die Augen, der ihrem Blick allerdings nur Sekunden standhielt. *Bürschchen*, dachte Erdmann.

Matthiessen blätterte eine Seite des Berichts um und sah dann wieder zu Nina Hartmann hoch. »Also noch mal: Sie kennen Heike Kleenkamp nicht, und es kann auch nicht sein, dass sie früher vielleicht auf der gleichen Schule waren? Oder im gleichen Verein, bei einer Organisation? Nichts?«

»Aber wie soll ich das denn wissen? Ich weiß nur, dass ich sie nicht kenne.«

»Also gut. Und wie war das in den letzten Tagen, gab es irgendwelche außergewöhnlichen Begegnungen, Anrufe oder Ähnliches?«

»Nein, alles war wie immer.«

»Und Sie sind sicher, dass Sie niemanden kennen, der einen Roman geschrieben hat oder schreiben möchte? Einen Krimi? Jemanden, der vielleicht versucht hat, etwas zu veröffentlichen, und abgelehnt worden ist?«

Erdmann registrierte, dass die junge Frau kurz stockte. »Also … zumindest weiß ich nichts davon.« Sie richtete sich ein wenig auf und zog ihren Pullover zurecht. Täuschte er sich oder wirkte sie mit einem Mal unsicher?

»Denken Sie bitte noch mal genau nach«, sagte er. »Es kann enorm wichtig sein. Sind Sie ganz sicher?«

Sie warf ihrem Freund einen flüchtigen Blick zu, bevor sie nickte. »Ja, ganz sicher.«

Matthiessen setzte zu einer weiteren Frage an, wurde aber durch das Klingeln ihres Handys unterbrochen. Ruhig stand sie auf, zog das Telefon aus der Tasche und nahm das Gespräch an, während sie den Raum verließ. Als Erdmann die Befragung gerade fortführen wollte, war sie jedoch schon wieder zurück. »Kommen Sie, wir müssen los«, sagte sie zu ihm, und an Nina Hartmann gewandt: »Vielen Dank für Ihre Hilfe, wir melden uns wieder.«

Erdmann wartete, bis sie ein Stockwerk von Dirk Schäfers Wohnungstür entfernt waren, dann fragte er: »Wer war das, was ist los?«

»Der PvD. Im Stadtpark ist eine Leiche gefunden worden. Weiblich. Jemand hat ihr die Haut vom Rücken geschnitten.«

6

Die Tote befand sich in dem Waldstück, das sich um Planetarium und Jahnkampfbahn ausdehnte. Sie saß nur wenige Meter hinter der Baumgrenze auf dem moosigen Boden, mit dem Rücken so an einen Stamm gelehnt, dass sie vom Waldrand nicht zu sehen war. Ihr Kopf war nach vorne gesunken, das Kinn ruhte auf der Brust, eingerahmt von dicken rotblonden Haaren. Sie schirmten das eingefallene Gesicht zu beiden Seiten wie Vorhänge von der Umgebung ab. Sie war nackt. Erdmann konnte schlecht einschätzen, wie alt sie war, er sah zu wenig von ihrem Gesicht, aber sie schien noch unter dreißig zu sein.

Als Matthiessen ihm im Treppenhaus in der Hochallee eröffnet hatte, dass es sich bei der Toten wohl nicht um Heike Kleenkamp handelte, hatte er so etwas wie Erleichterung verspürt. Aber jetzt, wo er den mit Abschürfungen und Schmutz übersäten Körper betrachtete, fragte er sich, weshalb er auch nur für einen Moment erleichtert gewesen war. Was machte es für einen Unterschied, wie die junge Frau hieß und wer ihre Eltern waren? Dort vor ihm auf dem Boden saß ein Mensch, der auf bestialische Weise ermordet worden war.

»Was können Sie uns schon sagen?«, fragte Matthiessen den noch sehr jungen Arzt, der neben der Toten in die Hocke gegangen war und ihre Hände untersuchte. Der Mann sah zu ihr hoch.

»Sie muss mindestens zwei Tage tot sein, die Starre hat sich teilweise schon gelöst. Der Hals sieht aus, als sei sie mit einem dünnen Seil oder Draht stranguliert worden. Sie ist mit ziemlicher Sicherheit nicht hier gestorben. Totenflecke hauptsächlich im vorderen Bereich, ziemlich gleichmäßig, Druckstellen im Brustbereich und an den Oberschenkeln. Sie lag nach Todeseintritt also längere Zeit auf dem Bauch, auf einer glatten Fläche, kein Waldboden.« Er machte eine Pause und starrte auf die tote Frau, als suche er nach etwas, das er noch vergessen hatte.

»Kann ich ihren Rücken mal sehen?«, fragte Erdmann.

»Jemand hat ihr die Haut stümperhaft vom Körper geschnitten und ihr dabei den ganzen Rücken zerfetzt.« Erdmann sah dem jungen Mann an, dass ihn das mitnahm. *Bist wohl noch nicht lange dabei*, dachte er, während der Arzt den Oberkörper der Toten an der Schulter ein Stück nach vorne drückte. Erdmann machte zwei Schritte, so dass er nun schräg hinter der Frau stand, während Matthiessen auf der anderen Seite um den Arzt herumging. Der Anblick, der sich ihnen bot, war grauenvoll. Von den Schultern an bis hinunter zu den Hüften war die Haut entfernt worden, wobei stellenweise so tief ins Fleisch geschnitten worden war, dass die Wirbelsäule freilag und gelblich aus der dunklen, unebenen Masse hervorstach. Erdmanns medizinische Kenntnisse beschränkten sich auf die rudimentären Dinge, die er für die erste Einschätzung einer Leiche benötigte. Aber selbst er konnte erkennen, dass diese grauenvollen Verstümmelungen beim Entfernen der Haut auf dem Rücken der Frau von jemandem verursacht worden waren, dem es egal war, was er anrichtete. Die gesamte Fläche wirkte lederartig, an einer Stelle hingen Moos- und Dreckklumpen an freiliegendem, vertrocknet aussehendem Muskelgewebe. Das rechte Schulterblatt stach bleich hervor, darunter ragte ein kleines Stück von einem Ast aus dem Fleisch heraus. »O mein Gott«, sagte ihm gegenüber Matthiessen leise. »Wer ist zu so was fähig?«

»Das frage ich mich jedes Mal, wenn ich mir ein Mordopfer ansehen muss, aber das da …« Erdmann wollte sich abwenden, er hatte das Gefühl, den Anblick keine Sekunde länger ertragen zu können. Doch in diesem Moment drückte der Arzt den Oberkörper der Frau wieder zurück gegen den Stamm. »Da ist noch etwas, das Sie sich ansehen sollten.« Er packte den Kopf der Toten an den Seiten, hob ihn an und drückte ihn zurück gegen den Stamm.

Dann sah er Matthiessen und Erdmann auffordernd an. Erdmann erkannte sofort, was er meinte. Mit einem offenbar sehr scharfen Gegenstand war quer über die Stirn etwas eingeritzt worden. Die schmalen Wunden waren schwärzlich verfärbt und etwas wulstig, aber sie stellten zweifelsfrei zwei Zahlen dar, die mit einem Bindestrich miteinander verbunden waren: **1 - 2**

»Können Sie damit was anfangen?«

Matthiessen betrachtete eine Weile die Wunden. »Eins bis zwei … Nein, überhaupt nicht. Fällt Ihnen dazu was ein, Herr Erdmann?«

»Hm, vielleicht was Religiöses? Irgend so ein Spinner, der auf ein Kapitel in der Bibel Bezug nimmt?«

Nach einem weiteren Blick auf die Frau schüttelte Matthiessen den Kopf. »Nein, das glaube ich nicht, dann würde er doch das Evangelium angeben.«

Der Arzt ließ den Kopf der Toten langsam wieder nach vorne sinken. »Alles Weitere dann nach der Obduktion.«

Erdmann wandte sich ab und betrachtete die unmittelbare Umgebung, er suchte den Boden um die Fundstelle herum nach etwas ab, das dort vielleicht nicht hingehörte. Überall in dem braunen Teppich aus verwelkten Blättern lagen kleinere abgebrochene Äste. Hier und da wurde der dichte Belag durch Büschel von grünen Halmen unterbrochen, die ihre Spitzen neugierig nach oben streckten, als versuchten sie, einen der hellen Flecken zu erhaschen, die die Frühlingssonne durch das noch lichte neue Blätterdach hoch über ihnen auf den Boden warf.

Direkt neben der Frau, noch halb um den Baum geschlungen, lag ein Strick auf dem Boden wie der Körper einer Schlange. Wahrscheinlich war der Oberkörper der Toten damit an den Baum gebunden gewesen, als man sie gefunden hatte. Als hätte sie seinen Gedanken gelauscht, fragte Matthiessen: »Wer hat sie gefunden?« Ihre Stimme klang wieder fester. Erdmann sah zu ihr auf und bemerkte erst jetzt den Mann im weißen Schutzanzug, der neben seine Kollegin getreten war. Er kannte ihn, hatte ihn schon ein paarmal an Tatorten und Leichenfundstellen gesehen, aber sein Name fiel ihm nicht mehr ein.

»Ein Mann, der mit seinem Hund spazieren ging. Er ist da vorne, ein Sani ist bei ihm.« Der Mann zeigte auf eine Stelle gleich hinter der Absperrung, wo ein älterer Herr in der geöffneten Heckklappe eines Krankenwagens saß und sich gestikulierend mit einem weißgekleideten Mann mit orangefarbener Warnweste unterhielt. Der Hund saß neben den beiden auf dem Boden. Erdmann glaubte, aus der Entfernung einen Dackel zu erkennen. »Übernehmen Sie das bitte«, sagte Matthiessen und wandte sich wieder dem Mann im Schutzanzug zu, während Erdmann auf den Krankenwagen zuging.

Der etwa 75-Jährige stand offensichtlich unter Schock, und der Mann mit der Warnweste, der kein Sanitäter, sondern Arzt war, wie sich herausstellte, bat Erdmann, seine Fragen möglichst vorsichtig zu stellen. Als Erdmann den älteren Mann ansprach, dauerte es eine Weile, bis er reagierte und mit leerem Blick zu ihm aufsah. Er bestätigte stockend Erdmanns Vermutung, dass die Tote mit dem Seil, das neben ihr auf dem Boden gelegen hatte, angebunden gewesen war. Dann brach der Mann in Tränen aus, was den Arzt dazu veranlasste, sich vor ihn zu stellen, damit er nicht weiter von Erdmann befragt werden konnte. Erdmann sah ein, dass es im Moment keinen Sinn hatte fortzufahren, und ging zurück zu Matthiessen.

Eine knappe Stunde später saßen sie im Einsatzraum der BAO Heike. Anders als zuvor waren die meisten Plätze nun besetzt. Stohrmann hatte alle Mitglieder der BAO herbeordert, die meisten von ihnen kannte Erdmann schon länger. Zudem saß Kriminalrat Jan Eckes mit am Tisch, der Leiter des LKA 4. Matthiessen und Erdmann kamen als Letzte dazu, sie hatten den Anruf erhalten, als sie gerade vom Fundort der Leiche aufbrechen wollten. Alle Augen waren auf sie gerichtet, während sie auf zwei freien Stühlen nebeneinander Platz nahmen.

Auf Stohrmanns Aufforderung hin berichtete Matthiessen, was sie bisher wussten. Bei der Beschreibung des Rückens der Toten begnügte sie sich mit der Information, dass der Frau stümperhaft die Haut vom Körper geschnitten worden war. »Außerdem hat man ihr etwas in die Stirn geritzt. Eins, Bindestrich, zwei. Wir haben noch keine Vorstellung, was das zu bedeuten hat. Die Fotos werden wir gleich bekommen.«

Erdmann sah, wie einer der Beamten schräg gegenüber bei der Erwähnung der Zahlen auf der Stirn zusammenzuckte. Es war Kommissar Jens Diederich, ein schlaksiger Mann um die dreißig, um dessen Augen und Mund immer ein Grinsen zu liegen schien. Erdmann kannte ihn, seit er etwa zwei Jahre zuvor zur Kripo gestoßen war. Er hatte das Gefühl, dass Diederich etwas sagen wollte, aber Stohrmann kam ihm zuvor. »Aus dem Labor kam eben die Bestätigung: Bei dem Material auf dem Rahmen handelt es sich definitiv um menschliche Haut. Der DNA-Abgleich wird noch dauern, aber aufgrund der Tätowierung müssen wir wohl davon ausgehen, dass dieses Hautstück von Heike Kleenkamp stammt. Eine Verbindung zwischen ihr und der Toten aus dem Stadtpark scheint offensichtlich, wir haben es nun also wahrscheinlich nicht nur mit einem Entführungsfall zu tun, sondern auch mit Mord. Deshalb wird uns Kriminalrat Eckes zusätzliche Kolleginnen und Kollegen des LKA 4 zur Seite stellen.« Während Eckes nun die Namen der Beamten nannte, die er für die BAO abstellte, warf Erdmann immer wieder einen kurzen Blick zu Jens Diederich. Diederich schien sich erst nicht schlüssig zu sein, ob er etwas sagen sollte oder nicht, doch als Eckes sich zurücklehnte, richtete er sich auf. »Also, es ist vielleicht ziemlich weit hergeholt, aber diese Geschichte mit den Zahlen und der Haut – ich habe mal einen Krimi gelesen, in dem es um solche Mordfälle ging. Frauen, denen die Haut vom Rücken geschnitten wurde und die Zahlen auf der Stirn hatten. Es ist schon einige Zeit her, ich erinnere mich nicht mehr an den Titel, aber ich weiß noch, dass ich das Buch nach den ersten 50 Seiten weggelegt habe, weil es mir nicht gefallen hat.«

»Was? Das ist überhaupt nicht weit hergeholt!« Matthiessen wirkte aufgeregt. »Es wäre nicht das erste Mal, dass sich ein Täter Anregungen aus Büchern holt. Können Sie sich vielleicht noch an den Autor erinnern?«

»Nein, leider auch nicht.«

Stohrmann beugte sich ein Stück nach vorne. »Und was

ist mit diesem Rahmen, kam der auch in dem Krimi vor?« Diederich dachte einen Moment nach. »Ja, ich bin mir ziemlich sicher, aber … Wie gesagt, ich habe den Roman ziemlich schnell abgebrochen. Das war mir alles zu abgedreht.«

»Wie wir sehen, ist es das nicht.« Erdmann spürte die vage Hoffnung in sich aufsteigen, durch dieses Buch vielleicht tatsächlich einen Anhaltspunkt zu bekommen. Er warf einen Blick auf seine Armbanduhr und sah zu Matthiessen und dann zu Stohrmann. »Es ist jetzt kurz nach vier. Vorschlag: Rufen wir doch in einer Buchhandlung an und versuchen herauszufinden, wie dieses Buch heißt und wer es geschrieben hat. Wenn der Kollege Diederich dem Buchhändler alles erzählt, woran er sich erinnern kann, fällt dem vielleicht der Titel des Krimis ein.«

»Gut, tun Sie das sofort.« Stohrmann nickte Erdmann zu und wandte sich an die anderen Anwesenden. »Die Kollegin Matthiessen wird uns währenddessen von ihrem Gespräch mit dieser Studentin erzählen, und jemand von ihnen klemmt sich gleich im Anschluss vor den PC und geht die Datenbank nach Fällen durch, die Ähnlichkeiten aufweisen. Außerdem möchte ich, dass zwei von Ihnen zur Familie Kleenkamp fahren und sich das Zimmer oder die Wohnung von Heike Kleenkamp ansehen. Tagebücher, Aufzeichnungen, Computer und so weiter. Vielleicht gibt es da einen Hinweis.« Erdmann erhob sich und verließ den Raum, dicht gefolgt von Diederich.

Minuten später saßen sie vor dem PC in Erdmanns Büro und waren gleich mit dem ersten Anruf erfolgreich. Sie hatten sich für die Filiale einer großen Buchhandelskette entschieden, die in der Trefferliste des Online-Telefonbuches ganz oben aufgeführt war. Diederich erklärte sein Anliegen und nannte die wichtigsten Fakten des Buches, an die er sich erinnern konnte. Er hörte einen Moment zu, dann hellte sich sein Gesicht auf. »Ja … ja genau … ja, jetzt erinnere ich mich. Stimmt.« Er griff sich einen Stift und schrieb auf eine der wenigen Stellen der Papierunterlage, die Erdmann noch nicht vollgekritzelt hatte: *Das Skript / Christoph Jahn*

»Und haben Sie das Buch … Ah, okay, schade … Wann wäre es da, wenn Sie es bestellen? … Montagnachmittag … Hm … Ja? Ja sicher … Aha … Und wie heißen die?« Wieder nahm er den Stift zur Hand, und Erdmann sah ihm dabei zu, wie er *Die kleine Bücherecke* und eine Adresse unter den Buchtitel schrieb. Diederich bedankte sich und legte auf.

»Das Buch heißt *Das Skript.* Die haben es zwar nicht da, aber die Buchhändlerin meinte, es gibt eine kleine Buchhandlung, hier in der Nähe – *Die kleine Bücherecke.* Sie sagte, sie kennt die Besitzerin gut, sie ist wohl ein Fan dieses Autors, und es kann gut sein, dass sie das Buch im Laden hat. Der Autor wohnt übrigens in Hamburg.«

»Das ist ja interessant.« Erdmann notierte sich alle Daten auf seinem Notizblock, dann stand er auf. »Ruf doch bitte in dem Buchladen an und hör nach, ob die das Buch dahaben, und komm dann gleich runter in den Einsatzraum.«

III

Zuvor

Der Schmerz war allgegenwärtig, er beherrschte sie vollkommen. Ihr Verstand hatte sich irgendwann einen Weg durch die Wogen der Panik zurückerkämpft, hatte ihr wieder zu denken erlaubt.

Dieses Monster hatte etwas Grauenvolles mit ihr gemacht, mit ihrem Rücken. Sie wollte nicht sterben, sie überlegte fieberhaft, was sie anbieten konnte im Tausch gegen ihr Leben. Alles wollte sie tun, restlos alles, wenn sie nur nicht sterben musste. Sie hatte sich nie Gedanken über den Tod gemacht, darüber, dass sie dann nicht mehr existieren sollte. Einfach nicht mehr da, nie wieder. Warum konnte ihre Mutter jetzt nicht kommen und sie in den Arm nehmen?

Bitte, bitte, Mama, komm und hilf mir doch.

Würde sie im Tod noch größere Schmerzen haben als jetzt? Konnte es noch größere Schmerzen geben? Sie begann zu wimmern und bemerkte es erst, als sie ihre Stimme hörte. Nein, ihre Mama konnte nicht kommen, sie wusste nicht, wo sie sich befand. Niemand wusste es. Niemand. Oder würde man sie vielleicht doch finden? Vielleicht … vielleicht waren ja Menschen in der Nähe? Ohne darüber nachzudenken, begann sie zu schreien. Sie legte alle Luft, die ihre Lungen hergaben, in ihre Schreie, sie spürte, wie die Schmerzen sie anfauchten, unerträglich wurden, doch sie schrie weiter. »Ich bin hieeeer! Hilfeeeee!«

Dann ein anderer Gedanke: Was war, wenn das Monster sie hörte und sich daran erinnerte, dass es noch etwas an ihr zu tun gab? Abrupt brachen ihre Schreie ab, klangen in einem wimmernden Laut aus, verstummten. Sie hörte ihren Atem, kurze, laute, schnelle Stöße, die sich als glühende Pfeile von innen gegen ihren Rücken bohrten. Hoffentlich hatte das Monster sie nicht gehört, hoffentlich nicht.

Sie schreckte hoch. Ein Geräusch –

7

Die Buchhandlung *Die kleine Bücherecke* lag in Hoheluft-West, im Erdgeschoss eines Eckgebäudes. Der eigentliche Verkaufsraum mochte vielleicht hundert Quadratmeter haben. In einer Ecke des fast quadratischen Raumes standen drei Bistrotische mit Holzstühlen daran, auf einer Anrichte daneben ein Kaffeevollautomat und einige bunte Tassen.

Als Erdmann hinter Matthiessen den Laden betrat, drehte sich eine junge Frau zu ihnen um. Sie stand vor einem der vielen Regale, einen Korb mit Büchern neben sich auf dem Boden. Ihr kupferrotes, kinnlanges Haar war zu einem Bob geschnitten, was ihre herzförmige Gesichtsform noch unterstrich. Sie mochte Anfang dreißig sein, und als sie nun mit einem fast schon scheuen Lächeln auf sie zukam, dachte Erdmann, dass sie für ihre Größe von vielleicht eins siebzig ein paar Kilos zu viel hatte. »Guten Tag, kann ich Ihnen helfen?«

»Guten Tag, ich bin Hauptkommissarin Matthiessen, das ist mein Kollege, Oberkommissar Erdmann. Frau Miriam Hansen?«

Das Lächeln verschwand. »Ja.« Sie sah zu Erdmann, dem dabei auffiel, von welch intensivem Grün ihre Augen waren. »Sind Sie … habe ich eben mit Ihnen gesprochen?«

»Nein, mit einem Kollegen. Es geht um dieses Buch.« Er kramte in der Innentasche seiner Lederjacke nach seinen Notizen.

»Nach dem Ihr Kollege gefragt hat? *Das Skript* von Christoph Jahn, das habe ich da. Ist das für Sie privat oder …«

»Können Sie es bitte holen?«, forderte Matthiessen die junge Frau auf, bevor Erdmann etwas erwidern konnte. Traute sie ihm etwa nicht zu, selbst entscheiden zu können, was er einer Zivilperson über einen laufenden Fall sagen konnte?

»Ja, ich … Moment, ich hole es Ihnen.« Miriam Hansen wandte sich ab und ging auf ein Regal neben den Tischen zu. »Möchten Sie vielleicht einen Kaffee?«

»Nein, danke«, sagte Matthiessen. »Ja, gerne«, antwortete Erdmann gleichzeitig. Die junge Frau drehte sich kurz zu ihnen um. »Also einen Kaffee?« Erdmann nickte.

»Suchen Sie mir aber bitte das Buch heraus, bevor Sie meinem Kollegen einen Kaffee machen.« Der Blick, mit dem Matthiessen Erdmann dabei bedachte, regte ihn auf, so sehr, dass er sich stark zusammenreißen musste, sie nicht an Ort und Stelle zu fragen, was ihr eigentlich einfiel.

»Hier ist es.« Miriam Hansen kam mit einem Taschenbuch in der Hand auf sie zu. Erdmann machte einen Schritt nach vorne und nahm es ihr aus der Hand. Das Cover war in Schwarz gehalten, in großen, grün schimmernden Chromlettern prangte der Titel über die gesamte Breite. Eine Frau schien auf dem Wort *Skript* zu liegen, den nackten Rücken dem Betrachter zugewandt. »Danke, und … den Kaffee trinke ich ein anderes Mal.« Er sah zu Matthiessen, doch der Kommentar, mit dem er gerechnet hatte, blieb aus. Stattdessen wandte sie sich wieder der Buchhändlerin zu. »Stimmt es, dass Sie ein Fan dieses Autors sind?«

Die hellen Wangen der jungen Frau bekamen einen rosafarbenen Schimmer. »O ja, ich habe alle seine Bücher gelesen, und seit er in Hamburg wohnt, habe ich ihn auch schon ein paarmal gesehen.«

»Auf Lesungen?«

»Nein, leider nicht, Christoph macht keine Lesungen mehr. Er hat bisher kein neues Buch mehr herausgebracht, nachdem er mit der Arbeit an *Das Skript* fertig war. Diese Geschichte damals …«

Christoph?, wunderte sich Erdmann und sagte: »Welche Geschichte?«

»Ach, Sie wissen das nicht? Ich dachte, weil Sie doch von der Polizei …«

»Welche Geschichte meinen Sie?«, wiederholte Matthiessen Erdmanns Frage.

»Ja, also … damals, vor vier Jahren, da hat ein Verrückter ein Verbrechen aus Christophs Roman kopiert, bis ins kleinste Detail. Einen Mord.«

Erdmann spürte, wie ihm vor Aufregung ganz heiß wurde. Er hielt das Buch hoch und wedelte damit herum. »Was? Aus diesem Roman? *Das Skript?*«

Miriam Hansen schüttelte den Kopf. »Nein, nein, nicht aus dem. Der war damals noch nicht auf dem Markt. Aus *Der Nachtmaler*, das war der Krimi vor *Das Skript*.« Erdmann wechselte mit Matthiessen einen schnellen Blick, und er sah ihr an, dass sie das Gleiche dachte wie er: *Endlich eine Spur.*

»Können Sie sich an diesen Fall erinnern?«, wandte er sich an seine Kollegin. Matthiessen schüttelte den Kopf. »Nein, seltsam. Normalerweise müsste ich mich an einen so –«

»Nein, das … das war nicht hier«, unterbrach die Buchhändlerin sie schüchtern. »Das war in Köln. Bevor Christoph nach Hamburg gezogen ist. Also … ich glaube, das war der Hauptgrund, warum er überhaupt hierhergekommen ist.«

»Moment«, schaltete Erdmann sich wieder ein. »Er hat damals in Köln gewohnt, und dort ist auch das Verbrechen aus seinem Roman verübt worden?«

»Ja, soweit ich weiß, war es so. Das hat damals alles in den Zeitungen gestanden. Auch hier in Hamburg. Christoph ist ziemlich berühmt.«

Matthiessen zuckte mit den Schultern. »Nun, ich zumindest kenne ihn nicht. Wissen Sie, ob der Täter damals gefasst worden ist?«

»Ich glaube nicht.«

»Spielt der Roman denn auch in Köln?«

»Nein, Christophs Romane spielen alle in Kirstheim. Das ist eine Stadt irgendwo mitten in Deutschland, die es gar nicht gibt. Christoph hat sie für seine Romane erfunden.«

»Aha. Haben Sie dieses Buch denn auch da?«

»Ich habe alle seine Bücher da, und ich verkaufe auch viele davon.« Sie war sichtlich stolz.

»Wie viele Romane hat er denn bisher geschrieben?«

»Vier insgesamt.«

»Könnten wir dieses andere Buch, diesen *Nachtmaler*, auch haben, bitte?«

»Ja, natürlich.«

»Und wie viele Exemplare haben Sie noch von *Das Skript*?«, fragte Matthiessen.

»Ich glaube drei.«

»Wir nehmen alle mit.«

Als Miriam Hansen mit den Büchern zurückkam, fragte Matthiessen: »Wie haben Sie den Autor denn kennengelernt?«

Wieder zog sich ein rötlicher Schimmer über die Wangen der jungen Frau, dieses Mal aber deutlicher. »Ach, das ist schon ein bisschen her.« Sie wirkte verlegen. »Als ich erfahren habe, dass Christoph nach Hamburg gezogen ist, habe ich ihm über seine Website eine Mail geschrieben. Ein paar Tage später hat er mir sehr nett geantwortet. Wir haben uns dann einige Zeit geschrieben, und irgendwann hat er vorgeschlagen, dass wir einen Kaffee zusammen trinken. Tja, und seitdem treffen wir uns immer mal wieder.«

»Wie alt ist er?«

»Anfang fünfzig.«

»Hat er Familie?«

»Nein. Er ist geschieden und lebt mit seiner Haushälterin in Volksdorf, in einem tollen Haus am Waldrand, mit einem wunderschönen Garten.«

»Sie waren schon bei ihm zu Hause?« fragte Erdmann.

»Ja, schon ein paarmal. Zum Kaffee und auch schon zum Essen.«

»Vielen Dank für Ihre Hilfe, Frau Hansen«, sagte Matthiessen. »Sie scheinen den Autor ja recht gut zu kennen. Dürfen wir uns gegebenenfalls wieder melden, falls wir noch Fragen haben?«

»Ja, natürlich, gerne. Wenn Sie mit Christoph selbst sprechen möchten, kann ich ihn anrufen.«

»Danke, aber das wird nicht nötig sein. Schreiben Sie mir bitte noch Ihre private Adresse und Telefonnummer auf?«

Wenige Minuten später verließen sie *Die kleine Bücherecke* mit einer Tüte, in der fünf Bücher von Christoph Jahn lagen, vier Exemplare von *Das Skript* und eines von *Der Nachtmaler.* Miriam Hansen wollte ihnen die Bücher schenken, aber Matthiessen hatte darauf bestanden, sie zu bezahlen, und sich eine Quittung über den Betrag geben lassen.

»Was halten Sie von dieser Geschichte?«, fragte sie, als sie an einer Reihe kleiner Vorgärten vorbei auf den Golf zugingen, der etwa hundert Meter entfernt am Straßenrand geparkt war. »Ich bin höllisch gespannt auf diese Bücher.« Sie nickte. »Und auf den Fall in Köln.«

Als Erdmann losfuhr, zog Matthiessen eines der Bücher aus der Tüte – *Das Skript*, wie er mit einem schnellen Seitenblick feststellte – und blätterte die ersten Seiten durch. Erdmann dachte an das Gespräch mit der Buchhändlerin. So, wie sie geklungen hatte, als sie von diesem Jahn sprach, war das schon mehr als die bloße Begeisterung für einen Autor. Und dass sie bereits mehrfach …

»O Gott!«

Erdmann sah zu Matthiessen, die entsetzt auf das Buch starrte. »Was ist? Was ist los?«

»Schauen Sie sich das mal an.« Sie hielt das Buch so, dass er die aufgeschlagene Seite sehen konnte. Mit einem ersten, schnellen Blick konnte er zwar nichts lesen, aber er sah, dass der Textfluss auf der rechten Seite durch ein paar handschriftliche Wörter unterbrochen war. War es tatsächlich das, was er vermutete? Erdmann fuhr rechts ran und betrachtete die Buchseite genauer. Das, was dort abgedruckt war … Sein Verdacht hatte sich bestätigt. Es war exakt der gleiche Wortlaut wie auf dem gerahmten Stück Haut:

Der Leser

Kriminalroman

von

Anonymus

8

»Verdammt.« Georg Stohrmann klappte das Buch zu und warf es auf den Schreibtisch, vor dem Matthiessen und Erdmann standen. »Wissen Sie schon Näheres über den Inhalt? Ist es so, wie Diederich sagte? Wie genau stimmen die Fakten mit denen im Buch überein, und wie geht es im Text weiter? Müssen wir davon ausgehen, dass der Täter sich auch weiterhin an das Buch hält?« Er sah Matthiessen dabei direkt in die Augen. Sie hielt seinem Blick stand. »Wie Sie wissen, haben wir die Bücher eben erst bekommen.«

»Ja, Sie haben natürlich recht. Aber es hätte ja sein können, dass Sie schon während der Fahrt hierher darin gelesen haben, weil uns die Zeit davonrennt. Da habe ich wohl zu viel vorausgesetzt.«

Wieder eine dieser Spitzen. Erdmann war sicher nicht Matthiessens größter Fan, aber die Art, wie Stohrmann sich ihr gegenüber verhielt, war nicht in Ordnung. Was auch immer zwischen den beiden vorgefallen war, es gehörte nicht hierher. Er nahm sich vor, sie darauf anzusprechen. Sie arbeiteten zwar erst seit ein paar Tagen zusammen, aber immerhin waren sie ein Team.

»Ich habe zwei Kollegen an den Kölner Fall gesetzt«, sagte Matthiessen nun ungerührt. »Sie besorgen die Unterlagen und lesen sich online in den Fall ein. Der Täter ist damals nicht gefasst worden, es wäre also möglich, dass er Jahn nach Hamburg gefolgt ist und nun hier die Verbrechen des nächsten Romans nachstellt.« Und nach einer kurzen Pause fügte sie hinzu: »Hoffentlich hat der Autor sich bei der Anzahl der Opfer zurückgehalten.«

»Zumindest einen Vorteil haben wir.« Sowohl Stohrmann als auch Matthiessen sahen Erdmann fragend an, und er deutete auf das Buch. »Na ja, wir haben die Anleitung, nach der er vorgeht. Das heißt, wenn er sich wirklich genau an die Vorlage hält, wissen wir bald, was er als Nächstes tun wird.«

Matthiessen zog kurz die Mundwinkel nach unten. »Das hat den Kollegen in Köln damals offensichtlich nicht viel genützt.«

»Wissen Sie schon, wann genau das war?« Stohrmann sah Matthiessen dabei wieder an, und Erdmann hatte das Gefühl, Stohrmann hoffte, nein, er *wollte*, dass sie die Frage verneinte. »Wir sind am Ball«, antwortete er deshalb schnell. »Ich denke, die Kollegen müssten die Infos schon haben.« Stohrmann zögerte einen Moment, dann nickte er. »Also gut, bleiben Sie dran, wie Sie wissen, zählt jede Minute.«

Als sie nebeneinander den Flur entlang zum Treppenhaus gingen, sprach Erdmann das Thema an, obwohl er wusste, dass der Zeitpunkt alles andere als günstig war. »Was ist eigentlich mit Stohrmann los? Was hat er gegen Sie?«

»Wie kommen Sie darauf, dass er was gegen mich hat?« Es klang lange nicht so bissig, wie er es erwartet hatte, eher niedergeschlagen. Sie hatten das Treppenhaus erreicht, und er blieb stehen. »Ach kommen Sie, das ist ja wohl offensichtlich.« Matthiessen hielt an und wandte sich ihm zu. Eine gefühlte Ewigkeit sahen sie sich an, und sie schien darüber nachzudenken, was sie ihm anvertrauen konnte. Schließlich schlug sie die Augen nieder und betrachtete ihre Schuhe. »Das ist nicht mit ein paar Worten erzählt. Vielleicht ein anderes Mal.« Er hatte also richtig gelegen mit seiner Vermutung.

Als sie den Einsatzraum zwei Stockwerke tiefer erreicht hatten, empfing sie fieberhafte Geschäftigkeit. Die meisten Kolleginnen und Kollegen sammelten Infos zu Christoph Jahn und dem alten Kölner Fall, teils in der Datenbank, teils in Zeitungsberichten von damals. Drei weitere, unter ihnen auch Diederich, analysierten *Das Skript*, notierten alles, was für den Fall relevant erschien, lasen Online-Rezensionen und schrieben sich die Namen der Rezensenten auf.

Diederich berichtete, dass sie bisher erschreckende Parallelen, aber auch einen gravierenden Unterschied festgestellt hatten: Anders als im realen Fall schickte der Täter in Jahns Krimi das erste Päckchen mit dem makabren Inhalt nicht an eine Studentin, sondern an eine Tageszeitung. »Und auch alle weiteren Päckchen landen in der Redaktion«, fügte Diederich hinzu.

»Alle weiteren Päckchen?« Erdmann sah ihn fassungslos an.

»Ja, der Täter hält gleichzeitig mehrere Frauen gefangen, um immer an genügend Haut zu kommen. Es ist ekelhaft!«

»Das bedeutet, er hat nicht nur Heike Kleenkamp und zuvor die Tote, die wir heute Morgen gefunden haben, in seiner Gewalt, sondern wahrscheinlich noch weitere Frauen?«

»Ja, es sieht danach aus. Leider.« Diederich stockte. »Die Zahlen auf der Stirn des Opfers, eins bis zwei, bedeuten übrigens, dass auf der Haut der Frau die Kapitel eins und zwei geschrieben werden«, fuhr er dann fort.

»Und wie ist das bei Heike Kleenkamp?«, fragte Matthiessen.

»Wie es aussieht, ist sie für den Titel und die Kapitelnummern vorgesehen.«

»Kapitelnummern?«

»Ja. Eine Eins, eine Zwei und so weiter. Jede Kapitelnummer steht auf einer eigenen *Seite.*«

»Mein Gott, wer denkt sich so was aus. Wie ist das im Buch, lebt das Pendant zu Heike Kleenkamp da zu diesem Zeitpunkt noch?«

»Ich bin nicht sicher, wir sind noch nicht so weit, aber laut Roman tötet er diese Frau nicht sofort, sondern entfernt ihr immer nur dann ein Stück Haut vom Rücken, wenn er bald ein neues Kapitel beginnt.«

»Er … er häutet sie bei lebendigem Leib?« Matthiessen sah Diederich ungläubig an, doch der nickte mit betroffener Miene. »Mein Gott … Wir müssen diesen Irren stoppen. Schnellstmöglich.« Sie ließ sich Adresse und Telefonnummer des Schriftstellers geben und bat darum, sofort angerufen zu werden, falls es wichtige neue Erkenntnisse gab. Dann verließ sie zusammen mit Erdmann das Gebäude, um sich auf den Weg zu Christoph Jahn zu machen. Erst hatte sie vorher bei ihm anrufen wollen, um sicherzugehen, dass er zu Hause war, aber Erdmann hatte sie davon überzeugt, dass es von Vorteil sein konnte, Jahn nicht auf ihren Besuch vorzubereiten. So würden sie seine spontane Reaktion sehen können, wenn er erfuhr, dass Jahre nach dem ersten Fall nun wahrscheinlich ein weiterer seiner Romane als Vorlage für ein Verbrechen diente.

Volksdorf, das aufgrund seines Baumreichtums auch als eines der *Walddörfer* bezeichnet wurde, war knappe 15 Kilometer vom Hamburger Polizeipräsidium entfernt. Nach einer guten halben Stunde im Stadtverkehr, während der sie nicht viel sprachen, waren sie vor dem gepflegten, weiß verputzten Einfamilienhaus, das etwas zurückgesetzt in einer ruhigen Straße stand und von einer hohen Kirschlorbeerhecke umgeben war, angekommen. Erdmann parkte den Wagen am Straßenrand, dann betraten sie das Grundstück durch ein breites, schmiedeeisernes Tor, dessen beide Flügel einladend offen standen. Von dem gepflasterten Weg, der zu der Garage rechts neben dem Haus führte, zweigte etwa in der Mitte ein schmalerer Pfad in Richtung Haustür ab, der Rasen zu beiden Seiten leuchtete in einem für die Jahreszeit außergewöhnlich saftigem Grün. Kreisrunde Inseln erstrahlten im kräftigen Gelb der blühenden Osterglocken, die sich um Rhododendren gruppiert dem Himmel entgegenreckten. Erdmann drückte auf den mit einer runden Messingscheibe eingefassten Klingelknopf rechts neben der massiven Holztür. Es dauerte nur wenige Sekunden, bis geöffnet wurde. Die Frau mochte Ende vierzig sein. Sie hatte dunkles, leicht gewelltes Haar, das ihr bis auf die Schultern reichte und von silbrigen Strähnen durchzogen war. Sie trug eine strahlend weiße Schürze mit Spitzen an den Rändern über einem dunklen Kleid, ihr rundliches Gesicht war kaum geschminkt. Erdmann dachte, dass eine Haushälterin genau so aussehen musste. Mit einer Mischung aus Freundlichkeit und Neugier sah sie sie an. »Ja, bitte?« Matthiessen stellte sich und Erdmann vor und fragte, ob Christoph Jahn zu sprechen war. »Ja, er ist zu Hause.« Sie trat zur Seite und gab den Eingang frei. »Bitte, kommen Sie doch herein. Sind Sie hier, um mit ihm über seinen neuen Roman zu sprechen?«

Matthiessen tauschte einen schnellen Blick mit Erdmann und sagte: »Nein, es geht um was Dienstliches.«

Die Frau führte sie durch eine kleine Diele in ein etwa 50 Quadratmeter großes Wohnzimmer, dessen Hinterseite fast komplett aus Glas bestand und einen wunderbaren Blick auf die Holzterrasse und den großen, sehr gepflegt wirkenden Garten erlaubte. Die überwiegend dunklen Schränke und Vitrinen wirkten massiv, in der schweren braunen Ledergarnitur erkannte Erdmann ein englisches Chesterfield-Möbelstück.

»Bitte, nehmen Sie doch Platz, ich werde Herrn Jahn sagen, dass Sie hier auf ihn warten. Darf ich Ihnen etwas zu trinken anbieten?« Beide verneinten, und die Haushälterin verließ noch immer lächelnd den Raum.

»Hat diese Buchhändlerin nicht gesagt, er hätte schon vor Jahren mit dem Schreiben aufgehört?« Erdmann setzte sich auf einen der Sessel, die gegenüber der Couch an einem hellen Marmortisch standen. Matthiessen ging um den Tisch herum und ließ sich auf der Couch nieder. »Offensichtlich hat er sich entschlossen, doch wieder anzufangen. Wir können ihn ja gleich danach fragen.«

Sie mussten nicht lange warten, bis Christoph Jahn ins Wohnzimmer trat. Er war groß und schlank, sein kurzgestutztes Haar war komplett grau. Erdmann war kein Fan von Bärten, aber er stellte fest, dass der kurze, ebenfalls graue Vollbart dem Schriftsteller gut stand und sein Gesicht sehr interessant aussehen ließ. Als er nun auf Matthiessen zuging und ihr die Hand reichte, erinnerte er Erdmann stark an den Schauspieler Sean Connery.

»Guten Tag, ich bin Christoph Jahn. Helga sagte mir, sie sind von der Polizei und in einer dienstlichen Angelegenheit hier?«

Matthiessen erhob sich. »Ja, ich bin Hauptkommissarin Matthiessen, das ist mein Kollege, Oberkommissar Erdmann.« Er begrüßte auch Erdmann, setze sich dann auf den freien Sessel und sah Matthiessen wieder an. »Was kann ich für Sie tun?«

»Vor ein paar Jahren hat in Köln jemand einen Mord aus Ihrem Roman *Der Nachtmaler* nachgestellt. Der Täter ist damals nicht gefasst worden, und nun sieht es so aus, als würde hier in Hamburg das Gleiche wieder passieren, dieses Mal aus dem Roman *Das Skript*.«

Jahns Augen weiteten sich. »O nein.« Er strich sich mit der Hand über die Stirn. »Was ist geschehen?«

Matthiessen nickte Erdmann zu, und er erzählte dem Schriftsteller von der Entführung, dem Päckchen, das die Studentin erhalten hatte, und dem Mord. Jahns Gesicht wurde immer blasser, und als Erdmann die Zahlen auf der Stirn der Toten erwähnte, schlug er sich die Hand vor den Mund und sagte: »Allmächtiger.« Erdmann hätte nicht sagen können, warum, aber es wirkte auf ihn ein wenig gekünstelt.

»Ist es richtig, dass in Ihrem Roman eine der entführten Frauen nicht gleich getötet wird? Die Frau, auf deren Haut der Romantitel und die Kapitelnummern geschrieben werden?«

Jahn nickte. »Ja, das stimmt. Der Täter nimmt immer nur ein Stück ihrer Haut, gerade so viel, dass es für eine Seite ausreicht, auf die er dann die Kapitelnummer schreibt.«

Matthiessen beugte sich ein Stück nach vorne. »Wir denken, dass Heike Kleenkamp diese Frau ist. Sie wurde am Mittwoch entführt, der Titel des Romans kam am Samstagmorgen bei der Studentin an. Haben Sie eine Idee, warum der Täter an dieser Stelle von Ihrem Roman abweicht? Und … was glauben Sie, wie lange haben wir noch die Chance, Frau Kleenkamp lebend zu finden?« Jahn saß da und starrte vor sich hin. »Herr Jahn?«

»Ja, ich … also … bin wirklich geschockt, wie Sie sich vielleicht vorstellen können. Im Roman schickt der Täter jeden Tag zwei Seiten an eine Tageszeitung. Die Kapitel sind kurz, sechs, acht Seiten. Er braucht also jeden dritten oder vierten Tag eine neue Kapitelnummer.« Er machte eine Pause, schien für Sekunden abwesend zu sein, fing sich wieder, und auch dieses Mal hatte Erdmann dabei ein seltsames Gefühl. »Es wird also nicht sehr lange dauern, bis … na ja, sie wissen schon.« Eine erneute Pause. »Ich weiß nicht, warum das Päckchen an diese Studentin geschickt wurde. In meinem Buch geht es dem Täter ja darum, Aufmerksamkeit für seinen Roman zu erlangen. Mein Gott, die Vorstellung, dass … wie grauenvoll.«

»Erzählen Sie uns bitte von der Täterfigur aus ihrem Buch. Was ist der Täter für ein Mensch, und vor allem, was ist sein Motiv für die Taten?«

Jahns Haushälterin öffnete die Wohnzimmertür und blieb im Türrahmen stehen. »Kann ich Ihnen vielleicht jetzt etwas anbieten? Ein Wasser vielleicht, oder Kaffee?«

Erdmann und Matthiessen lehnten dankend ab, und Jahn sagte: »Danke, Helga, ich möchte im Moment auch nichts«, woraufhin sie leise die Tür hinter sich schloss. Jahn sah Matthiessen an. »Wo waren wir gerade?«

»Bei dem Täter aus Ihrem Roman.«

»Ach ja, stimmt. Entschuldigen Sie bitte, diese Sache hat mich vollkommen aus der Fassung gebracht. Hm … Er ist ein erfolgloser Schriftsteller. Sein erster Roman ist von allen Verlagen abgelehnt worden, selbst von den kleinen. Er ist wütend, er fühlt sich verkannt und möchte die Aufmerksamkeit für sein Buch, die es seiner Meinung nach verdient hat. Ihm geht es vordergründig gar nicht darum, diese jungen Frauen zu töten. Sie sind ihm egal, er benutzt sie, also ihre Haut, nur dazu, sein Machwerk auf spektakuläre Weise in die Presse zu bekommen. Er möchte der Welt zeigen, wie sträflich man ihn und seine Kunst verkannt hat.«

»Halten Sie es für möglich, dass der gleiche Täter, der dieses Verbrechen aus Ihrem Roman *Der Nachtmaler* vor vier Jahren in Köln begangen hat, Ihnen nach Hamburg gefolgt ist?«, wollte Erdmann wissen.

»Ich weiß es nicht. Möglich ist natürlich alles, aber … es gab keine Briefe.«

»Briefe? Was für Briefe?«, fragte Matthiessen.

»Die Fanbriefe. Wissen Sie davon etwa nicht? Das muss doch in den Akten stehen. In meinen Romanen hätten die ermittelnden Beamten das sicherlich in den Akten gelesen.«

»Wir sind noch nicht dazu gekommen, uns die Unterlagen aus Köln anzusehen«, erklärte Erdmann, mittlerweile leicht verstimmt. »Außerdem ist es manchmal nützlich, Informationen aus erster Hand zu bekommen. Sie als erfahrener Krimiautor wissen doch, dass es neben den vordergründigen Informationen auch immer Dinge gibt, die nicht in den Akten stehen. Was also hat es mit diesen Briefen auf sich?«

»Ich habe damals, ein paar Wochen bevor diese schreckliche Sache geschah, eine ganze Reihe von *Fanbriefen* erhalten. Jeden Tag kam ein neuer bei mir an. Der Inhalt war immer der gleiche: Dass ich der beste Krimischriftsteller bin, dass die Leute dumm sind, weil sie das noch nicht erkannt haben, dass meine Bücher ganz oben auf die Bestsellerliste gehören und so weiter und so weiter. Unterschrieben waren alle Briefe mit: *Ihr größter Fan*. Erst dachte ich mir nichts dabei, doch mit der Zeit wurde es mir unheimlich, und ich informierte die Kölner Polizei. Die konnten allerdings nicht viel tun, solange ich *nur* Briefe bekam. Irgendwann, es muss etwa vier Wochen nach dem ersten Schreiben gewesen sein, hörte es plötzlich auf. Wir dachten schon, der Spinner hätte es aufgegeben, doch nach ein paar Tagen kam ein weiterer, letzter Brief bei mir an. Der Inhalt bestand aus einem einzigen Satz: *Ich werde dafür sorgen, dass Ihre Bücher dahin kommen, wo sie hingehören.* Auch er war unterschrieben mit: *Ihr größter Fan.* Zwei Tage später fand man die Leiche der Frau. Der Täter hatte sie erst niedergeschlagen, dann erdrosselt und anschließend ihren nackten Körper komplett mit Ölfarbe bemalt. Genau wie in meinem *Nachtmaler.*«

»Was genau war mit dem Inhalt dieses letzten Briefes gemeint?«

Jahn betrachtete seine Handflächen. »Diese fürchterliche Geschichte wurde natürlich in der Presse breitgetreten. In allen Zeitungen waren die Stellen aus *Der Nachtmaler* abgedruckt, die nachgestellt worden waren.« Er machte eine kurze Pause, und weder Erdmann noch Matthiessen drängten ihn. »Sie wissen doch, wie die Leute sind. Plötzlich interessierten sich alle für das Buch, und es wurde gekauft wie verrückt. Radio- und Fernsehmoderatoren riefen bei mir an, alle wollten ein Interview mit mir. Es wurde spekuliert und gemutmaßt. Zwei Wochen nach dem Mord stand es auf Platz acht der Spiegel-Bestsellerliste, eine Woche später auf Platz zwei. Und damit wohl in etwa dort, wo mein *größter Fan* es sehen wollte.«

Matthiessen sah den Schriftsteller ungläubig an. »Dieser Verrückte hat also einen Menschen ermordet, damit Ihr Buch auf die Bestsellerliste kommt?«

»So sieht es aus, ja. Wahrlich ein großer Fan.«

»Hm …«, machte Erdmann. »Wie war das mit ihren anderen Büchern? Wenn ich richtig informiert bin, gab es zu diesem Zeitpunkt auch schon andere Bücher von Ihnen. Die haben sich doch dann sicher auch alle gut verkauft.«

Wieder ein langer Blick auf die nach oben gekehrten Handflächen. »Nun ja, nicht so gut wie *Der Nachtmaler*. Offensichtlich treffe ich den breiten Geschmack weniger, als dieser *Fan* das dachte. Wie dem auch sei, *Der Nachtmaler* verkaufte sich nach diesem Verbrechen und dem ganzen Rummel, der um das Buch gemacht wurde, sehr gut, aber viele derer, die es gekauft hatten, wollten wohl kein weiteres Buch von mir lesen. *Der Nachtmaler* hielt sich einige Zeit auf der Beststellerliste, aber die Verkaufszahlen der anderen Bücher erhöhten sich nur ganz kurz ein wenig, dann war der Rummel vorbei.«

»Stimmt es, dass Sie danach mit dem Schreiben aufgehört haben?«, fragte Matthiessen.

»Nicht gleich, ich hatte gerade erst mit *Das Skript* begonnen und musste meinen Vertrag erfüllen. Aber als ich das Manuskript dazu fertig hatte, war Schluss. Sie können sich wahrscheinlich nicht vorstellen, was es bedeutet, wenn Dinge, die der eigenen Phantasie entsprungen sind, plötzlich auf so grausame Weise Realität werden. Einerseits zeigt es natürlich, dass diese Taten so interessant sind, dass sie sogar nachgeahmt werden, andererseits – diese Frau in Köln könnte heute noch leben, wenn ich nicht die Anleitung zu dem Mord an ihr geliefert hätte. Nein, ich wollte und konnte danach nicht mehr schreiben. Der Gedanke, es könne vielleicht wieder jemand auf die Idee kommen, eines meiner Bücher als Vorlage für ein Verbrechen herzunehmen, war einfach zu schrecklich.«

Erdmann sah ihn ernst an. »Und doch ist genau das offenbar gerade geschehen.«

Jahn fuhr sich mit gespreizten Fingern durch die grauen Haare. »Gott, das ist einfach fürchterlich.«

»Sagt Ihnen der Name Peter Dorscher etwas?«

»Ja, natürlich. Diesen Namen setzt der Täter in *Das Skript* als Absender der Päckchen ein.«

»Nicht nur im Roman, auch in der Realität. Herr Jahn, wir brauchen dringend Ihre Hilfe.«

Jahns Kopf fuhr hoch. »Meine Hilfe? Ich bin Schriftsteller, kein Polizist. Und wie sollte diese Hilfe denn aussehen? Möchten Sie, dass ich Ihnen sage, was Sie als Nächstes tun sollen?«

»Nein, es würde uns schon genügen, wenn Sie Ihr Buch gedanklich Schritt für Schritt durchgehen und dabei überlegen, was uns helfen könnte, diesen Irren zu fassen. Wie gesagt – Sie wissen das wahrscheinlich am besten, Sie haben das Buch geschrieben.«

»Ja, leider, muss man in diesem speziellen Fall wohl sagen. Also gut, wenn Sie es möchten, dann helfe ich Ihnen.«

»Fangen wir doch damit an, dass Sie uns sagen, was der Täter in Ihrem Roman als Nächstes unternehmen wird. Tut er etwas, bei dem wir ihm zuvorkommen können?«

Jahn dachte angestrengt nach, dabei rieb er sich unentwegt mit der Hand über die Barthaare am Kinn. »Hm … Die Frauen, die in meinem Roman entführt und getötet werden, sind allesamt Mitte bis Ende zwanzig, und es fällt bei diesen Frauen meist nicht sofort auf, wenn sie verschwinden, weil sie allein leben.« Wieder strich er sich mit der Hand über die kurzen Barthaare. »Und weiter hinten im Buch stellt sich heraus, dass zu dem Zeitpunkt, als das erste Päckchen, also das mit dem Titel des Buches, bei der

Zeitungsredaktion ankommt, schon drei Frauen entführt worden waren. Der Täter macht das, weil … na ja – Er legt sich einen Vorrat an, weil auch das oberflächliche Gerben der Haut mit Aufwand verbunden ist und einige Zeit in Anspruch nimmt, er aber jeden Tag zwei neue Romanseiten veröffentlichen möchte. Wenn sich der reale Täter also wirklich genau an mein Buch hält, dann hat er bereits jetzt mehrere Frauen in seiner Gewalt. Und er wird ab jetzt jeden Tag eine von ihnen töten, ihnen die Haut vom Rücken schneiden und so bearbeiten, dass er sie aufspannen und darauf schreiben kann.«

»Das bestätigt unseren Verdacht, dass der reale Täter bereits jetzt mehrere Frauen gefangen hält«, sagte Matthiessen an Erdmann gewandt. »Und bereits eine von ihnen getötet hat.«

»Das ist aber leider nicht alles«, fuhr Jahn zögernd fort. »Im Buch …« Er brach ab.

»Was meinen Sie?« Erdmann wurde immer ungeduldiger.

»Im Buch hat er auch die nächste Frau schon getötet, er wird sie am Tag nach ihrem Tod, also morgen, präsentieren. Und immer bevor er eine der Frauen umbringt, sagt er zu ihr: *Jetzt wirst du sehen*, weil aus seiner Sicht alle, die sein Manuskript abgelehnt haben, nicht sehen.«

»Wo wird er die Leiche ablegen?«, fragten Erdmann und Matthiessen fast gleichzeitig.

»Hm … Mitten durch Kirstheim, also der Stadt, die ich für meine Romane erfunden habe, schlängelt sich ein schmales Flüsschen, über das an zwei Stellen Brücken führen. Unter einer dieser Brücken legt er sie ab.«

»Na wunderbar«, sagte Erdmann resigniert. »Das passt ja prima in der brückenreichsten Stadt Europas.«

Jahn sah ihn verwundert an. »Sie sagen das so vorwurfsvoll, als sei ich schuld daran, dass der Verrückte sich ausgerechnet Hamburg ausgesucht hat.«

»Ich denke, das hilft uns schon mal weiter, Herr Jahn.« Matthiessen erhob sich, Erdmann tat es ihr gleich. »Danke für Ihre Hilfe. Wenn Sie so freundlich wären, in den nächsten Tagen für uns erreichbar zu sein? Haben Sie ein Handy?«

Jahn nickte, dann stand er ebenfalls auf, ging zu einer Kommode aus dunklem, poliertem Holz und öffnete eine Schublade. Mit einer Visitenkarte kam er zurück zu der Sitzgruppe und gab sie Matthiessen. »Hier, unter dieser Nummer bin ich immer zu erreichen. Aber bitte – geben Sie die Nummer nicht weiter. Ich möchte nicht am Handy von Fans belästigt werden.«

Bevor Matthiessen darauf reagieren konnte, sagte Erdmann: »Ich weiß nicht, wie groß Ihr Erfahrungsschatz aufgrund Ihrer Recherchen ist, Herr Jahn, aber ich kann ihn an dieser Stelle um eine zusätzliche Information bereichern: Es gehört definitiv nicht zu den Gepflogenheiten von Polizeibeamten, Telefonnummern von Leuten weiterzugeben, mit denen sie während einer laufenden Ermittlung zu tun haben.«

»Oh, verstehe.« Jahn tat großzügig. »Da hab ich an der Ehre gekratzt, das tut mir natürlich leid.«

Matthiessen beendete das Gespräch, indem sie dem Autor ihre Karte hinhielt. »Hier, falls Ihnen etwas einfällt, was für uns wichtig sein könnte, rufen Sie mich bitte sofort an. Auf der Karte stehen sowohl meine Büro- als auch meine Handynummer. Auf jeden Fall melden wir uns aber wieder bei Ihnen.«

Sie nickte Erdmann zu und wandte sich zum Gehen.

Erdmann blieb noch einen Moment stehen und hielt Jahn ebenfalls seine Karte hin: »Und wenn Sie meine Kollegin nicht erreichen, rufen Sie einfach mich an.« Er schielte zu Matthiessen hinüber, die nun auch stehen geblieben war und ihn grimmig ansah. »Eine letzte Frage hätte ich noch an Sie, Herr Jahn: Wovon leben Sie? Noch immer von Ihren Büchern?«

»Ähm … ja, schon.«

»Verdient man denn mit einem einzigen Buch, das auf der Bestsellerliste gestanden hat, dauerhaft so viel Geld, dass man damit seinen Lebensunterhalt bestreiten kann?«

»Nun, es ist ja nicht so, dass sich meine anderen Bücher gar nicht verkaufen würden. Aber um Ihre Frage zu beantworten: Nein, von dem Geld, das ich mit *Der Nachtmaler* verdient habe, ist leider nicht mehr viel übrig.«

»Ihre Haushälterin sagte eben etwas davon, dass Sie an einem neuen Roman schreiben. Stimmt das?«

»Ja, ich schreibe seit ein paar Monaten an einem neuen Krimi. Ich muss zusehen, dass ich meinen Lebensunterhalt dauerhaft bestreiten kann.«

Matthiessen sah sich demonstrativ in dem Raum um. »Ich kann mir vorstellen, ein Haus in dieser Gegend ist nicht gerade günstig.«

»Das Haus habe ich geerbt, meine Tante hat es mir vermacht. Ich selbst hätte es mir wahrscheinlich nicht leisten können, und eigentlich wollte ich es verkaufen. Aber als diese Sache in Köln geschah, war das Haus eine Möglichkeit für mich, das alles hinter mir zu lassen und nach Hamburg zu ziehen.«

»Ah, verstehe … Tja, wie schon gesagt, wir werden uns bei Ihnen melden. Vielen Dank erst mal. Und bitte denken Sie darüber nach, ob uns etwas aus Ihrem Roman direkt helfen könnte, den Mörder zu schnappen. Als Kriminalschriftsteller haben Sie sicher ein gewisses Gespür dafür.«

Gefolgt von Christoph Jahn, verließen sie das Wohnzimmer. Als sie wieder im Auto saßen, sagte Erdmann kopfschüttelnd zu Matthiessen: »Mein Gott, wie kommt man auf solch kranke Ideen?«

»Wie kommt jemand auf die kranke Idee, die Phantasie eines Autors Realität werden zu lassen?«

Darauf wusste auch Erdmann keine Antwort. »*Jetzt wirst du sehen.* Was für ein Schwachsinn. Was denken Sie, wird mit *Das Skript* passieren, wenn die Presse erfährt, dass der Entführungsfall Heike Kleenkamp aus diesem Buch nachgestellt ist?«

»Ich weiß, was Sie meinen. Wahrscheinlich das Gleiche wie vor vier Jahren mit dem *Nachtmaler.* Die Leute werden es kaufen wie verrückt, es wird ein Bestseller werden, und Herr Jahn wird viel Geld verdienen.«

Erdmann nickte. »Genau.«

9

Gleich nachdem sie losgefahren waren, rief Matthiessen im Präsidium an und erkundigte sich nach dem aktuellen Stand. Dann meldete sie sich bei Stohrmann und berichtete ihm von ihrem Gespräch mit Jahn. Anschließend schwieg sie, sagte nur hin und wieder ein kurzes »Ja, verstanden.« Erdmann sah ihr an, dass sie das Gespräch mit ihrem Vorgesetzten alles andere als angenehm fand.

»Die Tote ist noch nicht identifiziert«, berichtete sie Erdmann, nachdem sie aufgelegt hatte. »Leider wird auch die DNA-Analyse des Hautstücks auf dem Rahmen noch dauern. Dieter Kleenkamp macht mächtigen Druck bei seinem Freund, dem Polizeipräsidenten. Der macht jetzt Stohrmann die Hölle heiß, und Stohrmann lädt seinen Frust bei mir ab. Wenn wir nur schon einen Schritt weiter wären! Warum zum Beispiel bekam ausgerechnet diese Studentin heute Morgen das Päckchen? Irgendeine Verbindung *muss* es doch geben. Auf jeden Fall werde ich dafür sorgen, dass ihre Wohnung überwacht wird. Jahn meinte, dass der Täter in seinem Roman jeden Tag zwei Seiten an die Zeitung schickt. Es ist also gut möglich, dass Frau Hartmann ab jetzt täglich Post bekommt.«

»Das dürfte morgen schwierig werden, sonntags gibt es keine Post, auch keine Päckchen von UPS.«

»Eben. Wenn der Täter an der Vorlage bleiben möchte, muss er sich für morgen was einfallen lassen. Und wir sollten überprüfen, ob es auch im Roman eine Zustellung am Sonntag gibt, und falls ja, auf welche Art.«

Erdmann dachte über Nina Hartmann nach und darüber, was sie gesagt hatte. »Na ja, eine Verbindung gibt es schon, wenn auch über mehrere Ecken. Sie sagte, sie schreibt hin und wieder einen Artikel für die HAT, und der Verleger der HAT ist der Vater des Entführungsopfers.«

»Ja, stimmt, aber das erklärt trotzdem nicht, warum jemand ausgerechnet ihr diesen abscheulichen Romananfang schickt, nachgestellt aus einem Buch von Christoph Jahn.«

Eine Weile sahen sie stumm auf die Straße, bis Erdmann fragte: »Hat sie eigentlich erwähnt, welche Art von Artikel sie für die HAT schreibt?«

»Nein, aber ich weiß auch nicht, welche Relevanz das haben sollte. Egal, ob sie politische Artikel schreibt oder über Wirtschaftsthemen, warum bekommt *sie* dieses Päckchen? Wäre sie mit einem Artikel jemandem derart auf die Füße getreten, dass der zu so drastischen Maßnahmen greift, dann hätte er doch wohl *sie* entführt und nicht die Tochter des Verlegers der Zeitung, in der der Artikel erschienen ist.«

Erdmann dachte darüber nach und kam nicht umhin, ihr recht zu geben. »Es würde mich aber trotzdem interessieren, was sie geschrieben hat. Was halten Sie davon, wenn wir sie anrufen?«

Er sah zu Matthiessen hinüber, die einen Blick auf die Uhr im Display des Armaturenbretts warf. »Gleich sieben. Kann sein, dass die Party ihres Freundes schon angefangen hat. Mal sehen.« Sie tippte an ihrem Handy herum. »Die Nummer habe ich ja noch von eben … ah, hier.«

Es dauerte einen Moment, dann sagte sie: »Ja, Frau Hartmann, hier ist noch mal Hauptkommissarin Matthiessen. Wie ich höre, hat die Party schon angefangen … nein, kein Problem, ich kann Sie verstehen. Sie haben in unserem Gespräch heute Nachmittag erwähnt, Sie haben einige Artikel für die *Hamburger Allgemeine Tageszeitung* geschrieben. Können Sie mir sagen, welcher Art diese Artikel waren und für welches Ressort?« Nach einer kurzen Pause dann: »Ah ja, verstehe. Gut, das war's erst mal, vielen Dank, wir melden uns bei Ihnen.« Sie legte das Handy in der Mittelkonsole ab. »Sie schreibt Artikel für die Lifestyle-Seiten der HAT. Über Hamburgs Studentenszene, In-Kneipen, Modetrends und so weiter. Also bringt uns das auch nicht weiter.« Sie seufzte. »Wir haben noch nicht sehr viel, und die Zeit drängt. Stohrmann wird begeistert sein.«

Erdmann dachte an den Leiter der BAO Heike und das seltsame Verhältnis, das er zu Andrea Matthiessen zu haben schien. »Was halten Sie davon, wenn wir eine Kleinigkeit essen gehen? Ich hatte noch nichts zu Mittag, und mein Magen knurrt ziemlich.«

Sie schien einen Moment zu überlegen. »Einverstanden. Aber ich muss nachher noch einmal zurück zum Präsidium. Pizza?«

»Hervorragende Idee.«

Die Pizzeria »Da Toni« war nur mäßig gefüllt. Erdmann nahm an, dass der Andrang erst ein, zwei Stunden später einsetzen würde. Sie suchten sich einen Zweiertisch in einer durch einen Bambusparavent abgetrennten kleinen Nische aus. Ein Kellner kam strahlend auf sie zu, kaum dass sie saßen, reichte erst Matthiessen, dann Erdmann die Hand mit den Worten: »Willkommen in bella Italia«, und legte zwei in braunes Leder eingebundene Speisekarten auf den Tisch. Sie bestellten Mineralwasser, und der Mann, der tatsächlich Italiener sein konnte, rauschte lächelnd ab.

Matthiessen suchte sich einen Salat aus, Erdmann entschied sich für eine Pizza Diavola. Nachdem der Kellner die Bestellung aufgenommen hatte, sagte Erdmann: »Wollen Sie mir jetzt erzählen, was zwischen Ihnen und Stohrmann los ist?«

Sie umschloss mit beiden Händen das Wasserglas und starrte es an wie eine Kristallkugel. »Warum interessiert Sie das so sehr? Sie haben mir schon mehr als einmal deutlich signalisiert, was Sie von mir halten und davon, dass ich in der BAO Ihre Vorgesetzte bin. Warum sollte ich ausgerechnet Ihnen private Dinge erzählen?«

»Weil wir Partner sind, und weil Stohrmann unser gemeinsamer Vorgesetzter ist. Weil ich merke, dass das, was da zwischen Ihnen läuft, unsere Arbeit beeinflusst. Weil ich denke, dass ich deshalb ein gewisses Recht darauf habe zu erfahren, was los ist und wie sehr sich das noch auf unseren Dienst auswirken kann. Verstehen Sie das?«

Sie wurden von dem Kellner unterbrochen, der den Salat und die dampfende Pizza brachte und vor ihnen abstellte. Als sie wieder alleine waren, sagte Matthiessen: »Ich verstehe schon, was Sie meinen, Herr Erdmann, aber …«

»Wie wäre es mit einer Anrede, wie sie unter Kollegen üblich ist?«

Sie hielt inne und sah ihn eine Weile an, mit diesem nüchternen, abschätzenden Blick, den er an ihr vom ersten Tag an nicht gemocht hatte, den er jetzt aber gelassen über sich ergehen ließ. »Ich wundere mich«, sagte sie schließlich, und dabei huschte tatsächlich der Anflug eines Lächelns über ihr Gesicht. »Ich dachte, Sie mögen mich überhaupt nicht.«

Erdmann grinste. »Wer sagt, dass Sie sich geirrt haben?« Dann hob er das Wasserglas. »Also, wie sieht es aus? Andrea?« Auch Matthiessen griff nach ihrem Glas und hielt es dicht vor seines. »Gut, Stephan …«

»Auf dass wir diesen Irren schnell zu fassen bekommen.« Sie tranken einen Schluck, als hätten sie gerade mit Sekt angestoßen, und widmeten sich dann ihrem Essen.

»Wie ist das nun mit dir und Stohrmann?«, fragte Erdmann, nachdem er seine Pizza in Achtel geschnitten hatte wie einen Kuchen. »Warum verhält er sich dir gegenüber so seltsam?«

Matthiessen atmete tief durch. »Also gut, in der Kurzfassung: Als ich vor rund zehn Jahren zur Kripo kam, wurde ich erst mal einem erfahrenen Beamten zugeteilt, du kennst das ja. Er war sehr nett und hat sich geradezu rührend um mich gekümmert. Ich habe in kurzer Zeit sehr viel von ihm gelernt, und es war ein beruhigendes Gefühl, ihn als Partner zu haben. Ich wusste, ich konnte mich zu jeder Zeit auf ihn verlassen. Als wir etwa vier Monate zusammenarbeiteten, gingen wir in einem Mordfall einem Tipp aus der Bevölkerung nach. Wir überprüften einen Mann aus Dulsberg, dessen Fahrzeug angeblich zur angenommenen Tatzeit in der Nähe des Tatortes gesehen worden war. Als der Mann uns die Tür öffnete und hörte, wer wir waren, war er sehr freundlich und bat uns hereinzukommen. Wir … wir haben ihn beide falsch eingeschätzt. Im Wohnzimmer war er plötzlich hinter mir und zog meine Waffe aus dem Gürtelholster. Er muss sich mit Waffen ausgekannt haben, denn bevor mein Partner reagieren konnte, hatte er sie entsichert und auf ihn geschossen. Ich weiß nicht, warum er sich damit begnügte, aber ich hatte das Glück, dass er mich nur niederschlug, bevor er flüchtete. Ein paar Tage später wurde er bei einer Straßenkontrolle in Bremen gefasst. Mein Partner war schwer verletzt.

Er starb zwei Tage später an den Folgen der Schussverletzung.« Sie stieß ihre Gabel in die Salatblätter und streifte sie wieder ab. »Es gab natürlich eine Untersuchung. Ich wurde entlastet, nicht zuletzt durch die Aussagen meines Partners, die er noch vor seinem Tod gemacht hatte.« Wieder stocherte sie in ihrem Salat herum. »Das tut mir leid«, sagte Erdmann und ließ einen Moment verstreichen, bevor er fragte: »Und auf welche Weise hatte Stohrmann damit zu tun?«

Matthiessen hob den Kopf und sah ihn aus feucht glänzenden Augen an. »Mein Partner damals, der Mann, der mit meiner Waffe erschossen wurde, hieß Dietmar Stohrmann. Er war Georg Stohrmanns älterer Bruder.«

»Shit«, entfuhr es Erdmann, und mit einem Mal konnte er nicht nur das Verhalten des BAO-Leiters einordnen, er glaubte nun auch den Grund für Matthiessens Pedanz zu kennen, wenn es um Dienstvorschriften ging, und ihren Ergeiz, alles zu einhundert Prozent richtig zu machen. »Aber wenn doch selbst dein Partner dich damals entlastete …«

»Georg Stohrmann warf mir trotzdem vor, dass ich schuld am Tod seines Bruders sei, und genaugenommen hatte er ja auch recht. Hätte ich besser aufgepasst …« Sie trank einen Schluck Wasser. »Ich ließ mich jedenfalls versetzen. Georg Stohrmann arbeitete in der gleichen Abteilung, und ich wollte es ihm wie mir ersparen, dass wir uns täglich sehen. Wir verloren uns aus den Augen, in den letzten zehn Jahren bin ich ihm recht selten begegnet, zwei-, dreimal bei Einsätzen, ein paarmal im Präsidium, und dabei konnte ich es immer so arrangieren, dass wir keine direkten Berührungspunkte hatten. Allerdings gab es immer mal wieder seltsame *Zufälle*, die dazu führten, dass ich miese Dienste bekam oder die unangenehmsten Fälle.

Tja, und vor ein paar Tagen wurde ich dann in die BAO Heike als stellvertretende Leiterin abgestellt. Stohrmann hat mich explizit angefordert, und dafür kann es nur einen Grund geben: Er möchte mich bloßstellen, er möchte allen zeigen, dass ich unfähig bin und damals den Tod seines Bruders verschuldet habe.«

»Wenn er seine Privatfehde während der Dienstzeit auslebt und damit unsere Ermittlungsarbeit stört, zeigt er allerdings eher, dass *er* unfähig ist.«

Sie stieß ein kurzes Lachen aus. »Ja, das sehen … das siehst *du* so. Ich denke, er ist da ganz anderer Meinung.«

»Warum hast du den Posten als seine Stellvertreterin nicht abgelehnt?«

»Er hätte daraus abgeleitet, dass ich ein schlechtes Gewissen habe oder vielleicht sogar Angst vor ihm.«

»Hast du Angst vor ihm?«

Sie überlegte eine Weile, dann schüttelte sie den Kopf. »Nein, das habe ich nicht. Ich weiß, dass ich damals nicht geglänzt habe, aber das, was mir passiert ist, hatte nichts mit Unfähigkeit zu tun und hätte wahrscheinlich auch einem erfahrenen Kollegen passieren können. Damit konnte einfach niemand rechnen.«

»Gut, dass du das so siehst.«

Wieder stieß sie ihr kurzes, humorloses Lachen aus. »Das Resultat unendlicher Sitzungen beim Polizeipsychologen.«

Eine Weile aßen sie schweigend weiter, bis Matthiessens Handy klingelte. Das Gespräch dauerte etwa zwei Minuten, in denen Erdmann sich seiner Pizza widmete. Dann legte Matthiessen auf und sah wieder ihren Kollegen an. »Ein anonymer Anruf im Präsidium, eine Frau, im Hintergrund Musik. Sie hat eine Internetadresse durchgegeben und einen Usernamen – Doktor S. –, nach dem wir suchen sollen. Es handelt sich um eine Plattform, auf der man eigene Kurzgeschichten und Erzählungen veröffentlichen kann. Die Kollegen haben nachgeschaut und unter dem Namen zwei Kurzgeschichten gefunden.«

»Und? Was soll uns das helfen?«

»Es ist der User, der interessant ist. Über seine Mailadresse haben die Kollegen schnell seine Identität feststellen können.«

»Ja, und?«

»Die Texte stammen von Dirk Schäfer, Nina Hartmanns Freund.«

IV

Zuvor

Ihre schmerzbenebelten Sinne registrierten, dass die Tür irgendwo hinter ihr geöffnet wurde, langsam, denn der Lichtschein tastete sich wie ein Dieb in den Raum.

Als sie hörte, wie die Schritte näher kamen, schloss sie die Augen. Vielleicht würde das Monster sie am Leben lassen, wenn sie es nicht gesehen hatte? Vielleicht gab es dann keinen Grund, sie zu töten? Wenn sie doch gar nicht wusste … wenn sie doch keine Beschreibung abgeben konnte. Vielleicht – Da war es wieder, das fürchterliche Schnaufen. Über ihr. Sie glaubte zu spüren, dass das Monster ihren Rücken betrachtete. Es war wie ein eiskalter Windhauch an der Stelle, von der auch dieser unerträgliche Schmerz ausging. *Nicht wieder*, dachte sie. »Bitte … nicht«, flehte sie. In Erwartung des Schmerzes hielt sie instinktiv den Atem an und presste die Zähne aufeinander, schnappte aber nach wenigen Sekunden nach Luft, weil sie glaubte zu ersticken. Es war wieder die Angst, die ihr die Kehle zudrückte. Neben ihr tauchte eine Hand auf, sie hielt ein Wasserglas. Eine andere Hand legte sich auf ihre Stirn und bog ihren Kopf nach hinten, das Glas berührte ihre Lippen. Erst als die ersten Tropfen in ihrem Mund ankamen, spürte sie, wie groß ihr Durst gewesen war. Gierig trank sie, verschluckte sich, hustete, Wasser lief über ihr Kinn, aber sie trank weiter, bis ihr das Glas wieder weggenommen wurde. »Damit du mir noch ein bisschen frisch bleibst«, sagte eine Stimme leise an ihrem Ohr. Ihr Verstand krallte sich an diesen Worten fest und an der Stimme, er brüllte ihr etwas zu, aber sie konnte es nicht fassen, denn mit einem Mal war ihr Kopf wieder frei, und sie schlug mit dem Kinn auf die harte Unterlage. Sie stöhnte auf vor Schmerz, und der kupferne Geschmack von Blut breitete sich in ihrem Mund aus. Dann war der dunkle Schatten vor ihr. Sie hob den Kopf wieder an, erkannte, dass die Gestalt vor ihr in einen unförmigen, dunkel glänzenden Overall gehüllt war. Ihre Augen tasteten sich am Reißverschluss entlang nach oben, erreichten den Kragen, das Kinn. Schließlich sah sie dem Monster direkt ins Gesicht, und – erstarrte. In fassungslosem Entsetzen riss sie die Augen auf und flüsterte: »Sie?«

10

Sie hatten bei dem dauergrinsenden Kellner noch etwas zu trinken bestellt. »Was denkst du, hat Dirk Schäfer uns das bewusst verschwiegen?« Erdmann sah Matthiessen erwartungsvoll an.

»Ich weiß es nicht. Die Frage ist, ob *sie* uns das verschwiegen haben. Mir ist heute Nachmittag aufgefallen, dass Nina Hartmann ihren Freund ganz seltsam angesehen hat, als ich fragte, ob sie jemanden kennt, der an einem Roman schreibt.«

»Ja, das habe ich auch bemerkt. Du meinst, sie hat daran gedacht, es aber nicht gesagt?«

»Vielleicht. Aber so, wie sich die Sache mittlerweile darstellt, kopiert ja jemand diese Verbrechen aus Jahns Roman. Das heißt, derjenige wird selbst wahrscheinlich überhaupt nichts mit dem Schreiben von Romanen zu tun haben.«

»Was Nina Hartmann aber nicht wissen konnte. Glaubst du, sie hat gedacht, ihr Freund hinge da irgendwie mit drin?«

Matthiessen zuckte mit der Schulter. »Wer weiß. Wir werden uns die beiden morgen noch mal vornehmen. Aber wie gesagt, ich bezweifle, dass diese Kurzgeschichten von Schäfer für uns wichtig sind.«

»Ich hoffe nur, der angehende Herr Rechtsanwalt ist nicht wieder dabei. Könnte sein, dass ich sonst böse werde, wenn der Vogel wieder ununterbrochen dazwischenquatscht.«

Sie lächelte. »Ja, dieser Zender ist ein recht merkwürdiger Zeitgenosse.«

Eine Weile schwiegen sie, bis Erdmann sagte: »Würde mich mal interessieren, wer die anonyme Anruferin war. Du sagtest, im Hintergrund war Musik zu hören?«

»Ja, so hat es der Kollege mir beschrieben.«

»Vielleicht wie auf einer Party?«

»Ich weiß nicht. Du denkst an Schäfers Geburtstagparty? Glaubst du, Nina Hartmann hat sich anonym gemeldet, um Ihren Freund zu verraten?« Erdmann legte das Besteck auf dem leeren Teller ab und wischte sich mit der Papierserviette über den Mund. »Na ja, sie geht ja noch davon aus, dass wahrscheinlich jemand was mit der Sache zu tun hat, der schreibt. Welche Frau außer ihr glaubt sonst, dass wir einen angehenden Romanautor suchen? Wer außer ihr könnte zudem wissen, dass Schäfer diese Geschichten ins Netz gestellt hat? Du hast ihren Blick heute Nachmittag ja auch bemerkt.«

»Ja, aber ich kann mir trotzdem nicht vorstellen, dass sie das war, das ergibt keinen Sinn. Aber wir werden es rausfinden.«

»Wie wär's, wenn wir für heute Schluss machen?«, schlug Erdmann vor.

Matthiessen dachte kurz nach. »Gut, aber lass uns vorher noch am Präsidium vorbeifahren. Ich möchte mir die Unterlagen von dem Kölner Fall mitnehmen und zu Hause ansehen.«

»Die interessieren mich auch. Dann tue ich es meiner Chefin doch gleich und nehme mir diese Unterlagen ebenfalls mit nach Hause. Vielleicht lobt sie mich dann ja.«

Matthiessen zog die Augenbrauen hoch. »Du hast offenbar noch immer ein Problem damit, dass ich eine Frau bin.«

»Nein, nicht damit, dass du eine Frau bist. Damit, dass *du* die stellvertretende Leitung der BAO bekommen hast, und nicht ich.« Er sah ihr an, dass sie nicht wusste, ob er das ernst gemeint hatte. Erst als er den Mund zu einem breiten Grinsen verzog, lächelte auch sie kopfschüttelnd.

»Also gut, Herr Macho, aber ich möchte keine Zeit verlieren. Wenn du dir den Kölner Fall ansiehst, nehme ich mir ein Exemplar von *Das Skript* mit und gehe es durch.«

Als sie fast eine Stunde später vor Matthiessens Haus aus dem Auto stiegen, dachte Erdmann darüber nach, ob sie ihn wohl fragen würde, ob er noch auf ein Glas mit hineinkommt. Bevor er sich aber näher mit dem Gedanken beschäftigen konnte, wandte sie sich ihm zu. »Acht Uhr morgen früh? Kommst du hierher?«

Also nicht. »Ja klar, kein Problem. Sonntagmorgen zu Hause ist sowieso ziemlich langweilig.«

»Gut. Ich hoffe, wir kommen morgen weiter. Schönen Abend noch.«

»Dir auch – Andrea?« Sie blieb stehen und sah ihn fragend an. »Du bist zwar kompliziert, aber … du hast dich geirrt.«

»Was? Was meinst du?«

»Als du dachtest, ich mag dich überhaupt nicht, hast du dich geirrt.«

Ein Lächeln huschte über ihr Gesicht, und Erdmann glaubte sogar, einen roten Schimmer auf ihren Wangen zu sehen. »Danke. Bis morgen.« Sie wandte sich ab.

»Also zumindest, was das *Überhaupt* betrifft«, fügte er grinsend hinzu und ging zu seinem Auto.

Eine halbe Stunde später schloss er die Tür seiner modernen 3-Zimmer-Wohnung im ersten Stock eines Mehrfamilienhauses in Eimsbüttel auf und warf den Schlüsselbund in die Glasschale, die auf der kleinen Vitrine im Flur stand. Er hängte sein Sakko auf einen Bügel an die Garderobe und ging in die Küche, wo er sich die Mappe mit seiner Kopie der Köln-Unterlagen vorne in den Hosenbund steckte und sich ein Bier aus dem Kühlschrank und ein Glas aus dem Hängeschrank über der Spüle nahm. Es hatte nach seiner Auffassung etwas mit Stil zu tun, Getränke nicht direkt aus der Flasche, sondern aus Gläsern zu trinken. So bewaffnet, machte er es sich auf der Ledercouch im Wohnzimmer bequem. Er legte die Unterlagen auf dem niedrigen Tisch ab, öffnete die Flasche und goss das Glas voll. Nach einem großen, köstlichen Schluck sah er zum Fernseher hinüber. Er spürte große Lust, das Gerät einzuschalten und sich einfach berieseln zu lassen, etwas, das er eigentlich hasste. Seine Gedanken wanderten zu Julia, und wie so oft in den letzten Monaten fiel ihm auf, dass er immer an sie dachte, wenn es um Dinge ging, über die sie sich häufig gestritten hatten. Der Fernseher, der praktisch immer lief, wenn sie zu Hause gewesen war. Ihr ausgeprägter Hang, Dinge zu kaufen, die sie nie brauchte und auch nie benutzte, Dinge, die sofort nach dem Kauf auf Nimmerwiedersehen in irgendwelchen Schubladen oder Schränken verschwanden. Kaufen, um des Kaufens willen.

Er nahm noch einen Schluck. Wo immer er mit Julia aufgetaucht war, hatte er die neidvollen, musternden Blicke der anderen Frauen ebenso beobachtet wie das Schmachten in den Augen ihrer Männer. Julia war sieben Jahre jünger als er. Als sie sich kennengelernt hatten, war sie gerade zweiundzwanzig, und er war mächtig stolz gewesen, dass diese Frau, die alle mit ihrer Schönheit und ihrem strahlenden Lächeln verzaubert hatte, sich ausgerechnet in ihn verliebte. Er war damals gerade frisch zur Kripo gekommen, und als er dann auch noch mit dieser umwerfenden Frau zusammenkam, erschien ihm sein Leben wie ein in Erfüllung gegangener Traum. Die ersten Monate mit ihr waren ihm wie ein Rausch vorgekommen, und nach einem halben Jahr gab er seine kleine 2-Zimmer-Wohnung auf und zog mit ihr in ein 100 Quadratmeter großes Appartement in Eimsbüttel, nur zwei Straßen von seiner jetzigen Wohnung entfernt. Ihr erstes gemeinsames Jahr dort war bestimmt von *sich aneinander abschleifen*, wie Julia es immer genannt hatte, womit endlose Diskussionen gemeint waren. Meist waren es Dinge gewesen, die er an ihr kritisiert hatte, was aber daran lag, dass Julia zufrieden war, solange sie ihre Vorstellung eines gelungenen Tagesablaufs verwirklichen konnte. Die beinhaltete in der Regel einen Einkaufsbummel mit Freundinnen und den anschließenden, ausgiebigen Besuch eines In-Cafés an der Binnenalster, einen mindestens zweistündigen Aufenthalt im Fitnessstudio und nach Möglichkeit das abendliche Essen in einem guten Restaurant. Natürlich hätte sein Polizistengehalt dafür schon nach zwei Wochen nicht mehr ausgereicht, aber Julia Priegel war die Tochter des Besitzers und Chefarztes der Priegel-Privatklinik für kosmetische Chirurgie, und Professor Doktor Gerhard Priegel ließ es sich nicht nehmen, seinem einzigen Töchterchen jeden Wunsch zu erfüllen. Das tat er vordergründig mit einer bestimmten Summe, die er in regelmäßigen Abständen auf ihr Konto überwies und deren Höhe Erdmann nie hatte in Erfahrung bringen können.

So war aus dem Glückstaumel der ersten Monate mit

der Zeit ein Nebeneinanderleben geworden, bei dem sich nach und nach jeder sein eignes soziales Umfeld aufbaute, mit dem der jeweils andere kaum etwas zu tun hatte. Einzig bei den wenigen gemeinsamen Unternehmungen oder Einladungen hatte sich nichts geändert. Die Frauen musterten Julia neidisch, die Männer schmachteten sie an.

Mit der Zeit wurde Erdmann immer bewusster, dass das nicht das Leben war, das er mit Julia führen wollte. Es war eine Art Leben, wie er es mit keiner Frau führen wollte. Er hatte es mit Gesprächen versucht, immer und immer wieder, aber er kam nicht an sie heran, letztendlich warf sie ihm sogar vor, er gönne ihr nicht, dass sie sich dank ihres Vaters ein schönes Leben leisten konnte. Im vergangenen Jahr dann, es war zehn Monate her, sah er sie morgens am Frühstückstisch an, während sie auf den Fernseher starrte, der auf der Arbeitsplatte neben dem Toaster stand, und sagte: »Ich möchte, dass wir uns trennen.«

Es dauerte eine Weile, bis sie ihre Augen vom Bildschirm löste, wo irgendeine Soap lief, und ihn lange ansah. So lange, dass in ihm die Hoffnung aufkeimte, sie würde zumindest versuchen, ihn davon abzuhalten, ihn zu überzeugen, dass es ging, wenn sie sich beide zusammenreißen und aufeinander zugehen würden. Aber irgendwann öffnete sich ihr rotgeschminkter Mund und sagte: »Aber ich bleibe in der Wohnung.«

Die Mappe auf dem Tisch sprang ihm ins Auge, und er zwang sich dazu, die Gedanken an Julia zur Seite zu schieben, so, wie er es fast immer tat.

Der Kölner Fall. Ungelöst. Vielleicht fand er etwas, das sie im aktuellen Fall weiterbrachte. Vielleicht sogar etwas, das Matthiessen nicht entdeckte. Matthiessen. Seit diesem Nachmittag hatte sich sein Bild von ihr etwas gewandelt.

Das, was sie ihm erzählt hatte, machte ihr Verhalten zumindest erklärbar, auch wenn er nach wie vor der Meinung war, dass man alles, auch die Pedanterie bei der Befolgung der Dienstvorschriften, übertreiben konnte. Und auch, wenn er noch immer der Meinung war, dass er mindestens ebenso gut für die stellvertretende Leitung einer BAO qualifiziert war wie Andrea Matthiessen. Aber letztendlich hatte sie es sich nicht ausgesucht. Wahrscheinlich hätte sie liebend gerne mit ihm getauscht. Er dachte darüber nach, ob er sie nun sogar mochte, aber so weit wollte er doch noch nicht gehen. Nach einem weiteren Schluck zog er die Schuhe aus, griff sich die Mappe und lehnte sich bequem zurück.

Gleich zuoberst lagen mehrere Fotos des Opfers, die Erdmann mit einer Mischung aus Abscheu und Verwunderung betrachtete. Die Frau war nackt, aber von ihrer Haut war kein Zentimeter zu sehen. Ihr gesamter Körper war bunt bemalt, und so, wie es auf den Detailfotos aussah, war Ölfarbe benutzt worden. An manchen Stellen, zum Beispiel dort, wo die Brustwarzen der Frau sein mussten, war die Farbe so dick aufgetragen, dass von den eigentlichen Konturen nichts mehr zu sehen war. Realistische Motive waren auf dem Körper der Frau keine erkennbar, es handelte sich wohl um eine Art abstrakte Malerei, wirre, psychedelische Formen, miteinander verschlungen, ineinander verlaufend.

Erdmann legte die Fotos zur Seite und überflog den Tatortbericht. Das Opfer war in einer kleinen Seitengasse gefunden worden. Sie hatte auf dem Gehweg gelegen, die Arme und Beine weit vom Körper abgespreizt, wohl, damit die Farbe nicht verschmierte.

Im Obduktionsbericht stand, dass es eine Gewalteinwirkung mit einem stumpfen Gegenstand, einer kurzen Eisenstange, die in der Nähe der Leiche gefunden worden war, auf den Kopf gegeben hatte. Daran war das Opfer allerdings nicht gestorben. Sie war erwürgt worden. Hinweise auf einen sexuellen Hintergrund der Tat gab es nicht.

Auf einer weiteren Seite konnte er nachlesen, dass die Kölner Ermittler anhand der Blutspuren davon ausgegangen waren, dass die Frau am Fundort auch getötet worden war. Der Täter hatte ihr wahrscheinlich im Dunkeln aufgelauert, sie von hinten niedergeschlagen und dann erwürgt, als sie bewusstlos am Boden lag. Danach hatte er sie entkleidet und bemalt. Nach Schätzung von Experten musste er dafür mindestens eine halbe Stunde gebraucht haben. Erdmann fragte sich, wie man es fertigbrachte, eine Frau erst umzubringen und dann den nackten Körper noch eine halbe Stunde lang auf einer öffentlichen Straße zu bemalen.

Er legte das Blatt zur Seite und stutzte. Auf der nächsten, engbeschriebenen Seite war ein Großteil des Textes kursiv gedruckt. Es handelte sich um einen Auszug aus Christoph Jahns Roman *Der Nachtmaler*, die Stelle, an der der Mord beschrieben wurde:

Es war kurz nach Mitternacht, als der Maler sich auf den Weg machte. Den ganzen Tag hatte er die Inspiration gespürt wie ein körperloses Ziehen, das alle Gedanken noch ungedacht von ihm absaugte und seinen Geist so in einen wortlosen, reinen Zustand der Kreativität versetzte.

Alltägliche Dinge waren in den Hintergrund getreten. Er hatte nicht an Essen gedacht und nicht an Trinken, nur dagesessen und geduldig auf die Dunkelheit gewartet.

Er war bereit für ein neues Meisterwerk.

Der Maler arbeitete nur nachts.

Wenn die düstere Atmosphäre spärlich beleuchteter Gässchen sich auf ihn legte, war sie die Muse, die ihn mit blassen Lippen küsste.

Es war, als hülle die Dunkelheit seine Hand, die den feinen Pinsel führte, in ein samtenes Tuch. Es dämpfte den Druck, mit dem die Farbe aufgetragen wurde. Einzigartige Gemälde entstanden so. Wahre Kunstwerke.

Er war ein vielbeachteter Maler. Es gab kaum eine Zeitung, die nicht über seine Kunst berichtete.

Nach langen Jahren, in denen er mit seinen herkömmlichen Bildern vergeblich um Beachtung gebettelt hatte, in denen er nur belächelt worden war und verhöhnt, war die Welt endlich auf ihn aufmerksam geworden.

»Nachtmaler« nannten sie ihn. Ein Name, so einzigartig wie seine Kunst.

Ein Lächeln umspielte seine Lippen, als er am Ende einer Sackgasse den Holzkoffer mit seinen Utensilien abstellte.

Es war das Lächeln eines Wissenden, der im Begriff war, mit einer Geste der Großzügigkeit ein kleines Stück seiner Genialität zu offenbaren.

Prüfend sah er sich um, betrachtete das nur schemenhaft erkennbare, unbewohnte Gebäude hinter sich. Ein guter Platz.

Er arbeitete nie zweimal an der gleichen Stelle. Das würde seinen Werken die Einzigartigkeit nehmen.

Vorsichtig öffnete er den Deckel, nahm ein Tuch heraus und legte es auf die Straße. Mit größter Sorgfalt richtete er die Farbtuben am oberen Rand des Stoffes nebeneinander aus. Die Pinsel in verschiedenen Stärken legte er darunter.

Dann wartete er. Es konnte lange dauern.

Manchmal wartete er vergebens und ging im Morgengrauen unverrichteter Dinge wieder nach Hause. Aber so war es mit der Kunst. Sie ließ sich nicht erzwingen.

In dieser Nacht hatte er Erfolg.

Als ein gleichmäßiges Klack, Klack, Klack *die Stille durchbrach, verließ er den Platz, der für diese Nacht sein Atelier sein sollte. Er folgte dem Geräusch, ließ sich von ihm leiten. Dann sah er ihre Gestalt vor sich, ein dunkler Scherenschnitt, der sich kaum von der Umgebung abhob, und sein Herz machte einen Sprung.*

Das war sie. Der Maler hatte sein Objekt gefunden.

Als er hinter ihr stand, den Arm zum Schlag erhoben, stockte sie, doch es war zu spät. Das knirschende Geräusch, mit dem ihre Schädeldecke unter der kurzen Eisenstange zertrümmert wurde, erzeugte einen heißen Strom in seinen Lenden. Als er auf ihr kniete, die Hände um ihren schlanken Hals gelegt, als er mit aller Kraft zudrückte, konnte er nicht anders, er musste laut aufstöhnen, vor Anstrengung und auch aus diesem unglaublichen Gefühl heraus, dem Bewusstsein seiner Macht. Mit dem letzten Zucken, mit dem sie mit weit hervorgetretenen Augen das Leben aus ihrem Körper presste, ergoss sich ein warmer Strahl aus seinem Unterleib.

Er lag keuchend auf ihr. Erst Minuten später konnte er sich von ihr herunterwälzen, konnte er sie aus ihren Kleidern, sein Medium aus der Verpackung schälen. Dann war er bereit für ein neues Meisterwerk.

Erdmann legte das Blatt angewidert beiseite. Er sah Christoph Jahn vor sich, den Mann Anfang 50, der aussah wie Sean Connery und sich solche Abscheulichkeiten ausgedacht hatte.

An einer anderen Stelle des Berichts fand er eine genaue Beschreibung darüber, mit welcher Akribie der Täter die Szene des Romans nachgestellt hatte. Selbst die Beine der Toten hatten genau so gelegen, wie es in Jahns Buch beschrieben war.

Außerdem hatte er der Frau büschelweise Haare abgeschnitten.

Die Kölner Beamten fanden den Hinweis darauf ebenfalls im Buch. Jahns wahnsinniger Killer fertigte aus den Haaren Pinsel in verschiedenen Stärken, mit denen er dann sein nächstes Opfer bemalen wollte.

Erdmann fragte sich, wie weit der reale Täter in seinem Nachahmungswahn wirklich gegangen war. Ob wirklich irgendwo bei ihm zu Hause ein Sortiment Pinsel lag, die er selbst hergestellt hatte. Aus den Haaren seines Opfers in Köln. Und ob sich auch ein *warmer Strahl aus seinem Unterleib* ergossen hatte in dem Moment, in dem die junge Frau in Köln gestorben war.

Angeekelt warf er die Mappe auf den Tisch, lehnte sich zurück und schloss die Augen. Je mehr er darüber nachdachte, umso sicherer wurde er, dass es sich im aktuellen Fall um den gleichen Täter handelte. Die Frage war, welche Motivation hinter den Taten steckte. Handelte es sich einfach um einen Wahnsinnigen, der sich zufällig die Romane von Christoph Jahn als Vorlage für seine abscheulichen Verbrechen ausgesucht hatte? Oder war es dieser *größte Fan* des Autors, der Briefeschreiber, der vier Jahre zuvor angekündigt hatte, etwas zu tun, dass Jahns Roman auf die Bestsellerliste bringen würde, wo er seiner Meinung nach hingehörte? Warum sollte er ausgerechnet nun, nach vier Jahren, wieder ein Verbrechen nach einem Jahn-Roman nachstellen? Erdmann öffnete die Augen, griff sich erneut die Mappe und ging sie weiter durch.

Er musste nicht lange suchen, bis er auf Kopien der Briefe stieß, die Jahn vor der Tat erhalten hatte. Es waren zwölf Blätter, chronologisch geordnet, inhaltlich waren sie größtenteils identisch:

Lieber Christoph,
ich möchte Ihnen sagen, dass ich Ihre Bücher über alles liebe. Sie sollen wissen: Nicht alle Ihre Leser sind so dumm wie die, die nicht erkennen wollen, von welcher Qualität Ihre Bücher sind.
Ihr größter Fan

Lieber Christoph,
bitte schreiben Sie weiter so. Ihre Bücher sind einzigartig. Ich hasse alle, die zu dumm sind, das zu erkennen.
Ihr größter Fan

So ging es weiter bis zum letzten Brief, der, wie Jahn auch schon erwähnt hatte, nur aus einem Satz bestand:

Lieber Christoph,
ich werde nun dafür sorgen, dass Ihre Bücher endlich dorthin kommen, wo sie hingehören.
Ihr größter Fan

Erdmann legte das letzte Blatt zur Seite und dachte darüber nach, ob jemand wirklich zum Mörder werden konnte, nur um den Verkauf eines Buches anzukurbeln. Aber er wusste aus Erfahrung, dass Menschen aus allen denkbaren und nicht denkbaren Gründen töteten.

Er widmete seine Aufmerksamkeit wieder den Unterlagen und suchte den Teil, in dem etwas über den Mann stehen musste, der als Einziger einen Vorteil aus diesen Scheußlichkeiten zog.

11

24. April

Als ihn der durchdringende Piepton des Radioweckers aus einem unruhigen Schlaf riss, fühlte Erdmann sich matt und unausgeschlafen. Widerwillig hievte er sich aus dem Bett. Doch als er eine halbe Stunde später ins Freie trat und den strahlend blauen Himmel sah, blieb er stehen und atmete die klare, frische Frühlingsluft tief ein. Danach fühlte er sich schon um einiges besser.

Um drei Minuten vor acht klingelte er an Matthiessens Haustür. Er hätte darauf gewettet, dass sie ihm mit angezogener Jacke öffnete, um sofort losfahren zu können. Umso überraschter war er, als sie auf Strümpfen in der Tür stand. »Guten Morgen.« Sie musterte ihn von oben bis unten. »Schwarze Jeans, weißes Hemd, graues Sakko, lässig elegant, wie immer.« Sie machte einen Schritt zur Seite. »Komm rein, ich hab noch eine Tasse Kaffee für dich.«

»Das hört sich gut an, ich bin sehr spät aufgestanden und hatte noch keinen.« Er wartete in der Diele, bis sie die Tür geschlossen hatte und an ihm vorbeigegangen war, dann folgte er ihr durch das entgegen seiner Erwartung sehr modern eingerichtete Wohnzimmer in die Küche. Das Zentrum des verhältnismäßig großen Raumes bildete eine Kochinsel, an deren Arbeitsplatte drei Barhocker standen, so dass der Bereich neben dem Induktionskochfeld gleichzeitig als Tisch genutzt werden konnte. Matthiessen deutete auf einen der Plätze, wo eine unbenutzte Kaffeetasse stand. Erdmann setzte sich und sah sich in dem hellen Raum um. »Schön hast du's hier.«

»Das hört sich so an, als würde dich das überraschen.«

»Nein, warum sollte mich das überraschen?«, log er und sah Matthiessen dabei zu, wie sie seine Tasse unter den Vollautomaten stellte und den Knopf drückte. Er wartete, bis das Mahlwerk mit seiner lauten Arbeit fertig war. »Ich bin die Unterlagen aus Köln durchgegangen, und irgendwann war es zwei. Und ich hab trotzdem noch den Bericht geschrieben und weggemailt. Ein Lob bitte.«

»Nicht schlecht. Mir sind um kurz nach zwölf schon die Augen zugefallen. Aber ich war auch ganz froh, als ich nicht mehr lesen konnte. Ich bin ja bestimmt nicht zimperlich, aber die Art, wie Jahn diese Szenen beschreibt, in denen den Frauen die Haut vom Körper geschnitten wird … Ich weiß nicht, mir kam es so vor, als berausche er sich beim Schreiben selbst an der Vorstellung. Gott, wenn der Täter sich genau nach diesen detaillierten Vorgaben richtet …«

»Bisher deutet ja alles darauf hin, dass er es tut.«

»Ja, schrecklich. Wir müssen diesen Irren so schnell wie möglich stoppen, bevor er noch weitere Frauen und schließlich auch Heike Kleenkamp umbringt!«

Sie schwiegen kurz, dann wollte Matthiessen wissen: »Und wie war es bei dir? Hast du was entdeckt, das uns nützlich sein könnte? Vielleicht etwas zu Christoph Jahn?«

Erdmann trank vorsichtig einen kleinen Schluck, dann erzählte er Matthiessen, was er in den Unterlagen gefunden hatte.

Natürlich hatten die Kölner Kollegen den Autor überprüft. Immerhin hatte ihm die Tat plötzlich einen beruflichen Erfolg beschert, den er ohne das Verbrechen wahrscheinlich nie gehabt hätte. Jahns Aussagen waren stellenweise sehr widersprüchlich gewesen, was er damit erklärt hatte, dass ihn die ganze Sache psychisch stark belaste und er Schuldgefühle hatte, weil es sein Roman war, der als Anleitung für den Mord gedient hatte. Zunächst hatte er auch keine Angaben darüber machen wollen, wo er zur Tatzeit gewesen war. Als die Kölner Kollegen ihm mit einem Haftbefehl drohten, rückte er dann aber doch damit heraus, dass er die fragliche Nacht mit einer verheirateten Frau verbracht hatte. Er selbst war alleinstehend, aber er hatte sie schützen wollen, wie er erklärte, darum habe er so lange geschwiegen.

»Jahn hatte letztendlich also doch ein Alibi, nachdem diese Frau bestätigt hat, dass sie in der fraglichen Nacht mit ihm zusammen war. Und das, obwohl sie verheiratet war und diese Aussage für sie recht unangenehm gewesen sein durfte. Damit schied er als Täter aus.«

»Und wenn sie für ihn gelogen hat? Was würdest du denken, wenn er kein Alibi gehabt hätte?«

»Dann wäre er für mich definitiv ein Spitzenkandidat.«

Matthiessen trank ihre Tasse leer und stellte sie dann zusammen mit seiner in die Spülmaschine. »Dann sollten wir für den aktuellen Fall vielleicht einfach mal vergessen, dass diese Frau damals sein Alibi bestätigt hat. Was meinst du?«

Erdmann stand auf. »Ich meine, wir sollten uns heute noch mal mit ihm unterhalten.«

»Gut, aber zuerst fahren wir ins Präsidium. Mal sehen, ob es Neuigkeiten gibt. Außerdem sollte die DNA-Analyse von diesem Hautstück mittlerweile vorliegen. Ich zweifle zwar nicht mehr daran, dass es von Heike Kleenkamp stammt, aber wer weiß …«

In der Stadt herrschte sonntags um diese Zeit wenig Verkehr, so dass sie zügig zum Bruno-Georges-Platz durchkamen. Als sie den Einsatzraum betraten, war es kurz vor neun. Außer ihnen waren bereits zwei Kollegen und eine Kommissarin anwesend. »Ist Stohrmann schon da?«, fragte Erdmann die junge Beamtin, die er nur flüchtig kannte. Sie schüttelte den Kopf. »Nein, außer uns ist noch niemand hier.«

»Gibt's was Neues?«, wandte Matthiessen sich an alle. »Ist die Analyse von diesem Hautstück da?«

Einer der beiden Männer reichte ihr wortlos zwei lose Blätter, die an der oberen Ecke zusammengeklammert waren. Matthiessen brauchte nur ein paar Sekunden, dann nickte sie. »Heike Kleenkamp, wie erwartet. Sonst noch was?« Schweigen, Kopfschütteln. »So ein Mist«, entfuhr es Erdmann, und Matthiessen nickte. »Wir können davon ausgehen, dass Dieter Kleenkamp nun noch mehr Druck machen wird. Er ist Verleger einer großen Zeitung, das heißt, wenn wir nicht schnell etwas vorweisen können, werden die Artikel in der HAT dementsprechend negativ ausfallen.« Und nach einer kurzen Pause fügte sie hinzu: »Und wer will es ihm verübeln.«

Die Tür wurde geöffnet, und Jens Diederich betrat mit einem Mann den Raum, den Erdmann nicht kannte. Er war untersetzt, hatte einen pechschwarzen Vollbart und trug ein Notebook vor sich her wie ein Serviertablett.

»Guten Morgen zusammen«, sagte Diederich, nickte Erdmann zu und wandte sich an Matthiessen. »Gut, dass Sie schon da sind. Kennen Sie den Kollegen Hunsinger?«

»Computerspezialist, nicht wahr?« Matthiessen warf einen Blick auf das Notebook. »Der Computer von Heike Kleenkamp? Haben Sie was gefunden?«

Hunsinger legte das Notebook auf dem Tisch ab, klappte es auf und drückte den Einschaltknopf. »Unter den gespeicherten Dateien auf dem Rechner konnte ich nichts Außergewöhnliches finden. Behördenbriefe, ein paar Tabellenkalkulationen, viele Dokumente für ihr Studium.« Auf dem Bildschirm rauschten die typischen Systemmeldungen vorbei. »Dann habe ich mir ihre Mailbox angesehen.« Der Computer war fertig hochgefahren, und mit zwei Klicks öffnete Hunsinger unter den Blicken der anderen das Programm, mit dem Heike Kleenkamp ihre E-Mails verwaltete. Auf der linken Seite wurden verschiedene Ordner angezeigt, in denen sie ihre Nachrichten offenbar nach Themen abgespeichert hatte.

Hunsinger klickte auf einen Ordner namens BAO. »Den habe ich angelegt, damit ich nicht lange suchen muss.« Der Ordner enthielt zwei Mails, Hunsinger klickte die obere an und trat einen Schritt zurück, damit die anderen besser sehen konnten. »Schauen sie sich das mal an.« Erdmann beugte sich noch ein kleines Stückchen weiter nach vorne, dann konnte auch er die Mail lesen.

Von: m.hansen@kleine-buecherecke.info
An: heike-kleenkamp@t-online.de
Betreff: Rezension

Gesendet am: 16. 12. 2010, 9:17 h

Frau Kleenkamp,

fassungslos habe ich heute in der Zeitung Ihres Vaters eine Rezension zu Christoph Jahns Buch »Das Skript« gelesen und muss Ihnen sagen, dass ich sehr, sehr wütend bin. Ich bin ein großer Fan des Schriftstellers und finde, er ist mit Abstand der beste deutschsprachige Krimiautor der Gegenwart. Anders jedoch als wahrscheinlich bei der Rezensentin ist diese

Meinung durch meine Ausbildung zur Buchhändlerin fachlich fundiert.
Wie können Sie nur ein Geschreibsel in Ihrer Zeitung veröffentlichen, das das Werk eines so talentierten Schriftstellers wie Christoph Jahn in solch billiger, effektheischender Weise diffamiert?
Diese Frau nennt den Roman klischeeüberladen, konstruiert, sprachlich auf unterstem Niveau und so weiter und so weiter. Schämen Sie sich eigentlich gar nicht, so etwas zu veröffentlichen? Wissen Sie, was Sie diesem Mann damit antun?
Die Verfasserin dieser Rezension ist eine unbedeutende Person, ihr Schandwerk wäre nie an die Öffentlichkeit gelangt, wenn Sie und Ihr Vater es nicht in Ihrer Zeitung abgedruckt hätten. Sie haben diesem Schund erst Bedeutung verliehen und durch die Veröffentlichung in Ihrer Zeitung diesem wundervollen Schriftsteller unrecht getan und großen Schaden zugefügt. Ich fordere Sie nachdrücklich auf, sich in der morgigen Ausgabe von diesem unsagbaren Machwerk zu distanzieren.

Miriam Hansen

»Das ist ja ein Ding«, entfuhr es Erdmann. »Die unscheinbare Frau Hansen, wer hätte das gedacht. Die verteidigt ihren Christoph Jahn ja mit Zähnen und Klauen. Aber warum schreibt sie nicht direkt an Herrn Kleenkamp, den Herausgeber der HAT, oder die Kulturredaktion? Verstehst du das?«

Matthiessen zuckte nur mit den Schultern. »Nein, keine Ahnung.«

»Hier, es gibt auch noch eine zweite Mail«, unterbrach Hunsinger sie und rückte nach ein paar Klicks das Notebook wieder so, dass alle den Monitor einsehen konnten. Die zweite Nachricht war im Vergleich zur ersten sehr kurz:

Von: m.hansen@kleine-buecherecke.info
An: heike-kleenkamp@t-online.de
Betreff: Re: Re: Rezension

Gesendet am: 16.12.2010, 13:34 h

Frau Kleenkamp,

es ist sehr bedauerlich, dass Sie und Ihr Vater kein Einsehen haben und aus purer Ignoranz das Schaffen eines wundervollen Künstlers zunichtemachen wollen. Die Konsequenz daraus haben Sie selbst zu verantworten.

M. Hansen

---

am: 16.12.2010, 13:03 h schrieb
heike-kleenkamp@t-online.de:

Liebe Frau Hansen,

es tut mir leid, aber weder mein Vater als Herausgeber der Hamburger Allgemeinen Tageszeitung noch ich können oder möchten Einfluss auf die Meinung einer Rezensentin ausüben. Sie als Buchhändlerin werden sicher wissen, dass eine Buchrezension immer nur subjektiver Gestalt sein kann und nichts anderes als die Meinung des Verfassers oder der Verfasserin widerspiegelt. Ich kann Ihnen lediglich vorschlagen, ebenfalls eine Rezension zu verfassen und an die Kulturredaktion der HAT zu schicken. Vielleicht wird sie von der zuständigen Redakteurin zum Abdruck ausgesucht.
Ich hoffe auf Ihr Verständnis.

Mit freundlichem Gruß
Heike Kleenkamp

»Die Konsequenz haben Sie selbst zu verantworten? Das klingt nach einer Drohung.«

»Was klingt nach einer Drohung, Herr Erdmann?« Erdmann fuhr herum, und auch Matthiessen zuckte zusammen. Sie hatte offenbar ebenso wenig wie er mitbekommen, dass Stohrmann den Einsatzraum betreten hatte.

»Guten Morgen«, sagte Erdmann kühl. Er hasste es, wenn jemand sich nicht mal die Mühe machte zu grüßen, wenn er zu einer Gruppe dazustieß. Auch wenn es sich bei diesem Jemand um einen Vorgesetzten handelte.

»Der Kollege Hunsinger hat auf Heike Kleenkamps Notebook zwei interessante E-Mails gefunden«, übernahm Matthiessen die Erklärung. »Sie stammen von Miriam Hansen, der Buchhändlerin, von der wir die …«

»Zeigen Sie mal her«, unterbrach Stohrmann sie barsch und drückte sich zwischen ihr und Erdmann hindurch vor das Notebook. Erdmann warf Matthiessen einen vielsagenden Blick zu, doch die schlug die Augen nieder, und er spürte Ärger in sich aufsteigen. Chef hin oder her, dem Mann fehlte ganz offensichtlich jegliche Sozialkompetenz.

»Na, das sieht doch gut aus. Von welcher Rezension ist da die Rede?«

»Das wissen wir noch nicht«, sagte Matthiessen kühl, »aber anhand des Datums sollte das herauszufinden sein.«

»Es sollte vor allem schnell herauszufinden sein, Frau Matthiessen. Ich gehe davon aus, Sie werden der Dame sofort einen Besuch abstatten.«

»Wir machen uns gleich auf den Weg. Und danach fahren wir noch mal bei Nina Hartmann vorbei.«

»Anschließend möchte ich einen Bericht haben.« Stohrmann wandte sich ab und verließ den Einsatzraum.

Erdmann zögerte nur kurz, dann sagte er: »Bin gleich wieder da«, und folgte ihm. Nach wenigen Metern hatte er Stohrmann eingeholt. »Kann ich Sie mal kurz sprechen?«

Stohrmann blieb vor dem Fahrstuhl stehen und drückte den Nach-oben-Knopf. »Was gibt's? Ist Ihnen noch was eingefallen?«

Erdmann sah sich auf dem Flur um, sie waren allein. »Es geht um die Kollegin Matthiessen.«

Stohrmann zuckte kaum merklich zusammen. »Aha, und? Wollen Sie sich über sie beschweren?«

Während Erdmann mit einem erneuten, schnellen Blick den Flur kontrollierte, öffnete sich die Fahrstuhltür, und er ging hinter Stohrmann hinein. »Nein, keine Beschwerde, im Gegenteil. Mir ist aufgefallen, dass Sie Frau Matthiessen etwas … wie soll ich es ausdrücken … schroff behandeln.«

»So, das ist Ihnen also aufgefallen.« Der Fahrstuhl hielt mit einem sanften Ruck, und die Tür öffnete sich. Sie verließen die Kabine und gingen nebeneinander über den Flur in Richtung Stohrmanns Büro. »Herr Erdmann, eigentlich geht es Sie nichts an, wie ich meine Mitarbeiter führe, aber da wir an einem hochsensiblen Fall arbeiten, ist es mir wichtig, dass das Team funktioniert …« Sie hatten sein Büro erreicht, und Stohrmann bedeutete ihm mit einer Geste einzutreten. Erdmann setzte sich auf einen Stuhl vor den Schreibtisch und sah dem BAO-Leiter dabei zu, wie er umständlich Platz nahm und die Hände auf dem Schreibtisch wie zum Gebet verschränkte. »Hat Frau Matthiessen sich Ihnen gegenüber beschwert?«

»Nein, ich habe *sie* konkret angesprochen, weil mir aufgefallen war, dass die Stimmung zwischen ihr und Ihnen nicht die allerbeste ist, und nach langem Hin und Her hat sie mir schließlich von dieser Geschichte mit Ihrem Bruder erzählt.«

»Es wird also hinter meinem Rücken über mich geredet.«

Erdmann zwang sich dazu, ruhig zu bleiben und sich nicht über Stohrmanns Reaktion aufzuregen. »Ich arbeite mit Hauptkommissarin Matthiessen zusammen. Da ist es doch normal, dass ich nachfrage, wenn ich das Gefühl habe, es stimmt was nicht. Und ebenso normal ist es, dass ich mich mit meinem Vorgesetzten darüber unterhalte. Zumindest sollte es das sein.«

Stohrmann nickte grimmig. »Ich kann mir ungefähr vorstellen, was die gute Frau Matthiessen Ihnen erzählt hat. Sie hat ihre Version schon öfter zum Besten gegeben.«

»Würden Sie mir denn Ihre Version erzählen?«

»Ich denke, wir haben zurzeit Wichtigeres zu tun.«

Erdmann wollte sich damit nicht zufriedengeben. »Was ich nicht verstehe: Wenn es persönliche Differenzen zwischen Ihnen gibt – warum haben Sie sie dann als Ihre Stellvertreterin angefordert?«

Stohrmann war sichtlich überrascht. »*Das* hat sie Ihnen erzählt? Dass ich sie angefordert habe?«

»Ja«, sagte Erdmann überrascht.

Stohrmann schüttelte den Kopf. »Na ja, was wundere ich mich überhaupt noch.« Er ließ die Hand geräuschvoll auf die Schreibtischplatte fallen. »Herr Erdmann, ich glaube, wir sollten die Befindlichkeiten von Frau Matthiessen nun mal etwas zurückstellen. Wir müssen eine entführte Frau finden, die jeden Moment getötet werden kann. Falls es nicht schon geschehen ist. Sie können jetzt gehen.«

Erdmann wollte Stohrmann fragen, was er mit dieser Anspielung gemeint hatte, ob es etwa nicht stimmte, was Matthiessen ihm erzählt hatte. Aber nach einem Blick in Stohrmanns versteinerte Miene sah er ein, dass es keinen

Zweck hatte. Er stand auf und verließ das Büro. Das Gespräch mit seinem Vorgesetzten hatte nicht gerade zur Klärung der Dinge beigetragen. Im Gegenteil.

V

Zuvor

Sie starrte diese Gestalt an, die ihr das alles antat. Der Name, den sie eigentlich kannte, geisterte als schemenhafter Nebelfetzen durch ihr Bewusstsein und wollte sich von ihrem Verstand nicht fassen lassen. Er wollte sich in ihrem Kopf einfach nicht diesem Monster vor ihr zuordnen lassen. Mit weit aufgerissenen Augen starrte sie in das Gesicht, und ihr Gehirn wollte nicht akzeptieren, was direkt vor ihr war. Das konnte, das durfte nicht sein. Ein Teil von ihr wollte glauben, dass nun alles gut würde, jetzt, wo in diesem Albtraum aus Angst und Schmerz, in dem alles feindlich und fremd war, ein bekanntes Gesicht aufgetaucht war. Endlich hatte etwas aus ihrer Welt dieses Grauen durchbrochen. Der andere, der logische Teil ihres Denkens aber wusste, dass diese verzerrte Fratze nichts mit dem Menschen zu tun hatte, den sie zu kennen geglaubt hatte. Es war die Fratze eines Monsters, und das war auch der einzige Name, den ihr Verstand akzeptierte. Und noch etwas wurde ihr bewusst: Sie würde auf jeden Fall sterben müssen, denn jetzt wusste sie, wer das Monster war.

»Das … das kann doch nicht … Sie kennen mich doch«, stammelte sie und klammerte sich dabei an die Hoffnung auf Mitleid, auf einen Irrtum. »Sei still!«, befahl das Monster und verschwand aus ihrem Sichtfeld. Sie spürte eine unsanfte Berührung an ihren Füßen, einen kurzen

Schmerz, etwas schabte über ihre Fußgelenke, dann waren sie frei. Geräusche neben ihr, das Monster bückte sich, löste auch die Schlingen, mit denen ihre Handgelenke gefesselt waren. Hoffnung keimte in ihr auf. Sie versuchte vorsichtig, sich zu aufzurichten, aber es gelang ihr nicht. Ihre Arme hingen gefühllos zu beiden Seiten der Unterlage herab, auf der sie noch immer hilflos auf dem Bauch lag. Alles an ihr war seltsam taub, nur ihr Rücken stand in Flammen.

Plötzlich waren da zwei Hände, die sie von hinten an den Schultern packten und ihren Oberkörper brutal nach oben rissen. Die Schmerzen wurden mit einem Schlag unerträglich, sie schrie gellend auf, während weiter unerbittlich an ihr gezerrt wurde. Mit aller Willenskraft hob sie die Arme und stützte sich auf der Unterlage ab. Gleichzeitig zog sie die Knie an und drückte ihren Oberkörper, an dem noch immer gezerrt wurde, nun selbst nach oben. Stöhnend und schwer atmend gelang es ihr schließlich, aufrecht auf dem Ding zu sitzen, das sich als eine Liege herausstellte, wie Ärzte und Masseure sie benutzten. Zum ersten Mal konnte sie mehr von dem Raum sehen, in dem sie seit unendlich langer Zeit gefangen war, in dem sie seit unendlich langer Zeit gequält wurde. Sie versuchte, den Schmerz zu ignorieren, sich auf das zu konzentrieren, was sie im dämmrigen Licht erkennen konnte. Der Raum war groß, wirkte heruntergekommen und verwahrlost. Kein Möbelstück, kein Regal, nichts. Nur rohe, unverputzte Mauern, überall Dreck, Unrat, Müll. Ihr Blick tastete alles ab, etwas in ihr sagte ihr, dass es wichtig sein konnte, dass sie ihre Umgebung genau kannte. An einer Stelle stockte sie. In der Ecke, auf der linken Seite, hatte sich etwas bewegt, da war sie sich sicher. Etwas Großes. Sie kniff die

Augen zusammen, konzentrierte sich auf die Stelle und glaubte, langsam mehr zu erkennen, als sie wieder gepackt und rücksichtslos nach vorne gezogen wurde. Sie musste sich von der Liege abstoßen, um nicht kopfüber zu fallen, kam auf den Füßen auf, doch im gleichen Moment knickten ihr die Beine weg. Mit dem angewinkelten Arm konnte sie den Aufprall auf dem harten Steinboden etwas abdämpfen. Sie schrie auf und lag dann still da, horchte stöhnend auf ihren Körper. Der Arm, mit dem sie den schlimmsten Aufprall abgefangen hatte, schmerzte stark, doch dieser Schmerz wurde überlagert vom Flammenmeer auf ihrem Rücken. »Steh auf.« Die Worte gingen ihr durch Mark und Bein, die Stimme ihres Gegenübers war eiskalt. Sie wusste nicht, ob sie es alleine schaffen konnte, aber sie war sicher, wenn sie es nicht sofort versuchte, würde das Monster ihr wieder weh tun. Unter starken Schmerzen richtete sie sich langsam auf. Als sie den Oberkörper gerade erst ein Stück angehoben hatte, verkrallten sich Hände in ihren Haaren und zogen sie unbarmherzig nach oben. Sekunden später stand sie auf zitternden Beinen. »Los jetzt«, sagte die kalte Stimme, während gleichzeitig eine Hand sie am Oberarm packte und zu einer Stelle zog, an der direkt vor der Wand im Abstand von etwa einem Meter Seile von der Decke hingen. Dazwischen baumelte eine Drahtschlinge. An der Wand selbst war auf Hüfthöhe ein weiteres dickes Seil befestigt, etwa einen halben Meter daneben auf gleicher Höhe zwei Eisenringe. Das war die Stelle, an der sie anfangs angekettet gewesen war. Sie durfte auf keinen Fall wieder dort festgebunden werden. Sie wehrte sich, stemmte sich mit aller Kraft gegen das Monster, das sie noch immer hinter sich herzog. Doch ihr ganzer Körper zitterte so sehr, dass sie sich fast nicht mehr auf den Beinen halten konnte. »Nein, bitte nicht, bitte, ich …« Sie wollte sich aus dem Griff befreien, musste ihren kraftlosen Versuch aber gleich wieder aufgeben, weil die fester zupackenden Finger sich ihr schmerzhaft ins nackte Fleisch drückten. »Still!«, befahl die Stimme. »Gleich wirst du sehen ….«

12

Erdmann erzählte Matthiessen nicht, worum es in seinem Gespräch mit Stohrmann gegangen war. Er wich ihrer Frage aus und war froh, als sie nicht weiter nachhakte. Sie hatte in der Zwischenzeit schon mit Miriam Hansen telefoniert, die junge Frau war zu Hause und erwartete sie.

Etwa zwanzig Minuten später standen sie vor der Tür der Einliegerwohnung in einem gepflegten, anderthalbstöckigen Haus in Lokstedt. Die Buchhändlerin öffnete die Tür, kaum dass Erdmann den Klingelknopf losgelassen hatte. Sie begrüßte sie und strich sich dabei mit beiden Händen über die Jeans, als wolle sie sie daran abwischen. »Haben Sie es gleich gefunden?« Eine überflüssige Frage in Zeiten von Navigationsgeräten, fand Erdmann.

»Guten Morgen, Frau Hansen«, sagte Matthiessen. »Ja, kein Problem. Dürfen wir einen Moment reinkommen?«

»Oh, ja, natürlich, entschuldigen Sie bitte, dass ich … Bitte kommen Sie.«

Miriam Hansens kleine Wohnung war hell und gemütlich eingerichtet. Die Wände waren größtenteils mit Bücherregalen vollgestellt, selbst in den winzigen Flur hatte sie noch eines gequetscht.

»Sie lesen wohl sehr viel«, sagte Erdmann, nachdem sie an einem ovalen, hellen Esstisch Platz genommen hatten.

Sie sah sich in ihrer Wohnung um, als versuche sie herauszufinden, wie er zu dieser Annahme gekommen war. »Ach, wegen der Bücher.« Sie lächelte verlegen. »Ja, schon, ich lese gerne, aber viele der Bücher, die hier stehen, habe ich noch nicht gelesen. Das sind fast alles Leseexemplare. Die Verlage schicken sie uns Buchhändlern, damit wir sie lesen und den Kunden empfehlen. Aber wer soll das alles schaffen?«

»Schreiben Sie auch hin und wieder Rezensionen über Bücher, die Sie gelesen haben?«

Das Lächeln verschwand und machte einem unsicheren Ausdruck Platz. »Rezensionen? Nein, ich … also nein. Höchstens auf einem Vordruck für einen Verlag, aber sonst … nein.«

»Aber Sie lesen Rezensionen zu Büchern, die Sie kennen?«, hakte Erdmann nach.

»Ja, also … Sie denken bestimmt schlecht von mir, aber manchmal lese ich im Internet, was die Leute dort über ein Buch schreiben, und das erzähle ich dann meinen Kunden. Ich kann doch nicht selbst alle Bücher lesen.«

»Nein, natürlich nicht«, sagte Matthiessen verständnisvoll. »Wir meinen aber keine Internetrezensionen, sondern eine ganz bestimmte, die im Dezember 2010 in der Hamburger Allgemeinen Tageszeitung erschienen ist. Eine Rezension über ein Buch von Christoph Jahn.«

Jegliche Farbe schien mit einem Schlag aus dem Gesicht der Frau verschwunden zu sein. Sie schlug sich eine Hand vor den Mund.

»Was können Sie uns über diese Rezension sagen, Frau Hansen?« Erdmann wollte ihr keine Zeit zum Überlegen geben.

»Ich«, setzte sie an, dann wurde ihr offenbar bewusst, dass man sie kaum verstehen konnte, und sie zog schnell die Hand vom Mund weg. »Gütiger Gott. Ich weiß, was Sie … aber Sie können das nicht wirklich denken. Es geht um Frau Kleenkamp, habe ich recht? Sie glauben, weil ich mich so geärgert habe über den Schund, den diese Frau in der Zeitung geschrieben hat … Und jetzt ist Frau Kleenkamp entführt worden, ich habe es gestern in der HAT gelesen. Aber ich kann doch nicht, ich meine, ich könnte doch nie …« Eine Träne löste sich aus ihrem Augenwinkel und hinterließ eine glänzende Spur auf ihrer Wange.

»Nun mal ganz ruhig, Frau Hansen. Niemand beschuldigt Sie.« Matthiessen redete mit ihr wie mit einem verängstigten Kind. »Wir müssen jeder Spur nachgehen, und Sie werden zugeben müssen, Ihre E-Mails an Heike Kleenkamp klangen schon ziemlich wütend.«

»Ja, das war ich auch. Sie hätten diese Unverschämtheiten lesen müssen, die sie in ihrer Zeitung veröffentlicht haben, dann könnten Sie mich verstehen.«

»Haben Sie die Rezension zufälligerweise noch?«, fragte Erdmann, ohne wirklich damit zu rechnen.

Erwartungsgemäß schüttelte Miriam Hansen auch den Kopf. »Nein, so was würde ich nicht auch noch aufheben, auf keinen Fall.«

»Können Sie sich an den Namen der Rezensentin erinnern?« Matthiessens Tonfall hatte sich noch immer nicht verändert.

»Nein, auch nicht. Ich behalte mir keine Namen von Personen, die aus Neid, weil sie selbst nichts zustande bringen, das Schaffen von hochtalentierten Schriftstellern zunichtemachen wollen. Unqualifiziert und unfähig.«

»Was ich nicht verstehe«, sagte Erdmann und legte die Hände auf den Tisch. »Warum waren Sie so wütend auf Heike Kleenkamp? Sie hatte nichts mit dieser Rezension zu tun. Warum haben Sie sich nicht an die Verfasserin gehalten?«

Miriam Hansen sah ihn an, als verstehe sie die Frage nicht. »Aber diese Frau ist doch völlig unbedeutend. Sie hätte schreiben können, was sie wollte, es hätte niemand zu lesen bekommen, wenn es nicht in der HAT veröffentlicht worden wäre. Verstehen Sie das denn nicht? Wirklich bösartig ist nicht diese Frau, die aus purer Dummheit diese Unverschämtheiten über Christoph Jahn geschrieben hat. Schlimm sind diejenigen, die ihre Position dazu missbrauchen, diesen Schund öffentlich zu machen, und ihm damit einen Stellenwert geben, den er sonst niemals gehabt hätte.«

Matthiessen schürzte die Lippen. »Aber wenn ich Sie richtig verstehe, hätte sich Ihr Groll doch gegen Dieter Kleenkamp oder die Kulturredaktion richten müssen. *Das* sind die Verantwortlichen bei der HAT, nicht Kleenkamps Tochter.«

»Ja, ich weiß, aber Herr Kleenkamp oder die Leute in der Redaktion hätten meine Mail doch sowieso ungelesen gelöscht. Denen sind solche Dinge doch ganz egal.« Sie senkte den Kopf. »Ich dachte, wenn ich an Heike Kleenkamp schreibe, dann versteht die das vielleicht und redet mit ihrem Vater. Ich dachte, auf sie hört er vielleicht.«

Erdmann fragte sich, ob diese Frau tatsächlich so naiv war, wie es den Anschein hatte. »Woher hatten Sie überhaupt Heike Kleenkamps Mailadresse?«

»Das war nicht schwer, sie steht auf ihrer Facebook-Seite.«

»Frau Hansen, können Sie uns bitte sagen, was Sie in den letzten Tagen gemacht haben? Sagen wir seit Dienstag?«

Ihre Augen weiteten sich. »Sie möchten ein Alibi, nicht wahr? Sie denken tatsächlich, ich hätte etwas mit dieser

Entführung zu tun. Nur, weil ich es nicht einfach so hinnehmen wollte, dass die Arbeit eines wirklich talentierten Schriftstellers, der dazu noch ein ganz wunderbarer Mensch ist, in den Dreck gezogen wird.« In ihrer Stimme schwang jetzt Entrüstung mit.

»Nun mal langsam.« Erdmann hatte Mühe, ruhig zu bleiben. »Gerade ist eine Frau entführt worden, der sie vor ein paar Monaten in einer Mail ganz offen gedroht haben. Da ist es vollkommen normal, dass wir Sie überprüfen. Das heißt nicht, dass wir im Moment denken, Sie hätten etwas damit zu tun, aber aufgrund dieser Mails müssen wir uns zumindest mit Ihnen unterhalten. Und ja, wir müssen auch überprüfen, was Sie zu den eventuellen Tatzeiten gemacht haben. Letztendlich können Sie sich damit selbst entlasten.«

»Also gut.« Sie sah zur Decke, als könne sie dort die Tagespläne der vergangenen Woche ablesen. »Ab Dienstag sagten Sie?« Erdmann zog seinen kleinen Notizblock aus der Innentasche des Sakkos und sah sie an. »Ich war bis halb sieben im Laden – ich war die ganze Woche bis halb sieben im Laden, außer gestern –, dann war ich einkaufen. Um kurz nach acht war ich zu Hause. Mittwoch …«

»Waren Sie allein zu Hause?«

»Ja, ich wohne hier allein.«

»Hat Sie vielleicht jemand angerufen oder klingelte jemand an Ihrer Tür am Dienstagabend?«

Wieder dachte sie kurz nach, dann schüttelte sie den Kopf. »Nein, niemand.«

Erdmann notierte sich ein paar Worte, dann nickte er ihr zu. »Gut, weiter.«

»Mittwoch – warten Sie –, da bin ich nach Feierabend gleich nach Hause gefahren. Auch allein. Donnerstag habe ich mich mit einer Freundin um halb acht zum Essen getroffen. Wir waren in einer Pizzeria bis etwa halb elf. Freitag …«

»Können Sie mir bitte Name und Adresse der Freundin sagen? Und die Telefonnummer, wenn Sie sie haben.« Sie machte die Angaben, und Erdmann notierte.

»Am Freitag habe ich früher Schluss gemacht, um halb vier, weil ich einen Arzttermin hatte.«

»Worum ging es?«

Sie sah Matthiessen fragend an. »Was? Was meinen Sie?«

»Der Arzttermin. Bei welchem Arzt waren Sie, und was war der Grund?«

»Ach so, ich war bei meinem Hautarzt, Dr. Gorges in Eppendorf, wegen ein paar Muttermalen am Rücken, die ich mir wegmachen lassen möchte.« Erdmann schrieb mit. »Danach war ich noch ein wenig bummeln. Gegen halb acht war ich zu Hause.« Sie machte eine kurze Pause, dann fügte sie hinzu: »Ebenfalls alleine.«

»Sie sagten, Sie sind um halb vier gegangen. Haben Sie das Geschäft geschlossen?«

»Nein, ich habe zwei Aushilfen, Studentinnen, die stundenweise kommen und mir helfen. Eine der beiden, Jessika, war am Freitagnachmittag im Geschäft.«

Erdmann ließ sich auch die Namen und Adressen der beiden Aushilfen geben. »Haben Sie einen Freund, Frau Hansen?«

»Nein, ich … nein. Ich bin Single.«

»Seit wann?« Als sie nicht gleich antwortete, schaltete Matthiessen sich ein. »Das ist doch völlig okay, ich bin auch alleine, und ich fühle mich sehr wohl dabei.«

Erdmann sah kurz zu seiner Kollegin und dachte daran, dass sie der jungen Frau damit schon mehr anvertraut hatte als ihm.

»Also … na ja, schon ziemlich lange. Ich bin vielleicht zu anspruchsvoll, aber … Ich warte auf den Richtigen.« Eine Weile sagte niemand etwas, während Erdmann noch ein paar Worte schrieb.

»Frau Hansen, der Fall, mit dem wir uns im Moment beschäftigen, die Entführung von Heike Kleenkampp, ist etwas …«, Matthiessen suchte offenbar nach den richtigen Worten. »Es geht dabei nicht nur um Entführung, sondern auch um Mord.« Erdmann beobachtete Miriam Hansen genau. Sie wirkte mit einem Mal wie versteinert, ihr Kinn sank langsam nach unten, und ihr Mund öffnete sich ein Stück weit. »Mord?«, flüsterte sie. »Frau Kleenkamp ist ermordet worden? O mein …«

»Nein, nicht Frau Kleenkamp, von ihr haben wir noch keine Spur. Eine andere junge Frau ist getötet worden, aber wir sind sicher, dass dieser Mord direkt mit der Entführung zusammenhängt.«

Miriam Hansens Blick wanderte verständnislos von Matthiessen zu Erdmann und wieder zurück. »Aber … Ich verstehe das nicht.«

»Frau Hansen«, übernahm Erdmann wieder. »Sie haben uns gestern erzählt, dass vor vier Jahren jemand in Köln einen Mord aus Christoph Jahns Buch *Der Nachtmaler* nachgestellt hat.«

»Ja, aber …«

»So wie es aussieht, tut jemand im Moment das Gleiche mit *Das Skript.*«

»Was? Aber das … Was ist denn passiert? Moment … *Das Skript* sagten Sie?« Erdmann nickte. »O mein Gott. Ausgerechnet *Das Skript.* Da werden doch viele … Sind noch mehr Frauen entführt worden? Ich meine, ist es wirklich wie in dem Buch? Sind etwa auch solche … Gott … solche *Päckchen* bei Zeitungen angekommen?«

»Ja, es ist bereits ein Päckchen aufgetaucht. Aber nicht bei einer Zeitung, sondern bei einer Studentin, einer gewissen Nina Hartmann. Sagt Ihnen der Name was?«

»Nein, nichts.«

»Sicher? Nina Hartmann?«

Sie schüttelte den Kopf. »Der arme Christoph. Weiß er es schon? Oder soll ich ihn anrufen?« Wieder fragte Erdmann sich, ob die Buchhändlerin ihnen etwas vorspielte oder ob sie tatsächlich so naiv war, wie sie ihm in dieser Situation erschien. »Natürlich weiß er es schon, Frau Hansen. Es geht schließlich um einen Mordfall aus einem Buch, das er geschrieben hat. Wir waren gestern schon bei ihm. Wann haben Sie Herrn Jahn zum letzten Mal gesehen?«

»Das war vor genau zwei Wochen, am Sonntag. Er hatte mich eingeladen. Wir haben zusammen Kaffee getrunken und über sein neues Buch gesprochen. Er gab mir ein paar Stellen zu lesen und fragte, was ich davon halte. Ich bin die Einzige, die er nach ihrer Meinung fragt. Na ja, außer Frau Jäger am Ende.«

»Frau Jäger?«, fragte Matthiessen.

»Ja, Helga Jäger, Christophs Haushälterin.«

»Er bespricht mit seiner Haushälterin sein Manuskript?«, wunderte sich Erdmann. »Das erscheint mir recht … ungewöhnlich. Ich dachte immer, so ein Manuskript ist ein Heiligtum, das niemand sehen darf, bis es fertig ist. Das hab ich wahrscheinlich in einem Film gesehen. Hm, bei Ihnen als Buchhändlerin kann ich es ja verstehen, aber seine Haushälterin?«

»Na ja, bisher hat sie wohl noch nichts gelesen, er hat ja gerade erst wieder angefangen mit dem Schreiben. Aber was glauben Sie denn, wer die Bücher von Christoph Jahn anschließend liest? Das sind überwiegend Frauen, viele davon über vierzig. Helga Jäger gehört zur Zielgruppe, darum ist ihre Meinung für Christoph interessant. Er bespricht sein Manuskript natürlich nicht mit ihr, dazu fehlt ihr der Sachverstand. Nein, das nicht, aber er sagte, er wolle es ihr zu lesen geben, wenn es fertig ist, und testen, wie es bei ihr ankommt.«

»Ah. Aber Sie durften jetzt schon mal reinlesen. Und?«

Sie sah Erdmann verstört an. »Was meinen Sie?«

»Na, was halten Sie von seinem neuen Roman. Ist er gut? Oder besser: Wird er gut?«

Erdmann hatte fest damit gerechnet, dass die Frau nun ein Loblied auf den talentierten Christoph Jahn anstimmen würde, und war überrascht, als sie sich wand und nicht so recht mit einer Antwort herausrücken wollte. »Frau Hansen? Nun sagen Sie schon. Hat es Ihnen gefallen?«

»Na ja, es ist noch ein Rohentwurf sozusagen, aber … wenn ich ehrlich sein soll, ist es nicht so gut wie seine anderen Bücher. Also bisher. Das kann sich natürlich noch ändern, und wenn er es am Ende noch mal überarbeitet, wird es bestimmt besser.«

»Und woran liegt das?«, hakte Matthiessen nach. »Was gefällt Ihnen daran nicht?«

»Ich weiß nicht. Es ist ein bisschen … na ja … es wird so viel erklärt und beschrieben, aber es passiert nicht viel. Es ist … nicht spannend.« Sie hielt einen Moment inne. »Ich kann immer noch nicht glauben, dass jemand ausgerechnet diese grauenhaften Verbrechen aus dem *Skript* nachstellt. Und das in Hamburg. Gott, ist das schrecklich …« *So kann man auch von einem Thema ablenken*, dachte Erdmann.

Matthiessen erhob sich. »Frau Hansen, wir danken Ihnen für Ihre Hilfe. Sie werden sicher verstehen, dass wir Ihre Angaben überprüfen müssen. Wir melden uns bei Ihnen.«

»Ja, sicher.« Auch Miriam Hansen und Erdmann standen auf. »Ich verstehe das. Ich habe mir schon einen Tag nachdem ich diese Mails an Frau Kleenkamp geschrieben habe, gewünscht, ich hätte es nicht getan. Das ist eigentlich auch gar nicht meine Art, anderen Menschen böse Mails zu schreiben, aber … Ich war so wütend und fand das so ungerecht Christoph gegenüber. Sie haben doch jetzt bestimmt auch in seinen Büchern gelesen. Finden Sie nicht, dass sie etwas ganz Besonderes sind? Er hat eine so einfühlsame Art, Situationen zu beschreiben, die Orte sind so unglaublich detailgenau wiedergegeben, dass man meint, alles vor Augen zu sehen und mitzuerleben.«

»Das hörte sich aber gerade noch anders an«, versuchte Erdmann, sie ein wenig zu provozieren.

»Sie verstehen das nicht. Wenn das neue Buch fertig redigiert ist, wird das genauso gut, da bin ich sicher.« Das klang deutlich anders als zwei Minuten zuvor, fand er, beließ es aber dabei.

»Ja, also nochmals danke für Ihre Hilfe, Frau Hansen. Wir müssen nun los.«

»Was denkst du?«, fragte Matthiessen, als sie im Auto saßen und sich anschnallten.

Erdmann startete den Motor. »Ich glaube nicht, dass sie was mit der Sache zu tun hat, aber diese Naive-Mädchen-Nummer nehme ich ihr nicht ganz ab.«

»Ich auch nicht.« Matthiessen deutete mit dem Kinn nach vorne. »Gut, dann lass uns zu dem hochtalentierten Schriftsteller fahren.«

13

Matthiessen hatte ihr Telefon in der Hand, um im Präsidium anzurufen, als es klingelte. Sie ging ran, hörte zu, sagte: »Was?« und: »Mist. Womit wir ja wieder dicht an der Vorlage wären. Was steht drauf?« Erdmann beschlich ein ungutes Gefühl, und er musste sich zusammennehmen, um Matthiessen nicht zu unterbrechen und zu fragen, was los sei. »Aha. Ist das im Roman genauso? … Hm … Aha … ja, kann sein.« Sie bedankte sich und bat darum, dass sich sofort jemand daranmachte, eine Ausgabe der HAT vom 16. Dezember 2010 zu besorgen und den Namen der Rezensentin herauszufinden. Als sie aufgelegt hatte, sah sie Erdmann an. »Ein neues Päckchen. Und …«

»Was? Wie hat sie es bekommen? Heute ist doch Sonntag.«

»Wenn du mich nicht unterbrochen hättest, wüsstest du es schon.« Matthiessen klang gereizt. »Das Päckchen ist nicht zu Nina Hartmann geschickt worden. Ein Taxifahrer hat es in der Redaktion der HAT abgegeben. Es war an niemand Bestimmtes adressiert, Absender war wieder *Peter Dorscher.* Der Taxifahrer hatte am Bahnhof gestanden. Er sagt, ein kleiner Junge brachte ihm das Päckchen und hundert Euro für die Fahrt, das war's.«

»Mist. Und der Junge?«

Sie hob die Hände und ließ sie wieder auf die Oberschenkel fallen. »Irgendein Junge.«

»Und? Was war in dem Päckchen? Wieder so ein Ding?«

»Ja, die Widmungsseite, wie zu erwarten war. *Für alle*

Kritiker. Im Roman steht an der Stelle: *Für alle Verlage.* Die Kollegen sind unterwegs.«

»Hm … also hält der Täter sich jetzt auch in diesem Punkt an den Roman. Wer war das überhaupt? Stohrmann?«

»Nein, Diederich. Als ob Stohrmann mich anrufen würde.«

»Wo wir gerade von Stohrmann sprechen … Wir haben doch zwei Kollegen vor dem Haus von Nina Hartmann postiert für den Fall, dass sie wieder ein Päckchen bekommt. Ich denke, die sollten wir abziehen. So wie es aussieht, ist es nicht mehr nötig, dass sie dort rumstehen. Sie wird zumindest heute nichts mehr bekommen, und wenn die jetzt den ganzen Tag dort verbringen, wird Stohrmann wieder gegen dich schießen, so viel ist sicher.«

Matthiessen zögerte einen Moment, dann wählte sie eine Nummer und ließ die Männer abziehen. Anschließend versuchte sie, Nina Hartmann zu erreichen, legte aber nach zwei Versuchen das Telefon zur Seite. »Nina Hartmann ist nicht zu Hause, und an ihrem Handy geht die Mailbox an. Sicher hat sie bei ihrem Freund übernachtet.«

»Hm … Und nun? Zu Jahn? Oder zurück zum Präsidium?«

»Wir fahren noch zu Jahn, aber zuerst möchte ich noch mal mit Nina Hartmann reden. Und mit ihrem Freund. Ich bin gespannt, warum Herr Schäfer uns nichts von seinen schriftstellerischen Ambitionen erzählt hat.«

»Und wer die Frau war, die uns den Tipp gegeben hat«, sagte Erdmann und konzentrierte sich auf den dichten Verkehr.

Es dauerte einige Zeit, bis auf ihr Klingeln hin ein heiseres »Hallo« aus der Sprechanlage des Hauses in Harvestehude kam.

»Polizei«, meldete sich Erdmann, der direkt vor der Sprechanlage stand. »Hauptkommissarin Matthiessen und Oberkommissar Erdmann. Wir waren gestern schon mal hier.« Schnaufen. »Ach, Sie … Hier schläft noch alles. Moment, ich mach Ihnen auf. Kommen Sie hoch.«

Als sie vor der Wohnung ankamen, stand Dirk Schäfer in der Tür. Er trug gestreifte Boxershorts und ein weißes T-Shirt, die langen Haare standen ihm kreuz und quer vom Kopf ab. Seinem verknitterten Gesicht sah man deutlich an, dass es Minuten zuvor noch auf einem Kopfkissen gelegen hatte.

»Guten Morgen«, sagte Matthiessen, während sie auf ihn zugingen. »Tut mir leid, wenn wir Sie geweckt haben, aber wir müssen noch mal mit Ihrer Freundin reden.«

»Und mit Ihnen«, fügte Erdmann hinzu.

»Kommen Sie rein.« Schäfer machte einen Schritt zur Seite. »Gehen Sie schon mal ins Wohnzimmer, ich zieh mir kurz was an. Da … ehm … da herrscht noch ein ziemliches Durcheinander, aber so früh am Morgen nach ner Fete ist halt noch nicht aufgeräumt.«

Schon beim Betreten der Wohnung war ihnen der Geruch von kaltem Zigarettenrauch entgegengeschlagen. Erdmann hasste das. Als sie das Wohnzimmer betraten, wurde es unerträglich, so dass er sich mit kleinen Schritten einen Weg durch Flaschen, Kissen, Chipstüten, überquellende Aschenbecher und allerlei Kleidungsstücke bahnte und die große Flügeltür öffnete, die auf einen großzügigen Balkon führte. Er blieb einen Moment in der geöffneten Tür stehen und atmete tief durch, ehe er sich wieder umdrehte und sich in dem Chaos umsah. »Mein Gott, muss das eine Party gewesen sein.«

Auch Matthiessens Blick wanderte über das heillose Durcheinander. »Ich frage mich hier und da schon, ob es in meiner Jugend gewisse Dinge einfach nicht gegeben hat oder ob ich das unbewusst verdränge. Aber ehrlich gesagt, glaube ich eher an das Verdrängen.«

Erdmann ging im Zickzack auf den Esstisch zu, wo er tatsächlich noch einen Stuhl fand, auf dem nichts abgelegt war. Der Tisch war komplett zugestellt mit verschiedenen Gläsern, einige davon mit abgestandenen und trübe aussehenden Getränkeresten darin. Direkt neben sich auf dem Tisch entdeckte Erdmann ein halbvolles Whiskyglas, in dem drei Kippen schwammen. »Mann, ist das ekelhaft, mir kommt gleich der Kaffee von heute morgen hoch.«

»Wie schon gesagt, so früh nach einer Fete … Meine Putzhilfe kommt erst gegen elf.«

Erdmann sah Dirk Schäfer an, der, nun in Jeans statt Boxershorts und mit Flipflops an den Füßen, den Raum betrat. *Seine Putzhilfe*, dachte er. *Ein Student mit einer Putzfrau, die nach der wilden Party hinter ihm herräumt.* Schäfer machte einen Stuhl frei, indem er einen Pullover und einen Strumpf einfach auf die Couch zu den anderen Dingen warf, die da schon herumlagen, und wandte sich an Matthiessen, die noch immer stand. »Bitte, setzen Sie sich doch.«

»Haben Sie Ihrer Freundin Bescheid gesagt, dass wir da sind?«

»Ja, hat er«, kam vom Flur her die Stimme von Nina Hartmann. »Kleinen Moment noch, ich bin gleich da.«

»Wie lange haben Sie denn gefeiert?«, fragte Erdmann in die entstandene Stille hinein.

Schäfer sah sich in dem Raum um, der normalerweise ein Wohnzimmer war. »Puh, ich weiß nicht genau, ich glaube, ich war um fünf im Bett oder so. Nina hat jedenfalls schon lange geschlafen, sie ist schon recht früh verschwunden. Deshalb ist sie auch schon etwas länger auf.« Erdmann fragte sich, wie man schlafen konnte, während eine wilde Partyhorde Dinge anrichtete, die dazu führten, dass ein Zimmer so aussah wie Dirk Schäfers Wohnzimmer an diesem Morgen.

»Guten Morgen.« Nina Hartmann kam auf sie zu. Sie sah zwar noch etwas müde aus, war aber komplett angezogen und dezent geschminkt. Die Haare hatte sie zu einem Pferdeschwanz zusammengefasst. Anders als ihr Freund reichte sie Matthiessen und Erdmann die Hand, bevor sie sich einen Stuhl freiräumte.

Matthiessen wartete, bis sie saß. »Frau Hartmann, wir haben noch ein paar Fragen.« Sie sah zu Dirk Schäfer. »Die übrigens auch Sie betreffen, Herr Schäfer, sogar noch mehr als Frau Hartmann.« Die beiden jungen Leute warfen sich einen Blick zu, und Erdmann war sicher, dass sie wussten, worum es ging. »Gestern Abend ging ein Anruf beim Polizeipräsidium ein, eine Frau, im Hintergrund war Musik zu hören, wie auf einer Party. Diese Frau gab uns einen Hinweis auf ein Internetforum und einen Usernamen, Doktor S.« Matthiessen machte eine Pause, behielt die beiden aber genau wie Erdmann unentwegt im Blick.

Nina Hartmann senkte den Kopf, während ihr Freund aufstand und die Hände in den Hosentaschen vergrub. »Sie meinen die Kurzgeschichten, diese kleinen Textchen, die ich vor langer Zeit mal geschrieben habe, oder?«

»Warum haben Sie uns nichts davon gesagt, als wir nach jemandem aus Ihrem Bekanntenkreis gefragt haben, der schreibt?« fragte Erdmann ruhig, woraufhin Nina Hartmann wieder den Kopf hob. »Sie haben doch nach jemandem gefragt, der einen Roman schreibt. Und auf diesem … diesem Ding, das war ja auch der Titel eines Romans. Dirk hat noch nie einen Roman geschrieben. Und er hat es auch nicht vor. Darum dachte ich …«

»In dubio pro reo«, kam es krächzend aus einer Ecke des Zimmers. Alle vier sahen sich verwirrt um. Erdmann wusste, von wem der Spruch kam, noch bevor hinter einem Sessel, schräg neben der Tür zum Balkon, die verknitterte Gestalt Christian Zenders auftauchte. Als er es geschafft hatte, sich ächzend aufzurichten, fuhr er sich mit beiden Händen durch die verstrubbelten Haare, was sein Erscheinungsbild aus Erdmanns Sicht nicht zu seinem Vorteil veränderte. Am Vortag hatte er Zender als Witzfigur empfunden, in diesem Moment erinnerte er ihn aber eher an einen Kobold oder einen Gnom. Mit Augen, die zu winzigen Schlitzen zusammengekniffen waren, blickte er um sich, tastete dann auf der Sitzfläche des Sessels herum, fand dort nach einigem Suchen endlich seine Brille und setzte sie auf. »Habe ich gerade die kläglichen Verteidigungsversuche meiner Mandanten gehört?«

Erdmann sah Matthiessen an und verdrehte die Augen, bevor er das Wort an den jungen Mann richtete. »Sie haben keine Mandanten, Herr Zender, und es kommt sogar noch schlimmer: Sie sind auch kein Anwalt. Und weil das so ist, wäre ich Ihnen dankbar, wenn Sie uns unsere Arbeit machen lassen und einfach weiter Ihren Rausch ausschlafen würden.« Damit wandte er sich wieder Nina Hartmann und ihrem Freund zu. »Haben Sie denn eine Idee, wer uns angerufen haben könnte? Frau Hartmann, ich gehe mal davon aus, dass Sie es nicht waren?«

»Nein, natürlich nicht. Warum sollte ich so was tun?«

»Sie sagten, es war eine Frau? Mir fällt da ja spontan jemand ein.« Schäfer sah seine Freundin an. »Hast du Kerstin davon erzählt?« Sie hatte, das sah Erdmann sofort, doch bevor sie zu einer Antwort ansetzen konnte, war Zender am Tisch angekommen. »Worum geht es hier eigentlich? Ich habe nur die Hälfte mitbekommen, nachdem Sie mich geweckt haben.«

»Setz dich einfach hin und hör zu«, fuhr Dirk Schäfer ihn barsch an, woraufhin Zender beide Hände hob und sich nach einem Stuhl umsah. »Schon gut, schon gut. Ich sag nichts mehr. Amicus certus in re incerta cernitur. In der Not erkennst du den wahren Freund.«

»Ja, es stimmt, ich habe Kerstin davon erzählt«, sagte Nina und lenkte damit die Aufmerksamkeit wieder auf sich. »Sie hat doch sowieso schon von dem Päckchen gewusst.« Sie sah Matthiessen hilfesuchend an. »Und nachdem Sie gestern hier waren, wollte ich mit jemandem darüber reden, der sich nicht darüber lustig macht, dass ich Angst habe.« Das hatte den beiden jungen Männern neben ihr gegolten.

Dirk Schäfer zuckte mit den Schultern. »Na, dann dürfte ja klar sein, von wem der Anruf kam.«

»Wer ist diese Kerstin?«, fragte Matthiessen. »Und warum denken Sie, dass sie es war, die uns angerufen hat?«

Schäfer zog die Mundwinkel nach unten. »Kerstin ist Ninas Freundin. Na ja, und meine Ex. Wir waren vor ewiger Zeit mal kurz zusammen, aber wir haben nur gestritten. Mit dieser Frau kann man es als Mann keinen Tag aushalten, ohne mit ihr zu streiten. Sie hatte an allem …« Er blickte zu seiner Freundin hinüber, der man ansehen konnte, dass das Thema ihr unangenehm war, und winkte dann ab. »Ist ja auch egal. Jedenfalls mögen wir uns seitdem nicht mehr besonders.«

»War sie bei Ihrer Geburtstagsfeier gestern Abend dabei?«

»Nein, ich hab nur Freunde und gute Bekannte eingeladen.«

»Hm … Und sie weiß von Ihren Schreibambitionen?«

»Ich habe keine Schreibambitionen. Mein Gott, irgendwann hab ich mal zwei kleine Geschichten geschrieben und sie ins Netz gestellt. Jetzt, wo Sie danach fragen … Das war kurz bevor ich mit Kerstin zusammenkam, und sie weiß auch davon, da bin ich sicher. Aber seitdem hab ich nie mehr was geschrieben, und ich habe es auch nicht vor. Aber ich traue ihr zu, dass sie bei der Polizei angerufen hat. Mein Gott, ich hatte diese Geschichtchen schon ganz vergessen, und wenn Sie ernsthaft denken, ich hätte Nina dieses Ding geschickt …«

»Nein, das denken wir nicht, Herr Schäfer.« Matthiessen schob ein paar Gläser auf dem Tisch etwas zurück. »Mittlerweile hat sich herausgestellt, dass es dem Täter nicht um etwas geht, das er selbst geschrieben hat. Jemand stellt diese Verbrechen aus einem Kriminalroman nach.« Die drei jungen Leute sahen sich an, als wollten sie herausfinden, was der jeweils andere von dem hielt, was sie gerade gehört hatten.

Erdmann war gespannt, wie viel Matthiessen den Studenten, und allen voran diesem Christian Zender, sagen würde. »Dieser Rahmen, den Sie bekommen haben, Frau Hartmann … Das Material, auf dem der Titel des Romans geschrieben war, ist menschliche Haut, und sie stammt eindeutig von Heike Kleenkamp.«

Nina Hartmann stand das Entsetzen ins Gesicht geschrieben. Sie sah Matthiessen an, als könne sie nicht verstehen, was man ihr gerade mitgeteilt hatte, während ihr Freund ein heiseres »Scheiße« ausstieß.

»Morituri te salutant«, war Christian Zenders Kommentar, woraufhin Erdmann ihn anfuhr: »Verschonen Sie uns endlich mit Ihren Sprüchen. Hier geht es um das Leben mehrerer Menschen, verdammt!«

Zender setzte an, etwas zu entgegnen, verstummte aber. Offenbar hatte er Erdmann angesehen, dass es besser war, tatsächlich den Mund zu halten.

»Das ist ja furchtbar.« Nina Hartmann verschränkte die Arme vor der Brust und rieb sich die Oberarme, als friere sie. »Aber … warum schickt man ausgerechnet *mir* dieses fürchterliche Ding? Das macht mir Angst.« Sie blickte zu Matthiessen. »Denken Sie, dass ich noch mehr davon bekommen werde?«

Matthiessen schüttelte den Kopf. »Nein, das denke ich nicht. Heute Morgen ist ein weiteres Päckchen zugestellt worden, allerdings in der Redaktion der HAT. Damit hält der Täter sich jetzt auch diesbezüglich an die Vorlage.«

»Und was war in diesem Päckchen? Wieder … so was?«

»Ja.«

»Entschuldigung, habe ich Ihre polizeiliche Genehmigung, eine Frage zu stellen?« Christian Zender grinste Erdmann und Matthiessen an, und Erdmann war versucht, ihm für die Provokation erneut über den Mund zu fahren. Aber bevor er etwas erwidern konnte, sagte Matthiessen: »Fragen Sie.«

»Sie sprachen eben von einem Buch, einem Kriminalroman. Sagen Sie uns, um welchen Roman es sich dabei handelt? Was Bekanntes? Oder ist das streng geheim?«

»Kennen Sie Christoph Jahn? Er lebt seit ein paar Jahren hier in Hamburg.«

Dirk Schäfer schürzte die Unterlippe und schüttelte den Kopf, Zender zeigte überhaupt keine Regung, so, als hätte er nicht gehört, was Matthiessen gerade gesagt hatte. Nina Hartmann allerdings erblasste vollends und sah Matthiessen an, als sei sie ein Gespenst.

»Was haben Sie?«, fragte Erdmann.

»Christoph Jahn? Dieser Roman, von dem Sie gesprochen haben, aus dem diese Verbrechen … O Gott, warum fällt mir das jetzt erst auf? Es ist *Das Skript*, nicht wahr?«

»Ja, das stimmt. Kennen Sie den Roman?«

Nina Hartmann nickte, und es entstand eine kurze, angespannte Stille, bis sie sagte: »Ich habe vor einiger Zeit in der Hamburger Allgemeinen Tageszeitung eine Rezension darüber geschrieben. Ich glaube, es war im Dezember.«

VI

Zuvor

Wieder stand sie vor der Wand, die Arme mit Seilen um die Handgelenke schmerzhaft nach oben gezogen. Die Drahtschlinge schnitt ihr in die Haut, sie musste sich auf die Zehenspitzen stellen, um das bedrohliche Gefühl, nicht atmen zu können, zumindest ein wenig zu lindern. Ebenso wie beim ersten Mal war es ihr unmöglich, sich zu bewegen. Allerdings hatte sie die Mauer nun im Rücken und konnte den Raum überblicken, soweit es das wenige Licht zuließ. Vielmehr *musste* sie den Raum überblicken, denn das Monster hatte ihre Lider hochgezogen und so festgeklebt, dass ihre Augen nun übernatürlich weit geöffnet in den Raum starrten. Was immer passieren sollte – sie würde es sich ansehen müssen. Sie konnte nicht einmal mehr blinzeln.

Als das Monster auf die Stelle zuging, an der sie kurz zuvor eine Bewegung wahrgenommen hatte, vergaß sie für einen Moment ihre Schmerzen. Denn von dort kam ein seltsam dumpfes Stöhnen. Sie konnte nichts erkennen, konnte die Bewegungen mehr erahnen als sehen. Schabende, schleifende Geräusche, ein erneutes Aufstöhnen, dann taumelte eine Gestalt in den Raum hinein. Wie sie selbst war die Frau nackt, und ihr schoss der Gedanke durch den Kopf, dass sie ihren Rücken gar nicht sehen, dass sie in einer Art Selbstschutz des Verstandes gar nicht wissen wollte, was man auch ihr angetan hatte. Die Arme der Frau waren so nach hinten gebogen, dass ihre Hände gefesselt sein mussten, sie zitterte am ganzen Körper, Mund und Augen hatte das Monster ihr mit breiten Streifen Klebeband zugeklebt. Sie hatte den Kopf in den Nacken gelegt, vielleicht ein Versuch, unter dem Klebeband hindurch etwas sehen zu können. Ihre kurzen Haare klebten ihr am Kopf, die sichtbaren Stellen ihrer Gesichtshaut waren wie der Rest des Körpers schmutzig und mit Blutergüssen und Schürfwunden übersät. Erst als die Frau noch weiter auf sie zugeschoben wurde, erkannte sie die dünne Drahtschlinge um deren Hals, eine Art Garotte, deren Enden das Monster fest in der Hand hielt. Als der Draht sich in ihr Fleisch drückte, blieb die Frau stehen und gab einen Laut wie ein verwundetes Tier von sich. Eine Hand tauchte seitlich neben ihrem Kopf auf, packte ein Ende des Streifens über ihren Augen und riss ihn mit einem Ruck ab. Die Frau schrie dumpf gegen die geschlossenen Lippen ihres verklebten Mundes an, blinzelte verstört mit verkniffenen, geschwollenen Augen, während ihr Tränen über die Wangen rannen. Dann starrten sie sich an, und die Panik stand deutlich in den nun weit aufgerissenen Augen ihres Gegenübers.

»Sieh her«, sagte das Monster und machte eine abrupte Bewegung mit den Armen. Die Frau vor ihr bäumte sich ruckartig auf, als die Schlinge tief in ihren Hals schnitt. Innerhalb von Sekunden verfärbte sich ihr Gesicht dunkelrot. Sie lehnte den Oberkörper zurück, und das Monster lockerte sogleich die Spannung. Die Frau verlor das Gleichgewicht und stolperte rückwärts, schwankte, prallte mit dem nackten Gesäß auf den Boden. Sofort zog das Monster sie jedoch an der Schlinge wieder ein Stück nach oben. Ihr ganzes Gewicht hing nun in dem Draht um ihren Hals, Blut quoll rundum aus der Stelle, wo das dünne Material in ihr Fleisch eingedrungen war, und bildete innerhalb von Sekunden einen dunkelroten, glänzenden Kragen. Die Augen der Frau wurden auf grauenvolle Weise größer und runder, schienen aus den Höhlen zu treten.

Sie konnte den furchtbaren Anblick nicht mehr ertragen, sie wollte die Augen schließen, doch die Klebestreifen hielten sie gnadenlos offen. Sie blickte zur Seite, so weit es ging, doch die Bewegungen waren noch immer am Rand ihres Gesichtsfeldes zu erkennen, und etwas in ihr zwang ihren Blick immer wieder zurück zu der Frau, als würde er von einem grausamen Magneten angezogen. Sie weinte, sie schrie, sie flehte das Monster an, damit aufzuhören – und musste jedes fürchterliche Detail des Todeskampfes der Frau mit ansehen. Sie sah, wie das Monster mit aller Kraft zog, wie der Körper der Frau vollends in der Schlinge hing und sie anfing, mit den Beinen um sich zu treten. Ihre Fersen knallten mit knirschenden Geräuschen auf den Steinboden. Immer hektischer, immer unkontrollierter und zuckender wurden ihre Bewegungen. Die Augen waren nun blutrot unterlaufen, die Zunge hing ihr aus dem Mund, an den Mundwinkeln drang schaumiger Speichel hervor. Sie starrte die Szene mit nackten Augen an und hatte nur noch den Wunsch, es möge vorbei sein und der Tod würde diese arme Frau endlich erlösen. Endlich, endlich wurden ihre Bewegungen langsamer, abgehackter.

Noch einmal bog die Frau den Oberkörper durch, ein letztes Mal zuckten ihre Beine, dann gab sie ein Geräusch von sich, das anders klang als alle Geräusche, die sie kannte. Sie wusste, sie würde es nie wieder vergessen können. Der Körper der Frau hing nun reglos halb sitzend in der

Schlinge. Die Zunge hing ihr unverhältnismäßig weit aus dem Mundwinkel, in den starren, runden Augen stand stumpfes Entsetzen. Keuchend machte das Monster einen Schritt zur Seite und ließ dabei die Schlinge los. Der leblose Körper kippte nach hinten wie eine weggeworfene Puppe. Als der Hinterkopf dumpf auf dem Boden aufschlug, musste sie sich übergeben.

14

»Was haben Sie?«, fragte Erdmann, obwohl er die junge Frau sehr gut verstanden hatte. »*Sie* haben also diese Rezension geschrieben? Warum sagen Sie uns das erst jetzt?«

»Diese Rezension? Was heißt das?«, fragte sie, offensichtlich verwirrt. »Ich … ich wusste doch bis eben nichts davon, dass dieses furchtbare Ding etwas mit dem Jahn-Krimi zu tun hat.« Sie sah aus, als kämen ihr jeden Moment die Tränen.

»Sie haben ja recht, entschuldigen Sie.« Erdmann bemühte sich, seiner Stimme einen besänftigenden Klang zu verleihen.

»Wir haben gehört, Sie haben Christoph Jahns Roman ziemlich verrissen?«, sagte Matthiessen. »Was genau fanden Sie daran so schlecht?«

Nina Hartmann verdrehte die Augen. »Wo soll ich da anfangen? Das ist kein Krimi, das ist fast Splatter. Jahn beschreibt diese furchtbaren Morde an den Frauen so detailliert, als ergötze er sich an den Gräueltaten, die er sich selbst ausgedacht hat. Er lässt sie sich sogar gegenseitig dabei beobachten, wie sie stranguliert werden. Diese Szenen scheint er auszukosten. Viele andere Dinge, die wirklich wichtig wären, erwähnt er dagegen nur in einem Nebensatz. Es ist alles so unausgewogen, die Handlung ist dünn, seine Protagonisten bleiben flach und charakterlos. Die Handlungsorte hingegen beschreibt er geradezu akribisch und so ausführlich, dass man nach vier Seiten, auf denen ein Raum bis zum letzten Fitzelchen dargestellt wird, nach vorne blättert bis zu der Stelle, wo endlich wieder was passiert.«

»Da werden Frauen umgebracht? Scheint ein Buch für mich zu sein.« Christian Zender grinste wieder beifallheischend in die Runde, doch bevor Erdmann seinem erneuten Ärger über den Jurastudenten Luft machen konnte, wandte Zender sich an Nina Hartmann: »Mensch, Nini, warum hast du mir nie was davon erzählt?«

»Doch, das hab ich. Ich hab's euch beiden erzählt, ich weiß es genau.«

»Kennen Sie eine Frau namens Miriam Hansen?«, fragte Matthiessen die junge Frau schnell und lenkte damit Erdmanns Aufmerksamkeit von Christian Zender weg. »Sie ist Buchhändlerin.«

»Miriam Hansen … eine Buchhändlerin …. Nein, die kenne ich nicht. Hat sie was mit dieser furchtbaren Sache zu tun?«

»Sie ist ein großer Fan von Christoph Jahn und fand Ihre Rezension nicht so toll.«

Die Studentin zuckte mit den Schultern. »Die Geschmäcker sind eben verschieden, und eine Rezension ist eine subjektive Sache. Für mich ist es unvorstellbar, dass jemand ein Fan dieses Autors sein kann. Aber am besten lesen Sie mal ein Buch von Jahn und machen sich selbst ein Bild.«

»Wir sind im Moment beruflich zum Lesen seines Buches verpflichtet. Ich muss allerdings gestehen, dass ich dieser Art von Literatur ebenfalls nichts abgewinnen kann.«

»Aiunt multum esse, non multa.«

Erdmann hielt es nicht länger aus. »Mir gehen Ihre lateinischen Sprüche langsam gehörig auf die Nerven. Also los, zeigen Sie uns schon, wie schlau Sie sind, und sagen uns, was das wieder hieß.«

Zender grinste nur. »Das heißt: Man sagt, man müsse vieles lesen, nicht vielerlei, Herr Kommissar.«

»Ich bin Oberkommissar.«

»Ja. Sie können das natürlich nicht wissen, aber mit Latein wird man während des Jurastudiums immer wieder konfrontiert, weil unser Rechtssystem historisch auf dem römischen Recht beruht. Das führt dazu, dass sehr viele Rechtsbegriffe ihren Ursprung im Lateinischen haben oder sogar komplett daraus übernommen sind. Ach, und die katholische Kirche wollen wir nicht vergessen, die durch ihren historischen Einfluss auch ihren lateinischen Teil zum juristischen Vokabular beigetragen hat. Das nur zur Erläuterung für meine Latein-Affinität. Und jetzt hab ich Durst.« Bevor Erdmann ihm noch etwas dazu sagen konnte, was er wusste und was nicht, stand Zender auf und ging in Richtung Flur.

»Entschuldigen Sie bitte«, sagte Nina Hartmann, als der Jurastudent um die Ecke verschwunden war. »Möchten Sie vielleicht auch was zu trinken?«

Matthiessen schüttelte den Kopf, Erdmann betrachtete das Durcheinander an abgestandenen Getränkeresten auf dem Tisch vor sich und winkte ab. »Nein danke, nicht nötig. Sagen Sie, haben Sie diese Rezension vielleicht noch?«

Die junge Frau dachte einen Moment lang nach. »Ja, ich glaube schon. Aber natürlich nicht hier.«

»Kein Problem. Wann werden Sie voraussichtlich zu Hause sein?«

Sie sah zu ihrem Freund hinüber, der die Hände hob, als wolle er sagen: Das ist deine Entscheidung. Nach einem kurzen Blick über das Durcheinander sagte sie: »Wenn wir hier das Nötigste aufgeräumt haben, ich denke …«

»Du brauchst hier nicht aufzuräumen, das weißt du doch. Carlota wird bald hier sein, sie wird dafür bezahlt.«

»Hm … dann würde ich sagen, ich fahre in zehn Minuten los, dann bin ich etwa in einer halben Stunde zu Hause. Reicht Ihnen das?«

»Ja, das reicht.« Matthiessen erhob sich und stieß beim Zurückschieben ihres Stuhls ein Bierglas um, dessen restlicher Inhalt, eine gelbbraune Brühe, sich über den Parkettboden ergoss. »Oh, das tut mir leid«, sagte sie, doch Schäfer winkte ab: »Kein Problem. Was denken Sie, was letzte Nacht alles über dieses Parkett geflossen ist. Wie schon gesagt, Carlota wird gleich hier sein.«

»Trotzdem. Wir werden später entweder selbst bei Ihnen vorbeikommen, oder wir schicken Kollegen«, wandte sich Matthiessen an Nina Hartmann. »Ach, und sprechen Sie doch bitte mit ihrer Freundin, ob sie es war, die gestern Abend angerufen hat, ja?«

Als Matthiessen vor Erdmann das Chaos des Wohnzimmers verlassen wollte, wäre sie fast mit Christian Zender zusammengestoßen, der mit einer geöffneten Bierflasche in der Hand um die Ecke bog. Sie blieb so abrupt stehen, dass Erdmann fast gegen sie gelaufen wäre. Er betrachtete die Bierpulle und den wie immer grinsenden Studenten. »Ihnen scheint es ja schon wieder recht gutzugehen.«

Zender hob die Flasche an. »Ad fontes – zu den Quellen. Ein Feuer bekämpft man am besten mit einem Gegenfeuer, Herr Kommissar.«

»Ja, das mag sein. Abgesehen davon gebe ich Ihnen als Nichtlateiner und jemand, der über die historischen Hintergründe der Rechtsprechung nichts wissen kann, noch einen kleinen Tipp: Wenn Sie nicht lernen, sich so simple Dinge wie Dienstgrade zu merken, werden Sie sich in Ihrem späteren beruflichen Umfeld trotz Ihrer fulminanten Lateinkenntnisse nicht viele Freunde machen. Prost.« Zusammen mit Matthiessen verließ er die Wohnung, bevor dem Studenten wieder ein passender lateinischer Spruch einfiel.

Auf dem Weg zum Auto sagte Erdmann: »Komisch, dass die Buchhändlerin sich nicht an den Namen erinnert hat, als wir sie nach Nina Hartmann fragten.«

»Ja, das habe ich mir eben auch gedacht. Wo sie sich doch so sehr über ihre Rezension aufgeregt hat.«

»Na ja, zumindest ist die Wahrscheinlichkeit recht hoch, dass wir nun wissen, warum ausgerechnet Nina Hartmann das erste Päckchen bekommen hat.«

»Das stimmt, und wir können wohl davon ausgehen, dass dem Täter das, was Nina Hartmann über das Buch geschrieben hat, ebenfalls nicht gefallen hat.«

Sie hatten den Golf erreicht und stiegen ein.

Vierzig Minuten später standen sie wieder vor dem Haus in Volksdorf. Wie am Vortag öffnete Jahns Haushälterin freundlich lächelnd die Tür. Die gestärkte, blütenweiße Schürze sah frisch aus. »Ah, guten Tag, Sie möchten wieder zu Herrn Jahn?«

Matthiessen nickte. »Guten Tag, Frau Jäger, ja, wir haben noch ein paar Fragen an ihn. Ist er zu Hause?«

Helga Jägers Gesichtsausdruck veränderte sich so übergangslos, als hätte man am Computer in einer Bildergalerie zum nächsten Foto geklickt. Sie sah nun aus, als müsse sie einem Kind sagen, dass es das ersehnte Weihnachtsgeschenk nicht bekommt. »Nein, tut mir leid, er ist im Moment leider nicht da.« Jetzt umspielte wieder das mütterliche Lächeln ihre Lippen. »Aber Sie können gerne bei einer Tasse Kaffee auf ihn warten. Er wollte nur kurz weg und müsste spätestens in einer Viertelstunde zurück sein.«

Erdmann tauschte mit Matthiessen einen kurzen Blick, dann gingen sie ins Haus.

Sie setzten sich in die wuchtigen englischen Ledersessel und nahmen das Kaffeeangebot dankend an. Als Helga Jäger nach verblüffend kurzer Zeit die dampfenden Tassen vor ihnen abstellte, sagte Matthiessen: »Setzen Sie sich doch bitte einen Moment zu uns.«

Die Haushälterin sah einen kurzen Moment irritiert aus, dann aber strich sie in einer verlegen wirkenden Geste die Schürze über ihren Hüften glatt. »Ich habe noch was im Ofen, das verbrennt gleich. Ich würde das gerne noch erledigen, wenn Sie erlauben, dann komme ich sofort zu Ihnen.«

»Natürlich, wir warten hier.«

Erdmann nutzte die Zeit und sah sich das prall gefüllte Bücherregal an, das fast eine komplette Wand des Wohnzimmers einnahm. Moderne Romane fehlten dort fast gänzlich, dafür war aber von Heinrich von Kleist über Friedrich Nietzsche und Theodor Storm bis hin zu Rainer Maria Rilke, Thomas Mann und Max Frisch alles vertreten, was in der deutschsprachigen Literatur einen Namen hatte. Obwohl er nicht viel las, war Erdmann von dieser Sammlung doch beeindruckt. Matthiessen tippte derweil konzentriert auf ihrem Handy herum, wie Erdmann mit einem Blick feststellte.

Nach einer Viertelstunde kam Helga Jäger zurück, entschuldigte sich dafür, dass es so lange gedauert hatte, und ließ sich auf dem Sofa nieder.

»Frau Jäger, seit wann führen Sie schon den Haushalt für Herrn Jahn?«, stellte Matthiessen ohne Umwege ihre erste Frage.

»Ich habe etwa ein Jahr nachdem er nach Hamburg gekommen ist, bei ihm angefangen. Er hatte eine Stellenanzeige in die Zeitung gesetzt.«

»Wohnen Sie auch hier im Haus?«

»Ja, ich habe eine kleine Wohnung, zwei Zimmer, auf der anderen Seite.«

»Ah. Und sind Sie zufrieden? Ist er ein angenehmer Chef?«

Wieder strich sie sich über die Schürze, nun aber, da sie saß, nicht mehr an den Hüften, sondern über ihrem Schoß. »Aber ja. Ich habe wirklich keinen Grund, mich zu beschweren. Sicher, manchmal ist er schon ein bisschen launisch«, sie schmunzelte, »aber so sind doch alle Männer ab einem gewissen Alter, nicht wahr?«

Erdmann fühlte sich mit Ende dreißig nicht angesprochen. »Hat er mit Ihnen jemals über diese Sache damals in Köln gesprochen?«

»Sie meinen dieses Verbrechen, das jemand aus seinem Buch nachgemacht hat? Nein, also, darüber gesprochen wäre zu viel gesagt. Ich habe von Anfang an gemerkt, dass ihn etwas quält. Kein einziges Mal habe ich ihn lachen sehen, und als ich dann ein paar Wochen bei ihm war, habe ich eines Abends all meinen Mut zusammengenommen und ihn gefragt, was um alles in der Welt ihn so furchtbar traurig macht. Das war gar nicht so einfach, immerhin hatte ich die Stellung doch gerade erst angenommen, und es hätte ja genauso gut sein können, dass er mich für neugierig hält und mich wieder wegschickt. Aber er hat mich nur traurig angesehen, und dann hat er mir erzählt, dass in Köln ein Verrückter diese Tat aus seinem Roman wirklich begangen hat. Es war schlimm für ihn, wissen Sie. Dass jemand dieses scheußliche Verbrechen verübt hat, genau so, wie er es in seinem Buch beschreibt. Es war so schlimm, dass er mit dem Schreiben aufgehört hat. Ich habe ihn danach nie wieder darauf angesprochen.«

»Nun schreibt er aber doch wieder an einem neuen Roman«, warf Erdmann ein. »Verkraftet er diese Sache mittlerweile besser? Immerhin sind seitdem ja ein paar Jahre vergangen.«

»Wenn ich ehrlich sein soll …«, sie redete nun leiser, als gäbe es jemanden im Haus, der sie vielleicht hören könnte. »Ich glaube, es ist, weil er Geld braucht. Bücher schreiben macht ihm keinen Spaß mehr. Früher hat es ihm großen Spaß gemacht, glaube ich. Jetzt nicht mehr. Aber bitte – verraten Sie ihm nicht, dass ich das gesagt habe.«

»Nein, keine Angst, wir werden es nicht erwähnen.« Matthiessen griff nach ihrer Tasse und nahm einen Schluck.

»Sagen Sie, kennen Sie Miriam Hansen?«, fragte Erdmann. Die Haushälterin nickte und machte dabei ein Gesicht, als müsse sie über etwas Unangenehmes reden. »Ja, die kenne ich. Herr Jahn hat sie irgendwann mal zum Kaffee eingeladen, ich glaube, weil sie ihm immer wieder Mails geschrieben hat. Sie kam dann öfter her. Und in der letzten Zeit immer häufiger.«

»Was halten Sie von ihr? Mögen Sie sie?«

Helga Jäger wiegte den Kopf hin und her und zog dabei die Mundwinkel nach unten. »Nein, ich mag sie nicht so sehr. Sie sieht Herrn Jahn immer so komisch an. Ich glaube, sie ist irgendwie … ich weiß nicht wie ich es sagen soll. Irgendwie total *vernarrt* in ihn.«

»Und das schließen Sie daraus, wie sie ihn ansieht?«

»Eine Frau sieht so was, Herr … entschuldigen Sie, ich habe vergessen, was Sie sind. Kommissar?«

»Oberkommissar, schon gut.«

»Ja, genau, Herr Oberkommissar, es ist ihr ganzes Verhalten. Sie versucht immer, ihn zu berühren, wenn sie neben ihm sitzt, mit dem Arm oder dem Bein, so dass es aussieht, als sei es zufällig. Aber ich bemerke das. Eine Frau sieht so was.«

»Nun gut. Sie wissen, was gerade im Moment geschieht?«, fragte Matthiessen, und Helga Jäger nickte mit ernster Miene. »Ja, er hat es mir gestern erzählt, nachdem Sie gefahren sind. Mein Gott, ich habe in der Zeitung gelesen, dass die junge Frau vermisst wird, aber wer hätte so was ahnen können.«

»Herr Jahn war bestimmt ziemlich niedergeschlagen, als er Ihnen das gestern erzählt hat, oder?«, wollte Erdmann wissen. »Das hat ihn schon sehr getroffen, und …«, sie sah zur Tür, »ich glaube, Herr Jahn ist gerade nach Hause gekommen.«

Sie hatte recht, einen Augenblick später kam der Autor herein. Er trug eine dunkle Stoffhose, ein weißes Hemd, bei dem der oberste Knopf geöffnet war, und eine dunkelblaue Strickjacke darüber. Jahn sah nicht im mindesten überrascht aus, als er die beiden Beamten in seinem Wohnzimmer sitzen sah, was damit zu tun haben mochte, dass er den Golf auf der Straße vor seinem Haus gesehen und richtig zugeordnet hatte, überlegte Erdmann. »Guten Tag, ich hoffe Sie warten noch nicht lange auf mich?« Nach einem kurzen Blick zum Sofa, von dem seine Haushälterin sich in diesem Moment erhob, ging er zu Matthiessen und reichte ihr die Hand, dann begrüßte er Erdmann und setzte sich auf den Platz, auf dem gerade noch Helga Jäger gesessen hatte. Die Haushälterin verließ das Zimmer und schloss die Tür leise hinter sich.

Jahn sah ihr nach, bis die Tür geschlossen war, dann wandte er sich an Erdmann. »Sie haben ja offenbar schon ein wenig mit Helga geplaudert.« Seine Stimme klang lustlos. »Ich hoffe, sie haben sich gut unterhalten, sie ist wirklich eine treue Seele. Aber hergekommen sind Sie ja wahrscheinlich eher wegen mir. Was kann ich also für Sie tun?«

»Ja, das ist richtig«, sagte Matthiessen. »Herr Jahn, wie ist das mit Rezensionen über Ihre Bücher, lesen Sie die?«

»Ja, schon. Also, hauptsächlich in den ersten Wochen, nachdem ein Buch neu erschienen ist. Da möchte man als Autor natürlich wissen, wie es ankommt und was die Leser darüber denken.«

»Und danach?«

»Der Verlag …« Er wurde von seiner Haushälterin unterbrochen, die wieder hereingekommen war, um auch ihm eine Tasse Kaffee zu bringen. Er bedankte sich bei ihr, und sie verließ das Zimmer wieder. »Also der Verlag schickt mir in unregelmäßigen Abständen Kopien von Rezensionen aus Zeitungen und Zeitschriften. Davon lese ich auch noch einige.«

»Es gab im Dezember eine Rezension zu *Das Skript* in der Hamburger Allgemeinen Tageszeitung«, übernahm Erdmann. »Haben Sie die auch gelesen?«

»Natürlich, die kenne ich. Schließlich stand sie in einer Hamburger Zeitung.«

»Sie war nicht sehr schmeichelhaft für Ihr Buch. Kennen Sie die Rezensentin?«

»Nein, ich kenne sie nicht. Ich weiß nur noch, dass es

kein bekannter Name aus der Hamburger Literaturszene war. Eine unbedeutende Schreiberin, vielleicht eine freie Mitarbeiterin der HAT. Ich gestehe, ich weiß nicht mal mehr ihren Namen.«

»Nina Hartmann heißt sie«, sagte Matthiessen. »Sagt Ihnen der Name etwas?«

Jahn dachte mit angestrengtem Gesichtsausdruck nach, schüttelte dann aber den Kopf. »Nein, tut mir leid. Ich habe das Gefühl, diesen Namen schon gelesen oder gehört zu haben, aber wirklich erinnern kann ich mich nicht an ihn. Wissen Sie, meine Bücher sind schon so oft in allen möglichen Medien besprochen worden, da kann man sich unmöglich alle Namen merken.«

»Ihr Gefühl täuscht Sie nicht, Sie haben diesen Namen schon mindestens einmal gehört, und zwar gestern, von uns. Nina Hartmann ist die Studentin, die das erste Päckchen bekommen hat.«

»Ja, natürlich, jetzt erinnere ich mich auch. Aber Moment … Sie sagen, diese Studentin hat den Verriss über mein Buch geschrieben, und jetzt bekommt sie die Päckchen, die in dem Buch vorkommen, das sie verrissen hat?«

»*Ein* Päckchen, um genau zu sein«, korrigierte Erdmann ihn. »Heute Vormittag erreichte eine weitere Sendung mit ähnlichem Inhalt die Redaktion einer Zeitung. Also ganz wie in ihrem Buch. Aber nun raten Sie mal, um welche Zeitung es sich handelt.«

»Die Hamburger Allgemeine Tageszeitung?«, kam es ohne Zögern. »So ist es.«

»Da sehen Sie es mal wieder, ein guter Kriminalschriftsteller wäre immer auch ein guter Polizist geworden. Es ist wie in meinem Roman. Dort gehen die Päckchen an die Verlage, die das Werk des Täters verschmäht haben, hier ist es die Zeitung, die den Verriss abgedruckt hat. Tja, das ist logisch.«

»Was wir nur noch nicht verstehen«, schaltete Matthiessen sich wieder ein, »warum weicht der Täter beim ersten Päckchen von der Romanvorlage ab, wenn er sich sonst so akribisch daran hält?«

Jahn zuckte resigniert mit den Schultern. »Ich weiß es nicht, aber ich werde mir Gedanken darüber machen. Irgendeinen Grund muss es ja geben.«

»Wie denken Sie überhaupt über diese Rezension?« Erdmann rutschte auf dem Sessel ein Stück nach vorne. Die Sitzfläche war schon so durchgesessen, dass man unbequem tief einsank. »Sind Sie nicht wütend, wenn jemand Ihr Buch so niedermacht? Ich glaube, ich wäre stinksauer an Ihrer Stelle.«

»Ach wissen Sie, auch mit solchen Kritiken muss man leben, wenn man mit seinen Werken an die Öffentlichkeit geht. Die Geschmäcker sind verschieden, das Niveau der Leser auch.«

Die Antwort war Erdmann zu schwammig. »Können Sie denn nachvollziehen, was die Frau über Ihr Buch geschrieben hat?«

Der Autor wiegte den Kopf hin und her. »Nun ja, nachvollziehen ... Wenn ich mich recht entsinne, fand sie die Figuren zu flach und die Handlung zu dünn. Das ist Ansichtssache, aber wenn sie es beim Lesen so empfunden hat, mache ich mir als gewissenhafter Autor natürlich Gedanken darüber, wie ich es hätte besser machen können. Ich glaube, sie schrieb auch von einem grundlegenden Missverhältnis in meinen Romanen. Ich sei zu detailverliebt, wenn es um Ortsbeschreibungen geht, dafür kämen aber Informationen, die für den Roman wirklich wichtig sind, viel zu kurz. Oder so ähnlich.« Er stockte, und Erdmann hatte das Gefühl, dass er nach Worten suchte und gut überlegte, was er sagen wollte. »Ich möchte niemand anderen für Dinge verantwortlich machen, die meine Bücher betreffen, aber … in diesem speziellen Fall trifft doch jemanden zumindest eine Teilschuld.«

Erdmann sah zu Matthiessen hinüber, die eine Braue hochzog. »Aha, und wer ist das ihrer Meinung nach?«

Wieder machte Jahn eine kurze Pause, in der er seine Hände betrachtete. »Mein Verlagslektor.« Nun sah er wieder auf. »Ich kann die Rezensentin zumindest in diesem Punkt verstehen und weiß genau, was sie meint. Dazu muss ich ein wenig ausholen.« Er sah von Erdmann zu Matthiessen, als warte er auf ihre Erlaubnis, woraufhin Matthiessen ihm mit einer Handbewegung andeutete fortzufahren. »Es stimmt, dass ich ein ausgesprochenes Faible für Beschreibungen habe. Mein Bestreben ist es stets, Dinge so genau zu beschreiben, dass die Leser sie bildlich vor Augen haben. Dabei ist es mir wichtig, dass vor den Augen aller Leser das gleiche Bild entsteht, verstehen Sie? Wenn Sie von zehn Leuten, die mein Buch gelesen haben, verlangen, sie sollen einen bestimmten Raum aus diesem Buch beschreiben, und alle zehn Beschreibungen sind identisch bis ins kleinste Detail, dann habe ich es richtig gemacht. Dabei hilft mir ein Trick: Ich beschreibe nur Örtlichkeiten, die real existieren. Ich setze mich zum Beispiel in eine Hotelhalle und schaue mir alles an, mache mir Notizen und viele Fotos. An meinem Schreibtisch dann nehme ich all das zur Hand und fange an, diese Halle zu beschreiben. Die Kunst dabei ist, bis ins kleinste Detail alles genau so aufzuschreiben, wie ich es auf den Fotos sehe, und dabei keinen noch so kleinen Gegenstand zu vergessen, der irgendwo herumsteht. Es sind nämlich diese kleinsten Details, die einen Raum nicht nur plastisch erscheinen lassen, sondern ihm Leben einhauchen. Wenn ich das richtig mache, werden Sie diese Hotelhalle sofort wiedererkennen, wenn Sie sie einmal betreten sollten, nachdem Sie meinen Roman gelesen haben.«

»Das klingt für mich bisher nach keiner schlechten Methode«, kommentierte Erdmann.

Jahn nickte. »Genau, das sage ich ja. Es ist die beste Methode, wenn nicht gar die einzige. Das ist ein richtiger Spleen von mir, und ich gestehe, ich bin auch stolz darauf, dass ein Handlungsort, den ich beschreiben möchte, am Ende eine absolute Eins-zu-eins-Kopie des Originals ist. Dafür muss man ein Auge haben. Alles muss absolut mit dem Original übereinstimmen, wenn es perfekt sein soll.« Kurze Pause. »Aber ich schweife ab. Worum es mir eigentlich geht: Genau so detailgenau habe ich auch die Handlungsstränge und meine Protagonisten beschrieben. Ich habe mir reale Personen vorgenommen und Kopien von ihnen in meinen Manuskripten angelegt. Bis zur letzten Haarsträhne, bis hin zum kleinsten Pickel auf der Stirn. Sie haben gelebt. Und an dieser Stelle kommt nun mein Lektor ins Spiel. Das hat ihm offensichtlich nicht gefallen, und so hat er meine Beschreibungen zusammengestrichen. Mit jedem Satz, den er herausnahm, wurden die Personen lebloser und blasser. Das ist so, als würde man in ein Wachsfigurenkabinett von Madame Tussauds gehen und die Figuren dort mit einem Föhn bearbeiten. Die Konturen würden verlaufen, bis man irgendwann nicht mehr erkennen könnte, wer dargestellt werden soll.«

»Und mit welcher Begründung hat Ihr Lektor das getan?«, wollte Matthiessen wissen.

Erdmann fand, dass der Grund auf der Hand lag: Der Lektor hatte Jahns Text geändert, weil er nicht gut war. Aber er war auf Jahns Antwort gespannt, und er war sicher, dass der Autor das anders darstellen würde.

»Ehrlich gesagt, es kam mir so vor, als ob der Lektor vor allem daran interessiert war, seinen Willen gegen mich durchzusetzen. Denn leider mochten wir uns vom ersten Tag an nicht, mein Lektor und ich.«

»Ich kenne mich im Verlagswesen und in der Buchbranche nicht aus. Haben Sie denn kein Mitspracherecht, was Änderungen an Ihrem eigenen Manuskript betrifft?«, fragte Matthiessen weiter.

»Doch, ich hätte meine Zustimmung verweigern können. Mit dem Resultat, dass der Lektor auf den Streichungen bestanden hätte und das Buch letztendlich so nicht veröffentlicht worden wäre. Im schlimmsten Fall wäre der Vertrag geplatzt, und ich hätte dem Verlag die Vorauszahlung zurückerstatten müssen. Das konnte ich mir aber finanziell nicht erlauben.«

»Kurzum: Ihre Bücher sind also nicht mehr das, was Sie eigentlich geschrieben haben«, stellte Matthiessen fest. »Und die Schuld für Kritiken wie die von Frau Hartmann sehen Sie in erster Linie bei Ihrem Lektor?« Das war keine Feststellung, sondern eine Frage.

Jahn überlegte nur einen Moment. »Ja, leider ist das so, denn das meiste von dem, was kritisiert wurde, hat er zu verantworten.«

Matthiessen nickte. »Würden Sie uns noch den Namen Ihres Verlags und Ihres Lektors nennen? Wir werden uns eventuell auch mit ihm unterhalten müssen.«

Jahn verstand und machte die Angaben. Der Lektor hieß Werner Lorth, mit »te ha«, der Name des Verlages sagte weder Erdmann noch Matthiessen etwas. Als Jahn eine Hamburger Adresse nannte, fragte Erdmann überrascht: »Ist das Zufall? Ich meine, Ihr Umzug ausgerechnet dorthin, wo Ihr Verlag seinen Sitz hat.«

»Ja, das ist Zufall, wie ich schon erwähnte, habe ich das Haus geerbt. Ähm … ich habe noch eine Bitte. Falls Sie mit Werner Lorth reden, dann tun Sie mir einen Gefallen und erzählen ihm nicht, was ich gesagt habe. Ich hoffe, dass der Verlag mein neues Manuskript annimmt, was Werner aber zu verhindern wissen wird, wenn er hört, was ich Ihnen erzählt habe. Er ist ziemlich rechthaberisch und sitzt leider am längeren Hebel.«

»Gut.« Matthiessen stand auf, und auch Jahn erhob sich. »Wir melden uns wieder bei Ihnen. Und bitte – denken Sie noch mal über diese Sache mit dem ersten Päckchen nach. Vielleicht haben Sie ja doch noch eine Idee, warum der Täter gerade in diesem Punkt von Ihrem Roman abweicht. Falls Ihnen etwas einfällt, rufen Sie mich bitte sofort an.« Erdmann steckte seinen Notizblock weg und folgte seiner Kollegin nach draußen.

»Und?«, fragte Matthiessen, als sie über den Pflasterweg das Grundstück verließen.

»Hm … Er ist schwer einzuschätzen. Er scheint an einer ausgeprägten Form von Selbstüberschätzung zu leiden. Ich weiß nicht, ich habe das Gefühl, man kann ihn nicht richtig packen. Aber grundsätzlich – ich sagte es schon mal – ist er für mich ein Spitzenkandidat.«

»Wir müssen uns dringend mit diesem Lektor unterhalten. Ich möchte wissen, ob es stimmt, was Jahn über ihn und seine Methoden erzählt hat. Und wir brauchen unbedingt noch mehr Informationen über Jahn.«

»Einerseits traut man ihm so was nicht zu, aber … er

hat den größten Nutzen, wenn mit *Das Skript* nun das Gleiche passiert wie vor vier Jahren mit dem anderen Buch. Und ich bin mir sicher, dass die Verkäufe in die Höhe schnellen werden.«

»In dem Punkt magst du recht haben. Aber nicht nur Jahn wird von den Buchverkäufen profitieren. Der Verlag verdient mindestens genauso gut daran, wenn nicht besser.«

VII

Zuvor

Mit aller Willenskraft hielt sie sich aufrecht, obwohl es mittlerweile keine Stelle an ihrem Körper mehr gab, die nicht schrecklich schmerzte. Ihre Waden hatten sich zusammengekrampft, wollten sie zuckend dazu zwingen, keine Sekunde länger auf Zehenspitzen zu stehen, und sie war schon ein-, zweimal versucht gewesen, dem Fordern einfach nachzugeben, die Muskeln zu entspannen und sich von der Schlinge um ihren Hals erlösen zu lassen. Erst im letzten Moment hatte die Angst vor einem qualvollen Erstickungstod gesiegt, hatte wieder alle Kräfte aktiviert, die noch in ihr steckten.

Sie hatte sich auf ihre Füße übergeben, denn es war ihr nicht gelungen, sich auch nur einen Zentimeter nach vorne zu beugen. Es war ihr egal.

Die tote Frau lag jetzt mit dem Gesicht nach unten auf der Liege, genau wie sie selbst noch kurz zuvor. Das Monster hatte die Liege nahe an sie herangeschoben, den Kopf der Toten ihr zugewandt, gerade so, dass sie sie sehen musste.

Deutlich erkannte sie die Deformation am Hinterkopf der Frau, die Haare an der stark eingedrückten Stelle glänzten dunkel verklebt. Es war ein grauenvoller Anblick, und doch, wenn sie die schmerzenden Augäpfel drehte und ihren Blick zur Seite richtete, wurde er in kürzester Zeit wieder zurück zu der Toten gezogen. Es war wie ein innerer Zwang, dem sie sich nicht zu widersetzen vermochte. Nicht einmal ihre Tränen erlösten sie von dem grauenhaften Bild, denn sie konnten sich nicht auf ihrer nackten Pupille verteilen und damit die Umgebung wenigstens für ein paar Sekunden verschwommen und unkenntlich machen. Dann hörte sie vor sich ein Geräusch. Konturen wurden vor dem dunklen Hintergrund der Wand gegenüber sichtbar, und dieses irre Monster kam auf sie zu, blieb neben der Liege stehen. In dem unförmigen, weiten Overall wirkte die Gestalt grotesk.

»Sieh her.« Das Monster hob die Hand ein Stück, etwas Längliches, Helles lag darin, und noch bevor sie es genau erkannte, wusste sie, dass es ein Skalpell war. Das Monster senkte die Hand mit dem Skalpell und setzte die Spitze oberhalb des rechten Schulterblatts der Frau an. »Nein, nicht«, flüsterte sie. Das durfte nicht sein, sie konnte nicht mit ansehen, wie ein Mensch, der gerade vor ihren Augen qualvoll gestorben war, nun auch noch verstümmelt wurde. Sie würde den Verstand verlieren. »Nicht«, sagte sie lauter, viel lauter, und etwas in ihr schien ihre Gedanken wie mit einer roten, klebrigen Masse zu bedecken. Und dann schrie sie. »Hör auf, du verdammte Bestie.« Sie schrie so laut, dass sich ihre Stimme überschlug. »Du Vieh, du geistesgestörtes, dreckiges, verdammtes Mördervieh. Hör auf. Hör sofort auf.« Sie hatte vollkommen die Kontrolle über sich verloren. In ihrer verzweifelten Raserei bewegte sie sich zu heftig, die Schlinge schnitt ihr in den Hals, sie musste husten, die krampfartigen Zuckungen zogen die Schlinge immer wieder enger. Sie drohte zu ersticken, schaffte es schließlich, stillzuhalten, stand da, atmete in röchelnden, schnellen Stößen, sah in diese Teufelsfratze, weinte.

»Sieh her.« Es war jetzt nur noch ein Flüstern. Dann drückte sich die Spitze des Skalpells in den leblosen Körper, und das Monster begann, der Frau die Haut vom Rücken zu schneiden.

15

»Du hast Angst vor ihm, oder?«, sagte Erdmann unvermittelt auf der Fahrt zum Präsidium. Aus den Augenwinkeln sah er, dass Matthiessen ihm ruckartig das Gesicht zuwandte. »Was?«

»Du hast mich doch verstanden. Ich denke, du hast Angst vor Stohrmann.«

Matthiessen machte erst »Pfff«, dann sagte sie: »Absoluter Blödsinn«, und ließ den Kopf auf die Kopfstütze sinken. Als er zu ihr hinübersah, schloss sie demonstrativ die Augen. Sie wollte nicht darüber reden, und er musste das akzeptieren.

Also legten sie den restlichen Weg schweigend zurück.

Erdmann nutzte die Zeit, in Gedanken die Fakten durchzugehen, die sie bisher kannten. Sehr weit kam er dabei allerdings nicht, immer wieder stürzten die gedanklichen Gebäude zusammen, die er versuchte, anhand ihrer bisherigen Erkenntnisse aufzubauen.

Als sie eine Viertelstunde später den Einsatzraum betraten, waren fast alle Mitglieder der BAO Heike versammelt. Stohrmann, der mit einer Kollegin angestrengt auf einen Computermonitor gestarrt hatte, drehte sich zu ihnen um und sagte: »Ah, da ist ja unser Außenteam. Sie können uns gleich einen Bericht abgeben.«

»Was ist denn mit dem Päckchen, das heute angekommen ist? Kann ich es bitte mal sehen?«

Erdmann wäre seiner Kollegin am liebsten auf den Fuß getreten. Matthiessen hatte Stohrmann gerade eine Steilvorlage geliefert, und prompt legte der die Stirn in Falten und sagte: »Was mit dem Päckchen ist? Dieses Päckchen, Frau Matthiessen, enthielt ein wichtiges Beweisstück in einer laufenden Ermittlung. Einer Ermittlung, die ich leite und bei der jede Minute zählt, um das Leben einer jungen Frau zu retten. Sollten Sie erwartet haben, dass ich dieses wichtige Beweisstück hier herumliegen lasse, bis Sie irgendwann auf die Idee kommen, wieder hier aufzutauchen, dann muss ich Sie enttäuschen. Das Ding ist im Labor.«

Erdmann reichte es nun endgültig und er machte seinem Ärger über seinen Vorgesetzten Luft. »Falls Sie es vergessen haben sollten, Herr Hauptkommissar, wir kommen nicht von einem gemütlichen Sonntags-Brunch, sondern sind seit acht Uhr morgens unterwegs, um uns mit Leuten zu unterhalten, die etwas mit dem Fall zu tun haben. Wir hetzen kreuz und quer durch Hamburg in der Hoffnung auf einen kleinsten Hinweis darauf, was mit der Entführten geschehen ist. Davon abgesehen empfinde ich die Art und Weise, wie Sie mit Hauptkommissarin Matthiessen sprechen, als unangemessen und einer guten Zusammenarbeit ebenso wenig förderlich wie der Ermittlungsarbeit in diesem Fall.«

Stille. Keiner der anwesenden Beamten sagte etwas, niemand rührte sich, jeder war bemüht, keinen der Beteiligten anzusehen, bis Matthiessen sagte: »Stephan, bitte, ich …«

»Kommen Sie mit«, unterbrach Stohrmann sie und sprang auf. Er sah Erdmann herausfordernd an. Der tauschte einen schnellen Blick mit Matthiessen, deren Gesichtsausdruck er nicht zu deuten vermochte, und folgte dem Leiter der BAO durch die Tür.

Den Weg über den Flur ging er schweigsam hinter

Stohrmann her. Der verzichtete auf den Fahrstuhl und nahm die Treppe, was Erdmann ganz recht war. Er hatte keine Lust, Stohrmann im Fahrstuhl stumm gegenüberzustehen.

Als sie sein Büro erreicht hatten, blieb Stohrmann neben dem Eingang stehen, ließ Erdmann vorbei und schloss die Tür hinter sich. Er setzte sich hinter seinen Schreibtisch und deutete auf den Stuhl davor. »Setzen Sie sich.« Erdmann folgte der Aufforderung. Er saß noch nicht richtig, da fuhr der BAO-Leiter ihn auch schon an. »Wagen Sie es nicht noch einmal, vor versammelter Mannschaft so mit mir zu reden, Herr Oberkommissar. Fassen Sie das als Warnung auf, die ich nur –«

»Sie ist schließlich Ihre Stellvertreterin, und Sie können doch nicht –«

Stohrmann schlug mit der Hand auf den Tisch, dass es knallte. »Unterbrechen Sie mich gefälligst nicht.« Erdmann verstummte. Er wusste, er musste sich zurückhalten. Stohrmann konnte ihm eine Menge Ärger bereiten.

»Sie sind also der Meinung, ich verhalte mich unfair gegenüber Frau Matthiessen.« Er sprach nun nicht mehr so laut, aber immer noch betont sachlich und mit bemühter Autorität. »Ferner sind Sie wahrscheinlich auch der Meinung, dass Sie wissen, warum das so ist, nicht wahr?«

Erdmann zögerte, nun musste er aufpassen, dass er nichts sagte, woraus Stohrmann Matthiessen oder ihm selbst einen Strick drehen konnte. »Ich arbeite eng mit Hauptkommissarin Matthiessen zusammen, da ist es normal, dass man sich über verschiedene Dinge unterhält.«

»Aha. Es ist zwar nicht meine Aufgabe, Sie aufzuklären, aber ich werde Ihnen nun trotzdem ein paar Dinge sagen, unabhängig davon, was Ihnen Ihre Kollegin erzählt hat. Sie werden überrascht sein. Ich verletze damit selbst einige Dienstvorschriften, und ich kann Ihnen versichern, wenn Sie von dem, was ich Ihnen jetzt sage, etwas weitererzählen, werde ich alles abstreiten und dafür sorgen, dass Sie zukünftig Streifendienst in einem Kuhkaff an der Küste laufen.« Er lehnte sich in seinem Stuhl zurück, legte die Unterarme auf die Armlehnen und verschränkte die Hände. »Sie fragten mich bei unserem Gespräch heute Morgen, warum ich Andrea Matthiessen zu meiner Stellvertreterin in der BAO Heike gemacht habe. Das habe ich nicht.« Er beugte den Oberkörper vor und ließ die Hände dabei verschränkt. »Hauptkommissarin Andrea Matthiessen war als Leiterin für diese BAO vorgesehen, Herr Erdmann. Doch das konnte ich im allerletzten Moment noch verhindern, allerdings musste ich sie als meine Stellvertreterin akzeptieren.«

Erdmann brauchte einen Moment, bis er verstand, was Stohrmann ihm da gerade gesagt hatte, und es überraschte ihn nicht nur, es machte ihn auch wieder wütend. »Sie haben verhindert, dass sie die Leitung für die BAO bekommt, weil Sie sich noch immer an Ihr für ein Unglück rächen wollen, an dem sie erwiesenermaßen keine Schuld trägt? Also ein privater Rachefeldzug im Dienst? Und das sagen Sie mir einfach so, als wäre das die selbstverständlichste Sache der Welt?«

»Ein Unglück, an dem sie keine Schuld trägt? Hat sie sich so ausgedrückt? Sie hat sich damals vor Angst fast in die Hosen gemacht, während ihr Partner sich auf sie verlassen hat. Dieser Kerl hat meinen Bruder mit ihrer Waffe erschossen, und das war kein Unglück, Herr Erdmann. Er hat ihr die Waffe seelenruhig aus dem Holster gezogen, und sie hat ihm dabei zugesehen. Weil sie vor Angst nicht wagte, sich zu rühren. So war das. Von wegen Unglück.« Er war mit jedem Satz lauter geworden und atmete schwer. Erdmann sah ihm an, dass er versuchte, sich zu beruhigen. Es gelang ihm auch, und er redete in normalem Tonfall weiter. »Ich kenne Heike Kleenkamp, Herr Erdmann. Ihr Vater ist ein guter Bekannter von mir, und als ich erfuhr, dass Andrea Matthiessen die BAO leiten sollte, habe ich alle Hebel in Bewegung gesetzt, um das zu verhindern. Ich hätte Dieter Kleenkamp nicht mehr in die Augen sehen können, wenn seiner Tochter etwas zustößt, weil Ihre geschätzte Kollegin auch noch diesen Fall vermasselt.«

»Moment … Sie kennen Heike Kleenkamp?«, fragte Erdmann überrascht.

»Ja, das sagte ich doch gerade. Hätte ich nichts dagegen unternommen, dann hätte das Leben dieser jungen Frau in den Händen einer Möchtegern-Polizistin gelegen, die schon mehrere Fälle in den Sand gesetzt hat. Einer Frau, die durch ihre Unfähigkeit den Tod mehrerer Polizeibeamter verschuldete, Herr Erdmann. Sie hat …«

»Mehrerer Polizeibeamter? Was heißt das?«

»Ach, das hat die Frau Hauptkommissarin vergessen zu erwähnen? Na so was. Frau Matthiessen hat Probleme mit Stresssituationen, müssen Sie wissen. Und das ist keine Phantasterei von mir, sondern eine durch psychiatrische Gutachten belegte Tatsache. Sie hat sich in gefährlichen Situationen nicht unter Kontrolle. Sie erstarrt regelrecht. Nachdem sie damals dem Mörder ihre Waffe quasi aufgedrängt hatte, damit der einen der besten und erfahrensten Beamten der Hamburger Kripo erschießen konnte, war sie erst mal über ein halbes Jahr dienstuntauglich. Man hätte sie nie wieder in die Mordkommission lassen dürfen.« Er schwieg und sah seitlich aus dem Fenster. Erdmann fragte sich schon, ob das alles war, als Stohrmann sich ihm wieder zuwandte. »Aber man hat sie wieder zur Mordkommission gelassen. Vier Jahre später, also vor etwa fünf Jahren, war sie wieder in einer Stresssituation. Ein Kerl, der zwei kleine Mädchen vergewaltigt und ermordet hat. Ein brutales, gewissenloses Dreckschwein. Er hauste außerhalb, in einer heruntergekommenen Baracke. Sie war mit einem ganzen Einsatzteam dort, das Haus war komplett umstellt, und der Kerl hatte eigentlich keine Chance zu entkommen. Eigentlich. Wenn er sich für seine Flucht nicht ausgerechnet das Fenster ausgesucht hätte, vor dem Frau Matthiessen stand.

Wieder einmal ist sie vor Furcht erstarrt. Sie hat den Kerl angesehen wie eine Kuh, wenn's donnert, und hat ihm nachgeschaut, als er davonspaziert ist, Herr Erdmann. Sie hat nicht einmal den Versuch gemacht, ihre Waffe zu ziehen und ihn aufzuhalten. Zwei Tage später hat er wieder ein Kind vergewaltigt und umgebracht, eine Woche danach hat er bei einer Fahrzeugkontrolle ohne Vorwarnung einen Polizisten erschossen. Der Kollege war 24 Jahre alt, Herr Erdmann. Und er könnte heute noch leben.« Erneut wanderte sein Blick zur Seite, zum Fenster, aber nur kurz, dann sah er Erdmann wieder an. »Das wussten Sie nicht, oder?«

In Erdmanns Kopf herrschte hektische Betriebsamkeit. Wenn es stimmte, was Stohrmann ihm da erzählte, hätte Matthiessen gar nicht mehr in den Außendienst gedurft. Er überlegte, was das, was er da gehört hatte, für ihn bedeuten konnte. Was, wenn er mit Matthiessen zusammen in eine brenzlige Situation geriet? Was, wenn er auf seine Partnerin angewiesen war? Was, wenn sie dann nicht …

»Hat man den Kerl damals gefasst?«

»Ja, nachdem er den Kollegen erschossen hat, gab es eine Verfolgungsjagd, bei der er angeschossen wurde. Er hat lebenslänglich bekommen, mit anschließender Sicherungsverwahrung. Er hat bei seiner Vernehmung ausgesagt, dass Matthiessen ihn einfach gehen ließ, als er aus dem Fenster gestiegen ist. Er hat dabei lauthals gelacht, Herr Erdmann. Er hat die gesamte Hamburger Kriminalpolizei verhöhnt, weil eine Beamtin vor Angst erstarrt ist, als er vor ihr stand.«

Sie schwiegen. Wieder der Blick zum Fenster. Erdmann sah an Stohrmann vorbei ebenfalls hinaus, ohne etwas von dem wahrzunehmen, was es dort draußen, außerhalb des Büros im vierten Stock, zu sehen gab. Seine Gedanken kreisten um die Kollegin, die ihm am Anfang furchtbar auf die Nerven gegangen war, die er aber nun, nach ein paar Tagen, aus irgendeinem unerfindlichen Grund doch angefangen hatte zu mögen. Die ein psychisches Problem hatte? Die ihn im Ernstfall im Stich lassen würde? Wie sollte er sich jetzt verhalten? Sie fragen, was an der Sache dran war? Und wenn sie daraufhin zu Stohrmann ging und ihn zur Rede stellte, weil er vertrauliche Details aus der Akte seiner Mitarbeiterin an einen Kollegen verraten hatte? Stohrmann würde dafür sorgen, dass er innerhalb der Hamburger Kripo keinen Fuß mehr auf die Erde bekam.

»Ich denke, dabei können wir es nun belassen, und ich hoffe, Sie fallen mir nicht wieder ins Wort, wenn ich versuche, die BAO Heike vor größerem Schaden durch Frau Matthiessen zu bewahren und dafür zu sorgen, dass die Suche nach der Tochter meines Bekannten so professionell vonstattengeht, wie man es von uns erwarten kann. Und wie wir es dem Ruf der Hamburger Polizei schuldig sind.«

»Ist gut«, sagte Erdmann und erhob sich. Seine Gedanken fühlten sich taub an, es war, als seien die Worte in eine Watteschicht gepackt, die verhinderte, dass sein Verstand sie aufgreifen und logisch verwerten konnte.

Auch Stohrmann war aufgestanden. »Dann können wir uns ja jetzt anhören, was Sie beide bisher herausgefunden haben.«

Matthiessen saß mit Diederich und einem weiteren Kollegen zusammen am anderen Ende des Raumes am Tisch, als Stohrmann und Erdmann wieder im Einsatzraum ankamen. Sie nickte Diederich zu und sagte noch etwas, dann stand sie auf und kam Erdmann entgegen. Vor ihm blieb sie stehen und sah ihn an.

»Was Neues?«, fragte Erdmann und überging die Frage, die in ihren Augen stand.

»Kleinkram, Puzzleteile, die noch nicht zusammenpassen.«

»Nehmen Sie bitte alle Platz, wir wollen hören, was die Kollegen in Erfahrung gebracht haben.« Stohrmann setzte sich so ans hintere Kopfende des Tisches, dass er Matthiessen frontal ansehen konnte, während sie redete. Erdmann fand Ihren Bericht gut, sie erklärte nicht zu ausschweifend, ließ aber auch nichts Wichtiges aus. Niemand unterbrach sie, und sogar Stohrmann wartete, bis sie fertig war, ehe er fragte: »Was ist mit diesem Autor? Halten Sie ihn für verdächtig? Den Kollegen in Köln ist er vor vier Jahren quasi von der Anklagebank gehüpft, weil diese Frau ihm nachträglich ein Alibi gegeben hat.«

Matthiessen sah Erdmann an, und er ergriff das Wort. »Nun, wir schließen ihn als Täter nicht aus, er hätte ein klares Motiv, wie damals in Köln auch. Die Taten werden ihm wahrscheinlich wieder einen Geldsegen einbringen.

Aber … das war's dann auch schon. Mehr haben wir nicht gegen ihn.«

»Sie tun so, als wüssten Sie nicht, dass Geld das Hauptmotiv für Entführung und Mord ist, Herr Erdmann.«

»Aber wir wollen doch nicht so tun, als wüssten wir nicht auch, dass nicht jeder, der von einer solchen Tat profitiert, automatisch der Täter ist.«

Zum zweiten Mal innerhalb kurzer Zeit herrschte vollkommene Stille im Einsatzraum. Erdmann hätte sich für sein vorlautes Mundwerk ohrfeigen können. Wenn Stohrmann nun …

»Da haben Sie natürlich recht«, sagte der aber nur. »Nun, ich erwarte Ihren vollständigen Bericht morgen früh auf meinem Tisch. Und noch was an alle: Ich möchte nichts von dieser Romansache morgen in der Zeitung lesen, ist das klar? Wer immer hinter dieser irren Tat steckt, wird sehnsüchtig darauf warten, dass morgen überall zu lesen ist, dass schon wieder Verbrechen aus einem Roman dieses Jahn nachgestellt werden. Dieses Erfolgserlebnis werden wir ihm nicht gönnen. Richten Sie das auch den Leuten aus, mit denen Sie über die Sache sprechen müssen. Weitermachen.« Er stand auf und verließ den Raum, ohne Matthiessen oder Erdmann noch eines Blickes zu würdigen.

»Welche Qualifikation muss man eigentlich mitbringen, um Leiter einer BAO zu werden?« Erdmann drehte sich erschrocken um und sah Diederich an, der grinsend hinter ihm stand. »Ich find's gut, dass du dem Herrn BAO-Chef gegenüber den Mund aufmachst. Vor allem, dass du ihm eben wegen der Kollegin Matthiessen mal Bescheid gestoßen hast, war richtig. Wir haben uns alle schon gefragt, warum er immer so auf ihr rumhackt.«

»Tun Sie mir bitte einen Gefallen, Herr Diederich«, sagte Matthiessen und setzte sich auf die Tischkante neben Erdmanns Platz. »Reden Sie nicht von mir, als sei ich nicht anwesend.«

Diederich zeigte für einen Moment Überraschung, dann grinste er noch ein bisschen breiter. »Ich hab Sie gerade gar nicht bemerkt. Aber ich habe ja auch nichts Schlechtes über Sie gesagt. Das könnten Sie mir anrechnen.«

Erdmann stand auf. »Essen?«

Matthiessen sah auf die Uhr und nickte. Als sie durch die große Glastür ins Freie traten, sah Matthiessen ihn von der Seite an. »Also?«

»Was also?«, fragte er und kam sich im nächsten Moment scheinheilig vor. Natürlich wusste er, was sie meinte, und natürlich wusste sie, dass er es wusste. Sie hatten den Golf erreicht, aber Matthiessen ging nicht zur Beifahrerseite, sondern blieb neben Erdmann stehen.

»Lass uns erst mal losfahren, okay?« Er wandte sich demonstrativ der Beifahrertür zu, doch sie rührte sich nicht von der Stelle. Schließlich nickte er und sagte: »Ja, ich werde dir von dem Gespräch erzählen. Nachher. Aber eins schon mal vorweg: Stohrmann kennt Heike Kleenkamp persönlich.«

16

Erdmann war verblüfft. Eben hatte er Matthiessen eröffnet, dass Stohrmann das Entführungsopfer persönlich kannte. Doch sie war – zumindest nach außen – weder überrascht, noch kommentierte sie es groß. Sie sagte nur »aha«, ging um das Auto herum und stieg ein. Bevor sie losfuhren, bat sie ihn, ein bestimmtes Café in den Alsterarkaden anzusteuern, wo es eine reichhaltige Auswahl an Salaten mit den verschiedensten Zutaten gab. Dann schwieg sie, schien in Gedanken versunken und sprach kein einziges Wort.

Erdmann war ihr Schweigen nicht unrecht, auch er hatte über einiges nachzudenken. Was den Fall betraf, aber auch, was Stohrmann über die Frau gesagt hatte, die da neben ihm saß und die es schaffte, innerhalb kürzester Zeit die unterschiedlichsten Gefühle in ihm hervorzurufen. In einem Moment ging sie ihm fürchterlich auf die Nerven, im nächsten hatte er das Bedürfnis, sie in den Arm zu nehmen und ihr tröstend über den Kopf zu streicheln. Und wieder einen Augenblick später war sie die Polizistin mit dem analytischen Verstand.

Warum hatte sie ihm nichts von diesem zweiten Fall erzählt? Damit er nicht erfuhr, dass er sich in einer kritischen Situation vielleicht nicht auf sie verlassen konnte? Befürchtete sie, er würde sich anschließend weigern, weiter mit ihr zusammenzuarbeiten?

Aber stimmte überhaupt, was Stohrmann ihm erzählt hatte? Oder hatte es sich womöglich ganz anders zugetragen, und Stohrmann hatte ihm seine Version der Dinge aufgetischt, um auch ihn gegen Matthiessen aufzubringen? Hatte er vielleicht sogar aus Rache für seinen toten Bruder gelogen? Konnte er Matthiessen darauf ansprechen? Er musste sich genau überlegen, was er ihr sagte, damit das Ganze nicht eskalierte. Das würde letztlich nur ihrer Ermittlungsarbeit und damit Heike Kleenkamp und wahrscheinlich noch weiteren Frauen schaden. Fragen über Fragen, und er wusste auf keine von ihnen eine Antwort.

Erdmann hatte Glück, er fand einen Parkplatz in einer Seitenstraße, und nach einem kurzen Fußweg gingen sie unter den pittoresk anmutenden, weiß getünchten Bögen der Arkaden hindurch, an ausgelassen plaudernden Menschen vorbei, zu dem Café. Sie setzten sich an einen Tisch im Außenbereich, Erdmann mit Blick in Richtung Rathaus, während Matthiessen auf den Jungfernstieg schauen konnte. Am Nachbartisch saß eine Frau einem kleinen Jungen gegenüber, wahrscheinlich ihr Sohn, der mit einem Strohhalm in der Cola vor sich blubbernde, schaumige Blasen erzeugte. Die Mahnungen seiner Mutter ignorierte er dabei völlig. Auf beiden Stühlen links und rechts standen edel aussehende Tüten mit Schriftzügen und Logos von Boutiquen, und während Erdmann sich fragte, welche Geschäfte am Sonntag geöffnet hatten, fiel ihm auf, dass die Frau ihn an Julia erinnerte.

Nachdem sie sich beide bei einer hübschen Blondine Anfang zwanzig einen Salat und etwas zu trinken bestellt hatten, stützte Matthiessen die Ellbogen auf dem Tisch vor sich ab, legte vor ihrem Gesicht eine Hand auf den Handrücken der anderen, stützte das Kinn darauf ab und sah ihn an. Erdmann fand, sie sah in diesem Moment viel jünger aus, als sie war, fast mädchenhaft. Ihm war, als erlebe er einen seltenen Moment, in dem er eine andere Andrea Matthiessen sehen durfte, nicht die Hauptkommissarin, sondern die Frau. »Erzählst du mir nun von dem Gespräch mit Stohrmann? Ich meine, nachdem er dich auseinandergenommen hat.« Der Moment war vorbei, und vor Erdmann saß wieder die Kollegin und zugleich Vorgesetzte.

»Ja, du hast recht, er hat mich auseinandergenommen. Er hat mir gedroht, wenn so was noch mal vorkommt … Na ja, das Übliche halt. Er sorgt dafür, dass ich den Rest meines Lebens in irgendeinem Kaff verbringe und so weiter.«

»Das tut mir leid. Aber es war auch nicht sehr klug von dir, vor der gesamten Mannschaft so mit ihm zu reden. Er ist der Chef und kann sich das nicht bieten lassen, wenn er seine Autorität nicht aufs Spiel setzen möchte.«

»Oh, keine Ursache, du brauchst dich wirklich nicht so übertrieben zu bedanken.« Er grinste, aber sie überging es. »Und weiter?«

»Er sagte, dass er die Familie Kleenkamp gut kennt und dass er auch deswegen so genau darauf achten würde, dass uns kein Fehler unterläuft. Warum kommt es mir nur so vor, als ob dich das nicht überrascht?«

»Weil es nicht so verwunderlich ist, wie du vielleicht denkst. Stohrmann kennt Polizeipräsident Reimann. Ich glaube, sie spielen beide Golf oder so was. Und wie wir ja wissen, ist Reimann ein guter Freund von Dieter Kleenkamp. Da ist es nicht weiter erstaunlich, wenn die beiden sich irgendwann getroffen haben. Und dass er dann bei einer Gelegenheit auch Kleenkamps Tochter kennengelernt hat. War das alles?«

»Ja, das war alles«, log er und hoffte, dass sie es nicht bemerkte.

»Du lügst.«

Mist. »Ich … ja, ich wollte dir das ersparen.«

»Also?«

Erdmann schätzte, dass er ihr zumindest einen Teil sagen konnte, ohne befürchten zu müssen, dass sie Stohrmann deshalb zur Rede stellte. »Es ging um diese Geschichte mit seinem Bruder. Er sieht das natürlich ein bisschen anders als du und gibt dir die Schuld. Aber das weißt du ja. Jedenfalls hat er damit erklärt, warum er sich dir gegenüber etwas seltsam verhält.«

Die Blondine brachte ihnen ihre Getränke, eine Apfelsaftschorle für Erdmann und für Matthiessen einen Caffè Latte in einem hohen Glas. Sie nahm den langen Löffel und stocherte damit im Milchschaum herum, der das obere Drittel des Glases ausmachte. »Und das war alles?«

»Ja, was sollte er denn sonst noch sagen?« Erdmann war gespannt, wie sie darauf reagieren würde, er hoffte insgeheim, sie würde ihm nun von dem jungen Kollegen erzählen, der erschossen worden war.

»Ich weiß nicht«, sagte sie stattdessen. »Jedenfalls fand ich es nett von dir, dass du ihm gegenüber für mich eingetreten bist, obwohl du dadurch Ärger bekommen hast. Das erlebt man nicht so oft.«

»Wir sind doch ein Team, oder? Da ist es doch wohl normal, dass man sich auf den anderen verlassen kann. Gerade, wenn es unangenehm wird. Oder siehst du das anders?«

Sie sah von ihrem Glas auf. »Nein, ich sehe das genauso. Trotzdem ist es etwas Besonderes.«

Erdmann kam sich hinterhältig vor. Er war enttäuscht, dass sie ihm nichts von der Sache mit dem jungen Polizisten erzählte, verheimlichte ihr seinerseits aber, was Stohrmann ihm darüber gesagt hatte. Er gab ihr nicht einmal die Chance, ihm ihre Version zu schildern.

Er kam auch nicht mehr dazu, es sich anders zu überlegen, denn sein Telefon klingelte. Es war Jahn. Als Erdmann für Matthiessen mit den Lippen stumm den Namen des Autors formte, hatte er verrückterweise ein schlechtes Gewissen, weil er ihm seine Telefonnummer gegeben hatte und Jahn nun ihn anrief und nicht sie.

»Mir ist da was eingefallen«, lenkte Jahn ihn von diesen Gedanken ab. »Ich habe lange darüber nachgedacht, ich gestehe, ich weiß nicht, warum mir das nicht gleich aufgefallen ist. Dieser Täter – er weicht gar nicht von meinem Roman ab.« Er machte eine Pause, als warte er darauf, dass Erdmann ihn dazu aufforderte, weiterzureden.

»Weshalb, wie meinen Sie das?«

»Also, in meinem Roman geht das erste Päckchen zwar auch an eine Zeitung, aber anders als bei all den anderen Sendungen ist es an eine bestimmte Person adressiert, und zwar an die Kulturredakteurin dieser Zeitung.« Wieder machte er eine Pause.

»So ganz kann ich Ihnen noch nicht folgen«, gab Erdmann zu.

»Ich erkläre es Ihnen. Der Täter hat sein Manuskript auch an verschiedene Zeitungen geschickt, nachdem es von den Verlagen abgelehnt worden war. In vielen großen Tageszeitungen werden bekannte oder auch noch unbekannte Romane als Fortsetzungsgeschichte abgedruckt. Jeden Tag ein kleiner Abschnitt. Ebenso wie Verlage bekommen auch Zeitungen massenweise Manuskripte von Autoren zugeschickt, die ihr Werk gerne abgedruckt sehen würden. Und ebenso wie bei Verlagen wird fast alles abgelehnt. Normalerweise geschieht das mit einem Standardschreiben. *Vielen Dank, aber Ihr Werk passt thematisch nicht zu unserem Kulturprogramm*, und so weiter. Da steht nicht: *Ihr Roman ist zu schlecht für eine Veröffentlichung.* Diese Redakteurin aber, die in meinem Roman das erste Päckchen erhält, ist die Einzige, die dem Täter persönlich antwortet, und sie ist geradezu brutal ehrlich. Sie schreibt ihm, dass er aus ihrer Sicht weder das Handwerkszeug noch die sprachlichen Fertigkeiten hat, einen Roman zu schreiben, und noch einiges mehr. Kurzum: Sie hat seinen Roman verrissen.«

Schlagartig wurde Erdmann klar, worauf Jahn hinauswollte. »O Mann. Genau wie Nina Hartmann *Ihren* Roman verrissen hat.«

Erdmann bemerkte, dass Matthiessen ihn fragend ansah. Jahn atmete derweil mehrmals laut in den Hörer. »Ja. Und damit sehen Sie, dass ich es ernst meine mit meiner Hilfe. Denn indem ich Ihnen das sage, habe ich Ihnen wohl gerade selbst einen Grund geliefert, mich zu verdächtigen, nicht wahr?«

»Langsam, Herr Jahn. So schnell wird niemand zu einem Verdächtigen erklärt. Natürlich gehören Sie zu dem Personenkreis, mit dem wir uns näher beschäftigen, aber der vorrangige Grund dafür ist die Tatsache, dass *Sie* den Roman geschrieben haben, dessen Handlung nachgestellt wird. Sagen Sie, wie ist es mit dieser Redakteurin weitergegangen? Hat sie einfach nur dieses erste Päckchen bekommen?«

»Oh, nein, Sie … mein Gott, Sie haben ja recht – Daran habe ich noch gar nicht gedacht. Sie wurde auch entführt.«

»Was?«, stieß Erdmann aus und sprang auf, ohne darüber nachzudenken. »Wann? Wann wird sie entführt?«

»Moment … da muss ich nachdenken, also –«

»Nun reden Sie schon. Kennen Sie denn Ihren eigenen Roman nicht, verdammt nochmal?«

»Wenn Sie in diesem Ton mit mir reden, fällt es mir bestimmt nicht ein. Aber halt, jetzt weiß ich's wieder, das war einen Tag nachdem sie das Päckchen bekommen hatte.«

Erdmann brauchte ein, zwei Sekunden. »Das wäre in unserem Fall ja heute. Wann, wo und wie wurde sie entführt?« Keine Antwort. Matthiessen stand nun auch von ihrem Platz auf, sie war angespannt. »Reden Sie endlich, Mann.«

»Ich weiß es nicht mehr, warten Sie … irgendwann am Tag, ich glaube am Nachmittag, der Täter hat sie mit einem Anruf irgendwohin gelockt und sie dann mit Äther betäubt.«

»Tötet er sie?«

»Ja, schon, aber erst später.«

»Bleiben Sie zu Hause, wir melden uns.«

Erdmann legte auf. »Nina Hartmann. Der Täter wird versuchen, sie zu entführen.«

Er hatte es kaum ausgesprochen, als Matthiessen schon ihr Handy in der Hand hielt. Nach zwei Versuchen sagte sie: »Sie geht nicht ran.« Matthiessen wählte erneut. »Ja, Matthiessen hier. Sofort ein Team zur Wohnung von Nina Hartmann, Adresse habt ihr, dieser Irre wird wahrscheinlich versuchen, sie zu entführen. Und ein Team zu ihrem Freund in die Hochallee in Harvestehude … nein, die Nummer weiß ich jetzt nicht, schauen Sie im Bericht nach. Ja, und informieren Sie den Chef, der soll alles Weitere in die Wege leiten.«

Die Bedienung kam mit zwei gut gefüllten Salattellern an, doch Matthiessen ignorierte sie und sagte zu Erdmann: »Los jetzt.« Der zog hastig seine Geldbörse heraus, ließ einen Zwanziger auf den Tisch fallen, sagte im Vorbeigehen zu der verblüfften Frau: »Sorry, den Salat können Sie weiterverkaufen«, und eilte hinter Matthiessen her durch die Arkaden zu ihrem Wagen.

Noch bevor Erdmann den Schlüssel ins Schloss steckte, ließ er das Seitenfenster herunter, nahm das Blaulicht aus der Ecke des Armaturenbretts und setzte es mit dem Magnethalter aufs Dach. Dann startete er den Motor, schaltete das Blaulicht ein und fuhr mit quietschenden Reifen los.

Während er den Wagen in halsbrecherischer Fahrt zwischen langsam fahrenden und parkenden Autos hindurchlenkte, versuchte Matthiessen wieder, Nina Hartmann zu erreichen.

»Mist, sie geht nicht ran.«

»Was ist mit ihrem Freund?«

»Versuche ich gerade.« Wieder war das Telefon an ihrem Ohr. »Ja, hallo, Matthiessen hier. Ist Frau Hartmann noch bei Ihnen? … Ja, ich weiß, dass sie gleich fahren wollte. Wann ist sie los? … Aha. … Wissen Sie von wem? … Nein, wir waren es nicht … Nein, beantworten Sie jetzt meine Fragen, es ist wichtig. Haben Sie seitdem noch mal mit ihr gesprochen? … Nein? Versuchen Sie, sie zu erreichen, hören Sie, und telefonieren sie alles ab, wo sie vielleicht sein könnte. Wenn Sie was wissen, rufen Sie mich sofort an. … Nein, das wissen wir nicht, aber es kann sein, dass sie in Gefahr ist.« Sie legte auf. »Sie hat einen Anruf erhalten, als sie gerade zur Tür hinaus ist. Schäfer weiß nicht, wer dran war, er dachte, es seien wir. Na los, drück drauf, wenn wir Glück haben, können wir noch vor den Kollegen dort sein.«

»Dieser Jahn geht mir auf die Nerven«, knurrte Erdmann. Seine Laune war denkbar schlecht. »Wo gibt's denn so was, dass ein Autor sich erst im Abstand von Stunden an wichtige Details seines eigenen Romans erinnert, Mensch. *Ich weiß nicht, vielleicht, vielleicht auch nicht, könnte sein* … Der verarscht uns doch! Ich sag dir, der hat Dreck am Stecken. Wahrscheinlich hat er in Köln schon die Finger im Spiel gehabt, und weil es dort so wunderbar geklappt hat und ihm langsam das Geld ausgeht –«

»Wir werden sehen«, sagte Matthiessen mit ruhiger, gleichmäßiger Stimme, und er fühlte sich reichlich seltsam dabei, dass sie bei ihm gerade eine der Deeskalationsmethoden anwandte, die man ihnen beigebracht hatte.

Sie brauchten genau zehn Minuten, in denen sie mehr als einmal beinahe mit einem anderen Wagen zusammengestoßen waren. Tatsächlich war von den Kollegen noch nichts zu sehen, als Erdmann den Golf direkt auf dem Bürgersteig abstellte und sie aus dem Wagen sprangen.

Eine Minute später standen sie schwer atmend vor der Wohnungstür im weiß getünchten Flur der dritten Etage und klopften an. Als sich nichts tat, hämmerte Erdmann mit der Faust gegen das Holz und rief dabei laut den Namen der Studentin. Hinter ihnen war ein Geräusch zu hören, und beide sahen sich um. Eine junge, schwarzhaarige Frau stand in Jogginghose und Sweatshirt in der geöffneten Tür der Wohnung gegenüber und sah sie verwirrt an.

»Alles okay, Polizei«, sagte Erdmann und ging auf die Frau zu, woraufhin diese zwei kleine Schritte zurück in ihre Diele machte. Als sie den Dienstausweis sah, den er ihr entgegenhielt, entspannte sie sich ein wenig. »Wir suchen Nina Hartmann. Dringend. Haben Sie sie heute schon gesehen?«

»Nina? Nein … heute noch nicht. Was ist passiert?«

»Wir glauben, sie ist in großer Gefahr, deshalb ist es wichtig, dass wir sie finden. Wir müssen in ihre Wohnung. Sie wissen nicht zufällig, ob sie irgendwo einen Ersatzschlüssel deponiert hat?«

»In großer Gefahr? Nina? Aber wie … Oh, ein Schlüssel, doch, hier, bei mir. Sie hat auch einen Ersatzschlüssel von meiner Tür.«

»Geben Sie mir den Schlüssel bitte.«

Die Frau zögerte kurz, wandte sich dann aber zur Seite, griff hinter der Tür an die Wand und hielt Erdmann einen einzelnen Schlüssel mit einem grünen Plastikanhänger entgegen. »Aber den müssen Sie mir wiedergeben.«

»Danke. Gehen Sie bitte wieder in Ihre Wohnung und schließen Sie die Tür.« Mit ein paar Schritten war Erdmann wieder neben Matthiessen. »Okay, schauen wir uns mal die Wohnung an.« Er wartete, bis die Tür hinter ihnen geschlossen wurde, dann zog er seine Waffe aus dem Gürtelholster und beobachtete Matthiessen dabei, wie sie das Gleiche tat. Stohrmanns Worte kamen ihm in den Sinn, und er konnte nichts dagegen tun, dass sich ein mulmiges Gefühl in ihm ausbreitete. Was, wenn dort drin wirklich jemand war, der die Studentin überwältigt hatte? Wenn er in eine Notlage geriet und auf Matthiessen angewiesen war? Würde sie …

»Was ist?«, fragte sie, und Erdmann fühlte sich ertappt. »Nichts, alles okay.« Er musste sich jetzt von diesen Gedanken freimachen.

Vorsichtig steckte er den Schlüssel ins Schloss und öffnete die Tür. Mit zwei großen Schritten, den Griff der Waffe mit beiden Händen umfassend, den Lauf schräg vor sich auf den Boden gerichtet, war er in der Diele und orientierte sich mit einem schnellen Rundumblick. Auf der rechten

Seite eine geschlossene Tür, dem Eingang gegenüber zwei weitere, offen, eine zur Küche, die andere zum Schlafzimmer, und ein türloser Durchgang ins Wohnzimmer. An den pastellgelb getünchten Wänden dazwischen Poster mit Drucken von Keith Hearing. Matthiessen drückte sich an ihm vorbei und ging ohne Umschweife auf das Wohnzimmer zu. Eine knappe Minute später wussten sie, dass sich niemand in der Wohnung befand. Eine weitere Minute danach trafen zwei Kollegen vom Präsidium ein.

Matthiessen ging zur Wohnungstür, zog den Schlüssel ab und gab ihn einem der Beamten, einem jungen Kommissar mit weichen, fast mädchenhaften Gesichtszügen. »Hier, den haben wir von der Nachbarin. Ich möchte, dass Sie hier warten. Es könnte sein, dass der Entführer hier auftaucht, seien Sie also auf der Hut. Rufen Sie im Präsidium an und sorgen Sie dafür, dass Sie heute Abend abgelöst werden, die Kollegen sollen sich auf eine Übernachtung einrichten. Und falls Frau Hartmann oder sonstwer hier auftaucht, möchte ich sofort informiert werden.« Sie nickte Erdmann zu und wandte sich ab.

»Zu Jahn?«, fragte er, als sie aus dem Haus kamen und zum Auto gingen. »Ja. Mal sehen, was ihm plötzlich sonst noch so alles aus seinem eigenen Roman einfällt.«

17

Sowohl Erdmann als auch Matthiessen waren überrascht, als die Haustür von Miriam Hansen geöffnet wurde. »Guten Tag, Frau Hansen«, sagte Matthiessen nach einem Moment der Verwirrung, »mit Ihnen haben wir hier nicht gerechnet.«

»Ja, ich … ich habe Christoph angerufen, weil ich mir solche Sorgen gemacht habe. Ich wollte hören, wie es ihm geht mit dieser furchtbaren Geschichte. Da hat er mich gebeten vorbeizukommen.«

»Aha. Und wo ist Frau Jäger? Ist sie beschäftigt?«

»Nein, sie ist nicht da. Ich glaube, sie hat sonntagnachmittags frei. Aber bitte, kommen Sie doch rein. Christoph sitzt hinten, auf der Terrasse. Ach, ich … ich habe eine Bitte. Würden Sie Christoph nichts von den Mails sagen, die ich an Frau Kleenkamp geschickt habe? Er weiß nichts davon und würde es mir sicher übelnehmen. Geht das, bitte?«

Erdmann sagte dazu nichts, das überließ er Matthiessen. Die zuckte mit den Schultern. »Wenn es nicht absolut notwendig sein sollte, sagen wir nichts.«

Jahn saß mit dem Rücken zum Haus in einem bequem aussehenden Korbsessel und wandte sich ihnen zu, als sie die Holzterrasse betraten. »Und?«, fragte er ohne Begrüßung. »Haben Sie die junge Frau gefunden? Geht es ihr gut?«

»Nein, bisher noch nicht.« Erdmann verzichtete ebenfalls auf Höflichkeitsfloskeln. Er ließ den ersten Sessel, an dem er vorbeikam, für Matthiessen frei und setzte sich Jahn schräg gegenüber. Ohne Umschweife sagte er: »Ich frage mich, wie es sein kann, dass Sie Ihren eigenen Roman so schlecht kennen, Herr Jahn. Wie zum Teufel ist es möglich, dass Ihnen dieses wichtige Detail, das Sie sich ja irgendwann mal für das Buch selbst ausgedacht haben, erst so spät eingefallen ist? Vielleicht zu spät! Und das, obwohl wir explizit darüber gesprochen haben.«

Jahn machte ein betrübtes Gesicht. »Es tut mir ja auch leid. Aber es ist eben ein paar Jahre her, und wenn man schon mehrere Bücher geschrieben hat, vermischt man die Inhalte leicht miteinander und weiß nicht mehr so genau, was in welchem Buch geschieht. Warum hätte ich Ihnen das verschweigen sollen, wenn ich daran gedacht hätte? Das ergibt doch keinen Sinn, ich möchte Ihnen helfen.«

Erdmann schüttelte den Kopf, und Matthiessen, die in dem freien Sessel Platz genommen hatte, übernahm das Gespräch. »Sie sagten am Telefon, diese Redakteurin in Ihrem Roman wird mit einem Anruf irgendwohin gelockt, wo sie dann mit Äther betäubt wird. Wohin genau lockt der Täter sie?«

»Der Anrufer gibt sich als internationaler Literaturagent aus, der ihr ein Interview mit einem bekannten amerikanischen Bestsellerautor anbieten möchte«, antwortete Miriam Hansen, die neben Jahn saß, für den Autor. »Er verabredet sich mit ihr in einem Stadtpark. Dort wartet er im Auto auf sie, drückt ihr einen Lappen mit Äther auf den Mund, als sie zu ihm einsteigt, und verschwindet mit ihr.«

»Ein Stadtpark –«, wiederholte Matthiessen nachdenklich. »Gibt es sonst noch irgendetwas, das uns weiterhelfen könnte? Ist Ihnen vielleicht noch mehr eingefallen, von dem Sie uns bisher noch nichts gesagt haben?«

Er zuckte mit den Schultern. »Nein, tut mir leid, ich glaube nicht.«

»Sie *glauben* nicht? Oder *wissen* Sie, dass es sonst nichts gibt?«

»Es gibt sonst nichts mehr von Bedeutung, wir haben ihnen alles gesagt«, meldete sich Miriam Hansen wieder zaghaft zu Wort. »Ich wüsste es, ich kenne Christophs Bücher ganz genau.«

Matthiessen zog die Augenbrauen hoch. »Ja, das Gefühl habe ich auch. Wie es den Anschein hat, besser als der Autor selbst.«

»Das stimmt«, bestätigte Jahn und sah die Buchhändlerin dankbar an. »Miriam war es auch, die mich auf die Entführung der Redakteurin in *Das Skript* hingewiesen hat, bevor ich Sie anrief. Ich hatte das komplett vergessen.«

»Also gut, daran lässt sich jetzt nichts mehr ändern. Wir müssen wieder los. Ach, und bevor ich es vergesse: Von der Verbindung dieser Verbrechen zu Ihrem Roman, Herr Jahn, dürfen die Medien noch nichts erfahren, verstehen Sie?«

»Ist gut«, sagte Jahn. »Ich weiß zwar nicht, warum man die Öffentlichkeit außen vor lässt, schließlich könnten wertvolle Hinweise eingehen, aber das geht mich nichts an. Da ist im Übrigen noch etwas. Wenn es der Täter genau nimmt mit der Romanvorlage, dann sieht der Keller, in dem er die ersten drei Frauen so lange gefangen hält, bis er ihre Haut braucht, absolut genau so aus wie meiner hier im Haus. Ich habe ihn in *Das Skript* eins zu eins beschrieben. Im Roman ist es der Kellerraum eines alten Fabrikgebäudes. Heike hingegen wird im Keller eines alten, unbewohnten Hauses festgehalten.« Und leiser fügte er hinzu: »Der Täter wird auch eine der Frauen dort töten.

Vor Heikes Augen. Und diese Studentin wird er auch in diesen Raum sperren. Er braucht sie für die restlichen Kapitelnummern, für die … für die Heikes Haut nicht ausreicht.«

Erdmann hatte bemerkt, dass Matthiessen zusammengezuckt war. Nun machte sie einen Schritt auf Jahn zu. »Wie haben Sie Frau Kleenkamp gerade genannt? Heike?«

»Ähm, ja, warum?«

»Kennen Sie sie?«

Jahn schien verwundert. »Ja, aber … sagte ich das nicht? Ich … Ihr Vater, Dieter Kleenkamp, hat mich mal für eine Lesung im Verlagsgebäude der HAT eingeladen, das war ganz am Anfang, als ich nach Hamburg kam. Es war die letzte Lesung, die ich gemacht habe. Anschließend waren wir zusammen zum Essen. Wir fanden uns sympathisch und haben uns danach noch öfter getroffen. Er war auch schon einige Male hier, manchmal auch zusammen mit Heike. Deshalb war ich doch so geschockt, als Sie mir davon erzählten. Ich dachte, das hätte ich erwähnt.«

Erdmann hätte vor Wut schreien können und musste um Beherrschung ringen. »Ich weiß nicht, was mit Ihnen los ist, Herr Jahn, aber ich finde es sehr seltsam, dass Sie uns ganz entscheidende Dinge bisher nicht gesagt haben. Sie sind doch Krimiautor. Wie würde wohl der Ermittler in Ihren Romanen auf jemanden reagieren, der sich verhält wie Sie?«

»Hm …« Jahn machte ein nachdenkliches Gesicht. »Ich glaube, diese Person wäre höchst verdächtig.«

»Können wir bitte Ihren Keller sehen?«, fragte Matthiessen schnell, bevor Erdmann noch etwas darauf erwidern konnte. Jahn nickte.

Die Tür zur Kellertreppe befand sich im Eingangsbereich des Hauses. Miriam Hansen zog es vor, oben zu bleiben, und so stieg Erdmann zwischen Jahn und Matthiessen hinab. Er nahm sofort den muffigen, modrigen Geruch wahr, der typisch war für ältere Keller, in deren Mauern sich im Laufe der Jahre die Feuchtigkeit festgesetzt hatte. Die Treppe war schmal, die Wandfarbe auf der rechten Seite an manchen Stellen abgeblättert. Die Flecken sahen aus wie Inseln in einem trüben Meer. Die nackte Glühbirne, die etwa in der Mitte des Kellers an einem kurzen Kabelstück von der niedrigen Decke hing, war nicht nur zu schwach, sondern zudem dermaßen eingestaubt, dass ihr diffuser Lichtschein nicht bis in die hinteren Ecken des verhältnismäßig großen Raumes reichte. Dort verschwammen alle Konturen zu einem dunklen Brei. Einzig die Wand gegenüber der Treppe war halbwegs deutlich zu erkennen. Sie war mit Regalen zugestellt, in denen verstaubte Dosen, Kisten und Kästchen sowie allerlei undefinierbarer Plunder herumlagen. Hier und da konnte Erdmann auf dem Boden einige Karton- und Kistenstapel erkennen, durchsetzt mit irgendwelchen Gerätschaften, Werkzeugen und Ähnlichem. Manche dieser Gebilde wirkten wie skurrile Gestalten aus einem Horrorfilm.

»Das also ist der Ort des Schreckens«, sagte Jahn feierlich, als sie am Fuße der Treppe standen, wobei Erdmann den Kopf ein wenig einziehen musste, um nicht mit den Haaren die schmutzige Decke zu berühren. Matthiessen löste sich von ihnen und ging nach links in den Raum hinein. Sie kam allerdings nur ein paar Meter weit, dann gab sie einen Schmerzenslaut von sich und stieß gleich danach einen Fluch aus.

»Was ist los?« Erdmann war mit ein paar schnellen Schritten bei ihr und sah, dass sie sich mit schmerzverzerrtem Gesicht die Stirn rieb. Die Ursache dafür war ein etwa besenstieldickes Metallrohr, das direkt hinter ihr unterhalb der Decke verlief. »Oh, Vorsicht, da befindet sich ein Heizungsrohr ziemlich tief unter der Decke«, sagte Jahn überflüssigerweise.

Matthiessen stieß einen Zischlaut aus. »Ja, danke, ich hab's gefunden.«

»Tut mir leid, das war nicht anders machbar. Als ich ein paar Monate hier gewohnt habe, ging was an der Heizung kaputt, und weil es in einigen Räumen noch kleine Heizkörper gab, habe ich die Erweiterung gleich mitmachen lassen. Tja, und dieses Rohr musste irgendwie da rüberführen.«

Erdmann sah auf der linken Seite den großen, offenbar blauen Block des Heizbrenners mit dem Steuergerät, genau konnte er die Farbe in dem schwachen Licht nicht erkennen. Daneben die rote Kugel des Ausdehnungsgefäßes und ein Wirrwarr an Rohren, die von einer Stelle irgendwo hinter dem ganzen Block aus abzweigten. Gegen eines davon war Matthiessen gelaufen. »Und diesen Raum haben Sie bis ins kleinste Detail in Ihrem Roman beschrieben?«

»Ja genau, absolut. Wenn Sie sich die Stelle in *Das Skript* ansehen, werden Sie ihn wiedererkennen, jetzt, nachdem Sie ihn gesehen haben. Ganz sicher. Und da sitzen die entführten Frauen.« Er zeigte auf eine Stelle schräg hinter dem Heizungsbrenner, wo auf mehreren Metern die kahle Wand eher zu erahnen als wirklich zu sehen war. Knapp über dem Boden verliefen mehrere Rohre. »Ihre Münder sind zugeklebt, sie sind an Händen und Füßen gefesselt und zusätzlich an den Rohren festgebunden.«

»Aha. Wir schicken gleich jemanden vorbei, der ein paar Fotos hier unten macht. Das ist doch wenigstens mal ein Ansatz. Wir müssen jetzt los.« Matthiessen ging zur Treppe, und Erdmann verließ hinter ihr den Keller. Oben sah ihnen Miriam Hansen entgegen, als erwarte sie eine Beschreibung dessen, was sie im Keller entdeckt hatten.

Matthiessen blieb vor ihr stehen. »Tun Sie mir bitte einen Gefallen und gehen *Das Skript* noch einmal gedanklich durch. Vielleicht fällt Ihnen ja doch noch etwas auf, das wichtig sein könnte.«

»Ja, gut, aber … Was ich nicht verstehe, Sie haben bei mir vier Exemplare des Romans gekauft. Die werden doch sicher von Ihren Polizeikollegen analysiert. Und Sie haben ganz bestimmt Spezialisten für so was, oder? Deshalb wundere ich mich, dass sie meine Hilfe überhaupt benötigen.«

»Natürlich beschäftigen sich Kollegen damit, aber es ist schwer, innerhalb kürzester Zeit Zusammenhänge zu erkennen, für die man das ganze Buch intensiv gelesen haben muss. Und wie wir gesehen haben, fallen manche Dinge ja nicht mal dem Autor auf.«

Jahn tat, als hätte er die Anspielung nicht verstanden. »Das heißt, ich werde also nun zu Hause bleiben und auf Ihren Fotografen warten, richtig?«

»Richtig«, sagte Erdmann und wandte sich ab.

»Der Kerl ist nicht sauber«, knurrte er, als sie im Auto unterwegs zu Dirk Schäfer waren. Der wartete nach einem kurzen Telefongespräch mit Matthiessen nun nervös in seiner Wohnung auf sie. »Ich möchte wetten, er war das auch vor vier Jahren in Köln. Als er damals diese Briefe bekam, hat er sich wahrscheinlich gedacht, dass der Verdacht sowieso auf diesen verrückten *Fan* fallen würde. Oder er hat die Briefe sogar selbst geschrieben.«

»Ich weiß nicht …«

»Es kann doch nicht sein, dass er vergessen hat zu erwähnen, dass er das erste Entführungsopfer kennt. Und dann diese Sache mit Nina Hartmann.« Mit dem Handballen schlug Erdmann gegen das Lenkrad. »Der führt uns doch an der Nase herum.«

Matthiessen erwiderte nichts, sie telefonierte fast ununterbrochen, seit sie losgefahren waren, und nahm das Handy zwischendurch nur kurz vom Ohr, um aufzulegen und die nächste Nummer zu wählen. Unter anderem forderte sie zwei Kollegen zur Observierung von Jahns Haus an. Auch jetzt tippte sie wieder eine Nummer und wartete. »Mist, ich erreiche sie einfach nicht. Sie wollte zu Hause auf uns warten. Wenn sie dort nicht angekommen ist und auch ihr Freund nichts mehr von ihr gehört hat …«

Erdmann nickte. »Ja, ich weiß.«

Auf den Straßen herrschte mittlerweile dichter Verkehr, so dass sie nur langsam vorankamen. Die Sonne hatte an diesem Tag für die Jahreszeit schon eine beachtliche Kraft und lockte viele Menschen aus der Umgebung zu einem Sonntagsspaziergang in den Stadtpark oder an die Ufer von Außen- oder Binnenalster. In diese Richtung waren auch sie nun unterwegs, und es zeichnete sich ab, dass sie für die Strecke wohl mindestens eine Dreiviertelstunde brauchen würden.

Matthiessen hielt das Handy noch immer in der Hand, telefonierte aber nicht mehr. Erdmann fiel Jahns Keller wieder ein. »Kannst du bitte noch dafür sorgen, dass ein Kollege zu Jahn rausfährt und Fotos von seinem Keller macht? Vielleicht bringt uns das ja wirklich was.«

»Ja, mach ich. Obwohl ich nicht glaube, dass dieser Verrückte sich die Mühe macht, den Raum nachzubauen.

Warum sollte er das tun? Er muss doch davon ausgehen, dass wir diesen Raum nie finden werden. Es reicht für ihn doch völlig aus, wenn die Details stimmen, die wir zu sehen bekommen. Verstehst du?«

»Ich bin mir da nicht so sicher, Andrea. Wenn jemand so gestört ist, dann würde ich absolut nichts ausschließen. Wer immer das tut, der denkt in anderen Bahnen als wir, das steht fest.«

Matthiessen zuckte mit den Schultern und tätigte ihren nächsten Anruf, mit dem sie einen Fotografen für Jahns Keller organisierte. Sie hatte kaum aufgelegt, als ihr Telefon klingelte. »Matthiessen … ja, … ja, das stimmt.« Dem Klang ihrer Stimme war deutlich anzuhören, dass es nichts Angenehmes war, was sie gerade zu hören bekam. »Richtig. Ich habe das angeordnet … Nein, das war aus meiner Sicht nicht mehr nötig … Aber als die stellvertretende Leiterin … Ja, ich weiß, natürlich … Nein, das konnten wir zu diesem Zeitpunkt doch noch gar nicht … Ja … Ja, ist gut.«

Eine Weile sagte sie nichts, und Erdmann fragte auch nicht. Es war klar, dass sie gerade mit dem Leiter der BAO gesprochen hatte. »Stohrmann hat mir gedroht, mich vor eine Untersuchungskommission zu zerren.«

»Was?«, rief Erdmann aufgebracht. »Wieso denn, ich meine, wie kommt er dazu? Aus welchem Grund?«

»Die beiden Kollegen vor Nina Hartmanns Wohnung. Er hat gehört, dass ich sie abgezogen habe, und wenn sie jetzt tatsächlich entführt wurde … Er meinte, es wäre die logische Fortsetzung meiner bisherigen Fehlleistungen.«

»Moment mal, *ich* war es doch, der dich dazu gedrängt hat. Warum hast du Stohrmann das nicht gesagt? Es kann doch nicht sein, dass du jetzt auch noch den Kopf hinhalten musst für etwas, das ich zu verantworten habe.«

»Das ist ein Denkfehler, Stephan. Zu verantworten habe ich es, denn ich habe den Befehl dazu gegeben.«

Erdmann seufzte, erwiderte aber nichts. Ihm war klar, dass es für Matthiessen ein Leichtes gewesen wäre, Stohrmann zu sagen, dass es seine, Erdmanns, Idee gewesen war, die beiden Kollegen vor Nina Hartmanns Tür abzuziehen. Aber das hatte sie nicht getan. Sie hatte sich vor ihn gestellt, obwohl sie wusste, dass Stohrmann das sofort gegen sie verwenden würde. Erdmann fasste den Entschluss, seiner Kollegin schnellstmöglich zu sagen, was ihr gemeinsamer Vorgesetzter ihm an diesem Morgen erzählt hatte. Und zwar alles, auch das von dem jungen Kollegen, dessen Tod Matthiessen Stohrmanns Meinung nach zu verantworten hatte. Er war ihr das schuldig, fand er.

»Überhaupt, wir sollten uns durch diese Sache nicht zu sehr ablenken lassen, wir haben im Moment wirklich anderes zu tun«, sprach Matthiessen jetzt weiter.

»Ja, du hast recht. Aber manchmal habe ich das Gefühl, Stohrmann hat regelrecht Spaß daran, unsere Ermittlungen zu stören.«

Darauf sagte Matthiessen nichts.

VIII

Zuvor

Sie hatte sich nie Gedanken darüber gemacht, wie viele Grausamkeiten ein menschlicher Geist verarbeiten konnte, bis der Verstand kapitulierte und irreversibel beschädigt war. In diesem Moment stellte sie sich die Frage, ob sie nun an diesem Punkt war. Nein, sie fragte sich nicht, sie war sich ziemlich sicher, dass das geschehen war. Denn sie ertappte sich bei Gedanken, die in ihrer Situation so verrückt waren, dass sie nur einem beschädigten Verstand entsprungen sein konnten. Gerade hatte sie dabei zugesehen, wie einem Menschen die Haut vom Körper abgezogen worden war. Anfangs, als das Monster die ersten Schnitte ausgeführt hatte, als die Hand mit dem Gummihandschuh einen Hautlappen packte und nach oben zog wie einen Pizzateig, hatte ihr Gehirn ohne ihr bewusstes Zutun dem Körper den Befehl gegeben, alles einzustellen. Das Denken, jegliche Bewegung, das Atmen. Sie hatte dagestanden, die Arme erhoben, die Beine leicht gespreizt, unbeweglich, erstarrt, wie tot. Ihre lidlosen, furchtbar schmerzenden Augen hatten mit angesehen, was das Monster tat, aber die Bilder waren in ihrem Gehirn angekommen wie eine fremde Sprache, die sie nicht verstand, von der sie nicht ein einziges Wort kannte.

Bis dieses Geräusch die Synapsen ihres Gehirns erreichte. Es hörte sich an, als zerreiße jemand ganz langsam ein Stück Stoff. Mit einem Mal war in ihrem Kopf die Verbindung da zwischen dem Bild des Skalpells, das sich unter dem Hautlappen hin und her bewegte, und diesem Geräusch. Da hatte ihr Gehirn den nächsten Befehl gegeben: Schrei! Und sie hatte geschrien, so, wie noch nie in ihrem Leben.

Wie lange mochte das nun her sein? Zehn Minuten? Zehn Stunden? Was spielte es für eine Rolle? Irgendwann hatte sie die Veränderung bemerkt, als sei sie nur eine Zuschauerin. Erst war aus ihren Schreien ein Krächzen geworden, dann war der Ton abgebrochen, nicht plötzlich, eher wie bei einem Wackelkontakt, bei dem die Töne erst nur noch bruchstückhaft und dann gar nicht mehr zu hören waren.

Das Monster hatte seine grausame Arbeit beendet, hatte ihr die Klebestreifen von den Augenlidern abgezogen und war gegangen. Eigentlich hätte sie etwas wie Erleichterung spüren müssen, aber das konnte sie nicht, und dafür gab es auch einen Grund: Vor ihr, direkt in ihrem Blickfeld, lag die gehäutete Frau.

18

Matthiessen fragte als Erstes nach Nina Hartmann, als Schäfer die Tür öffnete. Doch er hatte noch nichts von ihr gehört.

Erdmann rechnete fest damit, Christian Zender anzutreffen, und war erleichtert, als Schäfer ihnen erklärte, er sei alleine und Zender habe die Wohnung schon kurz vor seiner Freundin Nina verlassen.

Erdmann blickte sich im Wohnzimmer um, das sie nun zum ersten Mal in seinem Normalzustand sahen. Es war komplett gereinigt und aufgeräumt, alle Möbel standen offensichtlich wieder an ihrem Platz, und er stellte fest, dass Schäfer, oder wer immer sonst die Möbel ausgesucht hatte, einen guten und wahrscheinlich auch teuren Geschmack bewiesen hatte. Die Atmosphäre im Raum wurde bestimmt durch eine angenehme Mischung aus modernem Design und Gemütlichkeit.

Erdmann zog seinen Notizblock aus der Innentasche seines Sakkos und legte ihn vor sich auf den Tisch, nachdem er dort Platz genommen hatte. Er hatte sich den gleichen Platz ausgesucht wie bei ihrem Besuch am Morgen.

»Haben Sie mittlerweile alle Freunde und Bekannten durch, bei denen Ihre Freundin sich vielleicht aufhalten könnte?«

Schäfer nickte, er sah mitgenommen aus. »Ja, so ziemlich, niemand hat was von ihr gehört. Die meisten waren eh gestern Abend hier auf der Fete.«

»Was ist mit ihrer Freundin Kerstin?«, fragte Erdmann.

»Die hab ich auch angerufen, sie hat nichts von ihr gehört. Aber sie hat zugegeben, dass sie gestern Abend anonym bei Ihnen angerufen und diese Sache mit meinen Kurzgeschichten erzählt hat, die dämliche Kuh.« Im nächsten Moment sah er Matthiessen an und sagte: »'tschuldigung.«

Sie winkte ab. »Und ihre Eltern?«

»Nein, da hab ich nicht angerufen. Ninas Eltern wohnen 600 Kilometer von hier, in Trier. Warum sollte sie 600 Kilometer zu ihren Eltern fahren, wenn sie bei sich zu Hause auf Sie warten wollte, das ergibt doch keinen Sinn. Außerdem kennen die mich kaum, wir haben uns nur einmal kurz gesehen. Ich möchte nicht unbedingt dort anrufen und ihnen sagen, dass Nina vielleicht entführt worden ist.«

Erdmann machte sich Notizen, und Matthiessen nickte. »Gut, das kann ich verstehen, dann übernehmen wir das. Hat Ihre Freundin denn mit ihren Eltern überhaupt über das Päckchen geredet, das sie gestern bekommen hat?«

»Ich glaube nicht. Ich hab sie gestern danach gefragt, und sie meinte, dass sie noch nicht weiß, ob sie ihnen davon erzählen soll. Ihr Vater ist schwer herzkrank, und ich denke, Nina hatte Angst, dass er sich zu sehr aufregt, wenn er hört, was da passiert ist.«

»Jetzt werden wir ihm die Aufregung leider nicht ersparen können. Haben Sie die Adresse?«

»Nein, tut mir leid, die habe ich nicht. Nicht mal eine Telefonnummer. Wie gesagt, wir kennen uns so gut wie gar nicht.«

»Ist Ihre Freundin denn in Trier geboren?«

»Ja.«

»Hat sie Geschwister?«

»Nein, Nina ist ein Einzelkind.«

»Gut.« Matthiessen nickte mehrmals. »Ich denke, wir werden eine Familie Hartmann mit einer Tochter namens Nina in Trier finden.«

»Und Sie haben nicht mitbekommen, wer Ihre Freundin angerufen hat, als sie hier aufgebrochen ist?«, wollte Erdmann wissen.

»Nein, Ihr Handy klingelte, als sie schon fast draußen war. Ich hab nur noch gehört, wie sie sich mit ihrem Namen gemeldet hat, dann war sie weg.«

»Hat es sich für Sie angehört, als kenne sie die Person, die angerufen hat?«

Schäfer sah Erdmann verwirrt an. »Keine Ahnung, woher soll ich das wissen? Wie gesagt, sie hat ja nur kurz ihren Namen gesagt.«

»Ist Nina in irgendwelchen Vereinen, geht sie regelmäßig zum Sport oder etwas in der Art?«, fragte Matthiessen, bevor Erdmann noch weiter auf Dirk Schäfers Antwort eingehen konnte.

Schäfer dachte eine Weile nach. »Hm … Ab und zu geht sie schwimmen, aber nicht oft, und auch nicht regelmäßig. Und sonst … Ach ja, und einmal in der Woche geht sie zu einem Spanischkurs in der VHS, den hat sie angefangen, kurz nachdem wir uns kennengelernt haben. Aber sonst – nein, sonst nichts.«

Sie vereinbarten, in ständigem telefonischem Kontakt zu bleiben. Schäfer wollte sich mit Christian Zender treffen und mit ihm zusammen alle Cafés und sonstigen öffentlichen Plätze abklappern, an denen Nina Hartmann sich aufhalten konnte.

Matthiessen hatte ihr Telefon schon wieder in der Hand,

als sie das Haus verließen. »Ich werde jetzt mal rausfinden, wo Jahns Lektor wohnt. Ich möchte hören, was der über seinen Autor zu sagen hat. Wer weiß, vielleicht hilft uns das ja weiter. Kümmerst du dich um die Eltern?«

»Okay.«

Sie hatten das Auto erreicht. Erdmann nestelte seinen Notizblock aus der Tasche und wählte eine der Nummern des Einsatzraumes im Präsidium. Es meldete sich eine Kollegin. Er gab ihr die wenigen Daten durch, die sie von Ninas Eltern hatten, und bat sie, sich mit dem Trierer Präsidium in Verbindung zu setzen. Die würden über die Datenbank des Einwohnermeldeamtes herausfinden, wo die Familie Hartmann wohnte, und dann sofort Kollegen vor Ort zu ihnen schicken, um in Erfahrung zu bringen, ob die junge Frau sich seit dem Morgen gemeldet hatte. Ninas Eltern würden ängstlich fragen, was um Himmels willen denn los sei, warum die Polizei sich nach ihrer Tochter erkundigte, und dann würden diese Beamten ihnen mitteilen müssen, dass sie nach ihrer Tochter suchten, weil man befürchtete, dass sie von einem Irren entführt worden war.

Erdmann beneidete die Kollegen nicht. Er kannte beide Seiten, wusste, wie es war, wenn man vor Angehörigen stand und ihnen solche Nachrichten überbringen musste. Und auch, wie man sich fühlte, wenn die Polizisten bei einem selbst klingelten. Er wusste es nur zu gut.

Er ist gerade 15 Jahre alt, als die beiden Polizisten bei ihm zu Hause vor der Tür stehen. Sie sind Kollegen seines Vaters und fragen nach seiner Mutter. Der Ausdruck in ihren Gesichtern sagt ihm trotz seiner Jugend, dass etwas passiert ist. Seine Mutter sieht es wohl auch sofort, denn sie schickt ihn ins Haus. Er bleibt hinter der Tür zum Wohnzimmer stehen und lauscht. Es war ein dummer Unfall, auf dem Weg zu einem Einsatzort. Sein Vater ist gefahren, Martinshorn und Blaulicht waren eingeschaltet. Dann die Kreuzung. Ein Lkw-Fahrer hat sie nicht bemerkt, wahrscheinlich hat er die Musik zu laut gehabt. Er war mit hoher Geschwindigkeit in die Fahrerseite des Streifenwagens geknallt. Sein Vater war sofort tot.

Er wusste, wie man sich fühlt, wenn zwei Polizisten mit betretenen Gesichtern vor der Haustür stehen. Und er wusste noch mehr. 14 Jahre später hatte er zum ersten Mal zusammen mit einem Kollegen an einer Haustür geklingelt.

»Werner Lorth wohnt in Eidelstedt, Pinneberger Chaussee«, riss ihn Matthiessen aus seinen Erinnerungen. »Ist alles in Ordnung?«

»Ähm, ja, alles okay. Ich musste nur gerade an was denken, das schon eine Weile her ist. Eidelstedt? Das ist ja nicht weit von hier. Entschuldige, ich hab das jetzt gar nicht mitbekommen – hast du ihn schon angerufen?«

»Ja, er weiß, dass wir kommen.«

»Dann mal los.«

»Sagst du es mir?«, fragte Matthiessen nach einer Weile, in der sie stumm nebeneinandergesessen hatten.

»Was?«

»An was du gerade denken musstest.«

Er sah kurz zu ihr hinüber, dann begann er zu erzählen.

19

Es gab Menschen, die fand Stephan Erdmann auf Anhieb sympathisch, ohne dass er hätte sagen können, warum das so war. Er sah jemanden, wechselte die ersten Worte mit ihm oder ihr und hatte entweder gleich das Gefühl, es passte, oder aber zumindest eine Ahnung, dass die Chemie stimmen könnte.

Werner Lorth gehörte nicht zu diesen Menschen. Mehr noch, wenn es zwei Lager gab, gehörte der Lektor ans äußerste Ende der anderen Seite.

Lorths Wohnung lag im Erdgeschoss eines dreistöckigen, ziemlich heruntergekommenen Altbaus. Erdmann wunderte sich, dass die Tür zu seiner Wohnung auch von außen eine Klinke hatte. Als der Mann mit den strähnigen dunklen Haaren ihnen mit einem deutlich aufgesetzten und daher auch vollkommen missglückten Lächeln gegenüberstand, als Erdmann das längliche Gesicht mit den geplatzten Äderchen auf Nase und Wangen und die dürre Gestalt in den schlecht sitzenden Jeans und dem viel zu großen Sweatshirt betrachtete, war es noch der rein ästhetische Aspekt, der ihn abschreckte. Das änderte sich, nachdem Matthiessen Erdmann und sich selbst vorgestellt hatte und Lorth sie daraufhin musterte, als versuche er sich vorzustellen, wie sie nackt aussah. »Ja, ja, ich weiß, Sie hatten ja schon telefonisch angekündigt, dass Sie mich stören werden. Auch wenn's mir ein Rätsel ist, was die Kripo von mir möchte, noch dazu an einem Sonntag. Also, nun kommen Sie schon rein, damit wir die Sache hinter uns bringen.«

Das hatte genügt, Erdmann wusste, dass er Lorth als Person nicht ausstehen konnte. Und das war etwas völlig anderes als bei Christian Zender: Der ging ihm nur auf die Nerven. »Wir können *die Sache* auch gerne auf dem Polizeipräsidium hinter uns bringen, Herr Lorth«, knurrte er, was sein Gegenüber zu einem erneuten, ebenso missglückten Versuch eines Lächelns veranlasste. »Ach, so gleich … böser Polizist. Ist ja schon gut, ich will nichts gesagt haben. Also bitte, kommen Sie rein.«

Erdmann warf ihm im Vorbeigehen einen langen Blick zu und hoffte, der Kerl würde ihm ansehen, dass es besser war, seine unverschämte Art schnell abzustellen.

In der Wohnung stank es. Besonders penetrant war der Geruch nach kaltem, abgestandenem Rauch, was auch kein Wunder war. Erdmann entdeckte auf den ersten Blick zwei überquellende Aschenbecher, einen auf dem hölzernen Couchtisch neben einem halbvollen Wasserglas und einer zerknitterten Zigarettenschachtel, den anderen auf einer der Marmorfensterbänke. Er war sicher, in dem Glas befand sich kein Wasser. Der Mann war Alkoholiker, das hatte er auf den ersten Blick gesehen. Er kannte die äußerlichen Anzeichen und den Geruch, den diese Menschen aus allen Poren verströmten.

In einer Ecke dudelte ein riesiger Flachbildschirm vor sich hin. Abgesehen von den Aschenbechern, wirkte das geräumige Wohnzimmer einigermaßen aufgeräumt. Es gab mehrere schmale Bücherregale, die alle bis auf den letzten Zentimeter vollgestopft waren.

»Leben Sie alleine hier?«, fragte Erdmann, während er sich auf einen Sessel der mit Veloursstoff bezogenen Couchgarnitur setzte. Matthiessen ließ sich auf dem zweiten Sessel nieder. Auf der Couch selbst lag eine zerknüllte

Wolldecke. Lorth knautschte sie noch mehr zusammen und setzte sich daneben. »Warum? Finden Sie meine Wohnung unordentlich?«

»Beantworten Sie doch bitte unsere Fragen nicht mit Gegenfragen«, sagte Matthiessen. Wahrscheinlich hatte sie Erdmann angesehen, dass dieser Kerl ihn mächtig aufregte.

»Ja, ich lebe hier allein im Sinne von: Die Wohnung läuft auf meinen Namen, und es ist mein Haushalt.« Es klang beleidigt und so tuntenhaft, dass Erdmann überlegte, ob Lorth vielleicht bewusst provokant schwul tat. »Aber manchmal übernachtet meine Freundin hier.« *So viel also dazu.* »Möchten Sie Name und Adresse von ihr? Größe und Gewicht?«

»Später vielleicht. Wir möchten Ihnen erst ein paar Fragen zu Christoph Jahn stellen.«

Lorth sah Matthiessen ungläubig an und stieß ein gezwungenes Lachen aus. »Jahn? Meine Güte, ich hätte nicht gedacht, dass nach dem noch mal irgendwann jemand fragt.« Er fingerte eine Zigarette aus der fast leeren Packung, steckte sie an und blies den Rauch knapp an Erdmann vorbei. »Wird dieser Fall etwa wieder aufgerollt? Hat man seine DNA nachträglich irgendwo gefunden? So was gibt's ja öfter. Ich hab schon immer gesagt, der Kerl hat Dreck am Stecken.«

Erdmann schob mit einem Finger den übervollen Aschenbecher ein Stück weiter auf Lorth zu. »Sie denken, Christoph Jahn hat die Frau in Köln umgebracht?«

»Das habe ich nicht gesagt, aber ich halte es durchaus für möglich. Dieser sogenannte Autor würde doch alles tun, damit seine Bücher sich verkaufen. Davon abgesehen, ist dafür auch einiges nötig.«

»Immerhin hat er nach dieser Sache in Köln mit dem Schreiben aufgehört, weil er es nicht ertragen hat, dass ein Mensch nach seiner Beschreibung umgebracht worden ist.«

Lorth stieß ein kurzes, bellendes Lachen aus. »Weil er es nicht ertragen hat? Jahn hat mit dem Schreiben aufgehört, weil wir keine Bücher mehr von ihm veröffentlichen wollten. Und auch kein anderer Verlag dieser Welt.«

»Moment, verstehe ich Sie richtig?«, fragte Matthiessen. »Seine Bücher gefallen Ihnen nicht?«

»So kann man es höflich ausdrücken, ja. Und das, obwohl sie in einem weitaus lesbareren Zustand gedruckt wurden, als er sie bei uns abgeliefert hat.«

Matthiessen wechselte mit Erdmann einen verständnislosen Blick. »Aber warum wurden sie dann verlegt?«

Lorth zog an seiner Zigarette und winkte ab. »Altlasten.« Der bläuliche Qualm drang ihm beim Reden aus dem Mund. Als beide ihn fragend ansahen, verdrehte er die Augen. »Muss ich das jetzt auch noch erzählen? Also gut. Aber erst hätte ich jetzt mal gerne meine Frage beantwortet: Wird der Kölner Fall wieder aufgenommen?«

»Vielleicht«, sagte Erdmann, sonst nichts.

»Ähm … und?«

»Was und?«

»Na, warum sind Sie hier? Was wollen Sie von mir?« Er drückte die Kippe in den überquellenden Aschenbecher.

»Dass Sie unsere Fragen beantworten. Also: Warum werden Jahns Bücher bei Ihnen verlegt, wenn Sie als sein Lektor der Meinung sind, sie sind nicht gut? Und was meinen Sie mit Altlasten?«

Lorth holte theatralisch Luft. »Der ehemalige Programmchef hat Jahn eingekauft. Sein erstes Buch war ganz okay, nichts Besonderes, aber lesbar. Tja, der liebe Herr Dr. Wulf war davon so begeistert, dass er gleich einen Vertrag für drei weitere Bücher mit dem großen Schriftsteller abgeschlossen hat. Und wir mussten das anschließend ausbaden.«

»Und dieser Programmchef ist nicht mehr bei Ihnen?«

Zynisches Lachen. »Nein, er hatte sich vorher schon einige Fehleinkäufe erlaubt.«

»Hm«, machte Matthiessen. »Wie ist das in einem solchen Fall? Gibt es für einen Verlag keine Möglichkeit, da rauszukommen?«

Lorth schüttelte den Kopf, als könne er nicht fassen, dass ihm diese Frage wirklich gestellt worden war. »Bei einem solchen Vertrag wird dem Autor ein Garantiehonorar zugesprochen. Und bei Jahn war das ein ziemlich hohes Honorar, und das ist nicht zurückzahlbar. Da kann man anschließend nicht einfach sagen, man macht das Buch nicht. Man muss zumindest versuchen, einen Teil des Geldes wieder hereinzubekommen.«

»Kann man denn mit einem schlechten Buch, das man ja auch erst mal drucken lassen muss, Geld verdienen?«, fragte Erdmann und erntete wieder ein Kopfschütteln, begleitet von einem dermaßen überheblichen Grinsen, dass er kaum noch an sich halten konnte. »Dafür gibt es ja den Lektor. Ich habe Jahns Manuskripte … nun … so weit *überarbeitet*, dass daraus zumindest lesbare Krimis wurden. Und ich kann Ihnen versichern, das war ein hartes Stück Arbeit.«

»Aha«, machte Erdmann. »Da wir ja mittlerweile festgestellt haben, dass wir ahnungslose Kriminalpolizisten sind, erlauben Sie mir doch die dumme Frage: Ist es nicht der Job eines *jeden* Lektors, ein Manuskript auf logische Fehler abzuklopfen, Ungereimtheiten zu finden, ungünstige Satzkonstellationen zu verbessern?«

»Pah! Verbessern?« Lorth richtete sich auf. »Wäre ich Lektor von Liebesromanen – Gott bewahre –, würde ich Ihnen jetzt sagen, dass ein Lektor die Aufgabe hat, die Schönheit eines Wortes zu erkennen, es herzunehmen und so in einen Satz einzubetten, dass es seine ganze, die Sinne verzaubernde Pracht entfalten kann.« Er machte eine kurze Pause und rollte mit den Augen. »Blödsinn! Ich bin Lektor von Kriminalromanen, und meine Aufgabe ist es, Wörter so zu Sätzen zusammenzustellen, dass Waffen aus ihnen werden. Tödliche Waffen, verstehen Sie?« Er atmete hastig, wie nach einem Sprint. »Das Vokabular eines Kriminallektors ist wie ein prall gefüllter Waffenschrank. Ich drücke dem Leser eine dieser Waffen mit brutalstmöglicher Sprachgewalt auf der ersten Seite an den Hals, ich nehme ihn in stilistische Geiselhaft und zwinge ihn, mir zu folgen in die tiefsten Abgründe der menschlichen Seele. Worte können nicht nur verletzen, sie können töten, wenn man sie so virtuos beherrscht, wie ein Lektor sie beherrschen muss.« Lorth machte eine kurze Pause, und Erdmann dachte darüber nach, ob er sich wohl gleich vor Aufregung übergeben würde. »Ja, es stimmt, ich musste große Teile dieser … Geschichten komplett umschreiben, weil sie so grandios schlecht waren, dass man das unmöglich hätte veröffentlichen können. Genaugenommen bin ich der eigentliche Autor dieser Romane, Herr … wie auch immer.«

»Erdmann. Sagen Sie, haben Sie im vergangenen Dezember die Rezension in der HAT über *Das Skript* gelesen? Dessen Autor Sie ja dann zum Teil auch sind?«

Er zuckte mit den Schultern. »Ja, eine unbedeutende, unbekannte kleine Volontärin wahrscheinlich.«

»Und? Es muss Sie als Mitautor des Buches doch ärgern, wenn jemand *Ihr Werk* so verreißt.«

Er winkte ab. »Ach, das kann man doch nicht ernst nehmen.

Alle im Verlag haben herzhaft darüber gelacht.«

»Wissen Sie noch, von wem sie geschrieben wurde?«

»Nein, ich weiß nur noch, dass es eine Frau war. Der Name … keine Ahnung. Unbedeutend.«

»Ich kenne mich mit Urheberrecht bei Romanen nicht aus«, schaltete Matthiessen sich wieder ein, »aber ich frage mich, ob das legitim ist, was Sie da getan haben.«

Lorth grinste. »Egal, wie umfangreich und tiefgreifend das Lektorat auch ist, solange der Autor ihm zustimmt, ist es absolut legitim. Und Jahn hat allen meinen Lektoraten zugestimmt. Widerwillig zwar, aber er hat es getan. Weil er wusste, dass seine Bücher dadurch zumindest halbwegs lesbar wurden. Ich musste mich dem Programmchef und dem Verlag gegenüber verpflichten, nicht darüber zu reden, *wie* umfangreich meine Überarbeitung tatsächlich war, und das habe ich auch nie getan. Ihnen muss ich das natürlich gestehen, immerhin vertreten Sie die Staatsgewalt, und wenn Sie das jetzt im Rahmen Ihrer Ermittlungen weitererzählen, und dadurch bekannt wird, dass zumindest die guten und spannenden Teile der Jahn-Romane eigentlich von mir stammen … dafür kann ich schließlich nichts.«

Wieder zeigte er seine gelben Zähne, und Erdmann musste wegsehen. Matthiessen schien diesbezüglich härter im Nehmen zu sein. »Haben Sie bei *Das Skript* auch so umfangreich geändert?«

»Und ob. Jahn sollte besser Reiseführer schreiben, denn genau so schreibt er seine Romane. Eine seitenlange Beschreibung reiht sich an die nächste. Details über Details, und die Handlung verliert er dabei völlig aus den Augen. Das war teilweise so hanebüchen, dass es einem Zehnjährigen unlogisch erschienen wäre.«

»Aber Sie finden die Bücher noch immer schlecht, obwohl Sie sie überarbeitet haben?«

»Ich habe sie zumindest lesbar gemacht, aber aus einem 500er Fiat machen Sie keinen 911er Porsche, auch nicht, wenn Sie die Kotflügel verbreitern und ihn tiefer legen.«

Erdmann kam ein Gedanke. »Können Sie sich noch gut an *Das Skript* erinnern?«

»Tzz, aber natürlich, welch eine seltsame Frage. Wie ich schon sagte, ich habe einen Großteil davon geschrieben.«

»Fein. Das erste Stück Haut bekommt am Anfang eine Kulturredakteurin zugeschickt. Können Sie sich an diese Person erinnern?«

»Figur!«

»Was?«

»Figur. Bei einem fiktiven Roman spricht man nicht von einer Person, sondern von Figuren oder Charakteren. Eine Person ist immer ein lebendes Individuum.«

»Jetzt gehen Sie mir doch nicht auf die …«, entfuhr es Erdmann. Doch er besann sich gleich wieder und fügte in ruhigerem Ton hinzu: »Also, können Sie sich noch an diese Redakteurin erinnern?«

»Ja, an die kann ich mich sogar noch sehr gut erinnern. Auch wieder ein typisches Jahn-Beispiel. Man stelle sich vor: Bei allen Zeitungen wird dieses Päckchen an die

Hausadresse adressiert, nur bei diesem ersten geht es persönlich an die Redakteurin. Da denkt sich der Lektor: Sehr gut, das erhöht die Spannung. Und wissen Sie, was in Jahns Version anschließend mit dieser Redakteurin passiert? Haben Sie eine Vorstellung davon, was dieser Dilettant daraus macht?«

»Nein, woher auch? Also?«

»Nichts. Absolut rein gar nichts. Und warum? Weil der Kerl einfach nicht versteht, wie es funktioniert. Das Zauberwort heißt *Motivation.* Wenn der Psychopath in einem Fall von seiner normalen Vorgehensweise abweicht, dann muss er dafür ein Motiv haben. Und der Leser wartet gespannt darauf, dass er dieses Motiv spätestens gegen Ende erfährt. Bei Jahn aber erfuhr der Leser nichts, weil es nichts mehr gab. Die Frau ist einfach nicht mehr aufgetaucht.«

»Ich verstehe, und da haben Sie –«

»Ja, genau«, fiel der Lektor ihm ins Wort. »Da habe ich das so umgeschrieben, dass diese Redakteurin auch entführt wird, aus Rache, weil sie diesem Irren in einer persönlich geschriebenen Absage vor Augen geführt hat, wie schlecht sein Manuskript ist. Das hat ihn natürlich wütend auf sie gemacht, also musste sie büßen. So funktionieren Kriminalfälle.«

»Ich bin wirklich froh, dass uns endlich mal jemand über Motive aufklärt und darüber, wie Kriminalfälle wirklich funktionieren.«

»Haben Sie von der Entführung von Heike Kleenkamp gelesen?« Anders als Erdmann klang Matthiessen absolut sachlich. »Sie ist die Tochter des Herausgebers der Hamburger Allgemeinen Tageszeitung.«

»Natürlich habe ich davon gelesen. Aber müssten Sie

nicht sagen: Mutmaßliche Entführung? In einem Manuskript würde ich das sofort rot anstreichen.«

»Nein, das müssen wir nicht, weil gestern ein Päckchen aufgetaucht ist, mit einem Rahmen darin, auf dem ein Hautstück aufgespannt war. Ein menschliches Hautstück, das einwandfrei von Heike Kleenkamp stammt. Jemand hat handschriftlich den Titel eines Romans auf dieses Hautstück geschrieben. Der Titel lautet –«

»Der Leser«, sagte Lorth, und es klang geradezu begeistert, so begeistert, dass Erdmann darauf wartete, dass der Kerl gleich in die Hände klatschte vor Vergnügen. »Das ist ja … Deshalb sind sie also hier. Er hat es wieder getan.«

»Wer?« Erdmann feuerte seine Frage regelrecht auf Lorth ab.

»Na, der Täter. Es ist doch sicher derselbe Täter wie in Köln, oder? Oder anders: Sie können wahrscheinlich nicht ausschließen, dass es derselbe Täter ist, nicht wahr?«

»Sie scheinen nicht sehr überrascht zu sein.«

»Überrascht? Ja, doch, klar. Aber bitte … wissen Sie, was das für *Das Skript* bedeutet?«

»Ja, dass es wahrscheinlich wieder von einer sensationsgeilen Menge wie verrückt gekauft wird.«

Lorth zwinkerte ihm zu. »Ganz genau. Wir können die Druckmaschinen anwerfen, denn wenn das morgen in der Zeitung steht, werden wir nicht mehr nachkommen.«

»Es wird aber morgen davon noch nichts in der Zeitung stehen. Zumindest nicht, was die Verbindung zu dem Roman angeht.«

»Ach, wie schade.« Die Enttäuschung stand ihm ins Gesicht geschrieben. Er griff nach der Zigarettenpackung, zog den letzten Glimmstängel heraus und zerdrückte die Packung in der Faust.

»Sagen Sie mal, Sie haben gerade gehört, dass jemand die grausamen Verbrechen eines Romans in die Realität umsetzt, und sind nur enttäuscht, dass Ihr Verlag nicht schon morgen Profit damit machen kann? Verstehen Sie überhaupt, dass das nicht mehr nur das Manuskript eines Autors ist, sondern Wirklichkeit?«

Lorth sah Erdmann erst verständnislos an, dann winkte er ab. »Ach, jetzt kommen Sie mir doch bitte nicht mit *der* Masche. Es würde niemandem nützen, wenn ich nun in Tränen ausbreche und der Verlag aus Mitgefühl keine Bücher mehr an den Handel ausliefert. Ich kann dieser Heike Kleenkamp in keiner Weise durch Rumgeheule helfen. Helfen können nur Sie, wenn Sie Ihre Hausaufgaben gut machen und den Irren finden, der das veranstaltet. Oder es ihm beweisen können. Und wir verkaufen derweil Bücher, weil wir damit niemandem schaden.« Mit einem klackenden Geräusch des Feuerzeugs setzte er die Zigarette in Brand.

»Okay, dann sage ich Ihnen jetzt mal was.« Erdmann, dem die Qualmerei gehörig auf die Nerven ging, war langsam in der Stimmung, alle Dienstvorschriften dieser Welt zu verletzen. »Wenn Sie irgendeine Zeitung über das informieren, was wir Ihnen gesagt haben, werden Sie mich nicht mehr los. Ich werde Ihnen so lange am Hintern kleben, bis ich was gegen Sie in der Hand habe, und dann mache ich Ihnen den brutalstmöglichen Ärger. Und darin bin ich richtig gut. Haben wir uns verstanden?«

»Sie drohen mir, Herr Kriminalpolizist?«

»Ja, ganz massiv, und Sie werden es nie beweisen können, dass ich das getan habe, denn im Zweifelsfall stehen die Aussagen von zwei Kriminalbeamten gegen die eines Zivilisten.«

Er erhob sich und sah Matthiessen an, die ihm einen strafenden Blick zuwarf und sich an Lorth wandte. Der hatte seine Heiterkeit verloren und blickte Matthiessen deutlich verunsichert an. »Bitte entschuldigen Sie«, sagte sie und warf Erdmann einen erneuten, bitterbösen Blick zu. »Das ist natürlich Blödsinn, was mein Kollege da gerade gesagt hat. Ich bin seine Vorgesetzte und würde es nie zulassen, dass er die Dienstvorschriften so eklatant verletzt.« *Die Frau Hauptkommissarin hat wieder zu sich selbst gefunden*, dachte Erdmann. Wie hatte er auch nur einen Moment glauben können … »Wenn morgen etwas darüber in den Zeitungen steht, werde *ich* es sein, die Ihnen am Hintern klebt.«

Mit Schwung stand sie auf und ging Richtung Flur. Erdmann war für einen Moment ziemlich verdattert, dann erhob er sich ebenfalls. Ein Blick zu Lorth verriet ihm, dass der sich langsam wieder fing. Das aufgesetzte Lächeln legte sich wie eine Maske erneut auf seine Züge. »Ah, verstehe, das Prinzip *Guter Bulle – Böser Bulle* in einer abgewandelten Form: *Böser Bulle – Noch böserer Bulle.*«

Doch Matthiessen und Erdmann waren bereits zur Wohnungstür hinaus.

20

»Was für ein Idiot.« Sie saßen im Wagen, der Motor war aber noch aus. Erdmann konnte sich kaum beruhigen. »So was hab ich ja noch nie erlebt. Was denkt dieser unappetitliche, in Lumpen gehüllte Schwachkopf eigentlich, wer er ist?«

»Ich glaube, er wäre lieber Autor als Lektor«, überlegte Matthiessen. »Er kann einem fast schon leidtun.«

»Nein, jemand der vor Begeisterung ganz aus dem Häuschen ist, wenn er erfährt, dass Menschen entführt, gequält und getötet werden, der kann mir nicht leidtun. Wirklich nicht.« Er wartete einen Moment, dann sagte er. »Danke übrigens.«

»Danke? Wofür?«

»Diese Sache eben mit den Dienstvorschriften. Ich dachte erst, das ist dein Ernst.«

Er bemerkte, dass sie ihn von der Seite ansah. »Du scheinst ja ein bemerkenswertes Bild von mir zu haben. Beruht das auf eigener Beobachtung, oder hat es was mit deiner Unterhaltung mit Stohrmann zu tun?«

»Hm … Anfangs dachte ich wirklich, du bist eine vorschriftengeile Zicke, das gebe ich zu.« Er grinste. »Mittlerweile denke ich nicht mehr, dass du eine Zicke bist.«

Matthiessen lachte nicht. »Du weißt, warum ich so auf die Vorschriften achte. Stohrmann wartet händeringend auf eine Gelegenheit, mir etwas anhängen zu können, und er ist sich dabei offensichtlich für nichts zu schade. Aber diese Genugtuung werde ich ihm nicht geben.«

»Ja. Wir müssen uns bei Gelegenheit noch mal unterhalten.«

»Wegen Stohrmann? Wegen dem, was er dir erzählt hat?«

»Ja.«

»Gut. Ich bin gespannt.«

»Zumindest wissen wir jetzt, warum Jahn nicht gleich eingefallen ist, dass diese Redakteurin in seinem Roman entführt wird«, wechselte Erdmann das Thema. »Er hat es vergessen, weil er es nicht selbst geschrieben hat.«

»Wie man sich wohl fühlt, wenn Bücher unter dem eigenen Namen erscheinen, die so verändert wurden, dass man selbst den Inhalt nicht mehr kennt?«

»Keine Ahnung. Interessant wäre auch mal zu erfahren, wie ein großer Fan eines Autors sich fühlt, wenn er erfährt, dass die Bücher, die er so toll findet, größtenteils gar nicht von dem Autor stammen.«

Matthiessen dachte einen Moment nach und zog ihr Telefon hervor. »Das lässt sich ganz leicht herausfinden.«

»Ja, Matthiessen hier«, meldete sie sich nur wenige Augenblicke später. »Eine Frage, Frau Hansen: Wussten Sie, dass große Teile der Bücher von Christoph Jahn gar nicht von ihm, sondern von seinem Verlagslektor geschrieben wurden? … Doch, das ist wahr, wir haben gerade mit dem Mann gesprochen … Nein … Ja, ich schließe aus, dass er lügt, dazu ist seine Aussage zu leicht zu überprüfen … Nein … Gut, aber kam es Ihnen nicht auch seltsam vor, dass Sie besser wissen, was in *Das Skript* geschieht als der Autor selbst? … Nun, mit dem, was wir jetzt wissen, sehe ich das anders … Gut, das können Sie halten, wie Sie möchten. Ich wollte nur wissen, ob Ihnen das bekannt ist … Ja, gut, Ihnen auch. Wir melden uns morgen wieder.«

»Sie wusste es also nicht«, folgerte Erdmann aus dem, was er gehört hatte.

Matthiessen steckte das Telefon weg. »Nein, und sie glaubt es auch nicht. Oder sie will es nicht glauben, wie man's nimmt. Sie ist davon überzeugt, Lorth lügt.«

»Ich glaube nicht, dass er in dieser Beziehung gelogen hat, aber ich weiß, mit dem netten Herrn Lorth ist meine Liste der Verdächtigen definitiv um einen Namen länger geworden.«

»Hm … denkst du nicht, er hätte versucht, Betroffenheit und Überraschung zu spielen, wenn er was damit zu tun hätte?«

Erdmann wiegte den Kopf hin und her. »Es kann aber auch gerade seine Taktik sein, dass wir das denken. Dem Kerl traue ich einiges zu.«

Matthiessen warf einen Blick auf die Uhr. »Lass uns mal ins Präsidium zurückfahren.« Erdmann nickte und startete den Motor.

Im Einsatzraum saßen nur Jens Diederich und eine junge, blonde Kommissarin vor ihren Computern, als sie hereinkamen. »Alle unterwegs«, sagte Diederich. »Observation vor Jahns Haus, Befragungen im Bekanntenkreis von Heike Kleenkamp.«

»Was Neues?«, fragte Erdmann knapp.

»Ja, die Kollegen aus Trier haben angerufen. Nina hat sich nicht bei ihren Eltern gemeldet, und sie wussten auch nichts von dem Päckchen, das sie bekommen hat.«

»O Gott, die armen Leute. Haben die Trierer was dazu gesagt, wie sie reagiert haben?«

»Nein, aber ich denke, viel Phantasie braucht man da nicht. Sie ist ihre Tochter.«

»Mist«, stieß Erdmann hervor. »Sonst noch was?«

Diederich sah sich nach beiden Seiten um, als hielte er es für möglich, dass jemand sich im Raum versteckte, um ihrem Gespräch zu lauschen. »Stohrmann war tierisch sauer wegen dieser Geschichte mit der Observierung von Nina Hartmann. Hat hier rumgetobt wie ein Berserker.«

Die junge Kommissarin sah mitleidig zu Matthiessen hinüber. Ihrem Blick nach zu urteilen hatte Stohrmann nicht damit hinter dem Berg gehalten, wem er die Schuld für die eventuelle Entführung der Studentin gab.

Erdmann hielt das für ausgemachten Blödsinn. Er war überzeugt, dass Nina Hartmann gar nicht erst bis zu ihrer Wohnung gekommen war, das Observierungsteam also nichts hätte ausrichten können, auch, wenn die Männer noch vor dem Haus gestanden hätten.

»Ja, und wenn schon …« Er war das Theater leid, das der Chef der BAO abhielt, mehr noch, es machte ihn wütend. Diederich schien es zu bemerken und wechselte das Thema. »Wenn dieser Irre sich weiter so dicht an die Vorlage hält, wird heute wahrscheinlich wieder eine tote Frau gefunden werden, unter einer Brücke.«

»Ja, das hat uns Jahn auch schon erzählt.« Matthiessen ließ sich resigniert auf einen Stuhl fallen. »Wir wissen das und können nicht das Geringste tun. Selten habe ich mich so hilflos gefühlt wie im Moment.«

Diederich stand auf, ging zu einem anderen Tisch und brachte von dort ein paar Fotos mit, die er Matthiessen entgegenhielt. »Die hat eben ein Kollege für Sie abgegeben.« Es waren Fotos des Kellers in Jahns Haus. Sie sah sie durch und stellte fest, dass der Fotograf gute Arbeit geleistet hatte. Der Raum war von allen Seiten so fotografiert worden, dass auch die hinterste Ecke noch ausgeleuchtet war. Dabei fand sich ein Teil eines Fotos immer auch auf einem der nächsten, so dass man einen Bezugspunkt hatte und sich den Raum als Ganzes vorstellen konnte.

Sie reichte die Fotos an Erdmann weiter und sah Diederich an: »Können Sie dafür sorgen, dass die Fotos an alle Dienststellen weitergeleitet werden? Vor allem die Kollegen, die Streife fahren, sollen damit ausgerüstet sein.«

Diederich nickte. »Schon geschehen. Das sind die Exemplare für Sie.«

Erdmann fand, dass Matthiessen erschöpft aussah. »Lass uns hier abhauen«, schlug er vor. »Die Fahndung nach Nina Hartmann läuft auf Hochtouren, wir können im Moment nichts weiter tun.«

Erdmann hatte mit einem *Ja, aber* … gerechnet, doch zu seiner Überraschung nickte Matthiessen, schlug sich mit beiden Händen auf die Oberschenkel und stand auf. »Du hast recht«, und an Diederich gewandt: »Sie sind auch schon seit heute Morgen hier. Lassen Sie sich mal ablösen und sehen Sie zu, dass Sie nach Hause kommen. Morgen früh geht's weiter.«

Sie nahm die Fotos vom Tisch und ging vor Erdmann zur Tür. Als sie sie öffnete, wäre sie um ein Haar mit Stohrmann zusammengestoßen, der gerade hereinkam. Und Erdmann wäre fast gegen seine Kollegin geprallt, als die abrupt stehen blieb. »Hoppla, entschuldigen Sie«, sagte Matthiessen und trat einen Schritt zurück, so dass Stohrmann durch die Tür konnte. Ein großer Mann mit dunklen Haaren und grauen Schläfen folgte ihm. Erdmann schätzte ihn auf Mitte 50, er hatte eine sportliche Figur und war gut gekleidet, wie er mit einem Blick feststellte. Trotz der dunklen Ringe unter seinen geröteten Augen strahlte er die Art von unaufdringlicher Autorität aus, wie Erdmann sie nur von erfahrenen und ausgeglichenen Führungskräften kannte. Er ahnte schon, um wen es sich handelte, als Stohrmann sagte: »Das ist Dieter Kleenkamp, der verständlicherweise verrückt vor Sorge um seine Tochter ist. Er hat mein vollstes Verständnis, wenn man bedenkt …«

Kleenkamp legte Stohrmann eine Hand auf die Schulter. »Lassen Sie mal gut sein, Herr Stohrmann.« Er sah Matthiessen und Erdmann an, ohne sie zu mustern. »Ich nehme an, Sie sind die beiden Beamten, die seit Tagen schon unterwegs sind, um meine Tochter zu finden.« Seine Stimme klang ruhig, bewundernswert ruhig für die Lage, in der er sich befand.

»Hauptkommissarin Andrea Matthiessen, das ist mein Kollege, Oberkommissar Stephan Erdmann.« Sie nickte zu Erdmann hinüber.

Stohrmann machte einen kleinen Schritt nach vorne und drängte Matthiessen damit ein Stück weiter in den Raum. »Tja, wie ich eben schon sagte, es tut mir leid, dass wir bisher –«

»Ich bin Ihnen sehr dankbar für das, was Sie für meine Tochter und mich tun«, unterbrach Kleenkamp ihn mit immer noch ruhiger Stimme und sah dabei abwechselnd Matthiessen und Erdmann an.

»Ja, und ich wäre dankbar, wenn wir langsam auch mal Ergebnisse vorweisen könnten. Nicht wahr, Frau Matthiessen?«

Erdmann spürte, wie ihn schon wieder die Wut packte. Er versuchte, ruhig zu bleiben, aber es fiel ihm schwer, und wenn Dieter Kleenkamp in diesem Moment nicht neben ihnen gestanden hätte … »Wir gehen dann mal«, sagte Matthiessen zu Stohrmann, und an Kleenkamp gewandt: »Es tut mir sehr leid, dass wir Ihre Tochter noch nicht gefunden haben. Wir tun alles, was in unserer Macht steht, das verspreche ich Ihnen.«

»Das weiß ich, danke.«

»Ach, und – ich habe noch eine Bitte:« Matthiessen ignorierte Stohrmann, der ihr schräg hinter Kleenkamp Handzeichen gab. »Wir befürchten, dass heute eine weitere junge Frau entführt worden ist. Es ist die Studentin, die … die dieses Päckchen bekommen hat, mit dem Rahmen. Wir geben die Daten an Ihre Redaktion durch. Wäre es möglich, morgen früh an einer prominenten Stelle in der HAT ein Foto von ihr zu veröffentlichen?«

»Selbstverständlich. Ich werde mich persönlich darum kümmern.«

»Danke.« Bevor Stohrmann noch einen Kommentar abgeben konnte, wandte Erdmann sich ab und verließ, dicht gefolgt von Matthiessen, den Raum. Sie sprachen kein Wort, bis die Fahrstuhltür sich hinter ihnen geschlossen hatte, dann platzte es aus Erdmann heraus: »Dieser Schwachkopf. Bruder hin oder her, ich habe das Getue von dem Kerl dermaßen satt, dass ich nicht einen Tag länger zusehe. Morgen werde ich eine offizielle Beschwerde gegen Stohrmann einreichen. Es reicht.«

»Nein, das tust du bitte nicht.«

Er sah sie fassungslos an. »Mensch, Andrea, das kann doch nicht dein Ernst sein. Der Kerl quält dich nicht nur und versucht dich bei jeder sich bietenden Gelegenheit als unqualifizierten Angsthasen hinzustellen, er stört durch sein Verhalten ganz massiv die Ermittlungen.«

»Wir sollten uns jetzt ausschließlich darauf konzentrieren, Heike Kleenkamp und die anderen Frauen, die vielleicht noch entführt wurden, zu finden. Wenn du nun etwas gegen ihn vorbringst, wird das die Ermittlungen nicht beschleunigen, sondern eher noch mehr behindern.«

»Ja, die Ermittlungen, die er ja angeblich dadurch vorantreiben wollte, dass er dafür gesorgt hat, dass du nicht die Leitung der BAO bekommst.«

Durch Matthiessens Körper ging ein Ruck. »Was?«

Im ersten Moment ärgerte sich Erdmann, dass ihm das herausgerutscht war. Doch als er gerade ansetzen wollte, ihr zu erklären, woher er das wusste, glitten die Türen des Fahrstuhls mit einem samtenen Geräusch auseinander. Er hatte nicht bemerkt, dass die Kabine angehalten hatte. Gemeinsam gingen sie über den Gang und durch die Schleuse, an der Glaskabine mit den Sicherheitsleuten vorbei. Matthiessen lief stumm neben ihm her und fragte nicht nach. Sie durchquerten die Eingangshalle, und erst als sie das Präsidium verlassen hatten, sagte Erdmann: »Das hat Stohrmann mir gesagt. Ich wollte es dir sowieso erzählen.«

»Wann? Wann wolltest du es mir erzählen?«

Erdmann blieb stehen und sah Matthiessen nach, die noch drei, vier Schritte machte und dann ebenfalls anhielt. »Nach Möglichkeit noch heute. Er hat mir gedroht, für den Fall, dass ich etwas von dem weitererzähle, was er mir gesagt hat, würde er … Na ja, du kennst das ja. Aber es ist mir egal. Ich werde dir alles erzählen. Weil du meine Partnerin bist. Und weil mir immer mehr Zweifel an dem Kerl kommen.«

»Gut. Kommst du mit zu mir? Auf ein Glas Wein?«

Er grinste. »Gerne. Aber ich werde nicht mit dir schlafen.«

»Idiot«, antwortete sie, und er befürchtete, sie meinte es in diesem Moment ernst.

Erdmann hatte sich gerade auf Matthiessens beigefarbener Ledercouch niedergelassen, als er in der Ecke neben einer Vitrine mit heller Lackoberfläche den Schaukelstuhl entdeckte. Er stand auf und sah ihn sich aus der Nähe an. Der Stuhl war aus dunklem, massivem Holz, Erdmann tippte auf Nussbaum, und er war hervorragend in Schuss. Die Armlehnen wurden von in sich verdrehten, wie natürlich gewachsene Äste geformten Hölzern gehalten. »England, ungefähr 1880, ich habe ihn von meinem Vater geerbt.« Matthiessen stand hinter ihm und hatte zwei bis zur Hälfte mit Weißwein gefüllte Gläser in der Hand. Sie waren bis zur Füllhöhe des Weines von außen beschlagen. Erdmann strich mit den Fingern über die Armlehne. »Ein wunderschönes Stück.«

»Du interessierst dich für Antiquitäten? Das hätte ich dir gar nicht zugetraut.«

Er grinste. »Ach, das ist ja interessant. Was hast du mir denn zugetraut?« Eine Weile sahen sie sich an, dann deutete Matthiessen mit dem Kopf zur Couch. »Komm, setz dich.«

Matthiessen stellte die Gläser auf dem Tisch ab und setzte sich Erdmann gegenüber in einen Sessel. Nachdem sie einen Schluck Wein getrunken hatten, sah Erdmann sich im Wohnzimmer um. »Warst du mal verheiratet?«

»Ich mag deine sensible Art, persönliche Fragen zu stellen.«

Sie grinsten beide. »Nein, ich war nie verheiratet. Es gab eine längere Beziehung.«

»Erzählst du mir davon?«

Matthiessen sah ihn überrascht an. »Warum? Was interessiert dich mein Privatleben?«

»Nun, sagen wir, ich möchte dich einfach besser kennenlernen. Außerdem fände ich es gut, die Gedanken wenigstens mal für kurze Zeit von diesem Wahnsinn abzulenken.«

Matthiessen schien zu überlegen, ob sie ihm antworten sollte oder nicht. Schließlich sagte sie: »Neun Jahre. So lange dauerte es. Am Anfang war es kribbelnd und wahnsinnig aufregend, wir kamen fast nicht aus dem Bett, nach drei Monaten war es noch schön. Ich zog zu ihm. Ein Jahr später war mir klar, dass wir unsere Beziehung nur über das Bett definiert hatten, und als das nachließ, wurde es langweilig. Wir hatten keine gemeinsamen Interessen und unternahmen nichts zusammen. Wir langweilten uns noch acht Jahre durch unsere Leben, dann bin ich gegangen. Ich habe mir dieses Haus gekauft, das war vor vier Jahren. Seitdem lebe ich allein. Ich denke, das sollte reichen fürs Erste. Und nun sag mir bitte, was Stohrmann dir über mich erzählt hat.«

Erdmann brauchte einen Moment, bis er von ihrer Vergangenheit zu Stohrmann umgeschaltet hatte. »Das war abrupt, aber immerhin … Gut, also zu Stohrmann. Ich muss dich vorwarnen: Es wird dir nicht gefallen.«

»Nichts, was in den letzten Jahren mit Stohrmann zu tun hatte, hat mir gefallen. Aber bitte.«

Er erzählte, und er ließ dabei nichts aus. Matthiessen unterbrach ihn kein einziges Mal, schüttelte hin und wieder nur den Kopf, als könne sie nicht glauben, was sie da hörte. Als er fertig war, starrte sie noch eine Weile auf das Glas vor sich. »Es ist nicht wahr.«

»Warum wusste ich, dass du das sagen würdest?«

Sie hob den Kopf. »Hast du ihm das geglaubt, was er da über mich gesagt hat?«

»Nun, ich muss zugeben, ich hatte es einerseits nicht

für möglich gehalten, dass er mich dreist belügt. Er muss doch wissen, dass das alles nachprüfbar ist. Andererseits habe ich etwas an der Sache nicht verstanden: Wenn – ich sage *wenn* – das stimmen würde, was Stohrmann erzählt hat, wie kann es dann sein, dass du nicht nur weiterhin Dienst tust, sondern auch laut seiner eigenen Aussage sogar als Leiterin dieser BAO vorgesehen warst?«

»Dass ich als Leiterin der BAO vorgesehen war, wusste ich nicht, und es überrascht mich auch. Aber falls das stimmt, glaube ich sofort, dass Stohrmann alle Hebel in Bewegung gesetzt hat, um es zu verhindern, und zwar nicht, weil er Heike Kleenkamp kennt. Das ist ein vorgeschobener Grund. Er hätte das auch bei jedem anderen Fall getan.«

»Aber noch mal – er muss doch damit rechnen, dass ich nachprüfe, was er da erzählt.«

»Was er dir über diesen Abend gesagt hat, an dem wir den Kindermörder in seinem Haus gestellt hatten, ist so gesehen nachprüfbar, Stephan. So steht es in der Akte.«

»Hm … langsam verstehe ich gar nichts mehr.«

»So steht es in der Akte, aber es stimmt nicht, und es steht da noch mehr.«

»Aha. Klärst du mich bitte auf?«

Sie trank einen Schluck Wein und stellte das Glas auf den Tisch zurück. »Es war dunkel, ich sicherte ein seitliches Fenster, vor dem ein riesiger Busch stand. Ich war dort allein. Wir waren alle vollgepumpt mit Adrenalin und hochkonzentriert, du weißt, wie das in solchen Situationen ist. Wir wussten ja, der Kerl ist gefährlich und sehr brutal. Ich hörte hinter mir ein Geräusch und ging ein paar Schritte vom Fenster weg, um nachzusehen, was da los war. Ich konnte die Hand kaum vor Augen sehen an dieser Stelle und tastete mich bis an die Hausecke heran, wo es heller wurde. Als ich sah, dass die Kollegen, die die Vorderfront sicherten, noch immer an ihrer Position standen, ging ich zurück. Der Kerl muss in der Zwischenzeit aus dem Fenster gestiegen und abgehauen sein.«

»Was ist mit den Leuten, die die Rückseite sicherten?«

»Tja, dort war der Einsatzleiter in Position, und der sagte aus, er hätte die Stelle keine Sekunde aus den Augen gelassen, bei ihm sei der Kerl definitiv nicht vorbeigekommen.«

»Hm … Der Einsatzleiter … Du wirst mir aber jetzt hoffentlich nicht sagen, dass –«

»Doch. Der Einsatzleiter war Hauptkommissar Georg Stohrmann.«

»Ich hab's geahnt.«

»Ja, so ein Zufall, nicht wahr? Und ihm hat der Kerl dann später während eines Verhörs auch angeblich gesagt, ich hätte ihm tatenlos dabei zugesehen, wie er geflüchtet ist. Das war *zufälligerweise* in einem Moment, in dem Stohrmann allein mit ihm war.«

»Wie? Stohrmann war allein mit ihm beim Verhör? Niemand sonst war dabei, und niemand hat mitgehört? Wie ist denn so was –«

»Der Kollege war nur einen Moment raus. Als er zurückkam, erzählte Stohrmann ihm, was der Kerl angeblich ausgesagt hatte, was der – o Wunder – sofort heftig abstritt. Aber Stohrmann bestand darauf, und so wurde es in das Verhörprotokoll aufgenommen. Natürlich steht da auch drin, dass der Verdächtige bestritt, das je gesagt zu haben, aber das hat Herr Stohrmann offensichtlich vergessen, dir gegenüber zu erwähnen.«

»Mein Gott. Der ist ja regelrecht hinter dir her.« Erdmann nahm einen Schluck Wein, und Matthiessen sah ihm mit ernster Miene dabei zu. »Lass uns das Thema wechseln, bitte, ja?«

Er stellte das Glas ab und nickte. »Also gut, anderes Thema.«

Er blieb noch bis halb neun, und sie redeten in dieser Zeit über Nina Hartmann, Jahn und auch über dessen Lektor, über den Erdmann sich wieder dermaßen ereiferte, dass Matthiessen sich ein Grinsen nicht verkneifen konnte.

Nachdem sie verabredet hatten, dass Erdmann sie am nächsten Morgen um acht abholen würde, begleitete sie ihn nach draußen. Als sie sich verabschiedet hatten und er sich zum Gehen wandte, sagte sie: »Stephan?« Erdmann drehte sich wieder zu ihr um. »Du hast eben gesagt, Stohrmann sei regelrecht hinter mir her.«

»Ja, es macht ganz den Eindruck.«

»Es ist mehr als das. Er hasst mich seit damals abgrundtief, und er ist besessen von seinem Vorhaben, mich aus dem Polizeidienst werfen zu lassen. Ich glaube, er würde so ziemlich alles dafür tun.«

21

Erdmann hatte sich vorgenommen, sich noch einmal die Kopien der Unterlagen durchzulesen, die er zu Hause liegen hatte. Doch als er auf seinem Sofa saß, spürte er, wie ausgelaugt er war. Er überlegte, dass es vielleicht sinnvoll war, eine halbe Stunde abzuschalten, dann würde es ihm sicher wieder bessergehen. Also machte er den Fernseher an, stellte die Lautstärke so weit herunter, dass er noch gerade eben alles verstand, legte sich hin und ließ sich berieseln. Es lief eine deutsche Krimiserie mit einem Kommissar, der sich so klischeehaft benahm, dass Erdmann sich aufgeregt hätte, wäre er nicht so unglaublich müde gewesen. Er war wirklich sehr müde …

Als er hochschreckte, brauchte er einige Sekunden, um sich zu orientieren. Sein Telefon klingelte und vibrierte gleichzeitig in seiner Hosentasche, und während er sich auf der Couch ausstreckte, um es herausfingern zu können, warf er einen Blick auf den Receiver unter dem Fernseher, der die Uhrzeit anzeigte. Es war 23 Uhr 52.

Er wusste schon, dass es Matthiessen war, als das Telefon noch in seiner Tasche steckte. Gleich zu Anfang ihrer Zusammenarbeit hatte er ihrer Rufnummer einen eigenen Klingelton zugeordnet. »Hallo, was ist los?«, meldete er sich und erschrak über seine Stimme, die wie ein Reibeisen klang.

»Hallo. Gerade hat mich OK Dörsfeld angerufen. Das ist einer der beiden Kollegen, die Jahn observieren. Jahn ist eben nach Hause gekommen.«

Erdmann versuchte den Sinn dessen zu begreifen, was Matthiessen ihm gerade gesagt hatte, aber er schaffte es nicht. »Ehm, ja, gut, aber … entschuldige, ich verstehe nicht ganz. Warum –«

»Er war weg, ohne dass sie es gemerkt haben, und jetzt ist er zurückgekommen.«

Erdmann richtete sich mit einem Ruck auf. »Was? Die haben nicht gesehen, dass er gegangen ist? Das kann doch wohl nicht wahr sein! Was sind das denn für Pfeifen?«

»Dörsfeld schwört Stein und Bein, dass sie das Haus keine Sekunde aus den Augen gelassen haben. Er sagt, Jahn ist auf keinen Fall zur Haustür raus.«

»Klar, was soll er sonst auch sagen.«

»Ich denke, er ist durch den Garten verschwunden. Das erklärt, warum die beiden ihn nicht gesehen haben.«

Erdmann dachte darüber nach. »Aber wenn er durch den Garten weg ist, dann rechnet er doch wohl damit, dass er observiert wird. Warum kommt er dann vorne herum zurück, wo ihn jeder sehen kann?«

»Vielleicht wollte er gesehen werden. Vielleicht möchte er testen, ob er observiert wird? Er dreht eine Runde und wartet, ob wir ihn darauf ansprechen. Oder aber er möchte uns zeigen, dass er schlauer ist als wir.«

»Möglich, ja.«

»Außerdem war Miriam Hansen heute Abend kurz dort. Die Kollegen haben sie über das Kennzeichen als Halterin des Fahrzeugs identifiziert, und der Beschreibung nach war sie es selbst.«

»Die Hansen? Was mag die gewollt haben?«

»Ich weiß es nicht. Dörsfeld sagt, sie stellte ihr Auto an der Straße ab, ging rein und war maximal fünf Minuten später wieder draußen.«

»Und was haben die Kollegen jetzt unternommen?«

»Nichts haben sie unternommen. Ich habe ihnen gesagt, sie sollen bleiben, wo sie sind. Wenn Jahn wirklich was damit zu tun hat, möchte ich ihn nicht warnen.«

»Möchtest du hin? Soll ich dich abholen?«

»Nein, ich habe schon angerufen, ein weiteres Team wird gleich dort sein. Wir sehen uns morgen früh. Bis dann.«

»Also gut. Bis dann.«

Er legte das Telefon zur Seite und horchte in sich hinein, ob er nun so wach war, dass er nicht mehr würde einschlafen können. Dann schaltete er den Fernseher aus, ging ins Bad und lag zehn Minuten später im Bett. Das Telefon lag auf seinem Nachttisch, für den Fall, dass Matthiessen noch mal anrief. Oder der PvD.

22

25. April

Erholt wie lange nicht mehr, wachte Erdmann um kurz nach sechs auf. Er dachte darüber nach, die Gelegenheit zu nutzen und ein paar Kilometer zu joggen, überlegte es sich aber nach einem Blick nach draußen anders. Es war zwar noch dunkel, aber auf die nass glänzenden Holzstühle und den kleinen Tisch auf seinem Balkon prasselte es unaufhörlich herab. Aprilwetter. Also stellte er sich eine Dreiviertelstunde auf den Cross-Trainer, der in einem Nebenzimmer Staub ansetzte, dann duschte er, frühstückte und parkte seinen Passat kurz vor acht vor Matthiessens Haus, wo er auch an diesem Tag stehen bleiben sollte.

Matthiessen empfing ihn mit einem missbilligenden Blick zum Himmel und einem knappen: »Mistwetter. Komm rein.« Ihr Gesichtsausdruck wollte ihm dabei gar nicht gefallen.

»Ist was?«, fragte er, während er ihr ins Hausinnere folgte. »Hat Stohrmann dich auch angerufen?« Sie drehte sich dabei nicht um, und er hatte Mühe, sie zu verstehen. »Nein, warum? Was ist los? Etwas Neues von Nina Hartmann?«

Sie waren in der Küche angekommen, und sie deutete auf ihr Notebook, das aufgeklappt auf dem Tisch stand. Er sah es schon, bevor er den Tisch überhaupt erreicht hatte. Eine große Überschrift in roter Schrift, zweizeilig über die gesamte Breite des Displays: *Häutet irrer Killer in*

Hamburg Frauen nach Romanvorlage? Die Zeile direkt darunter lautete: *Auch entführte Tochter des Herausgebers der HAMBURGER ALLGEMEINEN TAGESZEITUNG in seiner Gewalt?*

»So ein Mist«, entfuhr es ihm.

Er setzte sich vor den Computer. Direkt neben der Überschrift waren zwei kleinere Fotos eingefügt, eines zeigte das Cover von *Das Skript*, das andere konnte Christoph Jahn sein, mindestens fünfzehn Jahre jünger. Der Artikel gehörte zur Online-Ausgabe einer der größten und bekanntesten deutschen Blätter der Yellow Press.

»Ja, Mist, allerdings. Stohrmann hat mich heute Nacht um drei angerufen, er hat getobt wie ein Verrückter. Kurz zuvor haben die von dem Schmierblatt schon Telefonterror im Präsidium veranstaltet und wollten Details wissen. Sie sagten, sie haben einen konkreten Hinweis bekommen. Nun rate mal, wer Schuld daran hat, dass die Info an die Presse gegangen ist?«

Erdmann riss sich von dem Text los und sah zu ihr hoch. »Aber das ist doch Schwachsinn, das muss doch selbst er merken. Wir mussten nun mal einigen Leuten davon erzählen. Was kannst du denn dafür, wenn einer von denen seinen Mund nicht hält. Was hat Stohrmann denen heute Nacht gesagt?«

»Ich weiß nicht genau, was er ihnen gesagt hat, aber er musste wohl zugeben, dass Jahns Roman nachgestellt wird.«

»Warum hast du mich nicht angerufen?«

»Was hätte das gebracht?«

»Hm … Und was ist mit Nina Hartmann?«

»Noch nichts Neues.«

»Mist.« Er betrachtete wieder den Artikel. »Hast du

eine Idee, wer den *konkreten Hinweis* gegeben haben könnte?«

Sie zuckte mit den Schultern. »Nun ja, die Auswahl ist ja nicht allzu groß: Jahn, Lorth, Hansen, Zender, Schäfer. Aber Hansen, Zender und Schäfer haben nichts davon, dass sich nun eine sensationsgierige Menge auf Jahns Buch stürzen wird.«

»Zumindest nach dem, was wir bisher wissen. Wobei, wenn ich bedenke, wie sehr diese Buchhändlerin Jahn verehrt, und außerdem verdient sie ja auch an jedem verkauften Buch … Aber ich tippe auf diesen selbstverliebten Affen, der mit *Worten mordet*. Das ist seine Chance, dass das Buch, dessen *wahrer Autor* er ist, nun ein Bestseller wird.« Erdmann zog sein Telefon hervor. »Gib mir doch bitte mal Lorths Nummer. Das klären wir jetzt gleich, bevor wir auf Stohrmann treffen.«

Sie zögerte einen Moment, nahm dann aber ihr Handy und sagte ihm Sekunden später die Telefonnummer des Lektors. Erdmann ließ es zehnmal klingeln. »Niemand da. Vielleicht ist er schon im Verlag.«

Matthiessen ging zu dem Kaffeevollautomaten, der in einer Ecke auf der Arbeitsplatte stand, und nahm eine Tasse aus dem Hängeschrank darüber. Als der Kaffee schaumig in die Tasse lief, sagte sie: »Was ist mit Jahn?«

»Wir sollten ihn auch anrufen.« Er deutete mit dem Kopf zum Notebook. »Du kannst davon ausgehen, Stohrmann möchte gleich wissen, ob wir schon was unternommen haben wegen dieser Geschichte.«

Matthiessen stellte die Tasse vor Erdmann ab und setzte sich ihm gegenüber. »Gut, dann übernehme ich das mal.«

Jahn beteuerte, kein Sterbenswort an irgendwen weitergegeben zu haben, und am allerwenigsten an eine Zeitung. Er sei der Letzte der wolle, dass die erneute Verbindung eines scheußlichen Verbrechens zu einem seiner Romane öffentlich bekannt wurde. Nein, kein Wort sei über seine Lippen gekommen.

»Also gut«, sagte Erdmann grimmig. »Wir werden herausbekommen, wer die Infos weitergegeben hat. Und wenn es einer von den beiden war, kann der sich auf was gefasst machen. Und jetzt brauche ich bitte noch die Nummer von Schäfer. Ich möchte wissen, ob er zusammen mit dem Herrn Möchtegern-Anwalt was rausgefunden hat.«

Matthiessen suchte die Nummer aus dem Verzeichnis in ihrem Handy und diktierte sie ihm. Lange Zeit passierte nichts, und Erdmann wollte schon auflegen, als sich eine verschlafen klingende Stimme meldete. »Ja, Schäfer.«

»Guten Morgen, Erdmann hier. Ich wollte mal nachhören, ob Sie bei Ihrer Café- und Kneipentour was herausgefunden haben.«

»Ach, Sie … ähm … Moment, ich bin noch total fertig. Wir … Ich war fast die ganze Nacht mit Christian unterwegs. Er hat dann auch hier gepennt. Aber … hm … er scheint weg zu sein. Egal. Jedenfalls … ähm … nein. Nein, kein Mensch hat Nina gesehen. Es ist echt zum Kotzen.«

»Okay, danke. Wir melden uns später noch mal.« Er legte auf und erzählte Matthiessen, dass die beiden auch nichts Neues wussten. Sein Blick fiel wieder auf das Display des Notebooks. »Was ist eigentlich mit der HAT?«

»Keine Ahnung, ich habe sie nicht abonniert. Aber die haben doch auch einen Online-Auftritt. Schau doch mal nach.«

Erdmann griff nach dem Notebook, doch er kam nicht

mehr dazu, die Internetseite der HAT aufzurufen. Stohrmann rief auf Matthiessens Handy an. Man hatte wieder eine Leiche gefunden.

IX

Zuvor

Eine Stimme drang zu ihrem Bewusstsein vor, sie kam von irgendwo ganz in ihrer Nähe. Die Stimme eines Kindes? Es war eine Art Singsang, eine immer gleiche Abfolge weniger hoher Töne, auf grausige Art schräg. Aber da waren auch Worte. Sie konnte sie nicht verstehen, und doch – sie kamen ihr vertraut vor. Und auch die Stimme kannte sie, sie kannte das Gefühl der Vibration in ihrem Brustkorb … Es war *ihre* Stimme, die da sang, monoton, viel zu hoch für eine erwachsene Frau.

Mit der Erkenntnis verstand sie auch die Worte. Nicht, weil sie sie bewusst dachte, während sie sang, nein, sie hörte ihrer eigenen Kinderstimme zu, als gehöre sie nicht zu ihr, und sie verstand diese gesungenen Worte. Es war ein Lied aus ihrer frühesten Kindheit. Aber woher kannte sie es? Wer hatte es mit ihr gesungen? Ihre Mutter? Nein, Mama hätte nie solche Lieder mit ihr gesungen.

Der Jäger kommt gegangen
und will die Häschen fangen
ihr Häschen, nehmt euch nur in Acht
ihr werdet alle umgebracht

Es gab noch mehr Strophen, glaubte sie, aber ihre Stimme wiederholte immer wieder diese vier Zeilen. Es hörte sich fürchterlich an, sie konnte es nicht mehr ertragen, wollte damit aufhören – sie schaffte es nicht. Sie konnte sich nicht einmal die Ohren zuhalten. Aber was hätte das auch genutzt? Erst als die Tür geöffnet wurde, verstummte ihre Stimme. Das metallische Knarzen der Scharniere durchschnitt schmerzhaft die plötzliche Stille. Dann Schritte, bei denen der Dreck auf dem Boden unter den Sohlen knirschte. Das Knirschen tat ihr im Kopf weh.

ihr Häschen, nehmt euch nur in Acht
ihr werdet alle umgebracht

Das Monster ging um die Liege mit der toten Frau herum, blieb vor ihr stehen, sah sie an. »Bald.« Es war ein heiseres Flüstern. »Bald.«

Dann wandte es sich ab, schob die Liege Richtung Tür, verschwand. Mit dem Zuschlagen der Tür legte sich im Bruchteil einer Sekunde wieder eine bleierne Stille über den Raum.

O weh, o weh, ihr Armen
o Jäger hab Erbarmen
verschone doch die Kinder mein
sie sind ja noch so jung und klein

23

Sie konnten mit dem Auto bis direkt an die Brücke heranfahren und kamen fast gleichzeitig mit dem Arzt an. Es war wieder der junge Mann, den sie auch schon zwei Tage zuvor im Stadtpark getroffen hatten. Er begrüßte sie mit einem kurzen Kopfnicken. Es regnete noch immer, und der Bereich vor der kleinen Brücke sah bis auf den schmalen Schotterweg, über den sie gekommen waren, sehr matschig aus. Matthiessen hatte neben ihrer Jacke und einem Schirm auch ein paar Gummistiefel hinter dem Beifahrersitz des Golfs deponiert, bevor sie losgefahren waren.

Sie öffnete die Beifahrertür, zerrte die Stiefel heraus und zog sie an. Die meisten der Männer und Frauen, die dort draußen herumliefen, waren ebenso gegen den Matsch gewappnet. Erdmann dachte an seine teuren Santoni-Schuhe und stieß einen Fluch aus. Matthiessen wandte sich im Sitzen zu ihm um, fragte nach seiner Schuhgröße und stieg aus, nachdem sie auch den Regenschirm hinter dem Sitz hervorgezogen hatte. Keine zwei Minuten später klopfte sie an die Fahrertür und hielt ihm ein paar weiße Stiefel entgegen, als er öffnete. »Hier, die Kollegen der Spurensicherung haben immer genügend Stiefel dabei. Sie sind zwar eine Nummer kleiner, als du wolltest, aber das muss jetzt mal gehen.«

Die Stiefel waren eng, aber Erdmann bekam sie an. Er stieg aus, stellte sich zu Matthiessen unter den Schirm und schlug den Kragen seiner Lederjacke hoch. Als er einige Meter neben dem Fundort Georg Stohrmann entdeckte, der einen riesigen Regenschirm hielt und mit einem Mann sprach, den Erdmann nicht erkannte, raunte er Matthiessen zu: »Herzlichen Glückwunsch, du hast einen kostenlosen Anschiss an einem Leichenfundort gewonnen.«

Die tote Frau war schräg unter einer kleinen Fußgängerbrücke am Ufer des Eppendorfer Mühlenteichs abgelegt worden. Ihre Unterschenkel und Füße ragten so aus dem Geäst eines Buschs heraus, dass man sie sehen konnte, wenn man von der Brücke aus über das Holzgeländer hinweg nach unten blickte. Der Täter wollte offensichtlich, dass sie gefunden wurde, aber es hatte wohl länger gedauert, als er dachte. Nach der Buchvorlage hätte sie schon am Vortag gefunden werden müssen.

Kurz bevor sie die Stelle erreicht hatten, drehte sich Stohrmann zu ihnen um. Die tief heruntergezogenen Mundwinkel und die zusammengekniffenen Augen sprachen Bände.

»Na, zu Ende gefrühstückt?«

»Danke, ja, wie steht's mit Ihnen?«, entgegnete Erdmann, und er spürte, dass er an diesem Morgen nicht bereit war, einer Konfrontation mit Stohrmann aus dem Weg zu gehen. Der sah irritiert von ihm zu Matthiessen und zeigte dann auf die Tote. »Na, dann werfen Sie mal einen Blick hierauf. Aber achten Sie auf Ihr Frühstück, wär ja schade drum.« Stohrmann lächelte ironisch. »Anschließend möchte ich Sie sprechen. Ach, und bevor ich es vergesse: Ich habe heute Morgen den DNA-Abgleich aus Buchenfeld bekommen. Das Hautstück von gestern stammt von der Toten aus dem Stadtpark. Identifiziert ist sie aber immer noch nicht. Wird wohl noch eine Weile dauern, wenn keine Vermisstenmeldung vorliegt, die zu ihr passt.« Er wandte sich wieder dem Mann neben sich zu, den Erdmann nun aus der Nähe als den Leiter der Spurensicherung erkannte.

»Gibt es schon eine Nachricht zu dem nächsten Päckchen?«, sagte Matthiessen stoisch zu Stohrmanns Rücken, woraufhin der sich ihr missmutig zuwandte. »Laut Roman müsste heute Morgen die Fortsetzung kommen«, fügte Matthiessen erklärend hinzu.

»Ich werde Sie informieren, wenn ich etwas erfahre, Frau Hauptkommissarin. Und jetzt entschuldigen Sie mich bitte.«

Idiot, dachte Erdmann und ging hinter Matthiessen her zu dem Gebüsch, in dem die tote Frau lag.

Jemand hatte die dünnen Äste schon so weit zurückgeschnitten, dass man einen freien Blick auf die Leiche hatte. Der Arzt stand neben ihr und gab einem Beamten mit einer Fotokamera Instruktionen, aus welcher Position heraus er weitere Fotos machen solle.

Die Frau lag auf dem Bauch, der Kopf ruhte auf der rechten Wange im Schlamm. Einzelne nasse Strähnen ihrer schmutzverklebten, hellen Haare lagen über ihrem Gesicht. Ihr Rücken sah fürchterlich aus, er ähnelte dem der Toten vom Samstag. Auch hier waren die freiliegenden Muskeln und das rohe Fleisch gespickt mit Schmutz, Blättern und Moos, aber durch den nassen Glanz wirkte der Anblick noch abscheulicher. Offenbar hatte der Täter sie achtlos auf den Rücken geworfen, als er sie ablud. Erdmann machte einen Schritt zur Seite und ging neben ihrem Kopf in die Hocke. Dass er dabei nass wurde, störte ihn nicht. Die wulstigen, in ihre Stirn geritzten Zahlen waren ebenso wenig zu übersehen wie die dunkle, blutverkrustete Wunde, die wie ein Ring um ihren Hals verlief. Erdmann betrachtete beides eine Weile und richtete sich wieder auf. »Sie ist für die Kapitel drei und vier gedacht.« Matthiessen begutachtete den morastigen Boden in unmittelbarer Nähe der Leiche. »Ja, genau so ist es auch im Buch. Mensch, Stephan –«

»Was?«

»Was glaubst du, wie viele *Seiten* lassen sich aus dem Hautstück machen, das da fehlt?«

Er betrachtete die riesige, glänzende Wunde. »Hm … ich weiß nicht, vielleicht zehn?«

»Nehmen wir mal an, es sind zehn. Das Skript hat an die 360 Seiten.«

»Ja, ich weiß.«

»Wir müssen diesen Irren stoppen, und zwar –«

Erdmann war dieses Stocken mitten im Satz und die Art, wie Matthiessens Körper sich dabei versteifte, mittlerweile schon vertraut. Ihr Telefon vibrierte. Mit einem Griff hatte sie es in der Hand. Das Gespräch dauerte nur eine Minute, in der Erdmann vergeblich versuchte, aus den einzelnen Satzfetzen zu schließen, um was es ging. »Komm mit«, sagte sie knapp, als sie aufgelegt hatte, und stapfte zu Stohrmann hinüber. Erdmann fiel auf, dass ihr Gesicht einen seltsam starren, fast verbissenen Ausdruck angenommen hatte. Er folgte ihr zu Stohrmann, der sie mit einem Blick bedachte, als sei sie ein lästiges Insekt.

»Einer der Kollegen in Nina Hartmanns Wohnung hat sich gerade gemeldet. Jemand hat eben die Wohnung betreten, und zwar mit einem Schlüssel. Sie haben gewartet, bis er in der Wohnung war, und ihn dann überwältigt. Es ist Christian Zender.«

»Zender?«, blaffte Stohrmann. »Ist das nicht dieser Jurastudent? Ein Freund von ihr?«

»Ja. Aber ich kann mir nicht vorstellen, dass sie ihm

einen Schlüssel ihrer Wohnung gegeben hat. Jedenfalls nicht freiwillig.«

»Aha. Und was schließen Sie daraus?«

»Das weiß ich noch nicht.«

»Ja, das dachte ich mir.«

Erdmann holte tief Luft und wollte Stohrmann eine passende Antwort geben, doch Matthiessen legte ihm die Hand auf den Unterarm und drückte leicht zu. »Ich lasse ihn ins Präsidium bringen. Dort werden wir uns mit ihm unterhalten.«

Stohrmann machte eine fahrige Handbewegung: »Ja, fahren Sie. Ich bleibe dann hier im Dreck und kümmere mich um alles. Ich möchte sofort erfahren, was die Befragung des Kerls ergeben hat, verstanden?«

Ohne weiteren Kommentar gingen sie zum Wagen, und nachdem sie es geschafft hatten, die matschigen Stiefel auszuziehen und hinter den Sitzen zu verstauen, machten sie sich auf den Weg.

Christian Zender saß, von zwei Beamten bewacht, in einem leeren Büro in unmittelbarer Nähe des Einsatzraumes, das kurzerhand zum Verhörzimmer umfunktioniert worden war. Anders als bei ihren letzten Treffen aber hielt er sich mit provokanten Kommentaren zurück, als er sie sah. Allerdings konnte er sich trotz seiner Situation den Anflug eines Grinsens nicht verkneifen, als Matthiessen sich schräg vor ihn setzte und ihn ernst ansah. »Was haben Sie in Nina Hartmanns Wohnung gesucht, Herr Zender? Und woher haben Sie den Schlüssel?«

»Guten Morgen, Frau Hauptkommissarin. Na ja, wir waren zwar die halbe Nacht unterwegs und haben überall nach Nini gesucht, aber ich bin trotzdem ziemlich früh aufgewacht und konnte nicht mehr einschlafen. Ich mache mir ziemliche Sorgen um sie, und da dachte ich mir, ich schaue mal nach, ob ich vielleicht in ihrer Wohnung was finden kann, das uns weiterhilft. Frei nach dem Motto: Carpe diem. Jedenfalls schien mir das eine bessere Idee zu sein, als hellwach auf der Couch zu liegen und meinem Freund nebenan beim Schnarchen zuzuhören.«

»Sie haben also einen Schlüssel zu Frau Hartmanns Wohnung.«

»Ähm … ja, den hat Nini mir mal gegeben. Das war im Januar, glaube ich. Da war sie eine Woche weg, bei ihren Eltern. Und ihre Nachbarin und Dirk waren irgendwie auch nicht da oder hatten keine Zeit. Jedenfalls hat Nini mich gefragt, ob ich ihre Pflanzen gießen könnte in der Woche, und mir dafür den Schlüssel gegeben.«

»Die Pflanzen gießen?«, sagte Erdmann, woraufhin der Kopf des Studenten zu ihm herumflog. »Ja.«

Erdmann wandte sich einem der beiden Beamten zu. »Rufen Sie doch bitte bei Dirk Schäfer an und sagen Sie ihm, sein Kumpel Christian sitzt hier bei uns, weil er eben mit dem Schlüssel in Nina Hartmanns Wohnung eingedrungen ist, den sie ihm zum Pflanzengießen gegeben hat. Mal sehen, was der dazu sagt.«

»Muss das unbedingt sein? Dirk ist dann bestimmt sauer. Kann sein, dass er gar nichts von dem Schlüssel weiß. Ich möchte nicht, dass Nini Ärger bekommt deswegen.«

Erdmann nickte dem Beamten zu, und der verließ den Raum. »So, Sie möchten nicht, dass sie Ärger bekommt?«, fuhr er daraufhin Zender so harsch an, dass der zusammenzuckte. »Wie selbstlos von Ihnen. Ich glaube nicht, dass diese Art Ärger im Moment Frau Hartmanns Hauptproblem ist. Aber ich kann Ihnen versichern, dass *Sie* eine ganze Menge Ärger bekommen, wenn Sie mir nicht sagen, was Sie in der Wohnung wollten, Herr Zender. Sie wollten sehen, ob Sie was finden? Wie haben Sie sich dieses *Finden* denn gedacht? Sie gehen in Frau Hartmanns Wohnung, werfen einen Blick auf den Boden, und – hoppla, da liegt ja was, das uns weiterhilft, oder wie?«

»Nein, ich wollte –«

»Etwa in ihren Sachen wühlen? Ohne, dass Ihnen das irgendwer erlaubt hat? Ich sage Ihnen jetzt mal was, Sie angehender Jurist, das ist Einbruch. Damit haben Sie schon mal eine Menge Probleme am Hals, aber da ist noch was anderes, und das könnte weitaus schlimmer für Sie werden: Mir kommt langsam der Gedanke, Sie könnten vielleicht etwas mit dem Verschwinden von Frau Hartmann zu tun haben.«

»Was? Sind Sie … Ich meine, das ist doch absurd.«

Erdmann warf Matthiessen einen schnellen Blick zu, und sie nickte kaum merklich. »Absurd?«, blaffte er Zender an. »Ich denke da an Ihren lockeren Spruch, als Sie von der Entführung von Heike Kleenkamp erfuhren. *Wenn ich jemanden entführen wollte, würde ich mir auch die kleine Kleenkamp aussuchen. Reich und ziemlich lecker.* Das deutet nicht gerade darauf hin, dass eine Entführung für Sie nicht in Frage käme. Und dann Ihr Benehmen während unserer Gespräche. Nini hier und Nini da.«

»Aber ich …«

»Kann es sein, dass Sie heimlich in Frau Hartmann verliebt sind? Dass die Sie aber ignoriert, weil sie auf Beachboy-Ärzte steht und nicht auf Rechtsanwälte? Und dass Sie jetzt eine Gelegenheit gesehen haben, sich einfach zu nehmen, was Sie nicht freiwillig bekommen können, und die Tat diesem Irren in die Schuhe zu schieben?«

»Aber das ist doch vollkommener Blödsinn.«

»Was haben Sie in der Wohnung gesucht, Herr Zender?«

Christian Zender senkte den Kopf und sah auf seine Hände, die er auf dem Schoß liegen hatte. Er machte einen gelassenen Eindruck. »Das habe ich Ihnen doch gerade schon gesagt. Ich konnte nicht mehr schlafen, weil ich mir so viel Gedanken um Nini gemacht habe, und da fiel mir ein, dass ich ja noch den Schlüssel von ihr habe.« Er sah wieder auf, und Erdmann konnte in seinem Gesicht erkennen, dass ihm wieder etwas Schlaues eingefallen war. »Nini hat mir den Schlüssel freiwillig gegeben, also ist es auch kein Einbruch, wenn ich mit diesem Schlüssel ihre Wohnung betrete.«

»Das war zweckgebunden, wie Sie selbst sagten. Um während ihrer Abwesenheit ihre Pflanzen zu versorgen. Nur zu diesem Zweck hatten Sie den Schlüssel.«

Zender grinste. »Na ja, sie ist ja jetzt nicht da. Dann wollte ich eben ihre Blumen gießen.«

Erdmann schlug mit der flachen Hand auf die Tischplatte, was Zender zusammenzucken ließ. »Sie finden sich selbst wohl wahnsinnig originell und witzig, was? Und wahrscheinlich kommen Sie sich auch noch besonders schlau vor, wenn Sie hier sitzen und Ihre Späßchen reißen, während Sie Frau Hartmann wahrscheinlich irgendwo eingesperrt haben. Aber wir werden Sie hier festhalten, Herr Zender, wegen des dringenden Verdachts der Entführung und Freiheitsberaubung.«

»Das können Sie nicht«, Zender lehnte sich in seinem Stuhl zurück und sah Erdmann dabei selbstzufrieden an. »Contra legem, Herr Oberkommissar. Sie vergessen, dass Sie keinen ahnungslosen Teenager vor sich sitzen haben, der beim Klauen eines Marsriegels erwischt worden ist und dem Sie mit Ihrem Gerede Angst machen können, sondern einen angehenden Volljuristen, der sich mit der Gesetzeslage sehr gut auskennt. In vielerlei Beziehung wahrscheinlich sogar besser als Sie, Herr Oberkommissar.«

Der Beamte, den Erdmann gebeten hatte, Dirk Schäfer anzurufen, erschien in der Tür und gab Matthiessen ein Zeichen, woraufhin diese aufstand und den Raum verließ.

Christian Zender hob beide Hände. »Um mich hier festzuhalten, müssen Sie einen auf Beweise oder zumindest Indizien basierenden, also begründeten Verdacht gegen mich haben. Also, was genau werfen Sie mir vor, und welche Beweise haben Sie dafür?«

Erdmann konnte sich nur mit Mühe beherrschen, nicht einfach aufzustehen und diesen Schnösel am Kragen zu packen. Was ihm spontan in den Sinn kam, durfte er als Polizeibeamter leider nicht zu ihm sagen. Bevor er sich aber eine passende Antwort überlegen konnte, betrat Matthiessen wieder den Raum. Ihre Miene verhieß nichts Gutes, als sie vor Zender stehen blieb. »Ich habe gerade mit Dirk Schäfer gesprochen.« Ihre Stimme klang eisig. »Er hat bestätigt, dass Frau Hartmann Ihnen vor ein paar Wochen einen Ersatzschlüssel gegeben hat.« Zender sah zu Erdmann hinüber und hob unverschämt grinsend die Schultern, was wohl heißen sollte: *Da sehen Sie es.* »Er weiß das so genau, weil sie diesen Schlüssel ihm gegeben hat, nachdem sie ihn von Ihnen zurückbekam, Herr Zender.« Sie zog ihr Handy hervor und knallte es vor dem Studenten auf den Tisch. »Ich hoffe, Sie haben als angehender Volljurist gute Kontakte zu tatsächlichen Volljuristen. Rufen Sie Ihren Anwalt an. Sagen Sie ihm, Sie werden verdächtigt, eine Frau entführt zu haben.«

24

Niemand sprach ein Wort, während Matthiessen sich wieder auf ihren Platz setzte. Alle Augen waren auf Christian Zender gerichtet, aus dessen Gesicht mit einem Schlag nicht nur das Grinsen, sondern auch sämtliche Farbe gewichen war. Mit jeder Sekunde, die verging, wurde die Stille unangenehmer, bis Zender sich schließlich wieder fing. »Da muss Dirk sich irren. Nini hatte wahrscheinlich *noch* einen Schlüssel.«

»Ich habe ihn explizit danach gefragt. Herr Schäfer ist sich absolut sicher, dass es der Schlüssel ist, den Sie zuvor eine Woche lang hatten. Er sagt, Frau Hartmann hat ihn am gleichen Tag, an dem sie von ihren Eltern zurückgekommen ist, wieder von Ihnen zurückverlangt und ihn ihm dann abends gegeben.«

»Er irrt sich.«

»Wir können das gleich persönlich mit ihm klären, er ist auf dem Weg hierher, und wenn ich ihn richtig verstanden habe, hat er das dringende Bedürfnis, ein paar Worte mit Ihnen zu wechseln.«

Sekundenlang starrte Zender vor sich hin, dann ging eine Verwandlung mit ihm vor sich. Seine Schultern sackten herab, die Mundwinkel ebenso. »Also gut. Alea iacta est, die Würfel sind gefallen.« Er atmete tief durch. »Sie haben recht. Ich finde Nini toll, schon lange. Aber sie ist halt leider mit Dirk zusammen, und außerdem hab ich mich nicht getraut, ihr selbst … Na ja, ich habe ihr vor etwa zwei Monaten einen langen Brief geschrieben, einen ganz ehrlichen und offenen Brief. Da steht alles drin. Dass ich … ja, eben, dass ich sie halt mehr als nur gern hab, und dass ich ja weiß, dass sie mit Dirk zusammen ist, aber trotzdem hoffe …« Er hob den Kopf und sah Erdmann an, nur kurz, dann wanderte sein Blick weiter zu Matthiessen, wo er hängenblieb. »Sie hat echt toll reagiert. Ein paar Tage später, als Dirk gerade nicht dabei war, hat sie sich für den Brief bedankt und mir gesagt, dass sie mich sehr mag, aber dass sie eben Dirk liebt. Und ich soll ihr nicht böse sein, und sie würde Dirk nichts davon erzählen. Ja, und den Brief wolle sie aufheben, weil er so ehrlich und so lieb gewesen ist.«

Erdmann beugte sich so weit nach vorne, dass sein Gesicht nur noch wenige Zentimeter von Zenders Nase entfernt war. »Mir kommen gleich die Tränen. Was ist mit dem Schlüssel?«

»Ja, der Schlüssel. Ich glaube, das war nicht so ganz astrein, was ich da gemacht habe. Ich … hab mir einen nachmachen lassen, als ich den von Nini hatte.«

»Was? Sie haben heimlich den Wohnungsschlüssel einer jungen Frau nachmachen lassen, den diese Ihnen gegeben hat, weil sie Ihnen vertraut?« Matthiessen schüttelte fassungslos den Kopf.

»Es ist nicht so, wie sie denken. Ich bin ziemlich schusselig, was Schlüssel und solche Dinge angeht. Ich habe von meinem eigenen Wohnungsschlüssel drei Stück nachmachen lassen und an drei verschiedenen Stellen deponiert, weil ich ihn immer wieder verliere oder vergesse. Ich wollte nicht, dass Nini nach einer Woche zurückkommt und ihre Pflanzen sind vertrocknet, weil ich am ersten Tag den Schlüssel verlegt und nicht mehr gefunden habe. Verstehen Sie? Ich hätte mich vor ihr geschämt. Ich hab diesen Schlüssel in eine Schublade in meiner Wohnung gelegt, für alle Fälle. Als Nini dann zurück war, habe ich nicht mehr daran gedacht. Ich hatte ihn ganz vergessen, bis … na ja, bis jetzt.«

Erdmann begann zu verstehen, und das machte ihn noch wütender, als er sowieso schon war. »Ach, und jetzt haben Sie sich an Ihren *Ersatzschlüssel* erinnert und wollten diesen ehrlichen und offenen Brief schnell verschwinden lassen, nicht wahr? Denn wenn Nina Hartmann wirklich entführt worden ist, müssen Sie damit rechnen, dass Ihr Brief bei einer Wohnungsdurchsuchung gefunden wird und Dirk Schäfer erfährt, dass sein bester Freund sich hinter seinem Rücken an seine Freundin heranmacht. Und dass er das noch nicht einmal selbst tut, in einem Gespräch, weil er dazu nicht die Eier in der Hose hat, sondern mit einem Briefchen wie ein Vierzehnjähriger. Das ist doch richtig, oder etwa nicht?« Bei den letzten Worten schielte er zu Matthiessen hinüber. Er rechnete mit einem vorwurfsvollen Blick, aber die saß nur mit verbissenem Gesicht da und verzog keine Miene. Es wäre ihm in diesem Moment auch egal gewesen.

»Ja, schon. Wenn Dirk davon erfahren würde, … na ja, ich denke, er würde mir das wahrscheinlich übelnehmen.«

Matthiessen stand auf und ging einige Male in dem kleinen Büro auf und ab, ehe sie unmittelbar vor Zender stehen blieb. »Dass Sie sich den Wohnungsschlüssel einer jungen Frau heimlich nachmachen lassen, ist eine Ungeheuerlichkeit, aber alleine betrachtet noch nicht strafbar. Strafbar haben Sie sich gemacht, als Sie den Schlüssel benutzten, und dafür werden wir Sie auch belangen. Aber wissen Sie, was ich an dieser ganzen Geschichte am ekelhaftesten finde, Herr Zender?«

Erstaunt sah Erdmann, wie sich Zenders Mundwinkel schon wieder zu einem Grinsen verzogen. »Ja, ich weiß, der Vertrauensbruch. Sie sind eben eine Frau, die sehen das sowieso alles immer viel enger.«

»Falsch. Wirklich widerlich finde ich, dass Sie in dem Moment, in dem die Frau spurlos verschwunden ist, die Sie angeblich so sehr lieben, nur an sich selbst denken und an die lächerlichen Probleme, die Sie bekommen könnten, wenn Ihr Freund davon erfährt, wie schmutzig Sie ihn hintergangen haben. Ich hätte große Lust, Sie ins Auto zu stecken und mit Ihnen zu dem Fundort einer weiblichen Leiche zu fahren, von dem wir gerade kommen. Es wäre interessant zu erfahren, ob Sie sich beim Anblick dieser jungen Frau, der ein Wahnsinniger den Rücken zerfetzte, als er ihr die Haut vom Fleisch geschnitten hat, immer noch Gedanken darüber machen, ob Ihr Freund vielleicht sauer auf Sie sein könnte. Denn die nächste Frau, die wir so finden, könnte Ihre große Liebe Nina Hartmann sein. Was sind Sie nur für ein widerlicher Wurm.« Sie wartete einige Sekunden, dann fügte sie leise hinzu: »Cum tacent clamant«, und drehte sich zu dem Beamten um, der zuvor Dirk Schäfer angerufen hatte. »Wenn Herr Schäfer hier ankommt, soll er sich einen Moment gedulden. Schreiben Sie eine Strafanzeige wegen versuchten Einbruchs, nehmen Sie die Aussage dieses Helden zu Protokoll und dann bringen Sie ihn zu seinem *Freund*, damit die beiden sich ein wenig austauschen können. Danach sehen Sie zu, dass er hier verschwindet. Und Sie«, damit sah sie Zender streng an, »halten sich zu unserer Verfügung, verstanden?«

Auf dem Flur musste Erdmann sich anstrengen, um mit Matthiessen Schritt halten zu können. »Widerlicher Wurm?«

»Ach, ist doch wahr. Der Kerl regt mich wirklich auf.«

»Und was heißt bitte *Cum ta … cla-dings*? Mein Latein ist eher rudimentär.«

»Das heißt: Indem sie schweigen, stimmen sie zu.«

»Ah. Und, hast du gehört, dass er was gesagt hat?«

»Nein.«

Erdmann nickte. »Widerlicher Wurm.«

»Ich rufe jetzt Stohrmann an und informiere ihn über unsere Unterhaltung mit diesem Kerl, dann machen wir einen Abstecher zu Frau Hansen und anschließend zu Jahn. Wir werden ihm noch mal auf den Zahn fühlen.«

»Was ist mit diesem Lektor, Lorth? Der kann uns im Grunde ja auch viel erzählen. Was hältst du davon, wenn wir ihn mal im Verlag besuchen und bei der Gelegenheit dort einen Verantwortlichen fragen, ob das alles so stimmt, wie der Kerl uns das gesagt hat.«

»Ja, machen wir. Wartest du im Einsatzraum auf mich? Ich rufe Stohrmann lieber von meinem Büro aus an.«

Erdmann nickte, und am Ende des Flurs trennten sie sich.

Die meisten Beamten der BAO hatte Erdmann am Fundort der Leiche gesehen, und er hatte damit gerechnet, im Einsatzraum nur auf Diederich und ein oder zwei weitere Kollegen zu treffen. So war er überrascht, einige Kollegen dort vorzufinden, die er zwar flüchtig kannte, die aber nicht zur BAO Heike gehörten. Er sprach Jens Diederich darauf an, der an einem Computer auf der linken Seite des Raumes saß. »Es sind noch sechs Kollegen vom LKA 4 dazugekommen. Zwei davon sind Psychologen, die wollen versuchen herauszufinden, was im Kopf dieses Irren vor sich geht.« Er deutete auf einen großen, schlanken Mann, der mit einer Ausgabe von *Das Skript* am Besprechungstisch in der Mitte stand und darin herumblätterte. »Das ist einer von ihnen.«

Erdmann betrachtete den Mann nur kurz. »Noch immer nichts von Nina Hartmann?«

»Keine Ahnung. Nach dem Aufruf in der HAT haben wir heute Morgen schon etliche Anrufe bekommen, die meisten müssen noch ausgewertet werden.«

»Habt ihr eine Ausgabe hier?«

»Wir hatten eine, aber die hat glaube ich Stohrmann mitgenommen. Was war bei euch? Wie schlimm war es?«

»Abartig. Wie bei der anderen, der Rücken zerfetzt, die Haut vom Körper geschnitten. Sei froh, dass du dir das nicht ansehen musstest. Man fragt sich wirklich, ob es irgendeine Schweinerei gibt, zu der der Mensch nicht fähig ist.«

Mit einem Mal war es ihm zu laut in dem Raum. Die verschiedenen Stimmen überlagerten sich gegenseitig, und der daraus entstehende Wortbrei drängte sich ihm aggressiv auf. Erdmann hatte das dringende Bedürfnis, dieser Geräuschkulisse zu entfliehen. »Tu mir den Gefallen, wenn Matthiessen gleich hier reinkommt, sag ihr, ich sei unten vor der Tür. Ich brauch ein bisschen frische Luft.«

Diederich sah zu der Reihe hoher Fenster hinüber, an denen teilweise die Jalousien halb heruntergezogen waren. »Es regnet.«

»Ich weiß.«

»Okay, ich sag ihr Bescheid.«

Es war kühl, unter dem gläsernen Vordach des Eingangsbereiches zerrte ein unangenehmer Wind an Kleidung und Haaren und fegte Erdmann kleine Tröpfchen ins Gesicht. Und doch war er froh, aus dem Gebäude heraus zu sein. Die Hände tief in den weichen Taschen seiner

Lederjacke vergraben, stand er einfach nur da und atmete tief ein und aus. Das Bild der toten Frau tauchte wieder vor ihm auf, und er schüttelte den Kopf, als könne er die grausame Szene damit vertreiben.

»Geht es Ihnen nicht gut?« Erdmann war überrascht, plötzlich Dirk Schäfer vor sich zu sehen. Er hatte nicht bemerkt, dass der junge Mann auf ihn zugekommen war. »Doch, doch, alles okay. Ich bin ein bisschen müde, das ist alles. Sie kommen Ihren Freund abholen?« Schäfers Gesicht verhärtete sich. »Meinen Freund, sagen Sie? Zuallererst möchte ich mal wissen, woher er einen Schlüssel zu Ninas Wohnung hat. Und wozu er ihn hat. Gibt es schon irgendwas Neues wegen Nina?«

»Nein, tut mir leid, bisher noch nicht.«

»Denken Sie … Glauben Sie, der Kerl wird ihr etwas antun?«

»Langsam, Herr Schäfer. Noch wissen wir ja nicht einmal, ob sie überhaupt entführt worden ist.«

»Ach, und wo bitte soll sie sein? Sie wollte gestern Vormittag nach Hause fahren und auf Sie warten. Seitdem ist sie spurlos verschwunden.«

»Die Erfahrung hat gezeigt, dass gerade Menschen in ihrem Alter öfter mal einfach verschwinden, weil sie –«

»Ja. Aber nicht Nina. Wo muss ich hin?«

Erdmann deutete hinter sich. »Melden Sie sich beim Pförtner, ein Kollege kommt Sie dann abholen und bringt Sie zu Ihrem … zu Herrn Zender.«

Dirk Schäfer verschwand im Gebäude. Erdmann sah einer Frau zu, die mit einem kleinen Jungen an der Hand vom Parkplatz aus auf den Eingang zukam. Sie hatte strähnige, schwarz gefärbte Haare, am Ansatz waren einige Zentimeter in Dunkelblond nachgewachsen. Der Kleine mochte vielleicht drei Jahre alt sein und hatte offenbar eine andere Vorstellung von dem, was er als Nächstes tun wollte, als seine Mutter. Er zog und zerrte an ihrer Hand, unterstrich seinen Unwillen durch lautstarkes Gejammer und versuchte, sich aus ihrem Griff zu befreien, doch die Frau zog ihn mit grimmigem Gesicht weiter. Erdmann dachte an die erste und einzige Diskussion, die er mit Julia zum Thema Nachwuchs geführt hatte. Es war ziemlich zu Anfang ihrer Beziehung gewesen. Er hatte sie beim Abendessen gefragt, ob sie irgendwann einmal Kinder haben wolle. Julia hatte einen Moment überlegt und gesagt, vielleicht wolle sie das tatsächlich mal, aber wenn, dann nur mit Kaiserschnitt, und Stillen käme überhaupt nicht in Frage, sie habe oft genug die ausgelutschten Hängebrüste junger Frauen nach dem Stillen gesehen. Er hatte das Thema danach nicht mehr angesprochen.

Er verspürte die plötzliche Gier auf eine Zigarette und wunderte sich darüber. Vier Jahre war es nun her, dass er mit dem Rauchen aufgehört hatte, und das letzte Mal, dass er überhaupt an eine Zigarette gedacht hatte, musste mindestens zwei Jahre her sein. Er fragte sich, wo dieses plötzliche Bedürfnis herkam.

»Ah, da steckst du ja.« Matthiessen stand im Eingang und streckte den Kopf zur Tür heraus. »Alles o.k. bei dir?«

Bevor Erdmann etwas erwidern konnte, waren Kommissar Diederich und eine Kollegin neben Matthiessen getreten.

»Wir müssen in die Griegstraße, zur Morgenpost«, ließ Diederich sie wissen. »Das nächste Päckchen ist da.«

X

Zuvor

Ihr Mund war ausgetrocknet, schlucken konnte sie schon seit Stunden nicht mehr. Falls es Stunden waren …

Sie hatte großen Durst. Vielleicht verdurstete sie gerade. Wenn sie ihre Zunge unter großer Anstrengung bewegte, fühlte es sich an, als stieße ein rauer, wulstiger Fremdkörper gegen Gaumen und Zähne. Erst war es wie ein Zwang gewesen, immer wieder hatte sie dieses rissige Ding in ihrem Mund bewegt und sich dabei auf die Fremdartigkeit des Gefühls konzentriert. Das hatte sie abgelenkt. Mittlerweile schaffte sie es kaum noch. Nur wenn sie sich vorher überlegte, welchen Muskel sie dazu bewegen musste, ging es manchmal. So war es mit ihrem ganzen Körper. Sie hatte keine Vorstellung davon, wie ihre Beine standen. Sie spürte sie nicht mehr, und nachsehen konnte sie auch nicht. Einmal hatte sie es versucht, das war vor … das war irgendwann gewesen. Sie hatte nach unten sehen wollen und sich dabei so sehr stranguliert, dass sie fast erstickt wäre. Sie konnte keine feinmotorischen Bewegungen mehr ausführen. Der Befehl »Kopf nach unten bewegen« hatte zu einem ruckartigen Fallenlassen des Kopfes geführt. Und dem Zuziehen der Schlinge.

Ab und zu drang ein Laut aus ihrem Mund. Beim ersten Mal hatte sie sich fast zu Tode erschreckt, weil sie geglaubt hatte, die tote Frau hätte versucht, etwas zu sagen.

Es hatte eine Ewigkeit gedauert, bis eine Stimme in ihrem Inneren ihr zugeraunt hatte, dass die Frau nicht mehr da war.

Jetzt registrierte sie Geräusche, sah eine dunkle Masse, die näher kam. Das Monster. Erkennen konnte sie es nicht mehr. Vielleicht hatte die Sehfähigkeit ihrer schmerzenden und sicher stark entzündeten Augen nachgelassen. Vielleicht war ihr Gehirn nicht mehr in der Lage, das umzusetzen, was es an Signalen von den Augen geliefert bekam. Sie wollte darum betteln, wenigstens von der Schlinge um ihren Hals befreit zu werden, aber mit dem fremdartigen Ding in ihrem Mund konnte sie keine Worte mehr formen. War es nicht auch egal? War nicht alles, alles egal?

Sie sann darüber nach und registrierte teilnahmslos, dass das Monster sich an ihr zu schaffen machte.

Das Standbild vor ihren Augen geriet in Bewegung, es rutschte nach links weg und zog farbige Schlieren hinter sich her. Es bewegte sich zur anderen Seite, nach oben … Die Welt drehte sich, *sie* drehte sich. Ein dumpfer Schlag gegen ihren Kopf, sie verlor die Orientierung, noch ein Schlag, heftiger nun und gegen Stirn und Nase, dann bewegte sie sich nicht mehr. Hatte sie sich überhaupt bewegt? War sie bewegt worden? In einem kurzen Moment der Klarheit merkte sie, dass sie wieder auf der Liege lag, das Gesicht nach unten. Wie die Frau Stunden zuvor. Oder gerade, oder … gestern? Sie überlegte, ob sie nun an der Reihe war. Vielleicht. Dann war es vorbei. Es würde sowieso bald vorbei sein, warum also nicht jetzt? Sie wartete, würde es sicher gleich wissen. Etwas drang heiß in ihren Rücken. Sie spürte den wahnsinnigen Schmerz. Er war ihr egal.

25

Anders als bei ihrem ersten Besuch kam ihnen Miriam Hansen nicht entgegen, als sie die Buchhandlung in Hoheluft-West betraten. Sie lächelte auch nicht, was daran liegen mochte, dass sie nun von den Umständen wusste, wegen deren die beiden Polizisten sie aufsuchten. Sie wirkte nervös, als sie Matthiessen und Erdmann zaghaft begrüßte.

»Hallo, Frau Hansen, wir haben noch ein paar Fragen an Sie.« Matthiessens Stimme klang sachlich. »Können Sie uns sagen, was Sie gestern Abend gemacht haben?« *Sie fragt nicht direkt nach dem kurzen Besuch bei Jahn*, dachte Erdmann. Sie wollte wissen, was die Buchhändlerin ihnen aus freien Stücken sagte.

Hansen war sichtlich verunsichert. »Gestern Abend? Also nichts, eigentlich. Ich … ich war zu Hause. Ist etwa wieder etwas passiert?«

»Sie waren den ganzen Abend zu Hause und haben Ihre Wohnung auch nicht kurz verlassen?«

»Oh, doch, stimmt. Ich war kurz weg. Das war nach Ihrem Anruf. Ich wollte einfach nicht glauben, dass Christoph … na ja, Sie wissen ja. Ich bin jedenfalls zu ihm gefahren und wollte ihn selbst fragen, aber er war nicht zu Hause.«

»Wissen Sie denn, wo er war?«, hakte Matthiessen nach, während Erdmanns Blick auf einen kleinen Stapel Bücher fiel, der neben der Theke auf dem Boden stand. Es mochten etwa zwölf oder vierzehn Taschenbücher sein, und soweit er es sehen konnte, handelte es sich dabei ausschließlich um Werke von Christoph Jahn.

»Ich habe Frau Jäger gefragt, und die sagte, er sei spazieren, so, wie er das fast jeden Abend tut.«

Erdmann deutete auf die Bücher. »Sind diese Bücher alle von Herrn Jahn? Haben Sie die neu bekommen?«

»Nein, das sind die, die vorher in den Regalen gestanden haben. Ich habe sie rausgenommen, weil ich sie remittieren werde.«

»Was tun Sie damit?«

»Ich schicke sie an den Verlag zurück.«

Sie sagte es so leise, dass er sie fast nicht verstanden hatte.

»Warum? Ich dachte, Sie mögen seine Bücher?«

»Ja, ich mag die Bücher, aber ich verkaufe keine Lügen. Ich habe heute Morgen schon sehr früh mit Christoph telefoniert und ihm erzählt, was Sie mir gesagt haben. Er hat zugegeben, dass einige Stellen von seinem Lektor verändert wurden. *Einige Stellen.*« Ihre Augen glänzten feucht, und Erdmann sann darüber nach, wie groß die Enttäuschung für sie sein mochte. »Ich habe ihm so oft gesagt, wie gut ich seine Bücher finde, wie sehr ich ihn für seine Arbeit bewundere. Er hat sich das angehört, er hat gewusst, dass ich ihn für etwas bewundere, das gar nicht von ihm stammt, und mit keinem Wort erwähnt, dass er vieles davon gar nicht geschrieben hat. Ich bin sehr enttäuscht.«

»Aber deswegen gleich alle seine Bücher zurückzuschicken, finde ich eine drastische Maßnahme.« Matthiessen sah Erdmann an, als erwarte sie, dass er ihre Worte bestätigte.

Miriam Hansen schob einen Block zur Seite, der auf der Theke lag, um ihn gleich darauf wieder an seinen ursprünglichen Platz zurückzulegen. »Ich habe ihn bewundert, ich habe seine Bücher bei jeder Gelegenheit gelobt und wurde richtig böse, wenn jemand etwas Negatives darüber sagte. Und er? Er hat mich zum Dank angelogen. Na ja, wenigstens verstehe ich jetzt, warum mir sein neues Manuskript nicht gefällt. Es ist wahrscheinlich das Erste, was ich von ihm lese, das auch tatsächlich komplett von ihm ist. Und es ist wirklich nicht gut.«

»Wie hat Herr Jahn darauf reagiert, als Sie ihm sagten, woher Sie wissen, dass Teile seiner Romane nicht von ihm stammen?«

»Oh, er war total wütend auf seinen Lektor, glaube ich. Er sagte, erst würde dieser – Entschuldigung –, dieser Scheißkerl seine Manuskripte verstümmeln und sich dann auch noch damit brüsten, Teile seiner Romane geschrieben zu haben. Aber ich habe ihm gesagt, dass mir so etwas tausendmal lieber ist, als angelogen zu werden.«

»Womit wir –« Er wurde vom schrillen Läuten des Telefons unterbrochen, das direkt neben der Kasse stand.

»Einen Moment bitte.« Miriam Hansen hob ab, entschuldigte sich nach wenigen Sekunden auch am Telefon und hielt den Apparat mit der Hand zu. »Eine wichtige Stammkundin.« Sie flüsterte fast. »Sie braucht immer sehr intensive Beratung, und ich möchte sie nicht verärgern. Es wird sicher zehn Minuten dauern. Möchten Sie so lange warten?«

Matthiessen winkte ab. »Nein, wir melden uns später noch mal.«

Als sie das Geschäft verließen, hatte es aufgehört zu regnen. Die Wolken wurden vom Wind schnell vorangetrieben, und hier und da lugte sogar schon ein kleines Stück blauer Himmel aus dem grauen Brei hervor. Erdmann wich einer kleinen Pfütze aus.

»Jetzt zu Jahn oder erst zum Verlag? Mich interessiert ja brennend, ob Lorths Vorgesetzter überhaupt weiß, was sein Lektor da treibt.« Erdmann sah zu seiner Kollegin.

»Dann lass uns das am besten gleich rausfinden«, erwiderte Matthiessen.

Den Weg zu dem Verlagsgebäude in Eidelstedt legten sie in einer Viertelstunde zurück, die Matthiessen dazu nutzte, im Präsidium anzurufen, um nach dem neuen Päckchen zu fragen. Sie erfuhr, dass Jens Diederich das Päckchen mittlerweile bei der Morgenpost in Empfang genommen hatte und damit auf dem Weg zum Präsidium war. Der Inhalt bestand aus zwei weiteren Romanseiten, geschrieben auf Menschenhaut.

Die junge Frau, die hinter einem bogenförmigen Tresen im Eingangsbereich des Verlagshauses saß, beeilte sich, sie beim Programmchef anzumelden, nachdem sie einen Blick auf ihre Ausweise geworfen hatte. Kurze Zeit später saßen sie Peter Lüdtke an einem modernen, runden Tisch in seinem Büro gegenüber. Der Programmchef mochte Ende vierzig sein, sein volles dunkles Haar war an den Schläfen grau meliert, die dezent gebräunte Gesichtshaut ließ ihn erholt und agil aussehen. Als er zur Begrüßung aufgestanden war, hatte er Erdmann um mindestens zehn Zentimeter überragt. Nun saß er mit übereinandergeschlagenen Beinen in dem Ledersessel, und der leichte Bauchansatz wölbte das beigefarbene Hemd über dem Hosenbund etwas nach außen. Die braunen, leicht schräg zueinanderstehenden Augen verliehen seinem Gesicht einen asiatischen Ausdruck. Er lächelte, doch Erdmann hatte das Gefühl, dieses Lächeln hörte schon unterhalb der Augen auf.

»Wir möchten uns mit Ihnen über Ihren Lektor, Herrn Lorth, und einen Ihrer Autoren unterhalten.«

»Ah ja, es geht sicher um die Geschichte mit Jahn. Ich habe es in der Zeitung gelesen. Eine fürchterliche Sache, man ist immer wieder überrascht, wozu Menschen fähig sind. Aber Sie sind so was ja wahrscheinlich gewohnt.«

»An *so was* kann man sich nicht gewöhnen«, erwiderte Erdmann. »Aber Sie haben recht, es geht um diese Verbrechen, die offensichtlich aus *Das Skript* nachgestellt werden. Haben Sie vor vier Jahren auch schon diese Sache in Köln miterlebt, oder waren Sie zu der Zeit noch nicht hier im Verlag?«

»Doch, doch, ich war schon hier, als das passierte. Fürchterlich.«

»Aber lassen Sie uns doch über Herrn Lorth sprechen. Er erzählte uns gestern, er habe die Manuskripte von Christoph Jahn stark verändert, weil sie sonst nicht zu veröffentlichen gewesen wären. Stimmt das?«

»Es ist die Aufgabe eines Lektors, ein Manuskript, das uns ein Autor einreicht, auf verschiedene Dinge hin zu überprüfen. Logische Fehler, grammatikalische Stolpersteine, der Spannungsbogen und und und. Bei manchen Autoren muss fast nichts getan werden, bei anderen mehr. Ich gehe davon aus, Herr Lorth hat bei Jahns Manuskripten so viel verändert, wie nötig war.«

»Wissen Sie, in welchem Umfang er eingegriffen hat?«, fragte Matthiessen.

»Ich setze voraus, es war in einem vernünftigen Maß.«

»Herr Lorth erzählte uns gestern, er habe die Manuskripte von Herrn Jahn größtenteils neu geschrieben. Er sagte, genaugenommen sei er der Autor der Bücher. Wie sehen Sie das?«

Lüdtke verließ seine bequeme Sitzposition und richtete sich auf. »Das ist natürlich Unsinn.«

»Aber so hat er es uns gesagt, und er gab uns zu verstehen, dass Sie davon wissen und er nicht darüber reden darf. Dass er aber überhaupt nichts dagegen hat, wenn wir das im Zuge unserer Ermittlungen entsprechend weitertragen.«

Lüdtke versuchte ein Lächeln, es gelang ihm aber nicht. »Das kann ich mir nicht vorstellen. Ich zweifle natürlich nicht an Ihren Worten, aber …«

»Vielleicht sollten wir Herrn Lorth einfach mal dazurufen«, schlug Erdmann vor, woraufhin der Programmchef die Augenbrauen hochzog. »Werner Lorth ist heute nicht da. Ich dachte, Sie wüssten das, wenn Sie doch gestern noch bei ihm waren.«

Matthiessen und Erdmann tauschten einen Blick, dann sagte Matthiessen: »Haben Sie schon versucht, ihn anzurufen?«

»Nein, ich telefoniere meinen Mitarbeitern nicht hinterher, sie melden sich hier, wenn es nötig ist.«

»Gestern machte Herr Lorth jedenfalls einen sehr gesunden Eindruck.«

»Was man so gesund nennt«, fügte Erdmann hinzu, wofür er sich einen strafenden Blick von Matthiessen einhandelte.

»Ich denke nicht, dass er krank ist. Manchmal arbeitet er auch von zu Hause, vor allem, wenn er mit einem Lektorat beschäftigt ist und Ruhe zum Arbeiten braucht.«

»Und heute ist er mit einem Lektorat beschäftigt?«

Lüdtke erhob sich, ging zu dem Telefon, das auf seinem Schreibtisch stand, und drückte eine Taste. »Frau Peters, rufen Sie doch bitte mal bei Werner Lorth zu Hause an und hören nach, was los ist. Und geben Sie mir dann bitte

Bescheid.« Er brachte das Telefon mit zu seinem Platz neben Matthiessen. »Ich weiß, dass Christoph Jahns Manuskripte nicht gehalten haben, was sich mein Vorgänger davon versprochen hat. Leider hat Dr. Wulf da kein sonderlich gutes Händchen bewiesen. Allerdings bin ich bisher davon ausgegangen, dass das, was wir letztendlich veröffentlicht haben, grundsätzlich schon von ihm stammt. Ich nehme an, Herr Lorth hat Ihnen gegenüber einfach ein bisschen übertrieben. Wenn wir mit ihm sprechen, wird sich das sicher aufklären.« Das Telefon klingelte, und Lüdtkes Assistentin teilte ihm mit, dass sie den Lektor nicht erreichen konnte. »Tja, wahrscheinlich ist er Besorgungen machen.«

»Wir werden sehen«, sagte Erdmann. »Sagen Sie, was ist Herr Lorth für ein Mensch? Wie würden Sie ihn beschreiben?«

»Sie werden verstehen, dass ich ungern über meine Mitarbeiter rede, das ist –«

Erdmann hob die Hand. »Das ehrt Sie, Herr Lüdtke, aber ich denke, in diesem Fall können Sie mit ruhigem Gewissen eine Ausnahme machen.«

Lüdtke zögerte noch einen Moment, dann nickte er zum Zeichen, dass er sich entschieden hatte. »Werner Lorth war schon im Verlag, als ich vor knapp fünf Jahren hier angefangen habe. Er ist ein guter Lektor, mit einem ausgeprägten Gefühl für Sprachmelodie und Textfluss. Ich gebe zu, er neigt manchmal ein wenig zu einem gewissen … Fatalismus, wenn es um seinen Beruf geht. Aber alles in allem bin ich mit seiner Arbeit zufrieden.«

»Kann es sein, dass Herr Lorth ein Alkoholproblem hat?«

»Nun, es kann schon sein, dass er hier und da gerne

ein paar Gläschen trinkt, aber solange seine Arbeit nicht darunter leidet, ist das seine Privatangelegenheit.«

Matthiessen stand auf, Erdmann tat es ihr gleich. »Wir werden gleich mal bei ihm vorbeifahren und nachsehen, was mit ihm los ist. Falls er nicht zu Hause ist, hinterlassen wir ihm eine Nachricht, dass er sich bei Ihnen und bei uns melden soll.«

»Ja, das ist gut.« Auch der Programmchef erhob sich von seinem Platz.

»Nachdem diese Geschichte heute Morgen in den Zeitungen stand, werden Sie in den nächsten Tagen sicher einen ziemlichen Ansturm auf *Das Skript* erleben«, sagte Erdmann. »Ähnlich wie es vor vier Jahren mit *Der Nachtmaler* war, oder?«

»Ja, das wird wohl so sein. Es ist furchtbar, was da geschieht, aber wie bei allem im Leben, gibt es selbst an dieser scheußlichen Sache noch einen positiven Aspekt.«

»Das kommt auf die Position an, aus der man es betrachtet. Kennen Sie eigentlich Heike Kleenkamp?«

»Ja, durch ihren Vater. Der Verlag pflegt mit Dieter Kleenkamp ebenso wie mit anderen wichtigen Verlegern und Herausgebern einen lockeren Kontakt.«

»Was heißt in diesem Fall *locker*?«

»Das heißt, dass man regelmäßig miteinander telefoniert und sich alle zwei, drei Monate mal zum Essen trifft.«

»Ah, gut. Sollten wir noch Fragen haben, dürfen wir uns doch sicher wieder an Sie wenden?«

»Selbstverständlich, ich stehe zur Verfügung.« Er ging wieder zu seinem Schreibtisch, wo er ein silbernes Kästchen aufklappte, dem er eine Visitenkarte entnahm, die er nicht Erdmann, sondern Matthiessen reichte. Die warf einen kurzen Blick darauf, ließ sie in ihrer Jackentasche verschwinden und sah Lüdtke wieder an: »Sagt Ihnen der Name Nina Hartmann etwas?«

»Hartmann, Hartmann … Nein, auf Anhieb nicht. Nina Hartmann … Nein, kenne ich nicht, ganz sicher. Wer ist das?«

»Das ist eine junge Frau, die im vergangenen Dezember eine Buchbesprechung über *Das Skript* in der HAT geschrieben hat. Sie hat das Buch ziemlich verrissen.«

Lüdtke stieß ein kurzes Lachen aus. »Liebe Frau Hauptkommissarin, in unserem Verlag erscheinen Monat für Monat massenweise neue Bücher. Und zu fast jedem dieser Bücher werden an allen möglichen Stellen Rezensionen geschrieben. Bei manchen Werken sind das ganz schnell hundert und mehr. Selbst wenn ich es wollte, ich könnte mir unmöglich alle diese Meinungen ansehen.«

»Ja, das verstehe ich.« Matthiessen wandte sich an Erdmann. »Dann lass uns mal nachsehen, ob wir Herrn Lorth antreffen.«

Lüdtke hob die Hand, als wolle er sich zu Wort melden. »Eine Bitte habe ich aber auch an Sie: Erzählen Sie das, was Ihnen Herr Lorth da in seiner etwas … sagen wir, überzogenen Selbstdarstellung bezüglich seiner Arbeit an Jahns Romanen gesagt hat, bitte nicht weiter. Es würde ein falsches Bild auf den Verlag werfen und könnte uns schaden.«

Kurz darauf verließen sie das Verlagsgebäude. »Was hältst du von ihm?«, wollte Matthiessen wissen, als ihnen niemand mehr zuhören konnte. »Ich bin mir noch nicht ganz im Klaren, aber ich habe das Gefühl, er weiß mehr über die ganze Sache mit Jahns Manuskripten, als er zugibt.«

»Es kann doch auch sein, dass Lorth gar nicht so schrecklich viel verändert hat, wie er behauptete, und dass er wirklich einfach nur angeben wollte. Ebenso ist es möglich, dass er Jahn gezwungen hat, seine Änderungen zu akzeptieren, und Lüdtke nichts davon weiß.«

»Wie auch immer, ich werde ihm jedenfalls auf den Zahn fühlen, das steht fest.«

26

Als sich auch nach dem zweiten Klingeln nichts tat, drückte Erdmann aus einer Eingebung heraus die Klinke nach unten. Die Tür war nicht verschlossen, sie schwang nach innen auf und gab den Blick in den kurzen Flur frei. Sie verständigten sich mit Blicken, und während Erdmann seine Waffe zog und den ersten, vorsichtigen Schritt in die Wohnung machte, erinnerte er sich an Stohrmanns Worte: *Sie hat sich damals vor Angst fast in die Hosen gemacht, während ihr Partner sich auf sie verlasen hat … Sie hat sich in gefährlichen Situationen nicht unter Kontrolle. Sie erstarrt regelrecht … Er hat ihr die Waffe seelenruhig aus dem Holster gezogen, und sie hat ihm dabei zugesehen. Weil sie vor Angst nicht wagte, sich zu bewegen …*

Er stockte, zögerte einen Moment, drehte sich nach Matthiessen um und schalt sich im gleichen Moment einen Narren. Wenn sich jemand in der Wohnung befand, der dort nichts verloren hatte, bot er ihm gerade die beste Möglichkeit, ihn zu überrumpeln. *So weit hat Stohrmann mich schon gebracht*, dachte er und richtete seine Aufmerksamkeit schnell wieder nach vorne. Matthiessens Blick aber hatte er bemerkt, und der sagte ihm, dass sie genau wusste, warum er sich nach ihr umgesehen hatte.

Er schob den Gedanken zur Seite und konzentrierte sich auf seine Umgebung. Langsam, die Sinne geschärft und nach allen Seiten ausgerichtet, ging er weiter. Matthiessen folgte ihm. Vor dem Eingang zum Wohnzimmer blieb er stehen und deutete Matthiessen an, neben ihn zu kommen.

Lorth lag etwa zwei Meter vor ihnen auf dem Boden, das Gesicht nach unten. Er trug nur eine ausgebleichte Jeans, keine Schuhe, keine Strümpfe, der schmächtige Oberkörper war entblößt. »Verdammt.« Erdmann verließ mit schräg nach unten gerichteter Waffe das Wohnzimmer und warf einen Blick in die restlichen Räume. Außer ihnen befand sich niemand in der Wohnung. Matthiessen war neben Lorth in die Knie gegangen und hatte zwei Finger auf seine Halsschlagader gelegt. »Er lebt. Hilf mir mal.« Gemeinsam drehten sie Lorth vorsichtig um, wobei er einen Grunzlaut und einen übelriechenden Schwall alkoholgeschwängerten Atems von sich gab.

»Bah«, machte Erdmann, drehte den Kopf schnell zur Seite und richtete sich auf. »Der Kerl ist besinnungslos besoffen. Ekelhaft.« Er sah sich im Wohnzimmer um und entdeckte schnell, wonach er gesucht hatte. Neben dem Sofa lag eine leere Flasche Rum, auf dem Couchtisch stand eine Cognacpulle, in der noch ein kleiner Rest der braunen Flüssigkeit stand. »Wenn die gestern Abend beide noch voll waren, müsste er eigentlich eine Alkoholvergiftung haben.«

Matthiessen richtete sich auf, wandte sich um und verließ das Wohnzimmer, war aber wenig später wieder zurück. »Hilf mir, wir bringen ihn ins Bad.« Als Erdmann nicht sofort reagierte, sagte sie: »Nun mach schon, ich möchte mit ihm reden, und so wird das ja wohl nichts.«

Gemeinsam schafften sie es, den schmächtigen Mann hochzuheben und in das kleine, weiß gekachelte Badezimmer gleich neben dem Wohnraum zu schleifen. Erdmann musste sich überwinden, ihn anzufassen. Als er im Badezimmer dann Haare, Staub und sonstige Dinge auf dem Boden entdeckte, kämpfte er gegen das dringende Bedürfnis an, Lorth einfach fallen zu lassen und schnellstens wieder zu verschwinden. Die weiße Duschwanne war mit einem vergilbten Plastikvorhang abgetrennt, den Matthiessen energisch zur Seite schob. Sie legten Lorth so ab, dass er mit dem Oberkörper in der Wanne lag, das Gesicht nach oben. Matthiessen drehte ohne Zögern am rechten der beiden altmodischen Wasserhähne, den ein blauer Punkt als Kaltwasserhahn kenntlich machte. Zwei, drei Sekunden lang prasselte es wie Gewitterregen auf den schmächtigen Oberkörper und das Gesicht des Lektors herab, ohne dass etwas geschah. Dann aber stieß Lorth einen Schrei aus, fuhr prustend hoch und wand sich, strampelnd und wild um sich schlagend, aus der Wanne. Matthiessen machte einen Satz nach hinten, um nicht von seinen unkontrolliert zutretenden Füßen getroffen zu werden. Lorth schüttelte sich wie ein nasser Hund, Wassertropfen flogen durch das gesamte Bad und landeten unter anderem auf Erdmanns neuer Dieseljeans, was seine Laune nicht unbedingt hob. Als Lorth endlich ruhiger wurde und sich zitternd neben dem gammeligen Abflussrohr des Waschbeckens an die Wand kauerte, drehte Erdmann das Wasser ab.

»Was soll dieser Mist, verdammt?«, schimpfte Lorth und rieb sich dabei die Augen. Um ihn herum hatten sich mehrere kleine Pfützen gebildet. »Sind Sie verrückt geworden? Wie … wie spät ist es? Und wie kommen Sie überhaupt hier rein? Mist, verdammter.«

»Die Tür war offen, Herr Lorth«, sagte Erdmann. »Ich nehme an, Sie waren so … müde, dass Sie vergessen haben, sie abzuschließen, bevor sie sich auf dem Boden Ihres Wohnzimmers zum Schlafen hingelegt haben.«

»Es ist später Vormittag, und wir kommen gerade von Herrn Lüdtke«, ergänzte Matthiessen von der Badezimmertür aus. »Nach dem, was der uns erzählt hat, hielten wir es für wichtig, uns noch mal mit Ihnen zu unterhalten.«

»Nein, das geht nicht.« Er klang jetzt weinerlich. »Mir geht's nicht gut. Mir ist schlecht, ich habe fürchterliche Kopfschmerzen. Außerdem bekomme ich bestimmt eine Erkältung, mir ist kalt. Kommen Sie heute Abend noch mal, jetzt geht es nicht.«

Erdmann sah zu Matthiessen. »Das hat so keinen Zweck, ich mache mich doch hier nicht zum Affen, weil der Herr seinen Rausch ausschlafen muss. Ich ruf jetzt einen Streifenwagen. Die Kollegen sollen ihn hier abholen und zum Präsidium bringen, wir unterhalten uns dort mit ihm.«

Matthiessen sah Lorth an, der einen jämmerlichen Anblick bot, und nickte. »Ja, das wird wohl –«

»Ja, ja, ist ja schon gut. Ahh … mein Kopf … Fragen Sie schon, was Sie wissen wollen.«

»Ich schlage vor, Sie ziehen sich erst mal was Trockenes an. Wir warten drüben in Ihrem Wohnzimmer auf Sie.« Matthiessen wandte sich ab, und Erdmann folgte ihr an Lorth vorbei in den Flur. Der Lektor saß noch immer auf dem Boden und murmelte unverständliches Zeug vor sich hin.

Im Wohnzimmer ging Erdmann auf direktem Weg zum Fenster. Er öffnete beide Flügel, blieb einen Moment stehen und atmete tief die frische Luft ein, die an ihm vorbei in den muffigen Raum strömte.

Es dauerte ein paar Minuten, bis Lorth endlich zu ihnen kam. Er trug eine graumelierte Baumwoll-Jogginghose, die um seine dürren Beine schlotterte, dazu hatte er ein blassrotes Sweatshirt mit dem Aufdruck einer amerikanischen Universität übergezogen. Er ging gebückt, rieb sich mit einer Hand unentwegt die Stirn.

»Da sind Sie ja«, begrüßte Matthiessen ihn, als hätte sie ihn längere Zeit nicht gesehen. »Setzen Sie sich bitte.«

Lorth ließ sich auf die Couch fallen und verzog stöhnend das Gesicht. »Sie tun ja gerade so, als wären *Sie* hier zu Hause.«

»Gott bewahre«, entfuhr es Erdmann. Matthiessen setzte sich Lorth gegenüber, der sich augenblicklich eine Zigarette in den Mund steckte und sie anzündete. Erdmann drehte es den Magen um, alles in ihm drängte danach, diese stinkende Wohnung und ihren stinkenden, qualmenden Besitzer sofort zu verlassen. »Um es kurz zu machen: Wir haben uns eben mit Herrn Lüdtke unterhalten und ihn unter anderem auch gefragt, wie er dazu steht, dass Sie Jahns Romane größtenteils umgeschrieben haben, wie Sie uns ja erzählten. Überraschenderweise weiß er davon nichts.«

Lorth fuhr sich mehrere Male mit der Hand über die spärlichen Bartstoppeln am Kinn, was ein kratzendes Geräusch verursachte. »Sagt er das? Na ja, kann sein, er hat das nicht so mitbekommen. Vielleicht habe ich es ihm auch gar nicht gesagt, ich weiß nicht mehr.« Erdmann war sicher, dass Lorth log. »Im Grunde ist es nicht so wichtig. Jahns Manuskripte mussten ein bisschen bearbeitet werden, das habe ich getan.«

»Ein bisschen bearbeitet? Das klang gestern aber noch ganz anders. Herr Lüdtke geht davon aus, dass Sie uns gegenüber angeben wollten. Er hat also offenbar recht mit seiner Vermutung.«

Lorth zuckte zusammen. »Ja und? Soll er doch denken, was er will.«

»Es hat sich auch so angehört, als halte er nicht so viel von Ihnen und Ihrem Können«, fuhr Erdmann im Plauderton fort. »Er erwähnte, dass Sie hier und da ganz gerne mal ein paar Gläser trinken. Na ja, und man weiß ja, dass Alkohol manchmal regelrechte Halluzinationen auslöst. Vielleicht denkt Ihr Programmchef, Ihre angeblichen Änderungen in Jahns Manuskripten wären auch so eine Art Halluzination. Immerhin ist er Ihr Chef und –«

Durch Lorths Körper ging ein Ruck. »Eine Art Halluzination? Alkohol? Das hat er gesagt?« Erdmann sah ihn nur an. »Pah. Dann will ich Ihnen jetzt mal was erzählen.« Mit einer hastigen Bewegung lehnte er sich nach vorn und verzog prompt wieder schmerzvoll das Gesicht, aber er war mit einem Mal so erregt, dass er es gar nicht richtig wahrnahm. Hastig zog er gleich zweimal hintereinander an der Zigarette, inhalierte den Rauch tief und drückte die Kippe dann in den Aschenbecher. »Ich bin ein Feigling, jawoll, das bin ich. Als ich gestern von Ihnen hörte, dass jetzt ausgerechnet *Das Skript* von irgendeinem Irren nachgestellt wird, da konnte ich mein Glück kaum fassen. Ja, ich weiß, Sie denken, ich hätte kein Gefühl oder kein Mitleid oder was auch immer, was natürlich Quatsch ist. Klar tun diese Frauen mir leid, aber mir war auch sofort klar, dass das noch ganz andere Auswirkungen auf den Buchverkauf haben wird als vor ein paar Jahren die Sache mit dem *Nachtmaler.* Weil diese Morde und die ganze Geschichte drum herum viel grausamer sind. Die Leute stehen auf Grausamkeiten, das können Sie mir glauben. Und ich dachte mir, das ist für mich die Gelegenheit, endlich den Absprung zu schaffen, verstehen Sie? Und es ist wahr, ich *habe* große Teile von Jahns Romanen geschrieben. Er musste es per Unterschrift akzeptieren, damit der Verlag abgesichert ist. Ich –«

»Haben Sie das, was er da unterschreiben musste, vielleicht noch?«, unterbrach Matthiessen ihn. »Oder eine Kopie davon?«

»Nein, habe ich nicht, leider. Jedenfalls dachte ich, jetzt ist endlich der Moment gekommen, in dem alle erfahren, dass die Jahn-Romane im Grunde aus meiner Feder stammen. Selbst wenn der Verlag mich rauswirft, weil ich geredet habe. Wenn *Das Skript* nun in die Bestsellerliste kommt – und das wird es, und zwar ganz nach oben, denken Sie an meine Worte – und bekannt wird, dass ich es eigentlich geschrieben habe, kann ich endlich damit aufhören, die Romane von irgendwelchen Stümpern als Ghostwriter aufzumotzen, damit diese Typen anschließend das Geld und den Ruhm einsacken. Dann nimmt mich jeder Verlag, dem ich ein Manuskript anbiete, da bin ich mir sicher.«

»Wann kommt die Stelle mit dem Feigling?«, fragte Erdmann trocken.

»Jetzt. Irgendwann am späteren Abend wurde ich plötzlich feige. Ich bekam Angst vor meiner eigenen Courage, verstehen Sie?« Seine Stimme bekam wieder einen weinerlichen Klang. »Und dann habe ich Lüdtke angerufen, und ich habe ihm erzählt, was ich Ihnen alles gesagt habe. Und wissen Sie, was der Herr Programmchef getan hat? Er hat gesagt, das wäre zwar alles nicht so einfach, weil ich ja meinen Vertrag mit dem Verlag gebrochen hätte, in dem drinsteht, dass ich keine Interna weitergeben dürfe, aber er käme gleich mal kurz vorbei, und wir würden uns über alles unterhalten. Er kam, und er hatte zwei Flaschen Schnaps dabei, und nachdem ich ihm alles noch mal genau erzählt habe, hat er mir die Hand auf die Schulter gelegt und gesagt, ich solle mal ein paar Gläser trinken und den Montag einfach zu Hause bleiben. Er würde das alles schon regeln. Ich solle mir keine Sorgen machen und müsse ihm nur versprechen, alles, was ich gesagt habe, herunterzuspielen und zuzugeben, dass ich übertrieben habe. Was er damit gemeint hat, haben Sie heute Morgen ja selbst gehört.«

Erdmann mochte diesen Kerl nicht, der da verkatert und stinkend wie die Mülltonne einer Kneipe vor ihm saß, und er musste sich selbst eingestehen, dass er das, was Lorth ihnen da gerade aufgetischt hatte, liebend gerne widerlegt hätte. Aber das konnte er nicht. Ebenso wenig, wie er einen Grund hatte, an Lüdtkes Aussage zu zweifeln.

»Nur, dass Sie das alles nicht beweisen können, Herr Lorth«, sagte Erdmann.

»Das brauche ich auch nicht zu beweisen. Fragen Sie Christoph Jahn. Denken Sie, der hat es freiwillig akzeptiert, dass seine Bücher letztendlich mehr von mir geschrieben worden sind als von ihm selbst? Lüdtke hat ihm gedroht, er müsse den Vorschuss zurückzahlen, weil das, was er abgegeben hat, nicht veröffentlichbar ist und er damit den Vertrag nicht erfüllt hat. Jahn hasst mich, aber er wird Ihnen sicher bestätigen, was ich gesagt habe. Fragen Sie ihn.«

»Ja, das werden wir mit Sicherheit tun. Da ist noch was, Herr Lorth. Haben Sie etwas von dem weitererzählt, was wir Ihnen gestern gesagt haben?«

»Was? Nein.«

»Wenn ich also heute Morgen etwas darüber in einer großen deutschen Zeitung lese, kam die Information nicht von Ihnen? Ich sage Ihnen gleich, es ist egal, ob die Info per Mail oder telefonisch dort eingegangen ist, wir werden es zurückverfolgen können.«

»Sie denken in viel zu einfach strukturierten Bahnen. In einem guten Krimi, geschrieben von einem guten Krimiautor, würde doch derjenige, der letztendlich davon profitiert, so etwas niemals tun, weil vollkommen klar ist, dass er der Erste ist, der verdächtigt wird. Nein, ich habe kein Wort gesagt. *Ich* nicht.«

Erdmann stutzte. »Was heißt *ich nicht*? Wollen Sie mir damit etwas sagen?«

»Ja natürlich möchte ich das. Ich habe gestern am späten Abend noch einen Anruf von einer Frau Hansen bekommen. Sie war sehr aufgewühlt und wollte wissen, ob es wahr ist, dass ich große Teile von Jahns Romanen geschrieben habe. Und sie war sehr hartnäckig, hat darauf bestanden, alles ganz genau zu erfahren. Bei welchen Romanen ich tätig war und in welchem Umfang. Ich habe es ihr natürlich genau erzählt, wo sie das meiste ja eh schon wusste. Von wem kann sie das wohl haben, wenn nicht von Ihnen?«

Erdmanns Gedanken rasten. Miriam Hansen hatte bei Lorth angerufen. Bevor oder nachdem sie bei Jahn zu Hause aufgetaucht war? »Um welche Zeit war das?«

»Das war eine gute Stunde, bevor ich Lüdtke angerufen habe, im Fernseher lief gerade … Moment, ja, das muss so gegen halb elf gewesen sein.«

»Und Sie haben also definitiv nichts an die Zeitung weitergegeben?«

»Ein erneutes, eindeutiges *Nein*.«

Matthiessen gab Erdmann ein Zeichen, dass sie gehen wollte. »Wir haben Lüdtke zugesagt, ihn zu informieren, wenn wir Sie zu Hause antreffen.«

»Der Heuchler. Er weiß genau, dass ich zu Hause bin. Wo sollte ich denn sonst sein?«

»Wir möchten, dass Sie sich anziehen und mit uns zusammen zu Ihrem Verlag fahren, Herr Lorth«, erklärte Matthiessen.

»Warum sollte ich das tun?«

Erdmann spürte, dass der Kerl es schon wieder innerhalb kürzester Zeit schaffte, ihn wütend zu machen. Und diese Erkenntnis ärgerte ihn noch mehr. »Weil wir Sie so nett darum bitten.«

»Und wenn ich keine Lust habe?« Erdmann wandte sich ab und überließ Matthiessen die Antwort. »Das ist natürlich Ihr gutes Recht. Wir werden Sie und Herrn Lüdtke dann zusammen aufs Präsidium vorladen und uns dort mit Ihnen unterhalten.«

»Werden Sie, ja?«

Erdmann fuhr herum. »Herr Lüdtke hat uns in einigen Punkten das genaue Gegenteil von dem erzählt, was Sie uns gesagt haben. Das werden wir nun klären. Diese Unterhaltung wird stattfinden, Herr Lorth. Entweder gleich im Verlag, oder eine Stunde später auf dem Präsidium. Und glauben Sie mir, im Präsidium wird es in jedem Fall länger dauern. Haben Sie sonst noch Fragen? Wenn nicht, würde ich Sie bitten, sich jetzt was anderes anzuziehen und mit uns zu kommen.«

»Ach, warum eigentlich nicht? Es ist sicher interessant zu sehen, wie sich der Herr Programmchef da herauslügen möchte. Warten Sie einen Moment.« Er stand auf, fasste sich wieder an die Stirn und verließ mit schwankenden Schritten den Raum. Erdmann sah ihm nach, betrachtete das tief herunterhängende Hinterteil der Jogginghose und schüttelte den Kopf.

27

Peter Lüdtke zeigte sich über ihren erneuten Besuch ein wenig irritiert, was daran liegen mochte, dass Matthiessen sie nicht angekündigt hatte und sie zudem Werner Lorth im Schlepptau hatten. Der grinste seinen Vorgesetzten nun süffisant an. Er hatte sich rasiert und seine Haare zurückgekämmt, eine frische Jeans und ein halbwegs sitzendes hellblaues Hemd angezogen, und Erdmann fand, er sah fast wie ein normaler Mensch aus.

»Das ging ja schnell mit dem Wiedersehen«, sagte Lüdtke mit einem gequälten Lächeln und deutete auf die Stühle in seinem Büro, auf denen sie kurz zuvor schon gesessen hatten. Lorth bedachte er mit einem Blick, als wolle er ihm jeden Moment an die Gurgel gehen. »Hallo, Werner, wie ich hörte, ging es dir heute früh nicht so gut.«

»Das lag an den beiden Flaschen, die du gestern Abend mitgebracht hast, als du mich ziemlich spät noch besuchen kamst. Du erinnerst dich?« Lorth setzte sich, noch immer breit grinsend, und verschränkte die Arme vor der Brust. Matthiessen und Erdmann sahen den Programmchef an, der seinem Lektor erst einen bitterbösen Blick zuwarf und dann zu seinem Schreibtisch ging. Er lehnte sich dagegen, hob beide Hände und ließ sie auf seine Oberschenkel fallen. »Ja, es stimmt, ich war gestern Abend noch bei ihm. Es tut mir leid, dass ich es Ihnen eben nicht gesagt habe, aber ich kann es erklären. Es gibt eine Schweigeklausel, in meinem Arbeitsvertrag ebenso wie in dem unseres Lektors hier, und die besagt, dass wir keinerlei Interna nach außen tragen dürfen. Und das, was Werner Ihnen gestern Abend erzählt hat, sind in jedem Fall Interna.«

»Herr Lüdtke, ich möchte Ihnen eine Eigenart unseres Rechtssystems erklären«, sagte Matthiessen, und Erdmann hatte das Gefühl, dass sie sich sehr zusammenreißen musste, um ihren Ärger nicht zu zeigen. Er hatte sie so noch nicht gesehen. »Im Gegensatz zu einem Verdächtigen, der Dinge verschweigen darf, wenn er sich selbst damit belasten würde, dürfen Sie als Zeuge – und der sind Sie automatisch, wenn wir Sie befragen –, weder etwas verschweigen noch die Unwahrheit sagen«, fuhr Matthiessen nun bemüht ruhig fort. »Ihre internen Regelungen zur Vertuschung irgendwelcher Machenschaften interessieren das deutsche Rechtssystem und auch mich dabei kein bisschen. Es geht hier um grausame Verbrechen und um das Leben mehrerer Frauen. Uns rennt die Zeit davon, Herr Lüdtke, und wenn wir einen Teil der wenigen Zeit, die uns wahrscheinlich nur noch bleibt, damit verbringen müssen, Dingen nachzugehen, die man uns bewusst verschwiegen oder über die man uns belogen hat, dann kann es sein, dass wir am Ende zu spät kommen. Fassen Sie es bitte als ernstgemeinten Rat auf: Verschweigen Sie uns nichts mehr und lügen Sie uns nicht noch einmal an, wenn wir Ihnen Fragen stellen. Sollte sich herausstellen, dass Sie es doch tun, werde ich persönlich dafür sorgen, dass Sie die rechtlichen Konsequenzen dafür tragen müssen, und die sind nicht ohne. Haben Sie das verstanden?«

Der Programmchef lehnte bewegungslos an seinem Schreibtisch und starrte Matthiessen an. Offensichtlich war er mehr als überrascht, von ihr eine derart deutliche Ansage zu bekommen.

»Haben Sie das verstanden, Herr Lüdtke?«, wiederholte Matthiessen ihre Frage scharf und riss ihn damit aus seiner Starre.

»Ja. Wie ich schon sagte, es tut mir leid. Ich habe nicht über die Tragweite nachgedacht.«

»Gut. Also: Kann ich davon ausgehen, dass das, was Herr Lorth uns gestern Abend erzählt hat, der Wahrheit entspricht?«

»Ja, schon. Die Manuskripte, die uns Christoph Jahn abgegeben hat, waren in keinem Zustand, in dem man sie hätte veröffentlichen können. Ich weiß nicht, warum mein Vorgänger einen Vertrag mit ihm geschlossen hat, aber das ist auch unerheblich. Herr Jahn hat ein horrendes Garantiehonorar erhalten, und wir mussten irgendwie sehen, dass wir seine Geschichten zumindest so weit aufpäppeln, dass sie halbwegs verkäuflich wurden. Das wäre auch in jedem anderen Verlag so gehandhabt worden. Außerdem ist es nichts Verbotenes.«

»Verboten vielleicht nicht«, schaltete sich Erdmann ein. »Aber es sind doch zumindest recht dubiose Methoden, einen Autor derart unter Druck zu setzen, dass er gegen seinen Willen irgendwelche Dinge unterschreibt. Zumal, wenn es darum geht, in sein geistiges Eigentum so drastisch einzugreifen, dass er es anschließend selbst kaum wiedererkennt. Oder finden Sie das in Ordnung?«

»Es war nicht nur in Ordnung, sondern absolut unumgänglich«, antwortete Lorth für seinen Chef. Offensichtlich stand der durch sein Einlenken wieder in seiner Gunst. »Ich habe durch meine Arbeit als Lektor aus lieblos heruntergeschriebenen Texten erst Romane gemacht. Romane, die es sogar auf die Bestsellerliste geschafft haben. Und sicher auch wieder schaffen werden.« Selbstzufrieden lehnte er sich zurück und grinste in die Runde.

»Ja, das mag sein.« Erdmann nickte übertrieben. »Aber nicht, weil diese Bücher so gut sind, sondern weil eine sensationslüsterne Menschenmenge durch grausame Verbrechen aufgepeitscht wurde, die aus diesen Büchern stammen.«

»Wie ich in unserem ersten Gespräch schon sagte«, meldete sich Lüdtke wieder zu Wort, »ist das eine ganz furchtbare Sache, aber letztendlich zählt für uns das Verkaufsergebnis, nicht unbedingt der Grund, der dazu geführt hat.«

»Man merkt, Sie sind ein eingespieltes Team.« Matthiessen war offensichtlich noch immer wütend. »Zumindest wenn es darum geht, Erklärungen zu finden.« Sie wandte sich an Erdmann, der sich Notizen von ihrer Unterredung machte. »Gehst du mit Herrn Lorth schon mal nach draußen? Ich komme gleich nach.« Er nickte und sah den Lektor auffordernd an, dem das Grinsen offenbar im Gesicht festgewachsen war. »O Geheimnis, Geheimnis.« Umständlich drückte er seinen hageren Körper hoch und ging nach einem letzten, schwer zu deutenden Blick zu Lüdtke zur Tür. Erdmann folgte ihm.

Im Vorzimmer lächelte ihnen Frau Peters entgegen und sah ihnen dabei zu, wie sie sich auf den kubisch geformten schwarzen Ledersesseln niederließen. Als beide Ihre Frage, ob sie einen Kaffee wollten, verneinten, widmete sie ihre Aufmerksamkeit wieder der Tastatur und dem Monitor auf ihrem Schreibtisch.

»Mann, jetzt würde ich gerne eine rauchen. Was, denken Sie, tut Ihre Kollegin da drin?«

Erdmann hatte eine ziemlich genaue Vorstellung davon, welche Fragen Matthiessen dem Programmchef gerade stellte. »Offensichtlich etwas, das Sie nichts angeht. Warum sonst hätten Sie den Raum verlassen sollen?«

»Hm … Sehr interessant. Eine Variante, die mir beim Schreiben noch gar nicht eingefallen ist. Zwei Zeugen zusammen befragen und sie dann mitten im Gespräch trennen. Auf diese Art machen sich natürlich beide Gedanken, warum sie getrennt wurden, und kommen zu dem Schluss, dass Fragen gestellt werden, die sie beide betreffen. Also wird keiner der beiden es wagen, zu lügen.« Lorths selbstzufriedenes Grinsen wurde wieder breiter. »Und mein lieber Chef wird nach seiner letzten Aktion mit Sicherheit nicht mehr das Risiko eingehen, Märchen zu erzählen, weil er davon ausgehen kann, dass ich auf jeden Fall die Wahrheit sagen werde.«

Erdmann war genervt von Lorths Redeschwall. Er zog sein Telefon hervor und rief im Präsidium an, um sich nach dem aktuellen Ermittlungsstand zu erkundigen.

Von Nina Hartmann gab es noch immer nichts Neues, außer dass die Kollegen in ihrer Wohnung den Zeitungsausschnitt mit ihrer Rezension zu *Das Skript* gefunden hatten. Ihre Eltern waren verständlicherweise in großer Sorge und riefen im halbstündigen Abstand auf dem Präsidium an. Auch bezüglich der Identität der beiden Opfer war man noch keinen Schritt weiter. Weder die Tote, die am Samstag gefunden worden war, noch die Leiche von diesem Morgen waren bisher identifiziert worden.

Als die Tür zu Lüdtkes Büro sich öffnete, beendete Erdmann das Gespräch.

Matthiessens Stimmung schien sich nicht gerade gebessert zu haben, wie Erdmann an ihrer Miene zu erkennen glaubte. Sie zeigte ihm einen zusammengefalteten Zettel, auf dem wohl ihre Notizen zu den letzten Minuten standen, und sagte an Lorth gewandt: »Sie kommen bitte mit, wir bringen Sie nach Hause.«

Der Lektor machte jedoch keine Anstalten, sich zu erheben. »Tut mir leid, aber ich arbeite hier und kann nicht einfach so wieder verschwinden.«

»Das schien Sie heute Morgen nicht besonders interessiert zu haben, als wir Sie komatös betrunken auf Ihrem Wohnzimmerboden gefunden haben,« sagte Erdmann trocken. »Also?«

Plötzlich unsicher, sah Lorth zu Lüdtkes Assistentin, die seinem Blick auswich und peinlich berührt auf ihren Schreibtisch starrte. Lüdtke machte eine Handbewegung, als wolle er eine Fliege verscheuchen. »Geh mit, du hast den Rest des Tages frei. Wir sehen uns dann morgen früh.«

Lorth sah Lüdtke lange an, bis er sich endlich widerwillig von seinem Platz erhob und sich dem Ausgang zuwandte. Kurz vor der Tür drehte er sich noch einmal zu seinem Chef um. »Ich hoffe für dich, dass du die Wahrheit gesagt hast.«

Als sie im Auto saßen, drehte Matthiessen sich sofort zu Lorth um. »So, und jetzt möchte ich von Ihnen wissen, was Sie ab Mittwochnachmittag getan haben. Und zwar ohne Auslassungen.«

»Was? Ach, jetzt verstehe ich. Sie verdächtigen Lüdtke und mich, mit dieser Sache was zu tun zu haben. Das ist ja interessant. Das heißt also, jetzt greift das, dass ich nichts sagen muss, was mich belasten könnte, oder?«

Nun drehte sich auch Erdmann zu Lorth um, beide sahen ihn stumm an, und offensichtlich konnte er an ihren Gesichtern ablesen, dass es besser war, zu kooperieren, denn er hob die Hände. »Ist ja schon gut, ich denke ja schon nach.«

Lorth konnte sich an alle Tage und Abende mehr oder weniger deutlich erinnern. Tagsüber war er an den Wochentagen im Verlag gewesen, was sich mit der Aussage Lüdtkes deckte, wie Matthiessen bestätigte. Die Abende behauptete er meist alleine verbracht zu haben. Zeugen gab es dafür keine, Freunde hatte er nach eigener Aussage nicht, was Erdmann nicht weiter wunderte. Auf Matthiessens verwunderte Nachfrage, ob denn an keinem der Abende seine Freundin bei ihm gewesen war, gab er zu, diese Freundin erfunden zu haben.

Als sie ihn vor dem Haus absetzten, in dem seine Wohnung lag, hatte Matthiessen alle seine Angaben auf ihrem Zettel notiert. Sie sahen Lorth nach, bis er im Haus verschwunden war.

»So. Und jetzt zu Jahn.«

Erdmann hatte das Gefühl, in Matthiessens Stimme schwang Erleichterung mit. »Was war mit dir los eben? Du hast auf mich einen ziemlich angespannten Eindruck gemacht.«

»Ich traue diesen beiden keinen Meter über den Weg, vor allem diesem Lüdtke. Ich habe das Gefühl, der Kerl lügt, wenn er den Mund aufmacht, und dabei tut er so, als seien alle Mittel recht, wenn es darum geht, Bücher zu verkaufen. Erinnerst du dich an unser erstes Gespräch mit Lorth gestern, als du ihn nach der Rezension in der HAT gefragt hast?«

»Ja, natürlich, er sagte, die wäre ihm egal gewesen.«

»Ja, und er sagte auch, alle im Verlag hätten darüber gelacht. Da erscheint ein Verriss in einer der größten Hamburger Tageszeitungen, die im ganzen Verlag rumgeht, und Lüdtke weiß angeblich nichts davon?«

»Tja, es kann natürlich auch sein, dass Lorth mal wieder Mist erzählt hat.«

»Ja, natürlich. Eigentlich müssten wir die beiden ebenfalls observieren, aber ich kann mir in etwa vorstellen, was Stohrmann sagt, wenn ich ihn darauf anspreche.«

»Ich auch. Er wird dich wahrscheinlich fragen, wie viele Verdächtige du sonst noch hast, die observiert werden müssen. Und dann wird er dich fragen, ob du weißt, was eine Observierung kostet.«

»Ja, das wird er wohl sagen. Aber ich werde ihn trotzdem darauf ansprechen.«

»Hm ... Miriam Hansen hat Lorth also gestern Abend noch angerufen. Warum hat sie uns nichts davon gesagt? Weißt du, wann sie bei Jahn zu Hause war?«

»Dörsfeld sagte, es muss so gegen zehn gewesen sein.«

»Dann hat sie Lorth erst angerufen, nachdem sie dort war.«

»Sie wollte Jahn fragen, was es mit dieser Überarbeitung seiner Romane auf sich hatte, das hat sie ja selbst gesagt. Als der dann nicht zu Hause war, hat sie eben Lorth angerufen.«

Erdmann nickte. »Und erhielt von ihm dann die endgültige Bestätigung dessen, was ich ihr am Telefon schon gesagt hatte: dass ihr Idol die Romane, wie sie sie kennt, größtenteils gar nicht selbst geschrieben hat.«

Erdmanns iPhone summte zweimal kurz, das Zeichen, dass er eine Nachricht erhalten hatte. Er öffnete das Nachrichtenmenü. Es war eine MMS, und sie kam von Jens Diederich: *Hi, Stephan, anbei ein Foto des Paketinhalts von heute. Gruß Jens.*

»Jens hat mir ein Foto vom Inhalt des Päckchens geschickt, das sie bei der Morgenpost abgeholt haben.«

Der Text auf dem Display war winzig klein, aber mit der Bildbetrachtungsfunktion seines Telefons konnte Erdmann ihn auf eine lesbare Größe bringen. Es handelte sich dieses

Mal gleich um zwei mit Haut bespannte Rahmen, wobei auf dem ersten lediglich eine große *Eins* als Kapitelnummer zu sehen war. Erdmann dachte an Heike Kleenkamp. Die zweite Seite war eng mit den schon bekannten, akribischen Druckbuchstaben beschrieben. Erdmann hielt das Handy so in die Mitte zwischen ihren Sitzen, dass auch Matthiessen den Text sehen konnte. Das Lesen auf dem kleinen Display gestaltete sich schwierig, zumal sie beide schräg auf das Telefon sahen. Immer wieder musste er den Text mit dem Zeigefinger ein Stück weiterschieben.

1
Der Raum war zum schwärzesten Schwarz abgedunkelt, das Licht durch zugeklappte Läden und dicke, vor den Fenstern hängende Wolldecken hermetisch ausgesperrt. Wagners Drama »Tristan und Isolde« beherrschte mit lautester Lautstärke das Zimmer, beugte sich brüllend aus der Finsternis heraus von allen Seiten zu dem Schreibtisch in der Mitte hin:

Mild und leise wie er lächelt,
wie das Auge hold er öffnet –
seht ihr's, Freunde? Seht ihr's nicht?
Immer lichter wie er leuchtet,
sternumstrahlet hoch sich hebt?
Seht ihr's nicht?

Nur eine kleine, zierliche Lampe drängte wie ein Engel des Lichts die Dunkelheit im Umkreis von zwei Metern um den klobigen Schreibtisch zurück, den zarten Schwanenhals dabei so gedreht, dass das Zentrum ihrer Helligkeit auf die Tastatur der elektrischen Schreibmaschine fiel, auf der Johannes Kuhnert feierlich die letzten Worte des finalen Satzes eintippte.
Für den allerletzten Buchstaben holte er weit aus, ließ den erhobenen Arm in einer bogenförmigen Bewegung langsam auf die Taste sinken und beendete mit einem tiefen Seufzer sein Werk.
Langsam, ganz langsam, lehnte er sich zurück, die Pupillen dabei starr auf das Blatt gerichtet, das etwa zur Hälfte beschrieben darauf hoffte, aus der Umklammerung der Maschine befreit zu werden.

Es war vollbracht. Zehn Monate, eine Woche und drei Tage. 342 ½ Seiten. Sein Werk.
Er wagte es nicht, sich zu bewegen, aus Angst, dem feierlichen Augenblick damit etwas von seiner Größe zu nehmen. Von der Würde seines soeben geborenen, neuen Kunstwerkes.

»Ich bin ja kein Experte, aber mir ist das eindeutig zu kitschig.« Erdmann sah vom Display des Telefons auf. »Jahn hat schon eine seltsame Art zu schreiben. Oder stammt dieser Teil von Lorth?«

»Genaugenommen weder noch.« Matthiessen hatte sich ebenfalls aufgerichtet. »Das schreibt der wahnsinnige Täter in Jahns Roman.«

»Ja, klar, in der Geschichte. Aber verfasst hat es entweder Jahn oder Lorth.«

»Aber als dieser andere. Wer immer es geschrieben hat, er wird sich bemüht haben, einen anderen Stil als seinen eigenen zu wählen, weil das hier ein Roman im Roman ist, und Jahn oder Lorth stellvertretend für jemand anderen schreibt.«

Erdmann sah sie eine Weile an, dann schüttelte er den Kopf. »Vergiss es.«

»Man darf gar nicht daran denken, worauf diese Zeilen geschrieben sind und was mit den armen Frauen passiert ist.«

»Was mit Nina Hartmann vielleicht passiert ist«, ergänzte Erdmann. »Wir sollten direkt wieder nachhören, ob es schon was Neues gibt. Und was mit Schäfer und dem zukünftigen Herrn Rechtsanwalt ist.«

Matthiessen verdrehte die Augen. »Zitat Stohrmann: *Wenn es was Neues geben würde, hätte ich Sie doch wohl schon informiert.* Zitat Ende.«

»Ja, okay, ich kann dich ja verstehen. Dann rufe ich ihn eben an, mal sehen, was er mir erzählt.«

Stohrmann erzählte einiges. Dass Nina Hartmanns Eltern aus Trier angekommen waren und sich nun in der Wohnung ihrer Tochter aufhielten und dass er ein Team dort hingeschickt hatte, das im Beisein der Eltern die Wohnung nach Hinweisen durchsuchte. Das Interessanteste aber erzählte er zuletzt: Jahns Haushälterin Helga Jäger hatte angerufen, sie hatte sehr aufgeregt geklungen und um einen Termin im Präsidium gebeten.

Sie war schon unterwegs dorthin.

XI

Zuvor

War sie tot? Vielleicht. Wahrscheinlich.

Ja, wahrscheinlich war das das Totsein. Eine Welt, in der das Zentrum, um das die Existenz sich drehte, ein immerwährender Schmerz war. Präsent, aber nicht so, dass man immerzu schreien musste. Vielleicht, weil der Schmerz nachgelassen hatte. Vielleicht, weil man abstumpfte, den Schmerz nicht immer gleich intensiv empfinden konnte. Sie erfuhr eine seltsame Art von körperlosem Dasein, sie spürte ihre Extremitäten nicht mehr, konnte sich nicht mehr bewegen. Aber der Schmerz pochte doch allgegenwärtig in ihrem Bewusstsein. Aber wo kamen Schmerzen her, wenn man den eigenen Körper nicht mehr spürte? Bewusstseinsschmerz? Gab es das?

So war es, seit das … das … sie hatte vergessen, wie die Gestalt hieß, nein, nicht wie sie hieß. Sie hatte vergessen, wie sie sie *genannt* hatte. Seit das … *Ding* ihr etwas in den Rücken gesteckt und an ihrem Körper herumgezogen hatte. Erst war es eine Sinne raubende Schmerzexplosion gewesen, dann war das Wummernde, das Pochende übergegangen in ein gleichmäßiges, dumpfes Brummen. Schmerzbrummen. Sie wusste nicht mehr, ob es mit einem Schlag passiert oder ein schleichender Vorgang gewesen war.

Irgendwo neben ihr tat sich etwas. Geräuschvoll, laut. Sie hörte Geräusche. Nein, sie war nicht körperlos. Also auch nicht tot. Der Raum drehte sich in kurzen, ruckartigen Stößen seitlich weg, das musste ihr Kopf sein, der sich bewegte. Sie lebte, das war jetzt klar. Sie registrierte es und vergaß es gleich wieder. Von einer Seite – welche war es? – tauchten dunkle Umrisse in ihrem Blickfeld auf und wurden schärfer. Es waren zwei Gestalten. Sie standen … auf der Wand? Und ihre Körper ragten waagerecht in den Raum. Das war … nein, es schien so, weil sie lag. Ja, sie lag, und die zwei Gestalten standen neben ihr. Zwei Gestalten? Ihr Herz begann zu rasen, und es wurde nicht von Sekunde zu Sekunde schneller, nein, mit einem Schlag jagte es das Blut wie einen reißenden Strom durch ihren Körper und machte ihr überdeutlich klar, dass ihr Dasein alles andere als körperlos war.

Zwei Gestalten, und eine davon war das … Monster. Ja, das Monster. Die andere aber war wieder eine Frau, wieder mit zugeklebtem Mund.

Nein, dachte sie, *nein, nicht. Nicht noch einmal.* Sie wusste, sie würde den Verstand verlieren, wenn sie das noch einmal mit ansehen musste.

28

Stohrmann saß mit Helga Jäger in einem Zimmer, das speziell für den Besuch von Zivilpersonen und Zeugen gedacht war. Die Einrichtung des Raumes war spartanisch. Ein Schreibtisch an der Wand gegenüber dem Eingang, direkt unter dem Fenster, mit einem Flachbildschirm, Tastatur und Maus darauf, ein Aktenschrank, der immer verschlossen war, wenn Erdmann ihn sah, und von dessen Inhalt er keine Vorstellung hatte; ein weiterer, hüfthoher Schrank mit einem Laserdrucker darauf, ein Tisch mit glatter, weißer Oberfläche und vier einfachen Stühlen daran, ein Papierkorb. Zweckmäßig.

Helga Jäger saß Stohrmann gegenüber am Tisch, den Oberkörper kerzengerade aufgerichtet. Ihre Handtasche hatte sie auf den Oberschenkeln abgestellt, die nach oben stehenden Griffe umschloss sie mit beiden Händen, als habe sie Angst, jemand wolle ihr die Tasche wegnehmen.

Sie saß seitlich zur Tür und fuhr erschrocken zusammen, als Erdmann die Tür öffnete und vor Matthiessen den Raum betrat.

»Da sind Sie ja«, wurden sie von Stohrmann begrüßt. »Setzen Sie sich.« Sie nickten Helga Jäger zu und ließen sich auf den beiden freien Stühlen nieder. Stohrmann deutete mit der Hand zu Jahns Haushälterin. »Frau Jäger ist hergekommen, weil sie sich Sorgen um ihren Arbeitgeber macht. Aber am besten erzählen Sie es Hauptkommissarin Matthiessen und Oberkommissar Erdmann selbst noch einmal.«

»Na ja, also … Ich habe es eben schon gesagt – vielleicht bin ich ja hysterisch, und vielleicht denken Sie, ich bin ein bisschen verrückt, weil das für Sie alles ganz normal ist, aber heute Morgen hat mir Herr Jahn ein bisschen Angst gemacht.«

»Sie hatten Angst vor ihm?« Erdmann machte sich eine Noitz. »Was ist passiert?«

»Ach, ich bin ganz durcheinander. Heute Morgen in aller Frühe hat Miriam Hansen angerufen, die Buchhändlerin. Ich war dabei, das Frühstück für Herrn Jahn zu richten, er mag morgens am liebsten Rühreier mit Kräutern und Speck, wissen Sie, und da habe ich natürlich nicht viel von dem Telefongespräch mitbekommen. Ich habe nur gehört, dass Herr Jahn am Ende des Gespräches sehr kurz angebunden war. Als er dann aber aufgelegt hatte, wurde er plötzlich ganz furchtbar laut. Ich weiß ja nicht, was diese Frau zu ihm gesagt hat, aber es hat ihn fürchterlich aufgeregt. Ich habe ihn nicht wiedererkannt. Er hat herumgetobt und geschrien, dass er es nun leid wäre, dass wohl jeder denke, er könne mit ihm umspringen, wie er es wolle, und dass jetzt auch schon Frau Hansen denkt, sie könne ihm Vorhaltungen machen, nur weil der Herr Lorth irgendwelche Dinge erzählt hat. Und die Frau Hansen könne ihm doch gestohlen bleiben, wenn sie alles glaube, was dieser Kerl ihr erzählt. Ich habe nicht alles verstanden, was er gesagt hat, aber er war furchtbar wütend, so wütend, dass ich ein bisschen Angst vor ihm hatte. So habe ich ihn in all den Jahren noch nicht erlebt.«

Stohrmann sah zuerst Erdmann, dann Matthiessen an. In seinem Blick lag die stumme Aufforderung, etwas dazu zu sagen.

»Wovor genau hatten Sie denn Angst, Frau Jäger?«,

hakte Matthiessen nach. »Dachten Sie, er tut Ihnen etwas an?«

»Ja, nein, also … ich weiß es ja selbst nicht. Nein, ich glaube nicht, dass er mir etwas antun würde.« Sie spielte mit den Griffen ihrer Tasche und fügte leise hinzu: »Aber ich hätte auch nie gedacht, dass er so furchtbar böse werden kann. Diese ganze Sache nimmt ihn sehr mit.«

»Soll das heißen, Herr Jahn ist noch nie laut geworden in der ganzen Zeit, in der Sie für ihn arbeiten?«, schaltete Stohrmann sich wieder ein. »Es gab nie eine Situation, in der er sich vielleicht über jemanden geärgert hat in Ihrer Gegenwart?«

Die Haushälterin dachte eine Weile nach, wobei sich viele dünne Falten auf ihrer Stirn zeigten, bevor sie den Kopf schüttelte. »Nein, ganz bestimmt nicht. Ganz im Gegenteil. Herr Jahn ist ein sehr ausgeglichener Mensch, wissen Sie. Es gab natürlich hier und da schon Situationen, da hätte er bestimmt wütend werden können, aber er blieb immer ruhig. Bis heute Morgen. Ich verstehe es einfach nicht.«

»Abgesehen von diesem Vorfall heute Morgen – haben Sie das Gefühl, dass Herr Jahn sich irgendwie verändert hat?«, setzte Erdmann nach. »Ist Ihnen vielleicht sonst noch was an ihm aufgefallen, das … hm, wie soll ich sagen, … außergewöhnlich ist?«

Frau Jäger hielt erneut einen Moment inne. »Na ja, wie ich eben schon sagte, diese furchtbare Sache nimmt ihn sehr mit, das merkt man deutlich. Er ist im Moment sehr nervös, und ich glaube, er schläft schlecht. Er sieht morgens gar nicht gut aus. Aber das kommt sicher auch daher, dass er im Moment so viel unterwegs ist. Ich sehe ihn ja kaum noch.«

»Was heißt das, er ist viel unterwegs?«

»Na ja, er ist normalerweise sehr viel zu Hause, gerade jetzt, wo er doch wieder an einem neuen Buch schreibt, wissen Sie. Aber im Moment ist er mindestens zweimal am Tag für ein paar Stunden weg. Und wenn er zurückkommt, sieht er sehr müde aus. Er zieht sich dann immer gleich in sein Arbeitszimmer zurück.«

»Hm … Sie sagten, das sei im Moment so. Können Sie uns das etwas genauer sagen? Seit wann beobachten Sie diese Veränderung?«

Helga Jäger löste eine Hand von den Griffen ihrer Tasche und winkte ab. »Ach, das geht jetzt schon seit ein paar Tagen so.«

»Seit ein paar Tagen?«, fragte Matthiessen. »Wann ist Ihnen das denn zum ersten Mal aufgefallen? Können Sie sich an den Tag erinnern?«

Ein nachdenklicher Blick, dann: »Vor vier, fünf Tagen, denke ich.«

»Vor vier oder fünf Tagen.« Matthiessen sah zu Erdmann hinüber, dem völlig klar war, worauf seine Partnerin hinauswollte. »Das wäre also ungefähr am Donnerstag gewesen. Dann kann es ja mit dem Verbrechen eigentlich nichts zu tun haben, denn davon weiß Herr Jahn erst seit Samstag durch uns.«

Helga Jägers Augen weiteten sich, und es schien, als denke sie fieberhaft nach. »Ja, Sie haben recht, das stimmt. Aber … ach, ich bin ganz durcheinander, Sie müssen entschuldigen. Wahrscheinlich ist er auch erst seit Samstag so. Bestimmt sogar. Tut mir leid, ich … ach.« Sie schien verzweifelt, und Erdmann hatte das sichere Gefühl, dass sie gerade gelogen hatte.

Nachdem sie verstummt war, wandte Stohrmann sich

an Erdmann. »Sie sollten sich vielleicht noch einmal mit Herrn Jahn unterhalten.«

»Ja, das werden wir auch tun«, antwortete er.

»Oh … nein, bitte … würden Sie ihm bitte nicht erzählen, dass ich hier war und mit Ihnen geredet habe?« Frau Jäger sah bemitleidenswert aus und wirkte sehr nervös. »Herr Jahn wäre sicher sehr enttäuscht von mir. Zu Recht. Ich sitze hier und erzähle Ihnen irgendwelche Mutmaßungen und mache dabei noch falsche Datumsangaben … Ich könnte ihm nicht mehr in die Augen sehen, wenn er das wüsste. Dann müsste ich meine Stellung aufgeben.«

»Ich denke, wir werden in unserem Gespräch mit Herrn Jahn Ihren Besuch hier nicht zwangsläufig erwähnen müssen«, beruhigte Matthiessen sie.

»Aber Sie können sich erst später mit ihm unterhalten, er macht jetzt wahrscheinlich seinen Mittagsschlaf. Deswegen konnte ich doch überhaupt nur zu Ihnen kommen, ohne dass er mir Fragen stellt.«

»Aha, und wie lange dauert dieser Mittagsschlaf üblicherweise?«

»Ach, er legt sich meist gegen zwölf hin und schläft dann so etwa eineinhalb Stunden.«

Matthiessen sah auf ihre Armbanduhr. »Dann schläft er ja noch nicht lange. Ich denke, heute wird seine Mittagsruhe ein wenig verkürzt.« Sie sah zu Stohrmann und Erdmann. »Noch Fragen?« Beide verneinten.

»Wie sind Sie hierhergekommen, Frau Jäger?«

»Mit meinem Auto. Es steht auf dem Parkplatz, warum?«

»Dann fahren Sie jetzt am besten zurück. Vielen Dank, dass Sie hier waren und mit uns gesprochen haben.« Matthiessen schob ihren Stuhl zurück. »Kommen Sie, ich begleite Sie nach unten.«

»Na, Herr Erdmann, was halten Sie von ihr?«, fragte Stohrmann, als die beiden den Raum verlassen hatten. Erdmann zuckte mit den Schultern. »Mein Gott, sie ist Jahns Haushälterin und hat sich wohl verpflichtet gefühlt –«

»Blödsinn. Ich meine von Ihrer Kollegin Andrea Matthiessen.«

Erdmann war im ersten Moment so überrascht, dass ihm die Worte fehlten. Es dauerte eine Weile, bis er sich wieder gefangen hatte. »Ich gestehe, dass ich mich ein wenig über Ihre Frage wundere, jetzt, zu diesem Zeitpunkt. Aber gut: Ich halte sie für eine sehr gute Polizistin, die ihre ganze Energie dafür einsetzt, diese widerlichen Verbrechen zu beenden. Es würde *ihr* nie einfallen, sich in dieser Situation von irgendwelchen privaten Plänkeleien ablenken zu lassen, weil sie viel zu sehr Profi ist. Und dafür hat sie meinen vollen Respekt.« Das Wort *ihr* hatte er dabei wie unbeabsichtigt betont. Er wartete einen Augenblick, in dem Stohrmann ihn mit verkniffenem Gesicht ansah, dann stand er auf. »Wenn Sie sonst im Moment nichts mehr haben …«

»Nein. Gehen Sie.«

Matthiessen kam ihm auf dem Weg zum Einsatzraum entgegen, ihr Telefon in der Hand. Mit fragendem Blick blieb sie vor ihm stehen. »Was ist los? Warum schaust du so finster drein?«

»Ach, nichts«, schwindelte er. »Ich habe einfach das Gefühl, wir drehen uns permanent im Kreis und kommen keinen Schritt weiter. Das geht mir auf die Nerven.«

Sie schürzte die Lippen. »Das sehe ich anders. Zumindest haben wir einige Ungereimtheiten, aus denen sich was ergeben wird, wenn wir sie klären. Und den Besuch von Frau Jäger fand ich auch sehr interessant.«

»*Wenn* wir sie klären können.« Er zeigte auf das Telefon in ihrer Hand. »Hast du schon telefoniert?«

»Ja, sogar schon zweimal. Erst habe ich mit einem Kollegen vom Observierungsteam gesprochen. Jahn hat das Haus den ganzen Vormittag über nicht verlassen. Dann habe ich bei ihm selbst angerufen, aber es ging niemand ran. Entweder er hat einen sehr festen Schlaf, oder er ignoriert Anrufe in der Mittagszeit.«

»Oder er unternimmt wieder einen Spaziergang, den niemand mitbekommen hat.«

»Das glaube ich nicht. Er kann das Haus nicht unbeobachtet verlassen.«

»Und nun? Fahren wir zu ihm?«

»Gleich. Zuerst unterhalten wir uns noch mal mit Stohrmann. Ich bin gespannt, was er zu alldem zu sagen hat. Und ich spreche ihn auf die Observierung von Lorth und Lüdtke an.«

»Ich bin sicher, wenn wir Lorth, Lüdtke und Jahn zusammenbringen würden, könnte die Begegnung auch sehr interessant werden.«

»Ja, aber vorher reden wir mit Jahn alleine. Ich habe das Gefühl, er weiß viel mehr, als er zugibt. Vielleicht sehr viel mehr.«

»Das denke ich allerdings auch. Vor allem nach dem, was wir gerade gehört haben. Und weißt du, was ich mittlerweile noch denke? Er hat schon hinter der Sache in Köln gesteckt und Glück gehabt, dass diese Frau ihm ein Alibi gegeben hat. Jetzt ist ihm das Geld ausgegangen, und weil er einmal damit durchgekommen ist …«

»Ich weiß nicht, ich traue ihm das nicht zu. Das meinte ich auch nicht, als ich sagte, dass er mehr weiß, als er uns sagt. Ich glaube, dass er mehr über Lorth und Lüdtke weiß. Die haben auch schon an dem Kölner Mord gut verdient.« Ihre Stimme hatte einen ungewohnten Klang angenommen, fand Erdmann, sie klang … grimmig. »Wie auch immer, einer dieser drei hängt ganz tief in der Sache drin, da bin ich mir ziemlich sicher.«

»Ich mir auch«, erwiderte Erdmann. »Mindestens einer.«

XII

Zuvor

Der Anblick der Frau hatte etwas in ihr ausgelöst, etwas, das ihren Verstand zurückkehren ließ. Sie wurde sich wieder ihrer Umgebung bewusst, und auch ihrer Situation. Aber mit dem Bewusstsein kamen auch andere Dinge zurück. Die fremdartige Angst um ihren Verstand, um ihr Leben. Die Erinnerung an die Dinge, die mit ihr geschehen waren. Die Ahnung um das, was als Nächstes passieren würde, als das Monster die nackte, an den Händen gefesselte Frau an ihr vorbeizerrte. Sie konnte ihre weit aufgerissenen Augen sehen, in denen das blanke Entsetzen stand. Sie sah auch, dass die Frau am ganzen Körper unkontrolliert zitterte, während das Monster sie vor sich herstieß.

Ihr fiel auf, dass die Frau ihr im Vorbeigehen nicht ins Gesicht gesehen hatte. Nein, sie hatte auf ihren Rücken gestarrt. Ihr Herzschlag beschleunigte sich. Was hatte die Frau dort gesehen? Wie schlimm war das, was – Klirrende Geräusche hinter ihr lenkten sie ab. Sie ahnte, was dort gerade passierte. Und mit dieser Ahnung empfand sie so etwas wie Erleichterung. Das Monster schien die Frau an der Wand anzubinden, an der auch sie schon gestanden hatte.

Die andere Frau, die vor ihren Augen getötet worden war, bei der sie hatte zusehen müssen, wie das Monster sie verstümmelte … sie hatte eine Schlinge um den Hals gehabt, und sie war auf die Liege gelegt worden, während *sie selbst* an der Wand stand und dem schrecklichen Geschehen nicht entkommen konnte. Das bedeutete, das Monster würde der Frau wahrscheinlich nicht … *Auf die Liege, auf der sie jetzt lag … Während sie an der Wand gestanden hatte, an der die Frau jetzt stand.* Konnte das nicht auch bedeuten, dass nun die Rollen vertauscht waren? Holte sich das Monster nun ihre Haut?

Sie nahm all ihre Kraft zusammen und hob den Kopf ein Stück an, gerade so weit, dass sie ihn drehen konnte. Sie musste sehen, was dort auf der anderen Seite passierte. Beim Versuch, das Gesicht auf die andere Seite zu drehen, stieß sie mit der Nase so heftig auf die Liege, dass ihr Tränen in die Augen schossen. Sie wunderte sich, dass es in ihrem Körper noch Flüssigkeit für Tränen gab, während sie die linke Wange auf der Liege ablegte. Das Monster war fertig. Die Frau stand vor der Wand, beide Arme mit Seilen nach oben gebunden. Eine dünne Schlinge um den Hals zwang sie dazu, den Rücken durchzudrücken, das Becken wurde mit einer Kette gegen die Wand gedrückt.

Das Monster kontrollierte noch einmal Seile und Kette, dann wandte es sich ihr zu. War es jetzt so weit? Ihre Kehle schnürte sich zu, die Angst raubte ihr fast die Sinne. Das Monster setzte sich in Bewegung, kam auf sie zu und … und drehte ab, kurz bevor es sie erreicht hatte. Nur einen Augenblick später hörte sie hinter sich das Geräusch der zuschlagenden Tür. Sie waren allein.

Die Frau versuchte sofort hektisch, sich zu bewegen, gab es aber gleich wieder auf, als sich die Schlinge sichtbar in die Haut ihres Halses drückte. Sie verharrte, sie röchelte dumpf unter dem Klebeband, stellte sich auf Zehenspitzen, um den Druck der Schlinge zu lockern. *Sie* kannte das und konnte sich gut an das Gefühl erinnern, das die Frau nun haben musste.

Sie wollte ihr sagen, dass es besser war, ganz still zu stehen, solange es eben ging, aber aus ihrem Mund kam kein einziger Laut. Sie wusste nicht einmal mit Bestimmtheit, ob ihre Lippen sich überhaupt bewegt hatten.

Dafür sagte die Frau etwas. Das Klebeband ließ es sehr dumpf klingen, aber es schien ihren Mund nicht richtig fest zu verschließen. Was sie sagte, klang wie: Ina Hakman.

29

Matthiessen und Erdmann wollten noch schnell einen Blick in den Einsatzraum werfen, bevor sie zu Stohrmanns Büro gingen. Allerdings konnten sie dessen laute Stimme bereits hören, noch bevor sie die Tür zum Einsatzraum geöffnet hatten. Der Gang zu seinem Büro würde sich also erübrigen.

Sie waren gerade eingetreten, als Matthiessens Handy klingelte. Sie sah auf das Display, zog die Brauen hoch und ließ ihren Blick durch den großen Raum schweifen. Auf einem der Kollegen, der mit dem Hörer am Ohr an einem der Schreibtische saß, blieb er hängen. Stohrmann stand hinter ihm. Als er Matthiessen entdeckte, klopfte er dem Mann auf die Schulter. »Hat sich erledigt, da ist sie.«

»Jahn hat gerade hier angerufen«, sagte er, während sie auf ihn zugingen. »Er war sehr aufgeregt und hat was von Hausfriedensbruch erzählt und von Drohungen, die gegen ihn ausgestoßen worden seien. Raten Sie mal, wer ihm gerade einen Besuch abstattet?«

»Keine Ahnung, wer?«, fragte Erdmann, um die Sache abzukürzen.

»Ihr Freund Christian Zender.«

»Was zum Teufel –«, setzte Erdmann an, wurde aber von Matthiessen unterbrochen. »Haben Sie jemanden vom Observierungsteam zu ihm geschickt?«

Stohrmann schüttelte in einer theatralischen Geste den Kopf. »Das hätten *Sie* wahrscheinlich getan, Frau Matthiessen, nicht wahr? Und ihm damit verraten, dass er beschattet wird. Ich habe selbstverständlich *niemanden* aus dem Team zu ihm beordert, sondern einen Streifenwagen.«

»Sie haben mich falsch verstanden, Herr Hauptkommissar.« Matthiessens Stimme klang unpersönlich und kalt. »Was ich meinte, war: Haben Sie *etwa* jemanden vom Observierungsteam zu ihm geschickt. Es beruhigt mich aber, dass Sie es nicht getan haben.«

Erdmann warf ihr einen überraschten Blick zu. Endlich begann sie, sich gegen Stohrmann zur Wehr zu setzen. Der schien nicht minder verwundert zu sein. Es dauerte eine Weile, bevor er ihr antwortete, und Erdmann entgingen nicht die verhalten grinsenden Gesichter hinter ihm.

»So, Sie … Wie auch immer. Ich habe den Kollegen von der Streife jedenfalls gesagt, sie sollen dort mit ihm auf Sie warten. Fahren Sie hin und sehen nach, was da los ist. Dieser Zender fängt an, äußerst lästig zu werden. Machen Sie ihm klar, wenn wir noch mal einen Anruf seinetwegen erhalten, hat er eine Menge Ärger am Hals.«

Noch bevor sie die Tür erreicht hatten, rief er ihnen hinterher: »Ach, Moment, wo wir gerade bei Herrn Jahn sind, da ist noch was.« Er ging zu einem der Tische, nahm ein Blatt Papier, das dort lag, und sah es sich an. »Diese Zeitung, die die ganze Sache heute Morgen so reißerisch präsentierte, hat den Tipp per Mail bekommen, von irgendeiner Phantasieadresse. Über die IP-Adresse und den Provider konnten wir zwar den Absender bisher noch nicht genau lokalisieren, aber von den möglichen Kandidaten ist nur einer bei diesem Provider, und das ist Jahn. Haken Sie mal nach und bringen Sie es aus ihm heraus, ob er's war.«

Im Flur klopfte Erdmann seiner Kollegin auf die Schulter. Er sagte nichts, aber das war auch nicht nötig.

Matthiessen sprach unterwegs mit einem Kollegen aus dem Observierungsteam, der erklärte, der junge Mann sei etwa eine halbe Stunde zuvor angekommen, allein. Er habe geklingelt und sich kurz mit Jahn an der Haustür unterhalten. Dann habe der Autor ihm die Tür vor der Nase zugeschlagen. Auf erneutes Klingeln und Klopfen sei die Tür noch einmal kurz geöffnet und wieder zugeschlagen worden. Danach habe Zender sich vor dem Haus auf den Boden gesetzt und sei alle paar Minuten aufgestanden, um Sturm zu läuten und gegen die Tür zu hämmern, bis der Streifenwagen angekommen war und die beiden Kollegen ihn von Jahns Grundstück geführt hatten.

Sie fanden Christian Zender auf dem Mäuerchen eines Nachbargrundstücks sitzen, die uniformierten Beamten standen links und rechts von ihm und unterhielten sich. Er machte sich nicht die Mühe aufzustehen, als Matthiessen und Erdmann auf ihn zugingen, und er sah sie auch nicht an. Die Hände unter die Oberschenkel geschoben, saß er leicht vornübergebeugt da und schien sich gerade brennend für seine blauen Converse zu interessieren, die er von allen Seiten betrachtete. Selbst als sie vor ihm stehen blieben, zeigte er keine Reaktion. Matthiessen fragte, ob er Schwierigkeiten gemacht hätte, was ihre Kollegen verneinten. Sie bat die beiden, an ihrem Streifenwagen zu warten, und wandte sich direkt an Zender. »Was tun Sie hier?«

Er unterbrach seine Schuhbegutachtung und sah sie an. »Das, was die Polizei offensichtlich nicht für nötig hält, Frau Hauptkommissarin. Ich möchte demjenigen ein paar Fragen über Ninis Verschwinden stellen, der wohl am meisten darüber weiß. Dem, der sich diese ganze scheußliche Sache ausgedacht hat.«

»Sie haben sich gegen den Willen des Besitzers auf privatem Grund aufgehalten, Herr Zender«, sagte Erdmann. »Das ist Hausfriedensbruch.«

»Ach, und dass man Nini entführt hat und vielleicht umbringen wird? Was ist das? Ist das nicht vielleicht wichtiger als *mein Haus, dein Haus*?«

»Sie machen sich heimlich Schlüssel nach, Sie halten sich unberechtigt auf fremden Grundstücken auf – Glauben Sie eigentlich, Sie können ungestraft tun und lassen, was Sie wollen?«

Mit einem schiefen Grinsen hob Zender mahnend den Zeigefinger und sagte mit bedeutungsschwerer Stimme: »Discite moniti!« Erdmann warf Matthiessen einen Blick zu, doch die zuckte mit den Schultern, was auch Zender registriert haben musste. »*Lernt, ihr Ermahnten*, Herr Oberkommissar. Ich wollte Ihnen damit auf ironische Weise sagen, dass Sie sich Ihre Belehrungen schenken können. Wie Sie wissen, bin ich angehender Jurist.«

Matthiessen hob die Hand und hinderte Erdmann so daran, Zender über den Mund zu fahren. Mit bemerkenswert ruhiger Stimme sagte sie: »Wir können verstehen, dass Sie sich große Sorgen um Ihre Freundin machen, aber an gewisse Dinge müssen Sie sich trotzdem halten. Erzählen Sie doch bitte mal, was genau Sie von Herrn Jahn eigentlich wollten.«

Das schien zu wirken. Der bis zu diesem Moment verbissen wirkende Gesichtsausdruck des jungen Mannes entspannte sich deutlich. »Ich wollte nur von ihm wissen, was man seiner Meinung nach mit Nini gemacht hat, und vor allem, ob er eine Vorstellung davon hat, wo man sie hingebracht haben könnte. Er muss doch zumindest eine Idee haben, er hat das Buch schließlich geschrieben.« *Glaubst du*, dachte Erdmann. »Aber der Kerl dachte gar nicht daran, mir zu helfen. Er hat mir die Tür vor der Nase zugeschlagen. Mistkerl.«

»Was hätten Sie denn getan, wenn er mit Ihnen geredet und Ihnen tatsächlich irgendwelche Tipps gegeben hätte?«

»Dann wäre ich damit natürlich zu Ihnen gekommen, wie es meine Pflicht ist.«

Matthiessen legte den Kopf ein wenig schief. »Sicher?«

»Natürlich, ganz sicher. Was sollte ich selbst denn schon ausrichten?«

»Das ist gut, denn wir wollten uns sowieso gerade mit Herrn Jahn unterhalten. Natürlich werden wir ihm diese Fragen auch wieder stellen. Sie können das also getrost uns überlassen und weiter bei Freunden und Bekannten nach Frau Hartmann suchen.«

»Was macht eigentlich Herr Schäfer?«, wollte Erdmann wissen, und er musste sich zugestehen, dass er das mit einer gewissen Schadenfreude tat.

»Ach, Dirk … der ist im Moment nicht so gut auf mich zu sprechen. Amicus certus in re incerta cernitur. In der Not erkennst du den wahren Freund.«

»Hatten wir den Spruch nicht schon? Sie lassen nach.«

»Also, wir gehen jetzt zu Herrn Jahn. Unsere Kollegen da vorne am Streifenwagen warten auf Sie, sie bringen Sie nach Hause.«

»Aber –«

»Nein«, sagte Erdmann bestimmt. »Kein Aber. Wir gehen da rein, Sie fahren nach Hause. Und wenn Sie Glück haben, können wir Herrn Jahn sogar davon abbringen, Sie wegen Hausfriedensbruchs anzuzeigen. Aber das hängt auch davon ab, wie kooperativ Sie sich jetzt zeigen. Also – Auf Wiedersehen.« Nach einem letzten, kurzen Zögern, wandte Zender sich schließlich ab und ging mit hängenden

Schultern zu dem Streifenwagen und den dort wartenden Polizisten.

Christoph Jahn öffnete die Tür schon, als sie noch ein paar Meter vom Eingang entfernt waren. Man konnte ihm den Ärger über Zenders Verhalten deutlich ansehen. Aber da war auch noch etwas anderes, das Erdmann auffiel, das er aber nicht benennen konnte.

»Haben Sie den Mann verhaftet? Was manche Leute sich herausnehmen. Sie hätten mal hören sollen, wie der mit mir geredet hat.«

»Er wird gerade von zwei Kollegen weggebracht, Herr Jahn«, erklärte Matthiessen. »Wir würden uns gerne noch mal mit Ihnen unterhalten. Dürfen wir reinkommen?«

»Ähm … ja, kommen Sie.« Jahn machte den Eingang frei und warf einen Blick auf seine Armbanduhr. Erdmann fand, er sah blass aus und wirkte sehr nervös, und er fragte sich, ob Zenders Besuch der Grund dafür war.

Helga Jäger war nicht zu sehen. Jahn erklärte auf Matthiessens Nachfrage, sie sei zum Einkaufen gefahren und schon einige Zeit unterwegs.

»Was wollte Herr Zender eigentlich von Ihnen?« Erdmann legte seinen Notizblock vor sich auf den Couchtisch.

Jahn rieb die Hände gegeneinander und begann dann, seine Finger zu kneten. Er erschien Erdmann wie ausgewechselt. Aus dem relativ ruhigen Mann war ein Nervenbündel geworden. »Er sagte, er sei ein Freund dieser Studentin, Nina, und er müsse mir Fragen stellen. Ich habe ihm gesagt, dass ich nichts weiß und dass er gehen soll. Da wurde er gleich unverschämt und hat mir gedroht, wenn ich ihm nicht helfen wolle, würde er einen Leserbrief an die HAT schicken, an Dieter Kleenkamp persönlich, und darüber berichten, dass ich als Autor von *Das Skript* mich weigere, in dem Fall zu helfen. Der würde das sicher in der HAT abdrucken, es ginge ja auch um seine Tochter. Da habe ich die Tür geschlossen und bei der Polizei angerufen.«

»Herr Jahn, es gibt einige Dinge, über die wir mit Ihnen sprechen möchten«, übernahm Matthiessen. »Zuerst müssen wir etwas klären, das für uns sehr wichtig ist, weil es dabei um Glaubwürdigkeit geht. Um *Ihre* Glaubwürdigkeit. Es betrifft die Informationen über den Fall, die an dieses Boulevardblatt gegangen sind.« Sie machte eine Pause, in der sie Jahn ansah. Der beendete das Kneten seiner Finger und zuckte mit den Schultern. »Ja, ich gebe es ja zu.« *Also doch.* »Sie wissen doch selbst, wenn die es nicht von mir erfahren hätten, dann von jemand anderem. Außerdem gibt es überhaupt keinen Grund, die Öffentlichkeit nicht zu informieren. Im Gegenteil, Sie hätten es selbst öffentlich machen müssen. Schließlich sind Sie auf Hinweise aus der Bevölkerung angewiesen, das wissen Sie.«

»Sie haben uns heute Morgen also bewusst nicht die Wahrheit gesagt.« In Matthiessens Stimme klang gerade so viel Vorwurf mit, dass es sich nicht nach Belehrung anhörte. Erdmann kritzelte ein paar Sätze auf den Block. »Woher wollen Sie eigentlich wissen, dass wir keinen Grund dafür hatten, die Informationen zurückzuhalten, Herr Jahn?«

Ein erneuter, nervöser Blick zur Armbanduhr. »Sie haben mir keinen genannt. Ich habe Ihnen ja gleich gesagt, dass ich nicht verstehe, warum Sie die Öffentlichkeit außen vor lassen wollen.«

»Haben Sie noch einen Termin?«

»Ähm … nein, also nicht direkt einen Termin. Ich wollte eigentlich gleich noch weg.«

»Aha. Wohin?«

»Ach, Recherche. Für meinen neuen Roman.«

»Darf ich fragen, wo und mit wem?«

»Mit niemandem. Ich sagte ja schon, es ist keine Verabredung. Ich möchte sehen, wie die Sonne zu einer bestimmten Uhrzeit an einer bestimmten Stelle steht und wie die Schatten dort fallen. Ich möchte bei der Beschreibung eines Ortes keine Fehler machen, das ist mir wichtig.«

»Wie wichtig ist Ihnen Ihr geistiges Eigentum, Herr Jahn?«, fragte Matthiessen weiter.

»Was meinen Sie? Ich verstehe die Frage nicht.«

»Meine Kollegin möchte wissen, wie sehr Sie Ihren Lektor Werner Lorth dafür hassen, dass er Ihre Manuskripte nicht lektoriert, sondern größtenteils neu geschrieben hat.«

Jahn wurde kreidebleich. »Was soll das denn bedeuten? Wie kommen Sie darauf, dass ich ihn hasse? Ich mag ihn nicht sonderlich, das stimmt, aber –«

»Herr Lorth hat uns gegenüber zugegeben, dass Sie von Ihrem Verlag dazu genötigt wurden, eine Klausel zu unterschreiben, die es Ihrem Lektor gestattet, aus Ihren Manuskripten sozusagen neue Romane zu machen, die dann aber trotzdem unter Ihrem Namen erscheinen.«

Jahn blickte Matthiessen ungläubig an. »Das hat er Ihnen gesagt?«

»Ja, das hat er gesagt, und der Programmchef, Herr Lüdtke, hat es bestätigt.«

»Lüdtke? Ausgerechnet? Das ist ja interessant. Die ließen mich eine Klausel unterschreiben, dass ich eine Strafe in einer Höhe zahlen muss, die mich ruiniert hätte, wenn ich auch nur ein Sterbenswörtchen darüber verloren hätte. Und jetzt erzählen sie selbst alles.«

»Dann stimmt es also? Werner Lorth hat Ihre Romane umgeschrieben?«

Jahn nickte, die Nervosität hatte zumindest für den Moment einer grimmigen Wut Platz gemacht. »Ja, er hat sie umgeschrieben. Dieser Stümper hat aus meinen akribisch recherchierten Handlungen und Personen billige Schundromane gemacht. Das ist der wahre Grund, warum sie sich nicht gut verkaufen. Und jetzt, wo sie merken, dass sie es versaut haben, greifen sie zu …« Er verstummte.

»Zu was?«, hakte Erdmann sofort nach. Sein Puls hatte sich beschleunigt. Als Jahn nicht sofort antwortete, setzte er nach, lauter und bestimmter: »Antworten Sie. Was wollten Sie sagen? Wozu greifen sie, Herr Jahn?«

»Ach, ich …«

»Na los, nun sagen Sie schon. Sofort. Was wissen Sie? Es geht hier um den Mord an mehreren Menschen, verdammt. Reden Sie.«

»Ich weiß gar nichts, aber ich denke, dass die das vielleicht getan haben«, presste er schnell heraus und sackte gleich darauf in sich zusammen.

»Was bringt Sie zu dieser Annahme?« Matthiessen ließ ihm keine Zeit, und Erdmann wusste, warum. Sein Entschluss, zu sagen was er wusste oder dachte, konnte sich mit jeder weiteren Sekunde, die verstrich, wieder ändern.

»Weil sie am meisten davon profitieren, wenn die Bücher gut laufen, und weil sie den größten Schaden haben, wenn sie sich nicht verkaufen. Sie haben mir ein hohes Garantiehonorar bezahlt.«

»Aber Sie selbst verdienen auch gut damit, wenn Ihre Bücher gekauft werden, oder etwa nicht?«

»Ja, aber lange nicht so viel wie der Verlag.«

»Aber *Sie* haben die Zeitungen informiert, weil Sie wussten, wenn die Story veröffentlicht wird, sind Ihre Bücher innerhalb weniger Stunden ausverkauft.«

»Die Zeitungen hätten es doch sowieso erfahren. Und den armen Frauen nutzt es auch nichts, wenn mein Buch nicht verkauft wird. Ich habe kein Geheimnis daraus gemacht, dass ich Geld brauche. Denken Sie, das hätte ich Ihnen freiwillig gesagt, wenn ich etwas mit der Sache zu tun hätte? Ich habe Ihnen mein Motiv sozusagen frei Haus geliefert.« Er sah wieder auf seine Uhr. »Ich … bitte entschuldigen Sie, aber ich muss jetzt gleich los. Wenn ich zu spät komme, kann ich nicht weiterschreiben. Vielleicht können wir uns später noch mal unterhalten?«

Erdmann sah zu Matthiessen hinüber, sie musste das entscheiden. Er hätte Jahn in diesem Moment definitiv nicht gehen lassen. »Hm … Also gut. Eines noch: Wie verlief das Telefonat zwischen Ihnen und Frau Hansen heute Morgen?«

»Ach, ja klar, sie hat Ihnen davon erzählt. Sie ist enttäuscht von mir, weil die Bücher nicht komplett von mir geschrieben sind. Sie fühlt sich von mir betrogen. Aber ich denke, sie wird sich wieder beruhigen. Ich habe ihr erklärt, dass Lorth mich dazu gezwungen hat, seine Änderungen zu akzeptieren.«

»Und danach? Wie haben Sie sich nach dem Telefonat gefühlt?«

»Wie meinen Sie das? Ich habe mich über Lorth geärgert, sonst nichts.«

»Wie hat sich dieser Ärger ausgewirkt?«

»Wie meistens bei mir. Ich habe mich in mein Arbeitszimmer zurückgezogen und so lange an meinem Manuskript gearbeitet, bis es mir wieder besserging. Ich schreibe in solchen Situationen Szenen, in denen einer der Protagonisten wütend ist, die werden dann sehr authentisch. Aber jetzt muss ich wirklich los, tut mir leid.«

Matthiessen und Erdmann waren schon einige Meter von der Haustür entfernt, als Jahn ihnen nachrief: »Ach, einen Moment noch, bitte.« Sie drehten sich zu ihm um. »Da ist noch was. Vor ein paar Wochen, da war ich bei Lüdtke wegen meines neuen Manuskripts. Dabei haben wir auch darüber gesprochen, dass meine Bücher sich nicht so toll verkaufen, und da sagte er etwas, das ich damals schon sehr seltsam fand. Aber wenn ich es mir jetzt überlege, hat es noch mal eine ganz andere Qualität. Lüdtke sagte, am besten wäre es, wenn wieder so was passieren würde wie vor vier Jahren mit dem *Nachtmaler.*«

Erdmann nickte. »Danke für die Information.«

»Warum hast du ihn von der Angel gelassen?« wollte Erdmann von seiner Kollegin wissen, als sie Jahns Grundstück verlassen hatten. »Hast du nicht bemerkt, wie nervös er war?«

»Natürlich habe ich das bemerkt. Aber ich möchte wissen, wohin er jetzt fährt.«

»Aha, dann glaubst du also mittlerweile auch, dass der Herr Autor Dreck am Stecken hat?«

»Nein, jetzt noch weniger als zuvor. Sein ganzes Verhalten … Ich glaube nicht, dass er sich so verstellen kann. Aber es könnte trotzdem interessant sein, wohin er fährt.«

Sie rief einen der Kollegen vom Observierungsteam an und mahnte zu besonderer Aufmerksamkeit, wenn Jahn das Haus verließ. »Wir bleiben auch an ihm dran. Sagen Sie es auch den beiden, die die Rückseite beobachten.«

Sie waren am Golf angekommen und setzten sich hinein. Erdmann hoffte, dass sie nicht zu lange warten mussten. »Was hältst du von der Geschichte mit Lüdtke?«

»Er sagte ja was Ähnliches schon zu uns. Ich denke, der Kerl ist eiskalt, wenn es ums Geschäft geht.«

»Und? Glaubst du, er hat was damit zu tun?«

»Ich weiß es nicht, aber bei ihm würde ich es nicht ausschließen.«

Sie konzentrierten sich auf die Einfahrt des Grundstücks, wo Jahn bald herauskommen musste.

Er kam nicht.

XIII

Zuvor

Sie hatte es aufgegeben, der Frau etwas sagen zu wollen. Und auch die Frau, die schräg vor ihr an der Wand stand, war mit der Zeit ruhiger geworden. Sie hatte sich irgendwann nicht mehr gerührt, nachdem sie sich zuvor mit ihren Bewegungen immer wieder beinahe selbst stranguliert hatte. Auch ihre Versuche zu sprechen waren weniger geworden. Ab und an drückte sich noch ein Stöhnen wattig und dumpf durch das Klebeband, aber sie interessierte sich nicht mehr dafür.

Sie hatte sich in sich selbst zurückgezogen und wollte gar nicht mehr wissen, was da draußen vor sich ging, in diesem Raum, in dieser Welt. Tief in ihr drin war es angenehm warm, es fühlte sich gut an, behaglich. Selbst die Schmerzen waren draußen geblieben, in der Albtraumwelt. Sie fühlte einfach nichts mehr. Warum war ihr früher nie aufgefallen, wie schön es war, im eigenen Inneren zu ruhen? Aber das stimmte ja gar nicht, sie kannte es, ja, doch. Es war nur schon so schrecklich lange her, dass sie es vergessen hatte. Als kleines Kind hatte sie sich oft an diesem Ort verkrochen, ganz tief in sich selbst. Nachts, wenn sie wach geworden war und Angst gehabt hatte vor Monstern und Hexen, die vielleicht in der Dunkelheit ihres Zimmers lauerten. Dann hatte sie die Decke bis über die Nase gezogen, die Augen ganz fest geschlossen und sich vorgestellt, von einem engen Kokon umgeben zu sein, den nichts und niemand durchdringen konnte. Sie hatte die Welt unterteilt in draußen, wo es kalt und gefährlich war, und drinnen, wo es warm war und schön und geborgen. Dann konnte sie einschlafen, denn sie wusste, es würde ihr nichts geschehen, solange sie sich nicht herauswagte.

Sie hatte den Entschluss gefasst, dort drinnen zu bleiben, tief in sich selbst. Ihr Verstand hatte ihr gesagt, dass er starb, wenn sie ihn noch mal rausschickte in diesen Raum, zu den Schmerzen. Zu diesem Monster im Menschenkostüm.

Sie würde nicht mehr zurückkehren. Sie war zufrieden, ja, sie war richtiggehend glücklich. Wie damals als kleines Mädchen. In ihrem Kokon. Ihr war nach Singen, und sie sang mit ihrer hohen Mädchenstimme:

Der Jäger kommt gegangen
und will die Häschen fangen
ihr Häschen, nehmt euch nur in Acht
ihr werdet alle umgebracht

O Jägersmann wir lachen
was machst du denn für Sachen
Sieh da! Die Häschen freun sich recht
dass deine Flinte traf so schlecht

30

Über eine halbe Stunde hatten sie noch im Wagen gesessen und die Einfahrt von Jahns Haus beobachtet. Immer wieder hatte Matthiessen die beiden Observierungsteams angerufen und nachgefragt, aber auch dort war der Autor nicht vorbeigekommen. Ein Anruf bei Jahn unter einem Vorwand ergab schließlich, dass er es sich anders überlegt hatte, weil es ihm zu spät geworden war. Er hatte die Betrachtung der Lichtverhältnisse auf den nächsten Tag verschoben. Missmutig hatten sie sich daraufhin auf den Rückweg zum Präsidium gemacht.

Die Berichte des letzten Tages standen noch aus, und Erdmann erklärte sich bereit, sie zu schreiben. Bis zum späten Nachmittag blieben sie im Präsidium, die meiste Zeit verbrachte jeder in seinem Büro, und während Matthiessen sich noch mal mit Jahns Büchern beschäftigte, ging Erdmann erneut die Kölner Unterlagen durch und hoffte, dort noch einen Hinweis zu finden, der für die Kollegen damals vielleicht nicht ersichtlich war, aber mit dem Wissen des aktuellen Falls einen Sinn ergab.

Er rief auch bei der zuständigen Kripo in Köln an und bat darum, den Kollegen KHK Udo Stöhr sprechen zu können, der laut Unterlagen die Untersuchung am *Nachtmaler*-Fall geleitet hatte. Ein Hauptkommissar Bernd Menkhoff war am Telefon und erklärte, er sei gerade erst von Aachen nach Köln versetzt worden und kenne die Kollegen zwar noch nicht alle, aber KHK Stöhr sei ihm bekannt, und er sei erst am nächsten Tag wieder im Büro.

Erdmann bedankte sich bei dem etwas brummig wirkenden Kollegen und legte auf.

Sein nächster Anruf galt der Frau, die Jahn in Köln das Alibi gegeben hatte. Adresse und Telefonnummer standen in den Unterlagen und stimmten auch noch. Sie war zu Hause und nahm das Gespräch selbst an, allerdings war sie wenig erbaut, als sie hörte, aus welchem Grund Erdmann sie anrief. In kurzen, knappen Sätzen bestätigte sie nochmals ohne Zögern, dass sie die fragliche Nacht mit Jahn verbracht hatte, bat aber eindringlich darum, man möge sie in Ruhe lassen. Ihr Mann habe ihr mittlerweile verziehen, und sie wolle nicht, dass diese Wunde wieder aufreiße.

Kurz nach siebzehn Uhr stand Matthiessen dann in seinem Büro und erklärte, sie wolle Dienstschluss machen. Sie sah müde aus, und auch er selbst fühlte sich niedergeschlagen, so dass er zustimmte und mit ein paar Handgriffen seinen Schreibtisch aufräumte. Die Kölner Unterlagen nahm er mit.

Um Viertel nach sechs war Erdmann zu Hause. Sein Kühlschrank gab nicht mehr allzu viel her, er musste dringend einkaufen. Also entschied er sich für Sushi, das eine halbe Stunde später von einem immer lächelnden, freundlichen Japaner an die Tür geliefert wurde.

Er hatte mit Matthiessen abgemacht, den Abend zu nutzen, um die Akte zum Kölner Fall noch haarklein durchzugehen. Matthiessen wollte sich das, was sie bisher über den aktuellen Fall hatten, genau ansehen, damit sie ganz sicher sein konnten, nichts übersehen zu haben.

Nach dem Essen war aus seiner Niedergeschlagenheit eine bleierne Müdigkeit geworden, und Erdmann beschloss, eine halbe Stunde zu schlafen, bevor er sich mit den Berichten beschäftigen würde. Er streckte sich lang auf der Couch aus und schlief sofort ein.

Matthiessens Anruf weckte ihn um kurz nach 21 Uhr, und nach ein paar Sekunden, die er brauchte, um zu begreifen, wo er sich befand, brummte er: »Das scheint eine Masche von dir zu sein, mich aus dem Schlaf zu reißen.«

»Tut mir leid, ich dachte, du arbeitest noch, wie wir es besprochen haben.«

»Ja, ich bin ja auch nur auf der Couch –«

»Steig sofort in dein Auto. Jahn ist vor einer Viertelstunde von zu Hause losgefahren. Die Kollegen sind an ihm dran.«

»Aber was sollen wir denn dann noch –«

»Ich erkläre es dir, während du zu deinem Auto gehst. Also, los jetzt.« Ihre Stimme ließ keine weitere Diskussion zu.

»Moment, bleib dran.« Erdmann sprang auf, steckte das Telefon trotz der bestehenden Verbindung in die Hosentasche und zog im Flur seine Schuhe an. Eine Minute später war er im Treppenhaus und hatte das Telefon wieder am Ohr.

»Er fährt in Richtung Stadt. Wenn wir Glück haben, kommt er auf uns zu. Und jetzt sieh zu, dass du schleunigst losfährst. Ein Einsatzkommando ist auch schon unterwegs. Alles weitere dann über Funk.« Sie beschrieb ihm noch die Gegend, in der Jahn zurzeit unterwegs war, und legte auf.

Im Auto schaltete Erdmann das Funkgerät ein und war froh, dafür gesorgt zu haben, dass er das Gerät für seinen Privatwagen bekommen hatte. Anhand der Durchsagen seiner Kollegen konnte er genau verfolgen, welchen Weg Jahn nahm.

Erdmann fuhr erst ein kleines Stück Landstraße, dann

nahm er die A7. Keine zwanzig Minuten später erreichte er das Gebiet des Waltershofer Hafens und kam dort fast gleichzeitig mit Matthiessen zu der Stelle, an der Jahn kurz zuvor seinen Wagen abgestellt hatte. Sie parkten die Autos ein Stück abseits, so, dass sie Jahn nicht sofort ins Auge sprangen, wenn er zurückkam.

Diese Gegend sah tagsüber schon recht trist aus, aber nun, im kalten Licht des fast vollen Mondes, das hier und da von alten Lampen unterstützt wurde, die vereinzelt an den Wänden von Gebäuden oder Schuppen montiert waren, würde sich wohl niemand freiwillig dort aufhalten. Außer er hatte einen triftigen Grund dafür. Düstere, große Lagerhallen wechselten sich mit Schuppen und Ziegelsteingebäuden mit vielen kleinen Fenstern ab, hier und da waren alte, rostige Container übereinandergestapelt wie riesige Bauklötze.

»Ob Herr Jahn hier auch recherchiert?«, raunte Erdmann Matthiessen zu. »Scheint so, als sollte ich doch recht behalten mit meiner Vermutung, dass der Herr Schriftsteller nicht so sauber ist, wie er uns weismachen will.«

»Komm, wir müssen los. Ich hab dem Einsatzkommando Bescheid gegeben, dass sie nicht mit großem Tamtam hier anrücken sollen. Jahn muss irgendwo dahinten sein.« Matthiessen hatte ihr Handy in der Hand und hielt es sich ans Ohr. Sie hatte einen der Kollegen dran, die Jahn von seiner Wohnung aus gefolgt waren, und ließ sich von ihm dirigieren. Immer wieder beschrieb sie dem Kollegen leise, was sie vor und um sich herum sah, während sie gemeinsam mit Erdmann über schmale Wege an düsteren Gebäuden vorbei- und zwischen Containern hindurchging. Der Mond am fast wolkenlosen Himmel spendete genügend Licht, so dass sie in ungefähr sehen konnten, wohin sie ihre Füße setzten. Nach ein paar Minuten erreichten sie einen etwa drei Meter hohen Zaun mit einer Tür, vor der ein Kollege des Observierungsteams sie erwartete. Die Tür – wie der Zaun eine Konstruktion aus Flacheisen mit dickem Maschendraht – stand etwa einen halben Meter weit offen und schien sich nicht bewegen zu lassen. Auf Augenhöhe prangte ein gelbes Schild mit roter Schrift:

Betreten verboten
Einsturzgefahr!

»Er ist da hinten in das alte Gebäude hineingegangen«, begrüßte der Kollege sie leise. »Sieht ziemlich baufällig aus. Die Kollegen haben sich um das Gebäude herum an Stellen postiert, an denen er vielleicht wieder rauskommen könnte. Kommen Sie.«

Hinter dem Zaun wurde das Gelände schwieriger. Überall lagen Steine, Metallteile, Bauschutt und Müll herum, einen Weg gab es nicht mehr. Sie mussten bei jedem Schritt genau darauf achten, wohin sie traten.

Als sie den Bau fast erreicht hatten, blieb Erdmann stehen und betrachtete die Fassade aus Ziegelsteinen, die sich dunkel und bedrohlich vor ihnen auftürmte. Er schätzte, dass es sich um ein ehemaliges Verwaltungsgebäude handelte, denn es fehlten die für eine Fabrikhalle typischen großen Tore.

»Da vorne ist er rein.« Der Mann deutete auf ein türloses schwarzes Loch schräg vor ihnen, zu dem eine breite Treppe mit einigen wenigen Stufen hinaufführte. In den Boden entlang der Fassade waren in regelmäßigen Abständen Lichtschächte eingelassen, nur die wenigsten waren noch mit einem Gitterrost abgedeckt.

»Okay. Sie kommen mit bis zum Eingang«, befahl Matthiessen und zog ihre Waffe. »Dort warten Sie auf das Einsatzkommando. Wenn die Männer hier eintreffen und wir noch nicht wieder zurück sind, dann schicken Sie sie rein.«

Sie nickte Erdmann zu, der ebenfalls seine Waffe in den Händen hielt. »Dann lass uns mal sehen, was Herr Jahn hier so treibt.«

Matthiessen setzte sich in Bewegung und betrat als Erste das Gebäude. Erdmann spürte Erleichterung, denn so hatte er sie vor sich und konnte sehen, was sie tat. Im gleichen Moment schalt er sich jedoch, dass er so etwas auch nur dachte. Stohrmanns Erzählungen hatten anscheinend ihr Ziel nicht verfehlt.

Unmittelbar hinter dem Eingang wurde es schwarz, doch bevor Erdmann darüber nachdenken konnte, wie sie sich in dieser Dunkelheit zurechtfinden sollten, tauchte vor ihm ein ovaler Lichtkegel auf. Matthiessen hatte eine kleine Stabtaschenlampe angeschaltet und leuchtete nun den Gang damit aus. Er war etwa drei Meter breit, ein Ende war nicht erkennbar. Zu beiden Seiten zeichneten sich in unregelmäßigen Abständen Türnischen in den Wänden ab. Der Boden war mit Müll und abgeblättertem Putz übersät, der beim Abfallen große, unregelmäßige Inseln aus rohem Stein in den Wänden hinterlassen hatte.

Vorsichtig ging Matthiessen noch einige Meter weiter, dann blieb sie stehen und deutete auf eine Stelle schräg vor sich auf der linken Seite. Auf den ersten Blick sah es aus wie eine der Türnischen, aber als Erdmann näher kam, erkannte er die erste Stufe einer Treppe, die nach unten führte. Matthiessen legte einen Finger auf die Lippen, und Erdmann blieb reglos neben ihr stehen. Konzentriert lauschte er in die Dunkelheit, aber es herrschte absolute Stille. Nach einer Weile nickte sie ihm zu und setzte den Fuß auf die erste Stufe.

Die Treppe war sehr schmal und wurde zu beiden Seiten von unverputzten Wänden begrenzt. Nach etwa zehn Stufen machte sie einen scharfen Knick nach links, und Erdmann überlegte sich, dass es unmöglich gewesen sein musste, über diese Treppe etwas Größeres hinunterzutragen, geschweige denn einen Menschen. Es musste noch einen anderen Zugang geben.

Der Keller am Fuße der Treppe stellte sich als eine Kopie des Erdgeschosses heraus. Das Bild aus Müll, Bauschutt und Unrat setzte sich nahtlos fort, und auch hier waren zu beiden Seiten Türnischen zu sehen.

Matthiessen sah sich um, sie schien nicht recht zu wissen, in welche Richtung sie gehen sollte. Die Entscheidung wurde ihr durch Geräusche abgenommen, die von der rechten hinteren Seite herrührten. Matthiessen hob ihre Waffe ein Stück und sah Erdmann an. Er nickte, und sie gingen vorsichtig los.

Erdmann versuchte, in dem schwachen Lichtschein von Matthiessens Taschenlampe freie Stellen auf dem Boden zu finden, auf die er seine Füße setzen konnte, aber das war so gut wie unmöglich. Jeder ihrer Schritte wurde begleitet von Knirschen und Knacken, und Erdmann war sicher, wenn Jahn sich irgendwo in dem Keller aufhielt, musste er sie schon gehört haben. Er stellte fest, dass einige der Nischen in den Wänden keine Eingänge zu Räumen, sondern Abzweigungen in weitere, kleinere Gänge waren, in die dann wieder Nischen eingelassen waren. Es erschien ihm wie ein Labyrinth, und er konnte sich vorstellen, dass man recht schnell die Orientierung verlor, wenn man ein paarmal irgendwo abgebogen war.

Nach ein paar Metern blieb Matthiessen stehen und richtete den Schein der Stablampe nach vorne. Ein paar Meter vor ihnen endete der Gang an einer Mauer und zweigte wie an einer T-Kreuzung ab. Sie gingen bis zu der Stelle, und nachdem Matthiessen die Lampe einmal in beide Richtungen gehalten hatte, deutete sie Erdmann an, er solle sich rechts halten, während sie dem linken Gang weiter folgen wollte. Wieder musste er an die Warnungen Stohrmanns denken, doch nur Sekunden später verflüchtigten sich diese Gedanken, denn wenige Meter vor ihm, wahrscheinlich hinter einer der Nischen, polterte und krachte es dumpf, und er riss die Waffe hoch. »Los«, hörte er Matthiessens Stimme hinter sich, dann ihre schnell näher kommenden Schritte. Er setzte sich in Bewegung. Vier Meter, fünf, dann hatte er die Stelle erreicht.

Anders als die meisten dieser Nischen war diese mit einer Tür versehen. Erdmann streckte ohne Zögern die Hand aus und drückte die Klinke herunter. Die Tür war nicht verschlossen.

Matthiessen stand unmittelbar hinter ihm, er hörte ihren schnellen, schnaufenden Atem. Er nickte und drückte dann mit einem heftigen Ruck gegen die Tür. Sie flog auf und gab den Blick frei auf … eine exakte Kopie von Christoph Jahns Kellerraum.

Erdmann brauchte ein, zwei Sekunden, um das Bild zu verarbeiten, das der Mond, der in der kleinen, sogar noch intakten Scheibe direkt unterhalb der Decke stand, wie ein altersschwacher Theaterscheinwerfer anstrahlte. Matthiessen schien die Situation schneller erfasst zu haben, denn sie schob ihn unsanft zur Seite und drängte an ihm vorbei in den Raum, sah sich kurz um und lief dann auf einen großen, dunklen Block im hinteren Bereich zu. Erdmann hatte sich mittlerweile gefangen und registrierte die weit offenstehende Tür auf der gegenüberliegenden Seite des Raumes und die leiser werdenden Geräusche sich entfernender Schritte. »Alles klar?«, rief er hastig Matthiessen zu und spurtete los. Ihr »Ja« hörte er noch gerade so, als er die Tür auf der anderen Seite schon erreicht hatte. Der Gang, der sich vor ihm auftat, glich dem, durch den sie gekommen waren. Auf dem Boden lag aber nur vereinzelt Mauerwerk und Abfall herum, dem er gut ausweichen konnte. Anders als der Hinweg verlief dieser Gang direkt an der Außenmauer entlang, und das Licht, das durch die schmutzigen Oberlichter hereinfiel, war auch hier hell genug, um zu erkennen, was vor ihm lag. Verrückterweise musste Erdmann in dieser Situation daran denken, dass Matthiessen gerade Stohrmanns Geschwätz ad absurdum geführt hatte. Von wegen *vor Angst erstarrt*.

Irgendwo vor sich hörte er Schritte. Der Gang knickte nach rechts ab, noch immer an der Außenmauer entlang. Hier wurde das Laufen wieder schwieriger. Nach etwa zehn Metern führte auf der rechten Seite eine Treppe nach oben. Sie war um einiges breiter als die, über die sie in den Keller gekommen waren. Ohne groß nachzudenken, nahm er sie und hetzte die Stufen hoch. Jahn musste versuchen, ins Freie zu kommen, wollte er eine Chance zur Flucht haben.

Erdmann hatte etwa die Mitte der Treppe erreicht, als er von oben lautes Geschrei hörte. Er übersprang jeweils eine Stufe, um schneller voranzukommen. Als er endlich auf dem oberen Absatz angekommen und nur noch wenige Meter von einer türlosen Öffnung entfernt war, die ins Freie führte, fiel ein Schuss. Mit rasendem Puls legte er die letzten Meter zurück, blieb an dem Mauervorsprung stehen und lugte hinaus ins Freie, aber dort war niemand. Er blickte auf das Gelände hinter dem Gebäude. Vorsichtig schob er sich aus der Deckung heraus, um den ganzen Platz einsehen zu können. Er konnte noch immer niemanden entdecken, aber er hörte in der Entfernung Schritte. Auch Stimmen, die etwas riefen, nahm er wahr, konnte aber nicht verstehen, was sie sagten. Mit einem Ruck stieß er sich ab und lief in die Richtung, aus der die Stimmen kamen. Er war vorsichtig und stolperte doch immer wieder, weil er an irgendwelchen Hindernissen hängenblieb oder keinen Halt fand. Er lief um das Gebäude herum, erreichte den Zaun und die Tür darin, hielt einen Moment inne, lauschte und wandte sich dann nach links, weg von dem Weg, den sie gekommen waren. Er dachte an Matthiessen, die er in dem Keller zurückgelassen hatte. Sie war allein dort. Was, wenn sich noch jemand da unten aufhielt? Jahns Komplize? Lüdtke? Lorth? Er schüttelte den Gedanken ab. Die Kollegen hatten Jahn verfolgt, und er war allein gewesen. Wenn er sich aber dort mit – wieder war er mit dem Fuß hängengeblieben. Er ruderte wild mit den Armen, stolperte vorwärts, versuchte, den Oberkörper aufzurichten, um nicht vornüberzukippen, aber es war zu spät. Er verlor das Gleichgewicht und landete bäuchlings zwischen Schutt und Müll auf dem Boden, wo er mit der Brust hart auf einem dicken Stein aufschlug. Der Schmerz nahm ihm den Atem. Einen Moment lang lag er still, wagte es nicht, sich zu bewegen, aus Angst vor der Gewissheit, sich ein paar Rippen gebrochen zu haben. Dann aber dachte er an Matthiessen, die dort hinter ihm in dem Keller saß, und an Jahn. Mit grimmiger Verbissenheit zog er die Beine an, stützte sich mit den Händen ab und drückte den Oberkörper hoch. Dabei konnte er nicht anders, er musste schreien, so heftig war der Stich, der ihm in die Brust fuhr. Er schaffte es schließlich, sich aufzurichten, und taumelte weiter vorwärts. Jeder Atemzug schmerzte in seiner Brust, er ignorierte es, sah stur nach vorne. An einer Stelle etwa fünfzig Meter vor ihm wurden die Konturen der Steine und des Mülls durch einen hellen Lichtschein gestochen scharf hervorgehoben. Dort musste das Gelände abfallen, und es musste eine Beleuchtung geben. Einen Weg vielleicht? Eine Straße? Er brauchte viel länger, als er gedacht hatte, bis er die Stelle erreichte, und je näher er ihr kam, umso deutlicher hörte er Stimmen. Es waren mehrere, sie redeten durcheinander, ein unverständlicher Wortbrei … Er kam an die Stelle, an der das Gelände abfiel, und blieb schwer atmend stehen. Seine Brust schmerzte bei jedem Einatmen. Ein Stück schräg unter ihm standen im Abstand von etwa zehn Metern zwei Gebäude, sie hatten ungefähr die Größe von Wohnhäusern. Durch die Lücke zwischen ihnen sah er nun auch die Männer, zu denen die Stimmen gehörten. Es waren Polizisten, zwei von ihnen in Zivil, die restlichen sechs oder sieben in der Ausrüstung des Sondereinsatzkommandos. Sie standen in einem unregelmäßigen Kreis auf der Straße, die am Fuße der kleinen Erhebung vorbeiführte. Zwei von ihnen knieten mit dem Rücken zu ihm auf dem Asphalt. Schräg hinter ihnen sah er die Fahrerkabine eines Lkw, der Rest des Fahrzeugs wurde von dem linken Gebäude verdeckt. Vor der Stoßstange stand ein Beamter und redete auf jemanden ein, der sich neben der Fahrertür befinden musste.

Erdmanns Blick glitt zurück zu den Männern, und erst in diesem Moment wurde ihm bewusst, dass sie um etwas herumstanden, das auf der Straße lag. Dass sie um *jemanden* herumstanden.

»Mist!« Erdmann lief sofort die leichte Böschung hinunter. Nach ein paar Metern fuhr ihm wieder ein heftiger Stich in die Brust, und er stieß einen Schmerzenslaut aus. Köpfe flogen zu ihm herum, Hände legten sich um Waffen. »Oberkommissar Erdmann!«, rief er ihnen entgegen. »BAO Heike.« Er hatte sie fast erreicht und konnte nun deutlich erkennen, dass es ein Mann war, um den die Kollegen sich geschart hatten. Er lag reglos auf dem Rücken, ein Bein unnatürlich verkrümmt, das Hosenbein feucht glänzend. Das Gesicht war voller Blut, und doch konnte er ihn erkennen. Dort vor ihm auf der Straße lag reglos Christoph Jahn.

31

»Wir haben ihn verfolgt, er ist direkt vor den Lkw gelaufen«, erklärte ein Kommissar des SEKs. »Er kam hinter dem Gebäude hervor und lief auf die Straße, der Fahrer konnte nicht mehr bremsen.«

»Krankenwagen ist informiert«, fügte einer der Männer in Zivil hinzu, der nun neben Jahn kniete und versuchte, die Blutung an dessen Hinterkopf einigermaßen zu stillen. Erdmann ging ebenfalls neben Jahn in die Hocke. Der Autor war bewusstlos, er atmete in kurzen, flachen Stößen. Er sah schlimm aus, sein Körper war mit Verletzungen übersät. Ein abgesplittertes Stück des Unterschenkelknochens stach durch das blutgetränkte Hosenbein hindurch. Die Haut an beiden Händen war großflächig abgeschürft. Auf der Stirn klaffte eine breite Wunde, aus der das Blut sich über Augen und Wangen verteilte. Das Nasenbein war gebrochen, das Jochbein wahrscheinlich ebenfalls.

Erdmann erhob sich wieder und stöhnte dabei ungewollt auf. Er drückte eine Hand auf die schmerzende Stelle auf seiner Brust, zog mit der anderen sein Telefon aus der Tasche und rief Matthiessen an. Nach wenigen Sekunden ging sie ran, ihre Stimme klang ruhig, wie er erleichtert registrierte. Er berichtete in kurzen Sätzen, was geschehen war. Sie war noch in dem Kellerraum, mittlerweile zusammen mit einem Kollegen. Und mit einer Frau, die sie dort gefunden hatte, auf dem Boden neben der Kopie des Heizbrenners aus Jahns Keller sitzend, Augen und Mund mit Klebeband verschlossen, die Hände an ein Rohr gebunden, das hinter ihr verlief. Die Frau war weitestgehend unverletzt, es handelte sich aber weder um Heike Kleenkamp noch um Nina Hartmann.

Erdmann beendete das Gespräch. Er wandte sich an einen der beiden Männer in Zivil. »Fahren Sie beide bitte mit ins Krankenhaus? Ich möchte schnellstmöglich informiert werden und wissen, wie sein Zustand ist. Sollte er zwischenzeitlich zu sich kommen, fragen Sie ihn unbedingt nach Heike Kleenkamp und Nina Hartmann. Wir müssen wissen, wo er sie versteckt hat.« Dann sprach er den Leiter des SEK-Teams an: »Wir haben da unten in einem Kellerraum eine Frau gefunden, aber wir vermissen mindestens noch zwei weitere Frauen. Kann sein, dass die in einem anderen Raum des Gebäudes eingeschlossen sind. Wir müssen den ganzen Bau durchsuchen. Können Sie uns bitte helfen? Ich denke, es reicht, wenn zwei Mann hierbleiben.«

Der Hauptkommissar tippte auf das Funkgerät, das an seiner rechten Brust hing. »Einige von uns sind schon drinnen, wir sind in ständigem Kontakt.«

Nach einem letzten Blick auf den schwerverletzten Jahn machte Erdmann sich auf den Rückweg.

Die Frau war nackt und schmutzig. Die dunklen Haare klebten ihr in dicken Strähnen am Kopf, einige auch im Gesicht, aber das schien sie nicht wahrzunehmen. Man hatte ihr eine Jacke über die Schultern gehängt, eine weitere – Erdmann erkannte, dass es die seiner Partnerin war – lag über ihrem Schoß und ihren Beinen. Sie saß leicht vornübergebeugt auf einer umgedrehten Holzkiste, hielt die Jacke vor ihrer Brust mit beiden Händen zusammen und starrte vor sich auf den Boden. »Sie glaubt, dass sie seit vier oder fünf Tagen hier ist, aber genau weiß sie es nicht.« Matthiessen stand mit Erdmann in der Mitte des

Raums, der sich in nichts von Jahns Keller unterschied. Vielleicht war er ein bisschen kleiner, aber das konnte auch täuschen, weil die Decke ein Stück höher war.

Das Regal mit altem Plunder darauf stand an der gleichen Stelle wie in Jahns Keller. Der dunkle Block im hinteren Bereich des Raumes war ein Nachbau des Heizungsbrenners, wahrscheinlich aus angestrichener Pappe. Sogar das Rohr, an dem Matthiessen sich bei Jahn zu Hause die Stirn gestoßen hatte, verlief an genau der gleichen Stelle. Einzig die Treppe fehlte. Erdmann schüttelte den Kopf. »Unheimlich, diese Ähnlichkeit mit Jahns Keller. Weiß sie was von Kleenkamp und Hartmann? Hat sie sie vielleicht gesehen?«

»Nein. Es waren weitere Frauen hier, aber sie weiß nicht, wie viele. Seit einiger Zeit ist sie allein, sie weiß aber nicht, wie lange schon.«

»Mist.« Erdmann sah sich um und presste dabei eine Hand auf die Brust. Der Schmerz flaute langsam ab, aber es tat noch weh. »Er ist wirklich akribisch, wenn es um seine Handlungsorte geht, das muss man diesem Wahnsinnigen lassen.«

»Was ist mit dir?«, fragte Matthiessen. »Bist du verletzt?«

»Ach, es ist nichts. Ich bin gestolpert und habe mir die Brust irgendwo angeschlagen. Nicht der Rede wert.« Er wandte sich ab. »Ich helfe bei der Suche nach Kleenkamp und Hartmann. Hoffentlich haben wir Glück. Bis gleich.«

Erdmann hatte kaum Hoffnung, die beiden Frauen in dem Gebäude zu finden. Das hätte nicht dem Roman entsprochen. Aber er musste etwas tun, er brauchte das Gefühl, es wenigstens versucht zu haben.

Die Mitglieder des Sondereinsatzkommandos wurden noch durch zwanzig Beamte der Bereitschaftspolizei unterstützt. Sie teilten das Gebäude in Sektoren auf und durchsuchten jeden Winkel. Nach über einer Stunde stand fest: Die beiden entführten Frauen befanden sich nicht in diesem Gebäude.

Erdmann fühlte sich ausgelaugt und müde. Er war verschwitzt und sehnte sich nach einer Dusche und seinem Bett. Vor dem Gebäude traf er Matthiessen. Stohrmann stand bei ihr, er musste irgendwann während der Suchaktion eingetroffen sein. Erdmann sah trotz der schlechten Lichtverhältnisse mit einem Blick, dass er wieder auf ihr herumgehackt hatte. Er würde sich in dieser Sache etwas einfallen lassen, das schwor er sich, aber zuerst galt es, die beiden Frauen zu finden.

»Guten Abend, Herr Erdmann. Ich habe Frau Matthiessen gerade schon gratuliert, aber das richte ich natürlich auch gerne an Sie. Sie haben es geschafft, den einzigen Menschen, der uns hätte sagen können, wo wir Heike Kleenkamp finden, mundtot zu machen. Tolle Leistung.«

»Tot?«, fragte Erdmann. »Ist er gestorben?«

»Ich sagte mundtot. Ich habe gerade mit dem Arzt gesprochen. Jahn ist noch ohne Bewusstsein. Er hat neben vielen anderen Brüchen auch eine schwere Schädelfraktur. Ich kenne mich in medizinischen Dingen nicht aus, aber eins habe ich verstanden: Keiner weiß, wann er aufwachen wird. Und ob überhaupt. Das bedeutet, er wird uns nicht sagen können, wo er Heike Kleenkamp versteckt hat.«

»Und Nina Hartmann«, fügte Matthiessen hinzu.

Stohrmann sah sie verächtlich an. »Was die Situation nicht gerade besser macht. Fahren Sie zu ihm nach Hause und krempeln Sie alles um. Ich schicke Ihnen zur Unterstützung einen Trupp. Wir brauchen irgendeinen Hinweis, einen Anhaltspunkt, und zwar schnell. Meldung wie immer an mich.« Er drehte sich um und verließ hinter einer Gruppe uniformierter Polizisten das Gelände.

Erdmann sah ihm nach. »Idiot«, murmelte er, bevor er Matthiessen nach der Frau fragte, die sie gefunden hatte: »Konnte sie etwas dazu sagen, wie er sie entführt hat, wie oft er hier war?«

Matthiessen war bei der Frau geblieben, bis sie mit einem Krankenwagen abtransportiert worden war. Ihre Jacke hatte sie zurück, sie hatte sie locker über die Schulter gelegt und die Arme darunter vor der Brust verschränkt. »Allzu viel habe ich noch nicht aus ihr herausgebracht, sie steht unter Schock. Wie gesagt, am Anfang waren wohl mehrere Frauen hier, die anderen hat er nacheinander abgeholt. Sie sind danach nicht wieder zurückgebracht worden.«

Sie machten sich auf den Weg zu ihren Autos. Matthiessen streifte sich die Jacke von den Schultern und zog sie richtig an.

»Und all das, damit seine Bücher sich besser verkaufen. Dieser verdammte Irre!« Erdmann spuckte die Worte förmlich aus, und er musste sich eingestehen, dass er kein Mitleid mit Jahn hatte, der offenbar mehr tot als lebendig im Krankenhaus lag.

»Sie weiß nicht, wer er ist. Sie sagt, sie hat ihn bisher nicht gesehen. Als er sie entführte, hat er ihr wohl von hinten einen Lappen mit Äther auf den Mund gedrückt. Aufgewacht ist sie dann in diesem Raum mit zugeklebten Augen.«

»Ich schätze mal, sie sollte jetzt dran sein.«

»Hm …«, machte Matthiessen. »Kann sein. Hoffentlich wird er es überleben und wacht bald auf.«

Sie hatten das Tor im Zaun erreicht. Hätte es die beiden Frauen nicht gegeben, wäre es Erdmann egal gewesen, was aus Jahn wurde. »Die Frage ist, ob er uns überhaupt sagen wird, wo die Frauen sind, wenn er aufwacht.«

Sie beschlossen, hintereinander zu fahren und verließen Minuten später das Hafengebiet.

In der Einfahrt zu Jahns Haus parkten zwei Autos, ein weiteres stand vor dem Grundstück am Straßenrand. Zwei Männer unterhielten sich vor der offenen Haustür. Von ihnen erfuhren Erdmann und Matthiessen, dass ein sieben Mann starkes Team kurz zuvor eingetroffen war.

Sie fanden Helga Jäger in der Küche. Die Haushälterin saß in einem beigen Frotteemorgenmantel mit rotgeweinten Augen am Tisch und tupfte sich unentwegt mit einem Taschentuch das Gesicht ab. Als sie Matthiessen und Erdmann sah, schien sie für einen Moment erleichtert zu sein. »Was … Was ist denn nur geschehen? Können Sie mir sagen, was passiert ist? Diese Männer sagten, Herr Jahn hatte einen schlimmen Unfall. Und … und dass er diese Frauen … Das kann doch nicht sein. Er könnte so etwas niemals tun. Nicht er.«

Matthiessen legte ihr eine Hand auf die Schulter. »Leider deutet alles darauf hin, dass Herr Jahn die Frauen entführt und diese Päckchen verschickt hat, Frau Jäger. Wir haben ihn in einem alten Fabrikgebäude überrascht und konnten eine der entführten Frauen befreien. Er ist geflüchtet und von einem Lkw erfasst worden. Nun liegt er bewusstlos auf der Intensivstation, und wir wissen noch immer nicht, wo sich Heike Kleenkamp und Nina Hartmann befinden.« Matthiessen setzte sich der Haushälterin gegenüber und sah sie an. »Frau Jäger, wir hoffen darauf, irgendwo hier im Haus einen Hinweis auf den Aufenthaltsort der beiden Frauen zu finden. Würden Sie uns helfen?«

»Aber Sie können doch nicht wirklich glauben, dass Herr Jahn –«

»Das hat nichts mit glauben zu tun, Frau Jäger«, unterbrach Erdmann sie. »Wir sind ihm zu dem Gebäude gefolgt, in dem er die Frauen gefangen hielt, bevor er sie getötet und ihnen die Haut vom Rücken geschnitten hat. Eine der Frauen konnten wir noch retten. Ob uns das auch bei Frau Kleenkamp und Frau Hartmann gelingt, hängt davon ab, ob wir hier einen Hinweis finden. Dazu brauchen wir aber Ihre Hilfe, Frau Jäger. Jede Minute zählt.«

Helga Jäger schnäuzte sich die Nase, ließ das Taschentuch irgendwo in ihrem Morgenmantel verschwinden und nickte schließlich. »Gut. Ich glaube zwar noch immer nicht, dass er … Was soll ich tun?«

Matthiessen stand wieder auf. »Gibt es irgendwelche Plätze im Haus, an denen er wichtige Dinge aufbewahren würde? Einen Tresor, Fächer oder Schubladen, die man nicht ohne weiteres findet? Verstecke?«

»Ich … nein. Also keinen Tresor, soweit ich weiß. Aber Herr Jahn hat mit mir auch nicht über solche Dinge gesprochen. Ich bin doch nur die Haushälterin.«

»Aber es könnte ja sein, dass Ihnen beim Saubermachen mal irgendetwas aufgefallen ist.«

»Nein. Aber wenn Sie wirklich denken, er hat diese Frauen entführt und Sie könnten hier etwas finden, das die Frauen rettet, dann helfe ich Ihnen.« Helga Jäger erhob sich mit einem Seufzer.

Sie stellten alles auf den Kopf. Jedes Zimmer einschließlich Helga Jägers kleiner Wohnung wurde bis in den kleinsten Winkel durchsucht, jede Schublade ausgeleert, in jeden Topf in der Küche geschaut. Es war kurz vor halb drei, als einer der Beamten aus dem Keller nach Matthiessen rief. Erdmann, der im Wohnzimmer damit beschäftigt gewesen war, die Bücher aus den Regalen zu nehmen, dahinter nachzusehen und jedes einzelne Buch durchzublättern, stellte eine illustrierte Ausgabe von Cervantes' *Don Quijote* ins Regal zurück. Er traf Matthiessen im Flur und stieg hinter ihr die Treppe zum Keller hinunter. Unten erwarteten sie zwei der Männer. Einer von ihnen hielt ein Stück Draht in der erhobenen Hand, an dessen unterem Ende ein schmieriger, tropfender Plastikbeutel hing, in dem sich einige Gegenstände befanden. »Das habe ich aus dem Öltank gezogen.«

Als Matthiessen näher heranging, hob der Mann den Beutel ein Stück höher und hielt ihn näher an die nackte Glühbirne heran. Erdmann beugte sich mit zur Seite geneigtem Kopf langsam nach vorne. Unter dem glänzenden Film des Beutels traten nun deutlich die Konturen dessen hervor, was dort eingeschweißt war. Es waren Pinsel. Neben ihm stöhnte Matthiessen auf.

Erdmann starrte die vier Pinsel an, denen man auch unter der Folie ansah, dass sie selbstgemacht waren. Sie waren aus etwa fünf Millimeter starken, hölzernen Rundstäben gefertigt, in die an jeweils einer Kopfseite unterschiedlich dicke, etwa drei Zentimeter lange Haarbüschel in einen Schlitz gesteckt worden waren.

»Schätze, das dürfte die Kölner Kollegen interessieren.« Erdmann wandte sich an den Mann, der den Beutel noch immer an dem Drahtstück in die Höhe hielt. »Haben Sie schon nachgesehen, ob sonst noch was da drin rumschwimmt?«

»Ja, wir haben gründlich gesucht. Sonst ist da nichts.«

Erdmann stieß einen Fluch aus. Er blickte um sich und stellte dabei erneut fest, wie akribisch dieser Raum in dem alten Fabrikgebäude nachgebaut worden war.

»Wir informieren die Kölner Kollegen gleich morgen früh.« Matthiessen stand neben ihm. »Komm, lass uns weitermachen.«

Er nickte und ging hinter ihr zurück nach oben, um sich dort wieder dem Bücherregal im Wohnzimmer zu widmen. Etwa eine halbe Stunde später, Erdmann war mit dem Regal fertig und war mittlerweile mit dem Inhalt einiger Schubladen des massiven Wohnzimmerschranks beschäftigt, streckte Matthiessen den Kopf herein. »Komm mal bitte ins Arbeitszimmer.«

Als er Jahns Büro betrat, saß Matthiessen schon am Schreibtisch, zwei Männer standen hinter ihr und sahen über ihre Schulter. Sie machten Platz, so dass er sich neben seine Kollegin stellen konnte. Sie trug Handschuhe und hielt ein aufgeschlagenes Taschenbuch so in den Händen, dass sie es nur an den äußersten Rändern berührte. Nun klappte sie die linke Hälfte so weit zu, dass er das Cover sehen konnte. Es handelte sich um eine Ausgabe von *Das Skript*.

Als sie das Buch wieder öffnete und vor sich auf dem Schreibtisch ablegte, sah er, dass an einer Stelle der Rand mit einem kleinen, beschriebenen Schildchen beklebt war. Die Buchstaben waren so klein, dass Erdmann sie von seiner Position aus nicht lesen konnte. »Was ist das?«

»Das haben die Kollegen hier im Schreibtisch gefunden. Es war an die Unterseite einer Schublade geklebt. Schau's dir an.«

Sie neigte den Oberkörper ein Stück zur Seite, hielt das Buch aber weiterhin geöffnet, indem sie zwei Finger auf die äußersten Ecken drückte. Erdmann lehnte sich nach vorne, um lesen zu können, was auf dem Schildchen stand. Es war ein Name, offensichtlich ausgedruckt, ausgeschnitten und dann in das Buch geklebt: *C. Jahn*

»Was soll das?«

»Schau dir die Stelle an, hinter der der Name steht.«

Er las den Abschnitt auf der linken Seite, hinter dem das Schildchen angebracht war.

Er wartete neben einer Hecke an einer Stelle auf sie, die am dunkelsten Punkt in der Mitte zwischen zwei der weit auseinanderstehenden Straßenlaternen lag. Als sie direkt vor ihm war, machte er einen großen Schritt nach vorne und drückte ihr die Hand mit dem äthergetränkten Lappen auf den Mund, noch ehe sie in irgendeiner Weise reagieren konnte.

Als Matthiessen sah, dass er fertig war, blätterte sie zwei Seiten weiter. »Und hier.«

Auf dieser Doppelseite fanden sich zwei der Schildchen, eines war wieder mit *C. Jahn* beschriftet, auf dem anderen jedoch stand: *W. Lorth.* Erdmann sah sich den Abschnitt mit dem Namen des Lektors an.

Er musste das Hautstück behandeln, sonst würde innerhalb kürzester Zeit der Verwesungsprozess beginnen. Im Internet hatte er Webseiten gefunden, auf denen die verschiedenen Arten und einzelnen Schritte des Gerbens genau aufgeführt waren. Er hatte sich für ein Verfahren entschieden, das schnell ging und für seine Zwecke ausreichend erschien.

»Und?«, fragte Matthiessen, als er fertig war. »Was denkst du?«

Erdmann sah von dem Buch auf. »Gibt es viele dieser Namensschildchen?«

»Ja, sie tauchen auf vielen Seiten auf. Immer diese beiden Namen.«

»Hm. Vielleicht hat Jahn die Stellen markiert, die Lorth geändert hat.«

»Aber warum sollte er dann an andere Stellen seinen Namen kleben? Es ist doch klar, dass der Rest von ihm stammt. Außerdem sind diese Schildchen offenbar nur an Passagen angebracht, an denen der Täter aktiv wird.«

Erdmann nickte. »Bleibt die andere logische Erklärung.«

XIV

Zuvor

Es dauerte einige Zeit, bis ihre verkrusteten Lider sich voneinander lösten und sie die Augen öffnen konnte. Doch auch danach konnte sie nichts erkennen. Alles in ihrem Blickfeld sah aus, als betrachte sie es durch eine Scheibe, an der ohne Unterlass Wasser herunterlief. Es gab keine Konturen, alles war ein verwaschenes Ineinanderlaufen dunkler und schwarzer Schatten, hier und da durchsetzt von etwas helleren Flecken.

Ihre Gedanken waren schrecklich träge, sie krochen zäh wie Lava durch ihren Geist.

»Hallo.« Es klang heiser, aber doch gut verständlich. Einen Moment lang dachte sie darüber nach, ob sie das gerade gesagt hatte. Sie wusste es nicht sicher, aber hätte sie das nicht merken müssen? »Hallo, kannst du mich hören?«

Ihr Herzschlag beschleunigte sich, als sie sich an die Frau erinnerte, die das Monster zu ihr gebracht hatte. Sie musste irgendwo dort vor ihr an der Wand stehen. Oder war es hinter ihr? *Ja, ich kann dich hören*, wollte sie sagen, schaffte aber nur ein Krächzen, das für sie selbst nicht nach einem menschlichen Laut klang. Sie schloss die Augen und öffnete sie wieder in der Hoffnung, die Schlieren damit abwischen zu können. Als sie noch immer nichts erkennen konnte, zwinkerte sie, immer und immer wieder, bis auf einmal der schmierige Film über dem rechten Auge riss und sie die Frau sehen konnte, die schräg vor ihr mit hochgebundenen Armen an der Wand stand. Das Klebeband klebte nur noch auf einer Seite an ihrer Wange, der Rest des Streifens hing über ihrem Mund lose herab.

»Wer bist du?«, fragte die Stimme, und sie registrierte nun, dass sie nicht heiser klang, sondern angsterfüllt. »Bist du Heike Kleenkamp?«

Sie versuchte es erneut mit einer Antwort, und dieses Mal waren es tatsächlich Worte, die ihren Mund verließen. Schwer zu verstehen vielleicht, aber sie war sicher, es waren richtige Worte. »Aa … Ja.«

»Ich bin Nina Hartmann.«

Vielleicht hatte sie den Namen noch nie gehört, vielleicht hatte sie ihn vergessen, es war egal. Etwas anderes musste sie wissen. »Wie … ehe … ih … aus? … Ücken?«

Die Frau verstummte. Einen Moment lang starrte sie auf ihren Rücken, dann fing sie an zu weinen.

32

Um kurz nach vier Uhr morgens standen sie vor dem Haus, zwei uniformierte Kollegen begleiteten sie. Ihren Streifenwagen hatten sie gleich hinter dem Golf auf der gegenüberliegenden Seite abgestellt. Matthiessen hielt einen braunen Umschlag in der Hand, in dem sich Fotos befanden. Sie hatte einige der Buchseiten abfotografieren und mit einem speziellen Drucker gleich vor Ort ausdrucken lassen.

Anders als über Tag war die Haustür verschlossen, und sie mussten lange und oft klingeln, bis endlich das Licht im Treppenhaus anging, was sie durch den länglichen Einsatz aus geriffeltem Glas sehen konnten. Ein Schatten näherte sich und blieb als dunkler, unförmiger Fleck dicht hinter der Tür stehen. »Wer ist da, verdammt?« Es hörte sich durch die geschlossene Tür dumpf an, aber die Stimme gehörte ohne Zweifel zu Werner Lorth.

Matthiessen räusperte sich. »Polizei. Hier spricht Hauptkommissarin Matthiessen. Öffnen Sie bitte.«

Ein Moment herrschte Stille, dann: »Sind Sie verrückt geworden? Haben Sie mal auf die Uhr gesehen?« Er machte keine Anstalten, die Tür aufzuschließen.

»Wir wissen, wie spät es ist, aber wir müssen dringend mit Ihnen reden. Öffnen Sie bitte.«

»Jetzt reicht's mir aber. Mitten in der Nacht. Kommen Sie morgen wieder.«

»Mir reicht es auch langsam mit Ihnen, Herr Lorth«, sagte Erdmann scharf gegen die geschlossene Tür. »Es geht um Menschenleben, auch wenn die Ihnen vielleicht nicht viel bedeuten.« Kurzes Zögern, dann klackte es zweimal, und die Tür wurde geöffnet.

Werner Lorth sah fürchterlich aus. Seine aschfahle Haut war von tiefen Furchen durchzogen, die strähnigen Haare standen in alle Richtungen vom Kopf ab. Er trug eine schmuddelige gestreifte Schlafanzughose und ein Feinrippunterhemd mit einem großen gelbbraunen Fleck auf dem Bauch. Die Füße steckten in grauen Filzpantoffeln, die Erdmann nur mit Handschuhen angefasst hätte. Sekunden nachdem er die Tür geöffnet hatte, nahm Erdmann den Geruch wahr, den Lorth verströmte, ein säuerliches Gemisch aus Alkohol, kaltem Zigarettenrauch und anderen, undefinierbaren, aber ekligen Ausdünstungen. Erdmann drehte sich der Magen um.

Lorths Blick fiel zuerst auf die beiden Polizisten in Uniform. »Wir müssen mit Ihnen reden«, sagte Matthiessen erneut, nachdem sie den Lektor ebenfalls von oben bis unten gemustert hatte. Erst jetzt sah Lorth sie an. »Es deutet alles darauf hin, dass Herr Jahn derjenige ist, der die Frauen entführt und umgebracht hat. Er hatte einen schweren Unfall heute Nacht, als er versuchte, vor uns zu fliehen. Er liegt im Koma.«

In Lorths Gesicht zeigte sich ein kurzes Zucken, dann sah er wieder an Matthiessen vorbei. Die Uniformen schienen ihn nervös zu machen. »Das habe ich Ihnen von Anfang an gesagt. Es war doch klar, dass nur er dahinterstecken kann. Und warum wecken Sie mich mitten in der Nacht? Nur um mir die Botschaft zu überbringen, dass ich recht hatte?«

»Wenn es nur das wäre, hätten wir den Weg nicht gemacht«, sagte Erdmann. »So wichtig wären Sie uns dann sicher nicht. Es deutet aber einiges darauf hin, dass Sie auch was mit der Sache zu tun haben.«

Lorths Kinn klappte nach unten. »Was? So ein Blödsinn. Wie kommen Sie denn auf so eine Idee? Jahn und ich haben ewig keinen Kontakt gehabt. Warum sollte ich …«

»Können wir reinkommen?« Matthiessens Stimme klang sachlich.

»Reinkommen? Nein. Ich sage überhaupt nichts mehr, schon gar nicht mitten in der Nacht. Und jetzt lassen Sie mich schlafen.« Er wollte die Tür zudrücken, doch Erdmann stemmte sich dagegen und schob sie wieder auf. Lorth hatte dem kaum etwas entgegenzusetzen.

»Ziehen Sie sich an, Herr Lorth«, sagte er in sachlichem Ton. »Sie kommen mit uns.«

»Was? Das können Sie nicht … Ich meine –«

»Und ob ich das kann. Los jetzt, anziehen.«

Lorths Hand, mit der er eben noch die Tür umklammerte hatte, sackte kraftlos herab. Er gab die Tür frei. »Also gut, tut mir leid. Ich habe nicht viel geschlafen und bin müde. Kommen Sie rein.«

Lorths Wohnung sah genauso aus wie bei ihrem letzten Besuch, und es roch auch ähnlich darin, vielleicht sogar noch etwas intensiver. Erdmann ging ohne Zögern zum Wohnzimmerfenster und öffnete es weit. Lorth sah ihm von der Couch aus dabei zu. »Brauche ich einen Anwalt?« Er klang mit einem Mal recht kleinlaut.

»Das hängt grundsätzlich davon ab, ob Sie kooperieren, und was Sie uns zu sagen haben.« Matthiessen setzte sich, Erdmann zog es vor, in Fensternähe stehen zu bleiben, zumindest, bis der Raum etwas durchgelüftet war. Ihre beiden Kollegen blieben neben der Wohnzimmertür stehen, sie hielten sich auf Matthiessens Anweisung im Hintergrund.

Lorths Blick wanderte suchend über den Tisch, dann tastete er mit beiden Händen an den Seiten seiner Schlafanzughose entlang. *Er sucht seine Kippen*, dachte Erdmann.

»Ich möchte ja kooperieren. Ich war nur gerade völlig überrascht, dass Sie tatsächlich denken, ich könnte was mit der Sache zu tun haben.«

Matthiessen zog die Fotos aus dem Umschlag und breitete sie vor Lorth aus. »Wir haben in Jahns Schreibtisch eine Ausgabe von *Das Skript* gefunden, in der er hinter verschiedene Passagen seinen Namen geschrieben hat, hinter andere aber auch Ihren. Sehen Sie, hier. Warum kann er das gemacht haben?«

»Vielleicht für sich selbst, um die wenigen Stellen zu finden, die er selbst geschrieben hat.« Lorth beugte sich nach vorne und betrachtete die Fotos genauer. »Nein …«, er deutete auf eine Stelle, an der sein Name stand. »Nein, hier steht mein Name hinter einem Abschnitt, der definitiv von Jahn ist. So etwas würde ich nie schreiben.« Er warf noch einen Blick auf die restlichen Abbildungen der Buchseiten, dann richtete er sich wieder auf und schob die Fotos demonstrativ ein Stück von sich. »Ich habe keine Ahnung, was das soll.«

Erdmann tauschte einen kurzen Blick mit Matthiessen. »Jede einzelne dieser Stellen, hinter denen ein Name steht, hat was mit dem Verbrechen zu tun, Herr Lorth. Ist das nicht seltsam?«

»Der ganze Roman hat doch irgendwie mit dem Verbrechen zu tun, oder nicht?«

»Ja, aber diese Namensschildchen sind ausschließlich an Stellen angebracht, an denen der Täter in dem Roman etwas tut, das auch der reale Täter getan haben muss. Oder die Täter. Es könnte doch sein, dass Jahn auf diese Art einen Plan gemacht hat. Eine Art Aufstellung darüber, wer welche Aufgaben übernimmt.« Erdmanns Stimme war nun deutlich lauter geworden.

Lorth fuhr hoch. »Was? Sie beschuldigen mich ernsthaft, bei diesem Wahnsinn mitzumachen? Das kann nicht ihr Ernst sein.«

»Ach, und warum nicht, Herr Lorth? Sie profitieren von dieser ganzen Sache ebenso wie Jahn, mehr noch, für Sie ist es die langersehnte Chance, dass jeder erfährt, wer große Teile der Jahn-Romane wirklich geschrieben hat, oder etwa nicht? Alle Zeitungen stehen voll davon, und es wird sicher nicht lange dauern, bis Sie die ersten Angebote erhalten.«

»Nein, so ist das nicht, ich –«

Erdmann schlug mit der flachen Hand auf den Tisch, und Lorth zuckte zusammen. »Wir konnten Jahn zu einer der entführten Frauen folgen, aber wir wissen noch immer nicht, wo Heike Kleenkamp und Nina Hartmann stecken. Wenn Sie etwas darüber wissen, dann sagen Sie es uns. Das würde sich anschließend sehr positiv für Sie auswirken.«

»Woher soll ich das denn wissen? Ich habe damit nichts zu tun, verdammt. Sind Sie denn alle verrückt geworden? Nur weil dieser durchgeknallte Schreiberling meinen Namen in sein Buch geschrieben hat, können Sie doch nicht ernsthaft glauben, ich wäre ein Mittäter.«

»Sie bestreiten also, etwas mit den Entführungen und Morden zu tun zu haben, Herr Lorth?«, fragte Matthiessen.

»Ja, und zwar ganz entschieden. Ich habe nichts damit

zu tun, egal, was der Kerl in irgendwelche Bücher gekritzelt hat. Er hasst mich. Dem traue ich zu, dass er das nur gemacht hat, um mich reinzureiten.«

»Sehr unwahrscheinlich.« Erdmanns Stimme war jetzt wieder ruhiger. »Das Buch war gut versteckt, und er konnte wohl kaum damit rechnen, dass er von einem Lkw angefahren wird und wir sein Haus auf den Kopf stellen.«

»Wie auch immer, ich habe nichts verbrochen.«

Matthiessen schob die Fotos zusammen und steckte sie wieder in den Umschlag. Erdmanns Telefon klingelte. Es war Stohrmann, und er rief zu Erdmanns Verwunderung aus Jahns Haus an. »Sie sind bei diesem Lektor?«

»Ja.« Erdmann stand auf und verließ das Wohnzimmer. »Und? Wie sieht's aus?«

»Er behauptet, nichts mit alldem zu tun zu haben und nicht zu wissen, warum Jahn seinen Namen in das Buch geschrieben hat.«

»Sie und die Frau Hauptkommissarin haben sich doch mit Frau Jäger unterhalten, nicht wahr?« Die Art und Weise, wie Stohrmann das fragte, gefiel Erdmann überhaupt nicht. Er kannte ihn noch nicht lange, aber diesen Tonfall hatte er mittlerweile schon oft genug gehört. »Ja, das haben wir.«

»Wissen Sie von dem Mann, mit dem Jahn sich in letzter Zeit häufiger zu seinem *Spaziergang* getroffen hat?«

»Nein, davon hat sie nichts erwähnt.«

»Offensichtlich haben Sie nicht die richtigen Fragen gestellt.«

Erdmann hoffte, dass er bald zur Sache kam. »Was meinen Sie damit?«

»Frau Jäger hat in letzter Zeit einige Male durch das Wohnzimmerfenster gesehen, dass am Ende des Gartens jemand auf Jahn gewartet hat, wenn er abends zu seinem Spaziergang aufgebrochen ist.«

Erdmann dachte kurz nach. »Und, konnte sie ihn erkennen? Am Ende des Gartens muss es doch abends ziemlich dunkel sein.«

»Wie sie mir sagte, steht wohl eine der Laternen, die den öffentlichen Weg gleich hinter dem Garten beleuchten, genau an der Stelle.« Er schien seinen Wissensvorsprung zu genießen. »Sie hat ihn ziemlich gut beschrieben, und sie kennt auch seinen Namen.«

Als Erdmann ins Wohnzimmer zurückkam, blickte Matthiessen ihm erwartungsvoll entgegen. Er ging auf Lorth zu und blieb unmittelbar vor ihm stehen. »Wann haben Sie Christoph Jahn zum letzten Mal gesehen, und wo war das?«

Lorth überlegte und machte dabei ein angestrengtes Gesicht. »Warten Sie … das muss vor etwa einem Jahr gewesen sein, oder vor zehn Monaten. Bei ihm zu Hause. Er hatte mich eingeladen. Das war mir gleich schon komisch vorgekommen. Es hat sich dann herausgestellt, dass er wieder einen neuen Roman anfangen –«

»Und in letzter Zeit? In den letzten Wochen? Haben Sie ihn da nicht getroffen? Abends, hinter seinem Garten?«

Lorth riss die Augen auf. »Nein, wie … Nein, auf keinen Fall.«

»Sind Sie ganz sicher? Auch, wenn es einen Zeugen gibt, der Sie identifizieren könnte, falls Sie doch dort waren?«

»Ja. Ganz sicher.« Er wirkte nervös.

Erdmann nickte. »Ziehen Sie sich an, Sie kommen mit uns.«

»Aber –«

»Ziehen Sie sich an, Herr Lorth, oder wir nehmen Sie so mit, wie Sie sind.«

»Jemand behauptet, mich hinter Jahns Garten gesehen zu haben? Wer?«

»Wenn Sie nicht dort waren, haben Sie ja nichts zu befürchten. Also? Ich kann Sie auch formell festnehmen.«

Lorth zögerte noch einen Moment, dann erhob er sich und schlurfte aus dem Wohnzimmer. Erdmann nickte den beiden Uniformierten zu, die Lorth nachgingen, und wandte sich dann an Matthiessen, die die ganze Zeit über nur stumm zugehört hatte. Er erzählte ihr von dem Telefonat mit Stohrmann.

»Mist, warum hat sie uns gegenüber nichts davon erwähnt?«

»Wahrscheinlich hat Stohrmann ausnahmsweise mal recht: Weil wir nicht die richtigen Fragen gestellt haben. Lass uns fahren. Die Kollegen sollen ihn mitnehmen.«

Matthiessen nickte, und Erdmann ging in den Flur, wo einer der beiden Beamten wartete, während der andere am Eingang zu Lorths Schlafzimmer stand. »Nehmen Sie ihn mit, wir fahren schon voraus.«

Vor dem Haus rieb Erdmann sich mit Daumen und Zeigefinger die Augen, sie brannten wie Feuer. »Glaubst du, er kippt um und erzählt uns, wo sie die Frauen versteckt haben?«

Matthiessen zuckte mit den Schultern. »Ich weiß es nicht. Wir werden sehen.«

»Ich fürchte nur, allzu viel Zeit haben wir nicht mehr.«

»Ich weiß.« Sie sah ihn an. »Du siehst fertig aus.«

»Das bin ich auch.«

Sie nickte und sah zum Auto hinüber. »Okay, ich fahre.«

»Nein, lass nur, so müde –«

»Nun lass den Macho-Quatsch. Ich fühle mich noch recht frisch, also fahre ich. Ende.« Sie hielt ihm die offene Handfläche entgegen, und nach kurzem Zögern legte er den Schlüssel hinein und ging auf die Beifahrertür zu.

In einem Telefonat, das er anschließend mit dem Präsidium führte, erfuhr er, dass Haare von den selbstgemachten Pinseln schon für eine DNA-Analyse ins Labor unterwegs waren, wobei er keine Sekunde daran zweifelte, dass sie von der ermordeten Frau aus Köln stammten. Die Kollegen dort waren schon informiert. Sobald das Ergebnis vorlag, würden sie sich die Frau vornehmen, die Jahns Alibi bestätigt hatte. Auf dem Beutel würde man wahrscheinlich außer Öl nichts finden können. Das Gerät, mit dem er vermutlich verschweißt worden war, hatte man in Jahns Küche entdeckt.

Stohrmann meldete sich kurz danach bei Erdmann. Er hatte zwischenzeitlich Jahns Haus verlassen und war ebenfalls auf dem Weg ins Präsidium. Erdmann berichtete, dass Lorth dorthin gebracht wurde, und erfuhr, dass Stohrmann Dieter Kleenkamp mit einem Anruf aus dem Bett geholt und über den aktuellen Stand informiert hatte. Daraufhin hatte der sich entschlossen, gemeinsam mit seinem Chefredakteur zum Präsidium zu kommen, um die neuesten Informationen zu erhalten. Er wollte die Öffentlichkeit in die Suche nach seiner Tochter voll einbeziehen und ein Sonderblatt über die neuesten Entwicklungen herausbringen. Außerdem wollte er darin eine Belohnung von 100 000 Euro ankündigen für Hinweise, die dazu führten, dass Heike gefunden wurde. Als Erdmann Matthiessen davon erzählte, zeigte sie sich wenig begeistert. »Na klasse.«

»Was?«

»Das ist eine Vorverurteilung Jahns, das muss Stohrmann doch klar sein. Wenn Kleenkamp in seiner Sonderausgabe schreibt, dass Jahn uns zu dem nachgebauten Keller geführt hat, in dem die Frau gefangen gehalten wurde, ist er in der Öffentlichkeit bereits schuldig, bevor er vor Gericht steht. Dann hat er keine Chance mehr auf ein –«

»Also entschuldige mal«, unterbrach Erdmann sie unwirsch. Matthiessen warf ihm einen irritierten Blick zu. »Was redest du denn da? Vorverurteilt? Ohne Chance? Sag mal, worüber sprichst du? Es steht ja wohl ohne jeden Zweifel fest, dass Jahn dieser Irre ist. Ob er die Frauen nun allein oder mit Lorth oder mit sonst wem zusammen umgebracht und gehäutet hat, sei dahingestellt, aber er ist in jedem Fall einer der Täter.«

»Ich mag es nicht, wenn man mir mitten im Satz ins Wort fällt.« Sie hielt den Blick auf den Verkehr gerichtet. »Und ich mag es erst recht nicht, von einem Kollegen verbal so angegangen zu werden.«

»Entschuldige, aber das kann doch nicht dein Ernst sein. Ich finde Kleenkamps Idee gut, weil sie zumindest die Chance bietet, einen Hinweis zu bekommen. Ich glaube nicht, dass Lorth irgendetwas zugeben wird, selbst wenn Jahns Haushälterin ihn einwandfrei identifiziert. Dem ist es doch egal, ob die beiden Frauen dabei draufgehen, das war sowieso von Anfang an geplant. Deshalb sollten wir dankbar sein für jede kleinste Chance. Und dabei ist es mir relativ egal, was die Öffentlichkeit über diesen Geisteskranken denkt, zumal es mit ziemlicher Sicherheit zutreffend ist.«

Matthiessen sagte nichts mehr dazu, was Erdmann ganz recht war. Er ließ den Kopf gegen die Nackenstütze sinken und drehte ihn dann so weit nach rechts, dass er aus dem Fenster sehen konnte. Sie hatten die Innenstadt erreicht. In einer Großstadt wie Hamburg hatte die Dunkelheit kaum eine Chance. Aus dem Zentrum wurde sie nicht nur von der Straßenbeleuchtung verjagt, sondern auch von den Schaufenstern und Transparenten, die da draußen vorbeirauschten und Ordnung vorgaukelten, Lebendigkeit und Lebensfreude mit ihren knalligen Farben.

Irgendwo, wahrscheinlich in einer der Gegenden außerhalb, in denen die Dunkelheit sich austoben konnte und alles unter einer schwarzen Decke erstickte, waren zwei junge Frauen eingesperrt, und mindestens eine davon war schwer verletzt. Sie mussten furchtbare Angst haben, denn sie wussten, sie würden bald tot sein, wenn sie nicht gefunden wurden. Verdurstet, verblutet oder von einem Irren ermordet … Jede Stunde, die verging, brachte sie dem sicheren Tod näher. Wenn sie überhaupt noch lebten. Und die Einzigen, auf die sie hoffen konnten, die ihnen helfen wollten, saßen in einem Auto, ließen die farbenfrohen Lichter der Großstadt an sich vorüberziehen und diskutierten über irgendwelchen Blödsinn.

»Wir müssen sie finden«, sagte Erdmann gegen die Scheibe.

»Ja«, antwortete Matthiessen einsilbig.

Er wandte ihr das Gesicht zu. »Tut mir leid.«

»Schon gut, wir sind beide müde.«

Erdmann setzte sich wieder aufrecht hin, er fühlte sich nicht mehr so erschlagen wie noch kurz zuvor, es war, als hätten seine Gedanken neue Energie in ihm freigesetzt. »Wir werden diesen Lorth jetzt richtig in die Mangel nehmen. Außerdem müssen wir alles noch mal durchgehen, was wir haben, Andrea. Auch dieses Buch, Wort für Wort. Wir haben keine Zeit mehr, erfolglos herumzustochern. Wir *müssen* was finden.«

»Ja, etwas in der Art ging mir auch gerade durch den Kopf. Aber ich möchte gar nicht darüber nachdenken, wie unsere Chancen, sie zu finden, tatsächlich stehen. Zumal, wenn Jahn nicht bald zu sich kommt und Lorth weiter alles abstreitet.«

33

Sie kamen um kurz vor halb sechs im Präsidium an. Draußen war es noch immer dunkel. Erdmann steuerte den Aufenthaltsraum an, dort gab es einen Kaffeeautomaten. Matthiessen traf er anschließend im Einsatzraum wieder, wo sie mit Stohrmann und einem weiteren Kollegen zusammenstand. In der Hand hielt sie ein Blatt, auf dem handschriftlich etwas notiert war. Erdmann erfuhr, dass Lorth gerade angekommen war. Er hatte noch von seiner Wohnung aus mit Peter Lüdtke telefoniert, der für ihn einen Anwalt besorgen wollte.

»Machen Sie ihm Druck, aber passen Sie bloß auf, was Sie sagen«, hörte er, wie Matthiessen von Stohrmann instruiert wurde. *Was denn sonst*, dachte er und spürte eine gewisse Erleichterung, dass Stohrmann sich damit begnügte, das Verhör von einem Nebenraum aus zu verfolgen. Erdmann dachte darüber nach, ob es Kalkül von Stohrmann war, dass er Matthiessen und ihn das Verhör führen ließ. Hoffte er darauf, dass Matthiessen in dieser angespannten Situation einen Fehler machte, indem sie Lorth vielleicht drohte? War er noch immer auf der Suche nach etwas, das er ihr anhängen konnte? Erdmann verscheuchte diesen unerfreulichen Gedanken und versuchte sich ganz auf das bevorstehende Verhör zu konzentrieren.

Kurz darauf betrat er gemeinsam mit Matthiessen den Verhörraum, und der Beamte, der bis dahin neben der Tür gestanden hatte, ließ sie mit Lorth allein. Erdmann beobachtete ihn genau, während er sich ihm schräg gegenübersetzte, er suchte nach Anzeichen von Nervosität. Oft genug veränderte sich das Verhalten von Leuten, sobald sie in der nüchternen, ungewohnten Umgebung des Verhörraums saßen und ihnen zum ersten Mal wirklich bewusst wurde, dass das alles kein Spiel war und sie sich womöglich in ernsthaften Schwierigkeiten befanden. Lorth hingegen war zumindest äußerlich ruhig. Er trug eine noch recht neu aussehende Jeans und ein rotes, kariertes Hemd, das über der Brust so weit geöffnet war, dass das Unterhemd zu sehen war. Es schien das gleiche zu sein, das er auch zum Schlafen getragen hatte. Vor ihm auf dem Tisch lagen eine Schachtel Zigaretten und ein rotes Wegwerffeuerzeug. Erdmann deutete darauf. »Die können Sie wegpacken. Hier drin wird nicht gequalmt.«

Matthiessen setzte sich neben Lorth und legte den Zettel vor sich auf den kleinen Tisch, in dessen Mitte ein Mikrophon aufgebaut war. Erdmann wusste mittlerweile, dass Stohrmann auf diesem Blatt die Tage und Zeiten notiert hatte, an denen Helga Jäger den Lektor hinter Jahns Garten gesehen haben wollte.

»So, Herr Lorth, dann gehen wir jetzt mal die Tage durch, an denen Sie mit Herrn Jahn hinter seinem Haus gesehen worden sind.«

»Ich werde nichts mehr sagen, bis mein Anwalt da ist. Ich weiß, dass das mein Recht ist.«

Matthiessen warf Erdmann einen Blick zu, der wohl sagen sollte: *Ich hab's befürchtet.* Er dachte an Stohrmann und an die Aufnahme, die mitlief, vertraute aber darauf, dass Matthiessen sich gut überlegte, was sie sagte, und hielt sich zurück. Sie wandte sich Lorth wieder zu. »Es stimmt, das ist ihr Recht, aber wie Sie wissen, bleibt uns wenig Zeit, die beiden Frauen, von denen mindestens eine schwer verletzt sein dürfte, zu finden. Es geht darum, ihr Leben zu retten. Rein rechtlich bedeutet das, dass es für den oder die Täter in diesem Fall um eine Anklage wegen Körperverletzung oder um eine Anklage wegen Doppelmordes geht. Zumindest, was Frau Hartmann und Frau Kleenkamp betrifft. Und zudem, ob sich ein Geständnis und die aktive Hilfe zur Rettung von Menschenleben strafmildernd auswirken können.«

Lorth richtete sich ein wenig auf. »Das ist ja interessant, aber es nützt mir nichts, denn ich habe nichts damit zu tun. Ich weiß nicht, wo diese Frauen sich befinden, und wer behauptet, ich wäre in letzter Zeit auch nur in der Nähe von Jahns Haus gewesen, der lügt. Und jetzt sage ich nichts mehr.«

Dabei blieb er. Sowohl Matthiessen als auch Erdmann versuchten es noch eine Weile, mussten aber schließlich einsehen, dass es keinen Zweck hatte. Sie mussten auf den Anwalt warten, und selbst dann war es fraglich, ob Lorth etwas sagen würde. So oder so verloren sie wertvolle Zeit.

Sie hatten gerade das Verhörzimmer verlassen, als Dieter Kleenkamp eintraf. Erdmann bemerkte sofort die dunklen Ringe unter den Augen des Herausgebers der HAT und spürte, dass er selbst immer unruhiger wurde. Für alle Fälle hatte er in seinem Büro einen Beutel mit den wichtigsten Toilettenartikeln deponiert. Nachdem er sich die Zähne geputzt, sich rasiert und das Gesicht mit kaltem Wasser gewaschen hatte, fühlte er sich wieder etwas frischer. Während er sich beim Zähneputzen im Spiegel selbst beobachtet hatte, war ihm ein Gedanke gekommen.

Matthiessen saß hinter ihrem Schreibtisch, als er eintrat. Vor sich hatte sie eine dampfende Tasse und mehrere Stapel Papiere, Schnellhefter und Ordner.

»Ich werde Miriam Hansen noch mal anrufen«, teilte er ihr mit. »Vielleicht kann sie uns ja doch noch irgendetwas Wichtiges zu Jahn sagen. Er ist bei ihr in Ungnade gefallen, und sie wird wohl nicht versuchen, ihn zu schützen.«

»Tu das. Vielleicht ist sie ja sogar schon wach.« Matthiessen deutete auf die Stapel vor sich. »Das sind Unterlagen, die die Kollegen aus Nina Hartmanns Wohnung mitgenommen haben. Mietvertrag, Versicherungen, Kaufverträge, bisher nichts, was für uns interessant sein könnte. Ihr Vater hat gestern jede Stunde hier angerufen.«

»Wer will es ihm verdenken? Bis gleich.«

In seinem Büro wählte er Miriam Hansens Privatnummer. Nach nur zweimaligem Läuten ging sie ran, aber sie klang müde. »Entschuldigen Sie bitte, wenn ich Sie geweckt habe«, sagte Erdmann, nachdem er seinen Namen genannt hatte.

»Oh … Nein, das haben Sie nicht, ich liege schon lange wach. Ich habe fast die ganze Nacht nicht geschlafen. Diese ganze Sache …«

»Frau Hansen, wir brauchen Ihre Hilfe. Leider deutet alles darauf hin, dass Christoph Jahn der Entführer und Mörder ist, den wir suchen.« Er wartete auf eine Reaktion, doch sie entgegnete nichts. »Frau Hansen? Sind Sie noch dran?«

»Ja, ich bin noch dran.« Ihre Stimme klang dünn. »Warum … ich meine, was ist passiert? Ich …« Erdmann erzählte ihr in kurzen Sätzen von dem alten Fabrikgebäude und Jahns Unfall bei seiner Flucht. Als er fertig war, sagte Miriam Hansen: »Das kann doch nicht sein. Dazu ist Christoph gar nicht fähig. Ich kann das … mein Gott, ich bin ganz durcheinander.«

»Zumindest war er fähig, sich diese Szenarien auszudenken«, erwiderte Erdmann. »Und es gibt viele Gründe, warum Menschen plötzlich Dinge tun, die wir ihnen nie zugetraut hätten. Wer weiß, vielleicht ist seine finanzielle Situation mittlerweile so angespannt, dass er keinen Ausweg mehr wusste? Oder er verkraftet es nicht, dass seine Bücher sich nicht mehr verkaufen? Wie auch immer, wir suchen fieberhaft nach dem Versteck, wo Nina Hartmann und Heike Kleenkamp gefangen gehalten werden. Wir müssen sie schnell finden, sonst kann es zumindest für Frau Kleenkamp zu spät sein. Fällt Ihnen irgendetwas ein, das uns weiterhelfen könnte? Ein Gebäude, das er mal erwähnt hat, zum Beispiel?« Miriam Hansen schwieg eine Weile, und Erdmann ließ ihr Zeit nachzudenken.

»Nein«, sagte sie schließlich. »Nein, wir haben selten über andere Dinge geredet als über das Schreiben. Darum war ich doch so enttäuscht, als … Sie wissen schon.«

»Ja, ich weiß. Was genau hat Werner Lorth Ihnen eigentlich gesagt?«

»Wer? Lorth? Ist das nicht Christophs ehemaliger Lektor? Was meinen Sie damit?«

»Na, als Sie ihn vorgestern Abend anriefen, nachdem Sie Herrn Jahn zu Hause nicht angetroffen hatten.«

Wieder entstand eine Pause. »Angerufen? Ich habe diesen Herrn Lorth nicht angerufen. Warum sollte ich das tun?«

»Moment. Werner Lorth hat uns gesagt, Sie hätten vorgestern Abend spät noch bei ihm angerufen und ihn gefragt, ob es stimme, dass er große Teile von Jahns Romanen geschrieben hat.«

»Das stimmt nicht. Nein, ich habe ihn nicht angerufen. Er hat Sie angelogen. Warum sollte ich mit ihm sprechen wollen?«

»Das ist ja interessant.« Erdmann räusperte sich. »Ich erinnere mich, dass Sie sagten, Sie glauben nicht, dass Teile des Romans nicht von Christoph Jahn stammen.«

»Ja … Nein. Das war nur so dahergesagt. Ich meinte damit doch nur, dass ich es mir nicht vorstellen konnte.«

»Sie haben vorgestern Abend also ganz sicher nicht mit Herrn Lorth telefoniert?«

»Nein.«

»Haben Sie ihn vielleicht irgendwann mal mit Herrn Jahn zusammen gesehen?«

»Ich kenne diesen Mann nur aus Christophs Erzählungen, von denen ich ja jetzt weiß, dass selbst die noch größtenteils gelogen waren. Gesehen habe ich ihn noch nie.«

»Und sonst fällt Ihnen auch nichts ein? Irgendetwas, das Ihnen an Jahn vielleicht merkwürdig vorkam?«

»Nein. Außer, dass er mich belogen und betrogen hat, fällt mir nichts ein.«

Der Stachel sitzt tief, dachte Erdmann. »Dann entschuldigen Sie bitte, dass ich Sie so früh gestört habe.« Erdmann legte auf und wählte gleich darauf Matthiessens Nummer. Es war besetzt, aber er hatte keine Lust zu warten, also machte er sich auf den Weg zu ihrem Büro. Sie legte gerade auf, als er hereinkam. »Überraschung! Ich habe gerade mit Miriam Hansen gesprochen. Sie sagt, sie hat Lorth vorgestern Abend nicht angerufen. Sie hat überhaupt noch nie mit ihm gesprochen und ihn auch noch nie gesehen. Er hat also gelogen.«

»Da bin ich mir nicht so sicher.«

Als Erdmann sie verwundert ansah, sagte sie: »Ebenfalls

Überraschung.« Matthiessen hielt ein Blatt hoch. »Das hier ist eine Telefonliste, die die Kollegen in Nina Hartmanns Wohnung gefunden haben. Alle Teilnehmer des Spanischkurses, den sie besucht. Stand letzter Monat.«

»Ja, und?« Erdmann ging zu ihr und warf einen Blick auf das Blatt.

»Schau mal hier.« Die Liste bestand aus etwa zwanzig Einträgen, Matthiessen deutete auf einen Namen in der Mitte.

Erdmann beugte sich ein Stück vor, denn die Namen waren recht klein geschrieben. Als er schließlich verstand, was Matthiessen meinte, sah er seine Kollegin überrascht an.

»Was zum Teufel –«

XV

Zuvor

Die Frau, Nina, hatte viel geredet, nachdem sie aufgehört hatte zu weinen. Seltsam, dass sie den Namen behalten hatte … Nina … Sie hatte Nina nicht mehr zugehört. Nicht, dass sie weghören wollte, nein, sie *konnte* ihr nicht mehr zuhören. Egal, wie sehr sie sich auch bemühte, sie verstand nicht, was Nina sagte. Sie sah, dass sich ihr Mund bewegte, hörte Geräusche, die Worte sein mussten, aber sie konnte damit nichts anfangen, denn ihre eigene innere Stimme übertönte alles wie in einem monotonen Gebet: *Ich werde sterben. Ich habe es an ihrem Gesicht gesehen. Mein Rücken. Ich werde sterben.*

Sie hatte sich zwischenzeitlich immer wieder in sich zurückgezogen, sie hatte tief in sich bleiben wollen, in ihrem Kokon, und einfach darauf warten, dass es passierte. *Ich werde sterben.* Aber die Worte dieser Frau, Nina, hatten sie immer wieder zurückgezogen in diese unwirkliche Albtraumwelt. Irgendwann hatte Nina dann aufgehört zu reden. Das war schon lange her. Sie wusste nicht, wie lange. Aber lange. *Ich werde sterben.* Das Monster war nicht mehr zurückgekommen, seit es Nina zu ihr gebracht hatte. Würde es überhaupt nochmals zurückkommen? Vielleicht hatte es sie einfach vergessen? Was machte das für einen Unterschied?

Ich werde sterben. Ich habe es an ihrem Gesicht gesehen. Mein Rücken. Ich werde sterben.

34

»Was sagst du dazu?«

Erdmanns Gedanken rasten, er versuchte, gleichzeitig alle Möglichkeiten durchzugehen, die sich plötzlich ergaben. »Dass sie uns das nicht gesagt hat …«, er deutete auf die Teilnehmerliste.

Matthiessen nickte. »Ja, seltsam, nicht wahr? Nina Hartmann ist angerufen worden, kurz, bevor sie verschwunden ist. Überleg mal. Sie wollte nach Hause fahren, um uns dort ihre Rezension rauszusuchen. Sie wusste, wir warten auf sie. Glaubst du, sie hätte uns einfach sitzenlassen, um sich mit einem Unbekannten zu treffen?«

»Hm … eher nicht. Du meinst, *sie* könnte sie angerufen haben?« Matthiessen nickte. »Ja, und deshalb bin ich mir auch gar nicht sicher, dass Lorth gelogen hat, was den Anruf bei ihm betrifft.«

»Ja, ich verstehe, was du meinst. Und? Fühlen wir ihr auf den Zahn?«

Matthiessen überlegte, dann schüttelte sie den Kopf. »Nein, wenn sie tatsächlich was damit zu tun hat, können wir über sie vielleicht an die Frauen rankommen.«

»Aber was ist mit Jahn?«

»Eine Möglichkeit wäre, sie haben das gemeinsam durchgezogen.«

»Ja … Ach, ich weiß nicht. Nur, weil sie den gleichen Kurs in der Volkshochschule besucht wie Nina Hartmann? Ist das nicht ein bisschen … weit hergeholt?«

»Wie du schon sagtest, es ist doch sehr seltsam, dass sie

uns das nicht gesagt hat, oder? Außerdem – hast du eine andere Spur, die uns zu den Frauen führen könnte?« Sie erhob sich mit einem Ruck. »Also los. Ich habe Stohrmann schon über die Liste informiert. Ich gehe jetzt zu ihm und lasse mir die Observation genehmigen. Tu du mir den Gefallen und schau dir in der Zwischenzeit noch mal alles an, was wir bisher haben. Geh dabei davon aus, dass sie Jahn hilft, das lässt vielleicht manches in einem anderen Licht erscheinen.«

»Gut. Wahrscheinlich hätte sie ihm auch ein Alibi gegeben, wenn er es gebraucht hätte. Wir sollten den Kölner Kollegen sagen, sie sollen sich diese Frau noch mal näher ansehen, die ihm dort sein Alibi für die Tatnacht war.«

Bevor Matthiessen ihr Büro verließ, drehte sie sich noch einmal zu Erdmann um. »Nimm bitte auch die Sachen aus Nina Hartmanns Wohnung mit und geh die auch noch mal durch. Und bitte – beeil dich.«

Erdmann griff sich den Papierstapel von Matthiessens Schreibtisch und ging damit zum Einsatzraum, wo er sich von Jens Diederich dabei helfen ließ, alle relevanten Unterlagen zusammenzutragen.

»Ich brauche hier gleich auch noch deine Hilfe«, sagte er, als der Kommissar einen Stapel mit verschiedenfarbigen Mappen neben ihm ablegte. Dann erklärte er ihm ihren Verdacht. »Wir müssen alles noch mal durchsehen. Jedes einzelne Blatt.« Diederich machte erst ein überraschtes Gesicht, zuckte dann aber mit den Schultern. »Dann mal los.« Er zog sich einen Stuhl heran, und gemeinsam begannen sie, Berichte, Gesprächsnotizen, kopierte Unterlagen und Fotos zu sichten. Das war es, was Erdmann an dem jungen Kollegen schätzte. Er fragte nicht lange, sondern packte mit an.

Nach einer Weile kam Matthiessen dazu und ließ ihn wissen, dass Stohrmann alles genehmigt hatte. Dabei sei er weder unfreundlich noch zynisch ihr gegenüber gewesen, was ihrer Meinung nach damit zusammenhing, dass Dieter Kleenkamp im Vorraum zu seinem Büro gesessen hatte.

Sie waren noch nicht sehr weit gekommen, als sie durch einen Anruf Stohrmanns erfuhren, dass der Anwalt eingetroffen war, den Peter Lüdtke für seinen Lektor besorgt hatte.

Vom Nebenzimmer des Verhörraums aus verfolgten sie das Gespräch Stohrmanns mit dem Juristen, einem korpulenten Mann um die sechzig. Der erklärte mit kräftiger Baritonstimme, die Vorwürfe gegen seinen Mandanten seien haltlos, denn selbst wenn Lorth sich mit Jahn getroffen hätte – was nicht der Fall war –, würde dies überhaupt nichts beweisen. Wie man wisse, arbeite der Autor an einem neuen Roman, und Treffen zwischen Autor und Lektor seien auch in der Entstehungsphase eines Buches normal. Was aber nichts daran ändere, dass Herr Lorth sich definitiv in den letzten Monaten nicht mit Herrn Jahn getroffen habe, weder hinter dessen Haus noch sonst wo. »Ansonsten hat Herr Lorth Ihnen alles gesagt, was er weiß, und es gibt keinen Grund, ihn noch länger hier festzuhalten. Sie sollten meinen Mandanten nun gehen lassen. Dass Sie ihn ohne triftigen Grund mitten in der Nacht aus dem Bett geholt und hierhergeschleppt haben, möchte ich nicht weiter kommentieren. Zumindest, wenn Sie Herrn Lorth jetzt nicht noch weiter unnötig behelligen.«

Stohrmann nickte. »Ja, mag sein, dass meine Mitarbeiter etwas vorschnell gehandelt haben, als sie Herrn Lorth mitnahmen. Er kann gehen.«

Erdmann tauschte einen schnellen Blick mit Matthiessen. Er sah gleich, dass sie ebenso wenig begeistert war wie er selbst, dass Stohrmann Lorth einfach so gehen ließ. Andererseits hätte der Kerl sowieso kein Wort gesagt, und sie hatten eine neue Spur, der sie schnellstmöglich nachgehen wollten. Matthiessen schien ähnlich zu denken, doch sie enthielt sich jeglichen Kommentars.

Nachdem Lorth gemeinsam mit seinem Anwalt triumphierend lächelnd den Verhörraum verlassen hatte, stürzte Stohrmann zu ihnen ins Nebenzimmer.

»Ich möchte nicht darüber diskutieren«, sagte er sofort, als die Tür sich hinter ihm geschlossen hatte. »Kein Richter dieser Welt hätte ihn festgehalten.«

Erdmann rechnete fest mit einem weiteren verbalen Tiefschlag gegen Matthiessen, aber Stohrmann sagte stattdessen: »Finden Sie um Gottes willen Heike Kleenkamp, und zwar lebend. Und schnell. Die Verzweiflung ihres Vaters schlägt langsam in Wut um. Er kann uns verdammt viel Ärger machen.«

Er kann dir verdammt viel Ärger machen, meinst du wohl, dachte Erdmann und sah dem BAO-Leiter nach, der bereits wieder auf dem Weg zurück in sein Büro war.

Im Einsatzraum machten sie sich gleich wieder an die Durchsicht der Unterlagen. Erdmann beschäftigte sich mit der vergangenen Nacht. Er ging den Bericht des SEK-Einsatzleiters Zeile für Zeile sorgfältig durch, konnte darin aber nichts finden, das er nicht schon wusste, und legte ihn zur Seite. Die Kollegen hatten eine ganze Menge Fotos ausgedruckt, die sie in der Nacht geschossen hatten. Sie zeigten das Fabrikgelände und das alte Gebäude von außen und von innen. Besonders oft und aus allen denkbaren Blickwinkeln hatten sie den Nachbau von Jahns Kellerraum fotografiert, in dem Matthiessen die Frau gefunden hatte. Erdmann betrachtete die Fotografien nacheinander eingehend. Das Regal, zwar nicht ganz so staubig wie im Original, aber sonst verblüffend ähnlich. Der blaue Block des Heizbrenners. Auf den Fotos konnte man nicht sehen, dass der Nachbau aus Pappe war. Selbst das Rohr, an dem Matthiessen sich die Stirn gestoßen hatte, verlief an der richtigen Stelle. Er sah von den Fotos auf. »Ich frage mich, warum Jahn den Keller so genau nachgebaut hat. Das kann doch nur heißen, er wollte, dass er gefunden wird. Sonst wäre die ganze Arbeit ja umsonst gewesen.«

Matthiessen legte das Blatt, das sie gerade gelesen hatte, zur Seite. »Ja, davon gehe ich aus. Im Buch war es auch so. Der Raum sollte gefunden werden. Allerdings zu einem Zeitpunkt, an dem der Täter sich nicht darin aufhält. Wahrscheinlich hätte Jahn uns einen Tipp zugespielt, wenn er den Keller nicht mehr brauchte. Das hätte wieder neue Schlagzeilen gegeben. Und sicher auch weitere Buchverkäufe.«

»Wo ist das Buch? Haben wir das hier irgendwo?«

Diederich stand auf, ging zu einem Schreibtisch in der Mitte des Raumes und kam anschließend mit einer Ausgabe des Taschenbuchs zurück. Er hielt sie Erdmann hin. »Hier, bitte. Aber erwarte keine große Literatur.«

»Nein, mich interessiert nur die Stelle, an der Jahn den Keller beschreibt. Das Regal zum Beispiel. Ich möchte mal sehen, wie eng er selbst sich an seine Vorgabe gehalten hat.«

Erdmann musste eine Weile blättern, bis er die richtige Stelle gefunden hatte. Er las den Absatz langsam und betrachtete jeweils nach ein, zwei Sätzen die entsprechenden Fotografien. Mit jedem weiteren Detail, von dem er im

Buch las, und das er dann auf einem der Fotos entdeckte, fand er es verblüffender, wie exakt der Keller nachgebaut war. Als der Absatz mit der Kellerbeschreibung vorüber war, legte er das Buch mit einem ganz seltsamen Gefühl zur Seite. Irgendetwas war ihm beim Lesen und Vergleichen merkwürdig vorgekommen. Etwas war falsch, aber er wusste nicht, was es war. Er sah alle Fotos noch einmal ganz genau an, aber es fiel ihm nicht ein. Auch ein erneutes Lesen der Stelle brachte ihn nicht weiter.

Er dachte schon daran, Matthiessen um Hilfe zu bitten, als er es sah. Auf dem Foto, das zuoberst lag. Hastig blätterte er die Buchseiten durch, las den Abschnitt erneut. Dieses Mal aber suchte er ganz bewusst nach einer bestimmten Stelle. Als er am Ende des Abschnitts angekommen war und er diese Stelle nicht gefunden hatte, stöhnte er auf, legte sich die Hand auf die Stirn und sagte: »O mein Gott.«

Er brauchte einen Moment, um seine Gedanken zu sortieren und sich darüber klarzuwerden, welche Schlussfolgerungen aus seiner Entdeckung zu ziehen waren. Er konnte die Tragweite nicht recht greifen, auch wenn er sich ihrer bewusst war. Sowohl Matthiessen als auch Diederich sahen ihn fragend an, aber keiner von beiden sagte etwas. Erdmann zermarterte sich das Hirn, ging in Gedanken jeden Schritt durch, den sie in Jahns Keller gemacht hatten. Die Treppe, das Regal, Matthiessens kleiner Unfall … plötzlich fiel ihm ein, wonach er gesucht hatte. Es war etwas, das Jahn bei der Besichtigung seines Kellers sagte, nachdem Matthiessen sich den Kopf an dem quer verlaufenden Rohr gestoßen hatte. Und mit der Erkenntnis wuchs seine Aufregung.

»Was würdest du sagen«, wandte er sich an seine Kollegin, »wenn ich dich frage, wie pedantisch und detailverliebt Jahn bei der Beschreibung seiner Tatorte ist?«

Matthiessen zuckte mit den Schultern. »Extrem, würde ich sagen. Fast schon krankhaft.«

Erdmann nickte mehrmals. »Genau. Denkst du, er könnte etwas Wichtiges vergessen oder übersehen, wenn es um seine Tatorte geht?«

»Ich kann es mir nicht vorstellen. Worauf willst du hinaus?«

»Gut, sehr gut.« Er hielt ihr die Fotografie hin und deutete auf eine Stelle. »Kannst du mir bitte mal die Stelle im Buch zeigen, an der das beschrieben wird?«

Auch Diederich hatte die Mappe sinken lassen, mit der er beschäftigt gewesen war, und sah auf das Foto. Matthiessen zögerte, und ihr war anzusehen, dass sie noch immer nicht recht wusste, was Erdmann mit seinem eigenartigen Verhalten bezweckte. Aber dann nahm sie doch das Buch zur Hand und sah sich die entsprechende Seite an, die noch aufgeschlagen war.

Nach einer Weile senkte sie das Buch wieder. Ihre Stimme war unsicher geworden. »Das kommt nicht vor.«

Erdmann nickte, nun noch aufgeregter. »Genau, und ich kann dir auch sagen, warum nicht.«

35

Nachdem Erdmann erklärt hatte, was er meinte, sprang Matthiessen auf. »Wir müssen ihre Wohnung durchsuchen. Sofort.« Auch sie wirkte nun aufgeregt. »Aber ich möchte nicht, dass sie etwas davon mitbekommt. Falls wir nichts finden, müssen wir darauf hoffen, dass sie uns zu den Frauen führt.« Sie wandte sich an Diederich. »Finden Sie bitte heraus, ob sie zu Hause ist. Rufen Sie sie an.« Dann erklärte sie ihm genau, was er tun sollte.

Während Matthiessen zu Stohrmann ging, stellte Erdmann ein Team von vier Leuten zusammen.

Sie bekamen von Stohrmann grünes Licht. Er selbst wollte sich um den Durchsuchungsbeschluss kümmern, während sie schon unterwegs waren. Zum ersten Mal seit Gründung der BAO Heike herrschte plötzlich die Art aufgeregter Hektik, die die Beamten immer dann erfasste, wenn es endlich eine konkrete Spur gab.

Diederich hatte mit seinen Anrufen bisher keinen Erfolg gehabt, und Matthiessen wies ihn an, es weiter zu versuchen.

Um halb acht saßen sie im Auto, die vier Kollegen fuhren in einem Audi A4 hinter ihnen her. Sie waren gerade zwei Minuten unterwegs, als Matthiessens Handy klingelte. Es war Christian Zender, und wie Erdmann während des Gesprächs heraushören konnte, war er im Besitz der gleichen Teilnehmerliste des Spanischkurses, die auch sie in Nina Hartmanns Unterlagen gefunden hatten. Nach einer Weile bedankte sich Matthiessen bei ihm und beendete das Gespräch. »Zender versucht ja wirklich alles, um seine Angebetete zu finden. Er war gestern Abend bei einer Freundin von ihr, die auch in diesem Spanischkurs ist. Von ihr hat er die Liste, und er wollte sie uns zumailen, damit wir die Namen durchgehen können.«

»Aber er kennt niemanden auf der Liste?«

»Nein, offensichtlich nicht.«

Als sie fast am Ziel waren, klingelte erneut ein Telefon, dieses Mal war es aber das von Erdmann. Er reichte es kommentarlos an Matthiessen weiter, die das Gespräch annahm. Es war Diederich. Er hatte noch immer keinen Erfolg mit seinen Anrufen gehabt. Matthiessen gab Erdmann das Handy zurück. »Wenn sie unterwegs ist, können wir nur hoffen, dass sie sich nicht dazu entschlossen hat, ihr perfides Spiel jetzt zu beenden und die Frauen umzubringen.« Erdmann stellte den Motor aus. »Wir sollten uns auf alle Fälle beeilen.«

Der Audi parkte gleich hinter ihnen. Matthiessen stellte einen der Kollegen ab, vor der Tür zu warten, damit er sie informieren konnte, falls die Verdächtige eintraf.

Sie hatten keine Schwierigkeiten, in das Haus und schließlich in die Wohnung zu gelangen. Matthiessen wies jedem der Männer einen Bereich zu, den er zu durchsuchen hatte. Sie selbst übernahm das kleine Badezimmer, weil sie als Frau wohl am ehesten die Ecken und Winkel im Bad einer anderen Frau mit offenen Augen durchsuchen könne, wie sie erklärte. Erdmann nahm sich mit einem Oberkommissar namens Josef Winkler das Schlafzimmer vor. Sie machten sich trotz Matthiessens Plan, die Durchsuchung nicht zu offensichtlich zu machen, nicht die Mühe, besonders vorsichtig zu Werke zu gehen. Jede Minute konnte zählen. Wenn die Durchsuchung effektiv sein sollte, würde sie sowieso nicht unbemerkt bleiben, das musste auch Matthiessen klar sein.

Gemeinsam beschäftigten sie sich zuerst mit dem französischen Bett, kneteten die Matratze durch, hoben sie an und betrachteten den Lattenrost darunter. Dann wandte sich Winkler dem Sideboard mit dem Spiegel darüber zu, während Erdmann zum Kleiderschrank ging. Kleidungsstücke landeten auf dem Bett, um alles schneller durchsehen zu können. Der Schrank bestand auf einer Seite aus vielen flachen, aber tiefen Fächern, die schlecht einzusehen waren. Erdmann nahm Pullover, Shirts und sonstige Kleidungsstücke heraus und legte sie ebenfalls auf dem Bett ab, wo er sie Schicht für Schicht durchsuchte, nachdem er sich versichert hatte, dass in den Fächern nichts versteckt war.

Dann kam er an die Schubladen, in denen die Unterwäsche verstaut war. In der ersten waren die Slips aufbewahrt, und trotz seiner Erfahrung bei Durchsuchungen war es immer ein seltsames Gefühl für Erdmann, in den intimsten Kleidungsstücken einer fremden Frau herumzuschnüffeln.

Als er fast durch war, kam Matthiessen herein. In der Hand hielt sie etwas, das aussah wie ein Fotoalbum. »Das haben die Kollegen gerade im Wohnzimmer hinter der Sockelleiste des Schrankes gefunden. Sehr aufschlussreich.« Sie legte das Album auf dem Bett ab und schlug es auf. Es war tatsächlich ein Fotoalbum, das allerdings zweckentfremdet worden war. Statt Fotos waren auf jeder Seite Zeitungsausschnitte eingeklebt. Alle befassten sich mit dem Kölner Fall. *Irrer Mörder bemalt nackte Leiche* war eine der reißerischen Überschriften der ersten Doppelseite. In den Artikeln wurde noch kein Bezug zu Jahns Buch erwähnt. Auf der zweiten Seite änderte sich das. *Krimiautor liefert Vorlage für den Nachtmaler*, prangte in fetten roten Lettern über einem Artikel. Einige Seiten später hieß es: *Mordvorlage schießt in die Bestsellerlisten.*

In diesem Stil ging es weiter bis zur letzten Seite. Während sie noch vor dem Bett standen und auf das Album starrten, kam ein Kollege herein und hatte einige weitere, lose Zeitungsausschnitte in der Hand. »Hier geht's weiter«, sagte er und hielt sie Matthiessen entgegen. »Die haben wir auf der anderen Seite gefunden, wurden gerade erst ausgeschnitten.«

Erdmann ahnte schon, um welche Artikel es sich handelte, bevor er den ersten las. Er stammte ausgerechnet aus der HAT und war vom vergangenen Samstag. *Tochter des Herausgebers der Hamburger Allgemeinen Tageszeitung verschwunden!*

»Mist«, entfuhr es Erdmann.

»Wie man's nimmt.« Matthiessen deutete auf die Artikel. »Zumindest verdichtet sich der Verdacht. Lass uns weitermachen.« Sie drückte dem Beamten die Zeitungsartikel wieder in die Hand und zeigte auf das Album auf dem Bett. »Nehmen Sie sich das vor, gehen jeden einzelnen Artikel durch und untersuchen ihn auf etwaige handschriftliche Anmerkungen, Notizen, Unterstreichungen, irgendwas.« Damit verschwand sie aus dem Schlafzimmer, und Erdmann widmete sich wieder dem Kleiderschrank. Es fehlten ihm nur noch zwei Schubladen, dann war er durch. In der vorletzten befanden sich Nylonstrümpfe und Strumpfhosen sowie ein paar Strumpfbänder. Er leerte den Inhalt aufs Bett, untersuchte alles und zog die unterste Schublade heraus. Sie war vollgestopft mit Büstenhaltern, die er ebenfalls auf dem Bett auskippte. Er stockte. Auf der Unterseite des Bodens war eine Klarsichthülle mit Paketband festgeklebt, in der sich ein Dokument befand. Erdmann legte die Schublade mit der Unterseite nach oben auf die Wäsche und versuchte, mit den Fingernägeln eine Ecke des Klebebandes zu lösen. Es gelang ihm anfangs nicht. Er bemerkte, dass seine Hände aufgeregt zitterten, und ärgerte sich darüber. Schließlich hatte er einen Zipfel der Hülle so weit angehoben, dass er das Band mit einem Ratsch abreißen konnte.

Schon als er die Überschrift und die ersten Zeilen des Dokuments gelesen hatte, war ihm klar, dass er wahrscheinlich genau das in Händen hielt, wonach sie gesucht hatten. Er rannte aus dem Schlafzimmer und stieß sich dabei am Türrahmen die Schulter, weil er noch immer auf das Dokument starrte. Der stechende Schmerz in seiner Brust erinnerte ihn an den Sturz der vergangenen Nacht.

Es war ein Mietvertrag, den er gefunden hatte, und das Mietobjekt war laut Beschreibung ein altes Haus, das – und das war ausdrücklich erwähnt – sich in einem nicht bewohnbaren Zustand befand. Die angegebene Adresse kannte Erdmann nicht. Matthiessen war im Wohnzimmer dabei, aus einem Regal einzelne Bücher herauszunehmen und durchzublättern. »Ich glaube, ich habe gefunden, was wir suchen«, sagte Erdmann.

Matthiessen stellte schnell das Buch zurück, das sie in Händen gehalten hatte, und sah sich den Mietvertrag gemeinsam mit Erdmann an. Er war datiert auf den ersten Oktober des vergangenen Jahres und begrenzt auf ein Jahr. Der Mietpreis betrug 100 Euro im Monat, sämtliche Gewährleistungen und Reparaturansprüche wurden in einer gesonderten Klausel ebenso ausgeschlossen wie der Anspruch auf funktionierende Versorgung mit Wasser und

Heizung. Lediglich Strom gab es. Es war ein Mietvertrag über eine unbewohnbare Ruine. Nach einer Weile riss Erdmann sich von dem Schriftstück los und sah Matthiessen an. »Das ist es. Ich weiß, dass es das ist.«

Bevor Matthiessen etwas dazu sagen konnte, klingelte ihr Telefon. Sie meldete sich, hörte einen Moment lang zu und sagte: »Das ist gut. Ist er ansprechbar? … Das habe ich mir … ach … und? …« Sie hörte eine lange Zeit nur zu, dann sagte sie: »Doch, es kann sein … Haben Sie Hauptkommissar Stohrmann schon informiert? … Ja, gut. Bleiben Sie da und lassen Sie außer den Ärzten und den Schwestern niemanden zu ihm. Danke.«

Matthiessen legte auf und sah Erdmann an. »Jahn ist bei Bewusstsein. Er sagt, er habe gestern Morgen einen Anruf bekommen. Eine flüsternde Stimme hat sich als sein größter Fan ausgegeben und ihm gesagt, er solle in der Nacht zu dem Fabrikgebäude kommen. Die Stimme hat ihm genau beschrieben, wo der Kellerraum sich befindet, und gesagt, er müsse Heike Kleenkamp und Nina Hartmann dort befreien. Dann solle er die Polizei rufen und würde anschließend als Held dastehen. Die Publicity würde seine Bücher noch erfolgreicher werden lassen. Aber er dürfe die Polizei nicht vorher informieren, sonst würden die Frauen sofort getötet.«

»Romanautor rettet Verlegertochter, die nach seinen Buchvorgaben getötet werden soll.« Erdmann hörte selbst, wie verächtlich seine Stimme klang. »Welch eine Überschrift. Und warum ist er dann abgehauen, als wir kamen?«

»Er sagt, als wir plötzlich auftauchten, war ihm klar, dass er hereingelegt worden war und wir ihn verdächtigen würden. Er hat Panik bekommen und ist geflohen.«

Für einen Moment herrschte eine geradezu gespenstische Stille. Alle Kollegen hatten aufgehört mit ihren Durchsuchungen. Niemand bewegte sich, niemand sprach ein Wort. Es war die Stille, die entsteht, wenn man einen gewaltigen Blitz gesehen hatte und mit angehaltenem Atem auf den Donner wartet. Der kam in der Person von Andrea Matthiessen, die plötzlich geradezu zu explodieren schien. »Alles mal herhören: Stephan, du forderst ein SEK-Team an, und mach denen Dampf, die sollen auf der Stelle da erscheinen. Der Rest, sofort raus zum Auto. Die Adresse steht hier auf dem Papier, aber Sie bleiben hinter uns. Wenn wir da sind: kein Tamtam, keine quietschenden Reifen, keine zugeschlagenen Autotüren. Wir müssen davon ausgehen, dass die Täterin sich im Moment dort aufhält. Wenn sie uns hört, kann es sein, das sie die Frauen tötet, bevor wir eingreifen können. Sie bleiben draußen und sichern. OK Erdmann und ich werden mit den Leuten vom SEK da reingehen. Jetzt wird's ernst. Also los.«

36

Das Haus befand sich etwa zwei Kilometer von dem Fabrikgelände mit dem nachgebauten Keller entfernt, in der Nähe des Steendiek-Kanals. Die Angaben im Mietvertrag waren nicht übertrieben, das Gebäude war nicht bewohnbar. Das gut 1000 Quadratmeter große, verwahrloste Grundstück, auf dem es stand, war an drei Seiten von einem Bauzaun umgeben, an der vierten Seite befand sich ein hoher Maschendrahtzaun. Den Eingang bildete eine etwa einen Meter breite Lücke an der Ecke zwischen Draht- und Bauzaun. Das Haus war nur einstöckig, hatte aber eine recht große Grundfläche von etwa 15 mal 20 Metern. Der schmutzig graue Außenputz war teilweise abgeblättert, rote, verwitterte Steine waren darunter sichtbar. Die Fenster waren mit Holzbrettern verbarrikadiert, in zweien von ihnen klafften zentimeterbreite Spalten mit zersplitterten Rändern. Die dunkle rotbraune Holztür hing schief in den Angeln, schien aber noch zu schließen. Das Gebäude wirkte abweisend und bedrohlich.

Sie warteten auf die Männer vom SEK, die nur kurz nach ihnen ankamen. Erdmann sah ihnen dabei zu, wie sie aus den beiden dunklen Limousinen stiegen. Mit ihrer martialisch anmutenden Ausrüstung und den schwarzen Überziehschutzwesten erinnerten sie ihn an die Spezialeinheiten in amerikanischen Filmen. Alles ging leise und zügig vonstatten, und innerhalb kürzester Zeit hatten die zehn Männer sich an der Vorderseite des Zauns verteilt und warteten auf den Befehl, in das Gebäude einzudringen.

Matthiessen sprach sich kurz mit dem SEK-Leiter ab und bekam aus dem Kofferraum eines schwarzen A6 zwei Schutzwesten.

Als sie sie angelegt hatte, zog sie ihre Waffe. Erdmann tat es ihr gleich, dann gab Matthiessen dem SEK-Leiter ein Zeichen. In gebückter Haltung schlüpften sie nacheinander durch die Lücke im Zaun auf das Grundstück. Erdmann spürte seinen Herzschlag, als er zusammen mit seiner Kollegin die Hausfront erreicht hatte und sich mit vorsichtigen Schritten der Tür näherte. Er fragte sich, ob *sie* dort drin war. Und ob sie wieder jemanden getötet hatte.

XVI

Zur gleichen Zeit

Das Monster war schon vor einiger Zeit zurückgekommen. Sie hatte wahrgenommen, dass die Tür sich geöffnet hatte und die Gestalt hereingekommen war. Es war ihr egal. Sie hatte gehört, dass die andere Frau, diese Nina, angefangen hatte zu wimmern und zu weinen. Es war ihr egal. Auch dass das Monster nicht gleich zu ihnen gekommen war, sondern sich mitten im Raum an irgendwelchen Gerätschaften zu schaffen machte, kümmerte sie nicht. Erst als helles Licht sie blendete, hob sie mühsam einige Zentimeter den Kopf und blinzelte in eine grelle Lichtquelle. Es musste eine Taschenlampe sein, die direkt auf sie gerichtet war. Sie kniff die Augen zusammen, doch im gleichen Moment erlosch das Licht wieder. Zuerst sah sie nur einen großen schwarzen Punkt, dann erkannte sie, was das Monster die ganze Zeit über gemacht hatte. Mitten im Raum waren zwei Stative aufgebaut. Auf einem davon war die große Stabtaschenlampe befestigt, die sie gerade geblendet hatte. Sie war noch immer auf sie ausgerichtet. Ihr Blick wanderte hinüber zu dem zweiten Stativ. Es trug eine Videokamera. Ihre Gedanken beschäftigten sich mit dem, was sie da sah. Und plötzlich war ihr nichts mehr egal. Die Erkenntnis, was nun folgen musste, durchfuhr ihren Körper wie ein Stromschlag. Vielleicht ein letztes Mal wurde ihr Selbsterhaltungsmechanismus in Gang gesetzt, ihr Verstand war plötzlich glasklar, so klar, dass sie sich dessen bewusst wurde, was das Monster vorhatte. Und im gleichen Moment bekam sie auch die geflüsterte Bestätigung. »Jetzt wird *Das Skript* verfilmt.«

Das Monster wollte filmen, wie es sie tötete.

37

Entgegen Erdmanns Annahme schloss die Tür nicht mehr ganz. Sie stand einen Spalt offen, die Unterkante war auf dem Boden festgeklemmt. Zwei der SEK-Männer mussten sie anheben, um sie halbwegs geräuschlos öffnen zu können.

Im Inneren herrschte durch die verbarrikadierten Fenster Dunkelheit, die nur durch das Licht, das durch die Spalten in den Brettern hereinfiel, durchbrochen wurde. Erdmann ging als Erster hinein und blieb nach wenigen Schritten einen Moment stehen, damit seine Augen sich an das spärliche Licht gewöhnen konnten. Hinter ihm knirschten die Schritte der schnell nachrückenden SEK-Leute auf dem dreckigen Boden.

Sie befanden sich in einer Art Diele, die in einen größeren Raum mündete. Auf der linken Seite führte eine Treppe nach unten. Hier und da standen alte, teilweise zertrümmerte Möbelstücke herum. Alles war überzogen mit einer dicken Staubschicht. In den dünnen, brettförmigen Lichtstreifen, die von den Spalten aus in den Raum ragten, tanzten aufgewirbelte Staubpartikel einen wilden Reigen.

Ein SEK-Beamter ging an Erdmann vorbei und übernahm die Führung, zwei weitere gingen hinterher, bevor Matthiessen neben ihm auftauchte. Gemeinsam folgten sie den Männern ein Stück in den großen Raum, der vielleicht mal ein Wohnzimmer gewesen war und von dem drei Türen abgingen. Der vordere der SEK-Beamten blieb stehen und verständigte sich mit den anderen per Handzeichen. Sie teilten sich auf die drei Durchgänge auf und verließen nacheinander den Raum. Matthiessen tippte Erdmann gegen den Oberarm und deutete hinter sich. Erdmann konnte sich denken, was sie meinte. Den Keller. Er ging mit Matthiessen zurück. Vor ihnen stiegen zwei der SEK-Männer vorsichtig die Treppe hinab, und sie folgten ihnen.

Die Treppe mündete in einen Gang, zu dem kein Licht mehr vordrang. Die Männer schalteten Stablampen ein, die so weit heruntergedimmt waren, dass man gerade eben die nähere Umgebung erkennen konnte. Der Gang war kurz, etwa fünf Meter, zu kurz für die Größe des Hauses. Erdmann überlegte, dass es wahrscheinlich noch eine zweite Treppe geben musste, die in einen weiteren Kellerbereich führte.

Auf beiden Seiten gab es je eine Tür. Die SEK-Männer stellten sich jeweils vor eine der Türen, machten sich bereit, geräuschlos die Klinken hinunterzudrücken. Sie drehten sich zu Erdmann und Matthiessen um, warteten, bis die beiden Kommissare bei ihnen waren. Als sie dicht hinter ihnen standen, nickte einer der Männer mit dem Kopf, doch noch bevor sie die die Türen öffnen konnten, begannen die Schreie.

XVII

Zur gleichen Zeit

Auch Nina schien zu verstehen, was da gerade vor sich ging. Ihr Wimmern wurde erst lauter, dann setzte es aus, und sie begann zu reden. »Was … was tun Sie da?« Ninas Stimme klang weinerlich, brüchig vor Angst. Sie drehte den Kopf auf ihrer Liege, so dass sie Nina sehen konnte. Die blickte nur kurz zu ihr herüber und starrte sofort wieder zur Raummitte. »Wozu brauchen Sie die Kamera?« Obwohl sie wusste, dass sie sich damit selbst strangulieren würde, begann Nina an ihren Fesseln zu zerren, hörte aber sofort röchelnd wieder auf. Sie hustete. »Was …« Erneutes Husten. »Was wollen Sie? Wir können in die Kamera sagen, dass man alles tun soll, was Sie möchten, damit wir wieder freikommen. Wir könnten … oder möchten Sie, dass wir Herrn Jahn eine Botschaft senden? Wir machen alles, was Sie –« Nina verstummte, ihre Augen weiteten sich.

Sie drehte den Kopf wieder zur anderen Seite und sah, was Nina so erschreckt hatte. Das Monster hatte ein Skalpell in der Hand und entfernte gerade die Schutzkappe.

Nun begann auch sie, an ihren Fesseln zu zerren. Sie versuchte ebenfalls, etwas zu sagen, zu bitten, zu betteln, aber sie schaffte nicht einmal ein Krächzen.

Das Monster trat hinter die Kamera und fingerte daran herum. Gleich darauf flammte der grelle Lichtschein wieder auf und blendete sie. Sie konnte nicht mehr sehen, was dort vor ihr passierte, aber sie hörte, dass das Monster mit langsamen, schweren Schritten auf sie zukam. Dann flüsterte es dicht neben ihr. »Jetzt. Jetzt wirst du sehen.«

Sie wand sich, ignorierte die furchtbaren Schmerzen, die ihren ganzen Körper erfasst hatten. Ein krächzendes Geräusch kam nun doch aus ihrem Mund. Hinter ihr begann Nina gellend zu schreien. Und trotz ihrer Angst, ihrer Panik, ihrer Schmerzen registrierte Heike Kleenkamp, dass die Tür knallend aufgestoßen wurde, und dass von dort plötzlich eine andere Stimme etwas schrie. Eine Männerstimme.

38 / XVIII

Erdmann stürmte direkt hinter dem SEK-Beamten durch die Tür. Er hatte seine Waffe erhoben und zielte in den großen Raum hinein. Er wusste, er musste die Situation innerhalb einer Sekunde erfassen, sonst konnte es zu spät sein. Hochkonzentriert schweifte sein Blick einmal quer durch das Zimmer und blieb dann an der hell beleuchteten Szene ihm gegenüber hängen. Noch während er das Gesamtbild erfasste, zerlegte sein Verstand es in seine Einzelteile und lieferte ihm die Informationen dazu, die er brauchte. In der Mitte des Raums technische Geräte, Kamera, Lampe. Ungefährlich. Dahinter drei Frauen, zwei davon nackt. Nina Hartmann an der Wand, mit erhobenen Armen, keine erkennbaren Verletzungen, keine unmittelbare Gefahr. Die andere, nicht erkennbar, musste Heike Kleenkamp sein, sie lag auf dem Bauch, zwischen den Schultern eine furchtbare Wunde. Sie lebte. Daneben, den Arm mit einem Messer, nein, mit einem Skalpell zum Stich erhoben, stand *sie*. Helga Jäger.

»Lassen Sie das Skalpell fallen«, schrie Erdmann. Matthiessen schrie neben ihm gleichzeitig etwas, das er aber nicht verstand. Von hinten drückte sich der zweite SEK-Mann neben ihn, die Waffe ebenfalls auf Jahns Haushälterin gerichtet, die einen zu großen, unförmigen Overall trug, der ihr das Aussehen eines Aliens verlieh. Sie beugte sich mit einer Geschwindigkeit, die Erdmann ihr nicht zugetraut hätte, nach vorne, setzte Heike Kleenkamp das Skalpell von unten an die Kehle. Die Haare hingen ihr wirr ins Gesicht, ihr Blick hatte etwas Irres an sich.

»Nein, tun Sie das nicht«, rief Matthiessen ihr zu. »Warten Sie, bitte.«

Helga Jägers Augen wanderten umher, ohne dass sie einen von ihnen direkt ansah. *Die Lampe*, dachte Erdmann. *Sie ist geblendet durch die Lampe.*

»Ist der Betrüger wieder wach?«, fragte sie, und auch ihre Stimme hatte kaum noch etwas mit der Frau zu tun, die er in Jahns Haus kennengelernt hatte, dachte Erdmann.

»Ja«, antwortete Matthiessen bemüht ruhig.

»Hat er gewusst, von wem er den Anruf bekommen hat?«

»Nein, das hat er nicht. Bitte legen Sie das Skalpell zur Seite, Frau Jäger. Sie haben doch keine Chance. Lassen Sie uns reden.«

»Chance? Wie kommen Sie darauf, dass ich eine Chance haben möchte? Der Roman ist hier zu Ende. Ich will keine Chance. Ich habe mich aufgeopfert für diesen Betrüger. Ich habe ihn bewundert, von Anfang an. Ich wollte ihm helfen. Ich war die Einzige, die ihm helfen *konnte*, die wusste, wie seine Bücher verkauft werden. Nicht diese kuhäugige Buchhändlerin. Ich habe sein Buch schon einmal fast zu dem meistverkauften in ganz Deutschland gemacht. Und dann stellt sich heraus, dass er gelogen hat, dass das alles gar nicht seine Bücher sind, sondern die eines Lektors.«

»Bitte, Frau –«

»Nichts. Es ist vorbei.«

Erdmann überlegte fieberhaft. Er musste eine Entscheidung treffen.

»Vorbei.« *Sie ist geblendet durch die Lampe.* »Ich sage nichts mehr.«

Er zielte. »Ich werde diesen verlogenen Roman beenden.« Sie wandte sich von ihnen ab, sah auf die junge Frau unter sich. »Jetzt werden Sie sehen.«

Neben ihm fiel ein Schuss.

39

Sie saßen müde und verschwitzt in Stohrmanns Büro und warteten. Erdmann hoffte, dass es nicht mehr allzu lange dauern würde, denn er fühlte sich so ausgelaugt und fertig wie schon lange nicht mehr. Auch Matthiessen sah so aus, als ob es ihr ähnlich ginge.

Stohrmann war auf dem Rückweg vom Krankenhaus und würde gleich vor einer ganzen Gruppe hochrangiger Polizeibeamter und Politiker Bericht erstatten müssen, denn der Fall war von großem öffentlichem Interesse. Zuvor wollte er aber ihren Bericht hören. Als er endlich zur Tür hereinkam, sagte er, noch bevor er seinen Schreibtisch erreicht hatte: »Ich möchte jetzt von Ihnen genau wissen, was da abgelaufen ist.«

»Wie geht es Frau Kleenkamp?«, ignorierte Matthiessen seine Frage.

Stohrmann setzte sich. »Sie wird einige hässliche Narben zurückbehalten, aber sie wird es überleben. Wie es seelisch aussieht, kann man noch nicht beurteilen. Sie ist kaum ansprechbar, und es wird auf jeden Fall eine sehr lange Zeit dauern, bis sie sich von dem Ganzen erholt hat. Und niemand kann mit Bestimmtheit sagen, was zurückbleiben wird. Dieter Kleenkamp aber ist erst mal überglücklich, dass seine Tochter noch lebt. Nina Hartmann ist weitestgehend unverletzt, aber sie steht unter Schock.«

»Und was ist mit Helga Jäger?«, hakte Matthiessen weiter nach.

Stohrmann zuckte mit den Schultern. »Kann sein, dass

sie ihren rechten Arm nicht mehr wird bewegen können, Ihre Kugel hat ihr das Schultergelenk zertrümmert. Aber jetzt möchte ich von Ihnen hören, was sich in den letzten Stunden genau ereignet hat.«

Erdmann sah Matthiessen an. Sie nickte. Sie würde das übernehmen. »Bis vorgestern Abend war Helga Jäger ein fanatischer Fan von Christoph Jahn. Sie hat ihn verehrt, vielleicht sogar geliebt. Sie ist ihm von Köln nach Hamburg gefolgt und hat ihre Taten unglaublich präzise vorbereitet. Anders als in Köln wollte sie dieses Mal wohl sichergehen, dass Jahns Buch für lange Zeit auf der Bestsellerliste bleibt. Wir denken, sie wollte die gesamte Handlung nachspielen. Das hätte sich über Wochen hingezogen und viele Frauen das Leben gekostet. Auf Helga Jäger als Täterin sind wir gekommen, weil sie in der Teilnehmerliste von Nina Hartmanns Spanischkurs auftauchte. Das konnte kein Zufall sein. Sie hatte sich dort angemeldet, um Frau Hartmann kennenzulernen. Ihr Plan war es, Nina Hartmann anzurufen und unter einem Vorwand an einen bestimmten Ort zu bestellen, um sie zu betäuben und zu entführen. Und so ist es ja auch eingetreten.«

»Unfassbar«, sagte Stohrmann und schüttelte den Kopf. »Weiter.«

»Erst dachten wir, sie ist nur ein Handlanger für Jahn, aber dann ist dem Kollegen Erdmann etwas aufgefallen.« Sie nickte Erdmann zu. Er sollte Stohrmann selbst von seiner Entdeckung berichten.

»Es war mehr oder weniger Zufall. Ich habe mir die Fotos dieses nachgebauten Kellers angesehen, und dabei ist mir aufgefallen, dass der Täter mit dem Kopieren sogar so weit gegangen ist, ein Rohr einzubauen, an dem die Kollegin Matthiessen sich in Jahns Keller den Kopf gestoßen hat. Das hätte grundsätzlich zu Jahns Detailverliebtheit gepasst. Dann habe ich aber die entsprechende Stelle im Buch noch einmal gelesen. Dort ist der Keller bis in alle Einzelheiten so beschrieben, wie wir ihn in dem alten Gebäude vorgefunden haben. Der Heizbrenner, die Gegenstände, die in einem Regal liegen, einfach alles. Bis auf dieses Rohr.«

»Ich verstehe nicht … Hat Jahn das in der Buchbeschreibung vergessen?«

»Nein, so etwas würde Christoph Jahn nicht passieren. Dieses Rohr taucht in dem Buch nicht auf, weil es einfach noch nicht da war, als Jahn *Das Skript* geschrieben hat.« Stohrmann sah ihn noch immer verständnislos an. »Als die Kollegin sich in Jahns Keller den Kopf an dem Rohr stieß, hat er uns erklärt, dass es erst im Zuge einer Erweiterung der Heizungsanlage eingebaut worden war«, fuhr Erdmann fort. »Diese hat er aber erst machen lassen, als er schon eine Zeitlang in dem Haus wohnte, doch noch bevor Helga Jäger bei ihm anfing. Hätte Jahn selbst diesen Raum nachgebaut, hätte er sich streng an den Roman gehalten. Helga Jäger aber ist nicht nach der Beschreibung im Roman vorgegangen, sondern hat den Keller aus dem Gedächtnis nachgebaut. Denn sie wusste ja, wie der Keller im Original aussieht. Aber sie kannte ihn eben nur mit dem tiefhängenden Rohr der neuen Heizungsanlage.«

Stohrmann dachte eine Weile nach, dann schürzte er die Unterlippe. »Alle Achtung, Herr Erdmann, das war hervorragende kriminalistische Arbeit. Aber wenn sie das alles doch nur für Jahn getan hat, warum nennt sie ihn dann jetzt einen Betrüger?«

»Deshalb sagte ich eingangs, sie hat Jahn bis vorgestern Abend verehrt«, übernahm Matthiessen wieder. »Da nämlich hat sie erfahren, dass in Wahrheit Werner Lorth große Teile der Bücher, wie sie sie kennt, geschrieben hat.«

»Von wem hat sie das erfahren? Von Ihnen?«

»Nein, wir haben es Miriam Hansen erzählt, die Jahn daraufhin zur Rede stellen wollte, weil sie sich von ihm betrogen fühlte. Als sie bei ihm zu Hause ankam, war er allerdings nicht da, und da sie so enttäuscht war, hat sie seiner Haushälterin erzählt, warum sie ihn sprechen wollte. Für Helga Jäger brach eine Welt zusammen. Der große Autor Christoph Jahn ein Betrüger! Sie muss außer sich gewesen sein vor Enttäuschung und vor Wut. Alles hatte sie nur für ihn getan, und er hatte sie die ganze Zeit über belogen. Sie beschloss, ihm zur Strafe für das, was er ihr angetan hat, diese Morde unterzuschieben. Zuvor wollte sie aber sichergehen, dass das, was sie von Miriam Hansen erfahren hatte, auch stimmte. Also rief sie bei jemandem an, der es wissen musste: Werner Lorth. Und gab sich dabei als Miriam Hansen aus.«

Einen Moment lang herrschte Schweigen, dann sagte Erdmann: »Sie spielte uns die besorgte Haushälterin vor, der aufgefallen war, dass ihr Chef sich in den letzten Tagen verändert hatte. Dann versteckte sie die Pinsel, die sie wie in der Buchvorlage aus dem Haar ihres Opfers in Köln gemacht hatte, in Jahns Öltank. Sie präparierte das Buch, wobei sie kleine, ausgedruckte Namensschildchen benutzte, damit wir nicht merken konnten, dass es nicht Jahns Handschrift war, mit der die Eintragungen gemacht wurden. Natürlich war ihr klar, dass wir auch ihre Wohnung durchsuchen würden. Sie muss diesen Mietvertrag und das Fotoalbum, in dem sie die Zeitungsartikel über ihre Tat in Köln gesammelt hat, irgendwo außerhalb versteckt und erst nach der Durchsuchung wieder zurückgebracht haben. Sie rechnete wohl fest damit, dass wir ihre Wohnung nur einmal durchsuchen würden. Gestern rief sie dann Jahn an und sagte ihm mit verstellter Flüsterstimme, er müsse zu dem Fabrikkeller kommen und würde dort die Frauen finden Dann sollte er die Polizei anrufen und würde schließlich als Held dastehen. Sollte er sich allerdings weigern, würden Heike Kleenkamp und Nina Hartmann sterben. Frau Jäger baute darauf, dass wir ihn verfolgen würden. Dass er bei der Flucht vor der Polizei von einem Lkw erfasst werden würde, konnte sie natürlich nicht ahnen. Aber es kam ihr sehr gelegen.«

Stohrmann nickte abermals und starrte dabei auf einen Punkt vor sich auf dem Schreibtisch. »Ja, gut, das sollte reichen. Die Herrschaften werden zufrieden sein. Wenn ich Ihnen die Fotos von dem anderen Kellerraum zeige, in dem diese Wahnsinnige die Hautstücke der Toten und ihre Gerbutensilien gelagert hat, werden sie sowieso bedient sein.«

»Können wir jetzt gehen?«, fragte Matthiessen.

»Nein, wir haben im Anschluss noch eine gemeinsame Pressekonferenz. Ruhm und Ehre.«

Matthiessen verdrehte die Augen und stand auf. »Wir trinken im Einsatzraum so lange Kaffee, um wach zu bleiben.« Und an Erdmann gewandt: »Kommst du?«

Er schüttelte den Kopf. »Geh schon mal, ich bin gleich da.«

Sie sah ihn einen Moment überrascht an, drehte sich dann aber um und verließ Stohrmanns Büro. Als sich die Tür hinter ihr schloss, wandte Erdmann sich an den BAO-Leiter. »Ganz kurz, Herr Stohrmann. Andrea Matthiessen ist die fähigste und zuverlässigste Kollegin, die ich bisher hatte. Sie war da unten in diesem Keller ein absoluter Profi und hat durch ihren entschlossenen Einsatz Heike Kleenkamps Leben gerettet. Sie hat weder am Tod Ihres Bruders Schuld noch an dem des jungen Kollegen. Wie Sie sich ihr gegenüber verhalten, ist nicht akzeptabel. Zumal, wenn man bedenkt, dass es in Ihrer Laufbahn auch schon das ein oder andere gab, das nicht ganz astrein war, um es mal vorsichtig auszudrücken. Ich habe einen Cousin an exponierter Stelle, der mir einiges über Sie erzählt hat. Mehr möchte ich dazu nicht sagen. Wir haben jetzt zwei Möglichkeiten: Ich plaudere gleich bei der Pressekonferenz ein bisschen aus dem Nähkästchen, oder aber wir vereinbaren hier und jetzt, dass mit Ihrer unsinnigen und unfairen Jagd auf Andrea Matthiessen ein für alle Mal Schluss ist, und mein Wissen bleibt bei mir. Also?«

Stohrmanns Gesichtszüge hatten sich verhärtet. Er starrte Erdmann in die Augen. »Sie erpressen mich?«

»Nein, ich zeige Ihnen Optionen auf.«

Sekundenlanges Schweigen, dann nickte Stohrmann. »Also gut.«

»Schön. Aber sollten Sie Ihre Meinung ändern, wenn der Rummel hier vorbei ist – Herr Kleenkamp freut sich immer über eine interessante Story, das wissen Sie.«

Stohrmann nickte stumm, stand auf und verließ sein Büro.

Auch Erdmann erhob sich. Er wusste weder etwas aus Stohrmanns Vergangenheit, noch hatte er einen Cousin an einer wichtigen Stelle sitzen.

Wer wagt, gewinnt, dachte er und ging müde, aber zufrieden zu seiner neuen Lieblingskollegin.

Danksagung

Bevor ich zur eigentlichen Danksagung komme, möchte ich betonen, dass mir weder der Charakter des Lektors Werner Lorth noch die Machenschaften des Verlags, in dem Christoph Jahns Bücher erschienen sind, in der Realität je begegnet sind. LektorInnen sind in Wirklichkeit sehr nette Menschen, und in Verlagen geht es nach meinen Erfahrungen sehr fair und kollegial zu.

Womit ich auch zur Danksagung überleiten möchte.

Mein bisheriger Lektor, Volker Jarck, hat verlagsintern sein Tätigkeitsfeld verändert und wird meine Projekte zukünftig nicht mehr betreuen können. Ich bedanke mich bei ihm für alles, was er für mich und meine Bücher getan hat. Ich habe viel von ihm gelernt und wünsche ihm viel Erfolg in seinem neuen Aufgabenbereich.

Für »Das Skript« habe ich nun erstmals mit meiner neuen Lektorin Iris Kirschenhofer zusammengearbeitet und dabei festgestellt, dass ich das große Glück habe, mit ihr wieder jemanden zu haben, mit dem die Zusammenarbeit eine wahre Freude ist und von dem ich viel lernen kann. Für die tolle Arbeit an unserem ersten gemeinsamen Projekt danke ich ihr von Herzen.

Wie schon in Aachen, habe ich auch in Hamburg sehr hilfsbereite Polizeibeamte erlebt, die sich bereitwillig die Zeit genommen und kompetent und geduldig meine Fragen beantwortet haben. Das empfinde ich nicht als selbstverständlich und bin ihnen dafür sehr dankbar.

Weiterhin danke ich:

- Kerstin Thieme, die als ersten Preis bei einem kleinen Quiz eine Nebenfigur für »Das Skript« entwerfen durfte. Ihre Beschreibung der Miriam Hansen hat mir so gut gefallen, dass Miriams Rolle schließlich weitaus größer wurde als ursprünglich angedacht.
- Dirk Seifert, der mich ein ganzes Wochenende kreuz und quer durch Hamburg geführt und mir als Ortskundiger vieles gezeigt hat, was ich für »Das Skript« von dieser tollen Stadt sehen musste.
- Den »Hamburger Büchereulen«, die ich bei Fragen zu Hamburg jederzeit kontaktieren durfte.
- Meinen Freunden, die mich unterstützt und ermutigt haben und wieder einmal akzeptierten, dass ich mich über einen längeren Zeitraum nicht bei ihnen blicken ließ.
- Meiner Familie, die eine Zeitlang fast gänzlich auf mich verzichten musste und doch immer für mich da war, auch wenn ich mal schlechte Laune hatte, weil es nicht so lief, wie ich das wollte.
- Ihnen, liebe Leserin, lieber Leser, dafür, dass Sie mir die große Freude bereiten, meine Bücher zu lesen.

Leseprobe aus

ARNO STROBEL

DER SARG

PSYCHOTHRILLER

erscheint voraussichtlich im Februar 2013
im Fischer Taschenbuch Verlag

1 Eva

Eva erwachte in vollkommener Dunkelheit.

Ihr träges Bewusstsein tastete sich in eine noch nebulöse Realität zurück und versuchte, sich zu orientieren. Sie konnte nicht einordnen, was diese Schwärze zu bedeuten hatte. Einen Moment lang überlegte sie, ob sie vielleicht die Augen noch gar nicht geöffnet hatte, und blinzelte zwei-, dreimal, doch die schwarze Wand blieb undurchdringbar.

In ihrem Schlafzimmer gab es einige Stellen, an denen sich ihr Blick festhalten konnte, wenn sie nachts erwachte. Das grün schimmernde Display des Radioweckers oder der schwache Lichtschimmer, der sich durch das Fenster drückte wie durch ein engmaschiges Sieb, um sich dann als leicht phosphoreszierender Staub auf die Konturen ihrer Kommode zu legen. Sie waren wichtig, diese Punkte. Sie waren beruhigend. Sie fehlten.

Oder waren sie etwa da, und sie konnte sie nicht sehen, weil etwas mit ihren Augen nicht stimmte? Ihr Atem beschleunigte sich, in kurzen, schnaufenden Zügen sog sie die Luft durch den geöffneten Mund ein. Stickige Luft. Warme, verbrauchte Luft?

Mit einem Ruck wollte sie sich aufrichten, doch die Bewegung wurde jäh gestoppt, als ihre Stirn mit einem dumpfen Knall aufschlug und ihr Kopf ins Kissen zurückfiel. Benommen registrierte sie den Schmerz, doch nur für einen Augenblick, dann erfasste sie Panik und fegte alle anderen Empfindungen beiseite.

Mit hektischen Bewegungen wollte sie die Arme anheben, zur Seite drücken – sie stieß gegen Wände. Sie versuchte die Knie anzuziehen, aber es gelang ihr nicht. Sie strampelte mit den Füßen, doch nach wenigen Zentimetern wurden die Bewegungen mit einem dumpfen Ton jäh gestoppt. Sie war eingeschlossen. Immer hektischer wand sich ihr Körper in dem engen Gefängnis, immer panischer wurde sie in dem Drang, sich bewegen zu müssen, sich aus der schwarzen Enge unbedingt zu befreien. Sie begann zu schreien, zu weinen, sie trommelte mit den Fäusten gegen die Decke, immer und immer wieder. Und lag schließlich still.

Ihr Brustkorb hob und senkte sich im Sekundentakt, jedes Ausatmen wurde von einem wimmernden Geräusch begleitet. Sie hörte sich selbst zu, während ihr Verstand auf der Suche nach einer Erklärung in der Leere herumstocherte, die in ihrem Kopf herrschte. Minutenlang, bis sich schließlich eine Schleuse öffnete und ihr Bewusstsein mit einem ganzen Schwall Gedanken flutete. Sie musste es schaffen, diese Gedanken aufzugreifen, die Panik zu unterdrücken. Sie hatte eine so unfassbare Angst, dass ihr Körper von zittrigen Schüben geschüttelt wurde. Sie musste nachdenken. Gott, sie war eingeschlossen. Angst. Nachdenken. Jetzt.

Um sie herum war nach allen Seiten nur wenige Zentimeter Platz. Die Luft roch verbraucht, schmeckte alt. Ihre Schläge gegen die Wände und die Decke ihres Gefängnisses waren durch etwas abgedämpft worden, vielleicht durch Decken oder dünnen Schaumstoff. Ihr Kopf lag auf einem weichen, dickeren Untergrund, wahrscheinlich einem Kissen.

Diese Schwärze machte sie wahnsinnig.

Vorsichtig hob sie eine Hand, ließ die Fingerspitzen tastend über das Material der Wand gleiten, drückte dabei immer wieder ungewollt fest dagegen, weil ihr Körper ihr nicht gehorchen wollte, sich schüttelte und zuckte. Das Material fühlte sich glatt an, wie Satin. Oder Seide. Auch die Decke über ihr war mit dem gleichen Material ausgekleidet. Wie … wie … Ihr Herz hämmerte gegen ihren Brustkorb, immer schneller. Sie hielt den Atem an. Wie in einem Sarg.

Sie atmete nicht, dachte nicht, rührte sich nicht. Stille. Grabesstille.

»Nein«, flüsterte sie. »O Gott, bitte nicht. Nicht das. Bitte.« Ein Sarg. Sie lag in einem Sarg.

»NEIIIN!«, schrie sie, so laut sie konnte. Es tat ihr in den Ohren weh. Sie musste husten, ihr Körper krampfte sich derart zusammen, dass ihr Kopf wieder gegen den Deckel knallte. Sie wand sich, versuchte sich umzudrehen, noch immer hustend, schaffte es nicht. Sie verschluckte sich, drohte zu ersticken. Einem epileptischen Anfall gleich zuckten ihre Gliedmaßen unkontrolliert, knallten in einem unregelmäßigem Stakkato gegen die Wände und den Deckel. Sie verlor in ihrer panischen Raserei komplett die Orientierung, wand sich und schlug mit aller Kraft nach allen Seiten.

Irgendwann hörte sie damit auf, sie hatte keine Kraft mehr. Im Bruchteil einer Sekunde erschlaffte sie, als hätte man einen Stecker gezogen, und lag mit verdrehten Gliedmaßen da, das Gesicht schräg nach unten. Sie atmete in das kühle, glatte Kissen, hörte dem Rauschen zu, mit dem das Blut durch ihre Adern schoss. Sie weinte.

Wie war sie nur hierhin gekommen? Hatte man sie für tot gehalten? Warum? War sie scheintot gewesen? Wann? Sie hatte darüber gelesen, dass immer wieder Gräber geöffnet wurden, in denen seltsam verkrümmte Skelette lagen. Särge, deren Deckel von innen mit bloßen Fingernägeln zerkratzt worden waren. Hatte man sie etwa … lebendig begraben? Lagen über ihr mehr als eineinhalb Meter Erde? Nein, nein, das konnte doch nicht … das … Sie musste hier raus, sofort. »Nein!« Sie kreischte förmlich. »NEIN!« Sie mobilisierte all ihre Kräfte, sie drehte sich auf den Rücken, begann mit beiden Fäusten in die Schwärze hinein wie besessen gegen den Deckel über sich zu hämmern. Sie schrie so laut, dass sie das Gefühl hatte, ihre Lungen müssten platzen. Es war ihr egal, nur raus, nur raus, weiter hämmern, schreien, schreien. Plötzlich kippte sie zur Seite weg, sie …

Sie öffnete die Augen und kniff sie sofort wieder zusammen. Die gleißende Helligkeit schmerzte, sie … Aber warum? Wo kam diese Helligkeit plötzlich her? Das dumpfe Gefühl der Angst hatte sie noch immer fest im Griff. Vorsichtig hob sie die Lider, ein kleines Stück nur. Die Kommode, der Schrank, das Fenster … diese Helligkeit … sie war so wundervoll. Aber wie war das möglich? Gerade noch … der Sarg … begraben … ein Traum.

Sie hatte einen fürchterlichen Traum gehabt. Nur einen Traum.

Eva war derart erleichtert, dass sie kurz auflachte. Sie lag in ihrem Bett, sie lag wirklich in ihrem Bett, und alles war gut. Mehr noch, alles war fantastisch. Sie kuschelte sich tief in ihre Bettdecke, zog die Knie an und drückte einen Bettzipfel gegen ihre Wange. Da lag sie nun, eine 37jährige Frau, Chefin der Rossbach Maschinenbaubetriebe, zusammengerollt wie ein Baby in ihrem Bett, und war überglücklich, dass sie sich nicht lebendig begraben in einem Sarg befand, sondern nach einem bösen Albtraum gerade zu Hause in ihrem Bett aufgewacht war. Dass es ihr gut ging. Und es ging ihr gut. Viel besser als sonst beim Aufwachen.

Ihr Blick fiel auf den Radiowecker. Zehn vor neun, so lange hatte sie ewig nicht mehr geschlafen. Sie würde jetzt aufstehen und sich einen Kaffee machen. Mit einem Ruck schlug sie die Bettdecke zurück und hielt im nächsten Moment inne. Ihr Arm schmerzte, und nicht nur der. Ihr ganzer Körper tat ihr weh, besonders die Hände. Wieso merkte sie das erst jetzt? War die Erleichterung gerade beim Erwachen so groß gewesen, dass sie alles andere überdeckt hatte? Aber … wo kamen diese Schmerzen her?

Vorsichtig richtete Eva sich auf und schob die Decke ganz zurück. Dabei fuhr ihr erneut ein stechender Schmerz in Handgelenk und Ellbogen. Sie drehte den rechten Arm und sah bläulich-dunkle Flecke, die sich über die Handkante bis hin zu den Fingerknochen zogen. Sie drehte den Arm ein Stück weiter. Auch der Ellbogen zeigte ein Hämatom. Der linke Arm sah nicht besser aus. Sie sah an sich herunter und entdeckte auch an den Knien frische Blutergüsse. Die Fußgelenke schmerzten, wenn sie sie bewegte, und sogar die Zehen taten weh.

Wie war das möglich? Wo hatte sie plötzlich diese Verletzungen her? Hatte sie die schon am Abend gehabt, als sie ins Bett gegangen war? Aber wann war sie überhaupt ins Bett gegangen? Und wie? Sie konnte sich nicht erinnern.

Ihr wurde flau im Magen. Sie dachte an Arme, Hände, Knie und Beine, die gegen Wände schlugen. Dünn gepolsterte Wände.

Sie dachte an den Sarg.

Arno Strobel
Der Trakt
Psychothriller
368 Seiten
Band 18631

»Und wer bist du wirklich?«

Der Weg durch den nächtlichen Park, der Überfall – all das weiß sie noch, als sie aus dem Koma erwacht. Ihre Erinnerung ist völlig klar: Sie heißt Sibylle Aurich, ist 34 Jahre alt, lebt mit Mann und Kind in Regensburg. Sie scheint fast unversehrt. Und doch beginnt mit ihrem Erwachen eine alptraumhafte Suche nach sich selbst. Zwar hat Sibylle ihr Gedächtnis behalten, die Welt aber hat offenbar die Erinnerung an Sibylle verloren: Ihr Mann kennt sie nicht, von ihrem eigenen Hochzeitsfoto starrt ihr das Gesicht einer Fremden entgegen, und niemand hat je von ihrem Sohn Lukas gehört! Wurde er entführt? Hat er nie existiert? Und wem kann sie überhaupt noch trauen?

Arno Strobel
Das Wesen
Psychothriller
Band 18632

Wie gefährlich ist Gerechtigkeit?

Die Aachener Kripo erhält einen anonymen Hinweis: Ein Mädchen soll verschwunden sein. Bei ihren Recherchen erleben die Kommissare Seifert und Menkhoff eine große Überraschung: Der Vater des angeblich verschwundenen Kindes ist Dr. Joachim Lichner, ein Psychiater, den sie viele Jahre zuvor wegen Mordes an einem kleinen Mädchen verhaftet haben und der in einem spektakulären Indizienprozess zu einer langjährigen Haftstrafe verurteilt worden ist. Als die Beamten ihn mit erneuten Verdächtigungen konfrontieren, leugnet Dr. Lichner, überhaupt ein Kind zu haben. Er sei unschuldig, genau wie damals. Will ihn jemand zum zweiten Mal hinter Gitter bringen – für ein Verbrechen, das er nicht begangen hat? Warum setzt Kommissar Menkhoff nach all den Jahren alles daran, Lichner ein weiteres Gewaltverbrechen nachzuweisen? Und warum verstrickt sich der Psychiater bei jedem Verhör in immer stärkere Widersprüche, als es um seine frühere Lebensgefährtin geht? Ein erbittertes Psychoduell nimmt seinen schrecklichen Lauf …

Fischer Taschenbuch Verlag

fi 18632 / 1

Chevy Stevens

Still Missing – Kein Entkommen

Thriller

Band 18716

Ein ganz normaler Tag, ein ganz normaler Kunde mit einem freundlichen Lächeln. Doch im nächsten Moment liegt die junge Maklerin Annie O'Sullivan betäubt und gefesselt in einem Lastwagen. Als sie erwacht, findet sie sich eingesperrt in einer völlig isolierten Blockhütte im Nirgendwo wieder. Ihr Entführer übt die absolute Kontrolle über sie aus – ein endloser Albtraum beginnt …

Ein unheimlich fesselnder Thriller mit grausam überraschenden Wendungen, verstörend eindringlich aus der Perspektive des Opfers erzählt.

»Düster, beunruhigend, atemberaubend und
einfach vollkommen packend.«
Kathy Reichs

»Dieser außergewöhnliche Thriller wird Sie
von der ersten Seite an in Bann halten – und noch lange,
nachdem Sie das Buch beendet haben.«
Karin Slaughter

Fischer Taschenbuch Verlag

fi 18716 / 1

Linda Castillo

Blutige Stille

Thriller

Aus dem Amerikanischen von Helga Augustin

Band 18451

Die Toten lügen nicht –
aber welche bittere Wahrheit verschweigen sie

Sie töteten alle Mitglieder der Familie Plank. Die Leichen des Vaters und der beiden Söhne fand man im Wohnhaus, die der Mutter und des Babys auf dem Weg zur Scheune. Doch niemand war auf das vorbereitet, was sie in der Scheune fanden. Die beiden Mädchen, gefoltert und misshandelt. Die Familie gehörte zur amischen Gemeinde in Painters Mill, Ohio, sie lebten getreu ihren Glaubensgrundsätzen von Schlichtheit und Bescheidenheit, waren gottesfürchtige Leute. Fernab von den Verführungen der Zivilisation. Oder enthüllt das Tagebuch der ältesten Tochter eine andere Wahrheit?

»Fesselnde Charaktere, exzellenter Plot und ein Finale,
dass einem die Haare zu Berge stehen.«
USA Today

Fischer Taschenbuch Verlag

fi 18451 / 1

In ›Das Skript‹ geht es um den Krimiautor Christoph Jahn, dessen Krimi als Vorlage benutzt wird, d.h. der Täter lässt die fiktiven Verbrechen aus Jahns Buch Wirklichkeit werden. Wie kamen Sie darauf, über einen »Roman im Roman« zu schreiben?

Eine häufig gestellte Frage bei Lesungen ist: »Wie kommen Sie nur auf diese abgedrehten Ideen?« Ich dachte mir, wenn LeserInnen die Ideen eines Thrillerautors als abgedreht empfinden, könnte es doch auch einen Psychopathen geben, der sie aufgreift.

In Ihrem neuen Thriller ermittelt mit Stephan Erdmann und Andrea Matthiessen ein ungleiches Paar. Woher nehmen Sie Ihre Ideen für die Figuren bzw. fehlen Ihnen diese, wenn die Arbeit am Roman abgeschlossen ist?

Ich greife bei der Entwicklung einer Figur auf Eigenschaften zurück, die ich in meinem realen Umfeld erlebe. Soll mein Protagonist polternd und grimmig sein, wird er viele Wesenszüge und Eigenarten von jemandem haben, den ich kenne und den ich als ebenso empfinde. Bei einem Ermittlerduo lege ich seine Partnerin bzw. seinen Partner dann meist etwas konträr an, je nachdem, wie es für den Verlauf der Geschichte vorteilhaft ist. Und ja, es fällt mir schwer, meine Protagonisten zu »entlassen«, wenn ein Projekt beendet ist. Ich kann ihnen dann nicht mehr helfen, wenn sie in eine kritische Situation geraten. ☺

Sie schildern in Ihren Romanen drastische Verbrechen. Verfolgen diese Verbrechen Sie, oder können Sie das, worüber Sie schreiben, ausblenden, wenn Sie nicht am Schreibtisch sitzen?

Die Geschichten begleiten mich vor allem in den letzten zwei, drei Monaten des Schreibens ständig, weil ich jede freie Minute gedanklich daran herumfeile. Die Verbrechen an sich kann ich aber wegblenden. Ich weiß ja, dass sie nur erfunden sind.

Verraten Sie uns kurz, um was es in Ihrem nächsten Psychothriller gehen wird?

Um eine meiner größten Horrorvorstellungen: lebendig begraben zu werden.